平安時代の笑いと日本文化

『土佐日記』『竹取物語』『源氏物語』を中心に

金　小英
Kim Soyeong

早稲田大学エウプラクシス叢書——019

早稲田大学出版部

Laughter and Japanese Culture in the Heian Period
Tosa nikki, Taketori monogatari, and Genji monogatari

KIM Soyeong, PhD, is a lecturer, Pusan National University, Korea.

First published in 2019 by
Waseda University Press Co., Ltd.
1-9-12 Nishiwaseda
Shinjuku-ku, Tokyo 169-0051
www.waseda-up.co.jp

ISBN978-4-657-19804-4

Printed in Japan

目次

凡例

一　和歌の引用にあたっては、『万葉集』『古今集』は新編日本古典文学全集（小学館）に、『後撰集』は新日本古典文学大系（岩波書店、以下『新大系』）に、それ以外については『新編国歌大観』（角川書店）にそれぞれ拠っている。

二　和歌以外の古典作品については、特にことわらないかぎり、すべて新編日本古典文学全集（小学館、以下『新全集』）に拠っている。なお、適宜句読点などを改めた個所がある。

三　第一章二節で言及・引用した西欧の「笑い」論のうち、日本語訳書がないものについては、適宜筆者の日本語訳を付した。

序論

笑いは人間に見られる普遍的な現象であり、多様な人間関係によって構成される社会において、批判・共感・排除・活力・包容など様々な機能をもつということはひとまず認められるだろう。それは、笑いが時と場、内容に応じて反応する人間の複雑な精神活動と深く結びついていることを示し、その内実によって、微笑・失笑・苦笑・冷笑・嘲笑・哄笑など、笑いを表す語も実に多岐にわたっていることからも察せられる。西欧では古くから笑いの意義に注目した「笑い」論が多方面に展開され、現代では分野ごとに数多くの理論が提示されるほど、一つの概念に包括されない笑いの多義性が知られている。

人間（性）をあつかう文学に現れる笑いも、右に述べた性質と無縁ではないはずで、それについて検討するのは、テクストのなかを生きる個を理解することに結びつくだけでなく、その個人が所属する共同体の守られるべき価値と思想、共同体における個人のありようなどを読み解くうえでの重要な手がかりにもなろう。そこで、本書は平安時代前期から中期までの和文について、「笑い」の観点からアプローチし、その意義を解こうとする。全体は三篇一〇章の構成であり、各章の内容と方法に関して次に簡略にふれておく。

第一篇「平安前期の和文における笑いの諸相」は二章に分け、まず文学における笑いを論ずるための、その概念と領域の検討を試みる。そのうえで、和文体が形成しはじめる、平安前期の『土佐日記』に焦点をあて、笑いの諸相を探る。

第一章「「笑い」論の展開と文学における笑いの領域——特に平安前期の和文に照らして」は、笑いに関する膨大な知の蓄積がなされてきたにもかかわらず、それに対する体系的な理解が充分になされていないことから、古代ギリシャ・ローマ時代から現代までの、「笑い」論の重要な論点を平安文学に照らしつつとらえ、その理解を試みる。そのうえで、文学研究において何を笑いと見るべきかという問題が、これまで曖昧にされたまま議論されてきた現状をふまえ、「読者の享受」と「テクストの方法」という側面から、文学における笑いの対象、領域を見定める。

第二章「『土佐日記』の方法としての笑い——非日常空間における仮名日記の試み」では、仮名日記文学の嚆矢であり、平安前期の散文群のなかで、比較的諧謔性を全面に出している『土佐日記』の笑いの方法を分析する。これまで『土佐日記』の笑いに関する議論は、言語そのものに対する紀貫之の執拗なまでの姿勢ゆえに、表現の特色ばかりに注目する傾向があり、「方法」としての笑いの全体像は充分考察されてこなかったようである。そこで、本章では「笑いにかかわる概念語（日本語）」の理解というもう一つの観点を取り入れ、第一章で試みた「文学における笑い」の意味内容と適用範囲をさらに深める。日本語における二〇〇例に近い、「笑いにかかわる概念語」の存在は、日本という社会が「笑い」をどうとらえ、どう考えてきたのか、その社会文化的な経験の蓄積を示している点において、笑いの普遍性はもちろんのこと、その特殊性を理解するうえで重要な指標になろう。その論拠を確かなものとするための手続きをとったうえで、『土佐日記』の笑いの全体像をテクストの性質に基づき、（一）「機知的言葉遊び」、（二）「揶揄・諷刺」、（三）「滑稽・諧謔」に区分して分析し、その普遍性と特殊性をつかむ。

第二篇「平安中期までの「人笑へ」言説」では、現代日本文化論の観点を入れ、前近代と近代をつなぐ倫理感覚として集団を意識した「恥（意識）」の生成の過程を「笑い」との関係から読み解く。その方法としては、まず奈良・平安前期に成立した文学テクストを比較しつつ、その出発点というべき様相を『竹取物語』における「笑い」の文脈から引き出し、「笑い」と「恥」の関係を考察しようとする。そして、それに連なるものとして、『竹取物語』以後の文学テクストに現れはじめる「人笑へ」を、社会文化的な「恥」のディスクールとして三章にわたって論じていく。
　第三章「日本文化論との接点から見る古典における「恥」の言説――『竹取物語』とその前後」は、様々な批判にもかかわらず、戦後日本研究の大きな動因になった「集団主義」と「恥（意識）」について、平安前期の『竹取物語』とその前後に焦点をあてて再考する。ルース・ベネディクトによって日本文化（日本人）の特徴として提示された「集団主義」と「恥」は、周知のごとくどの社会においてもある程度見られる現象であり、日本だけの特別現象ではない。ただ、それらが日本文化を特徴づける特殊性・典型性を持つものとして内外に映っていたならば、長い歴史のうえで変化しつつも強化されてきた形成の軌跡があるはずではないか。そのような問題意識から、いろいろな方面から「日本的」な特徴が現れる平安前期の文芸作品に注目し、心理構造においても現代と類似する連続性を持つのかどうかという点について、奈良時代の例と比較しつつその変化を追究する。特に平安時代の前期において、上代の感受性とは違い、むしろ現代につながる恥の意識と集団主義のはじまりというべき様相を、『竹取物語』における笑い（五人の求婚失敗譚）の文脈から導き出す。

　第四章と第五章では、集団認識を含み持つ恥の意識が、平安前期から平安中期までどのように変化し形づくられていったか、その形成史というべき様相を「人笑へ」に焦点をあてて探る。まず、**第四章「中流階級の女性における「人笑へ」、そして恋――平安貴族に仕えた女房格の作者を中心に」**では、平安貴族社会に身を置き実人生を生きた、女房格の女に「人笑へ」がどのような重みをもって感じられていたかという問題を、彼らが書いた日記文学と『枕草子』に焦点をあてて検討する。それと連動して、**第五章「平安貴族の道徳感情、「人笑へ」言説――平安中期までの系譜学的考察」**では、『竹取物語』以降『源氏物語』までの歌・物語における「人笑へ」の系譜をたどり、その特色を確認する。そして最終的には、「人笑へ」が一つの行動原理として重みをもつようになる『源氏物語』の特徴をもって、『竹取物語』の「恥」の言説」を逆照射してみる。その系譜学的考察により、共同体における個人のありようがいかなる方向に展開してきたのか把握できるだろう。

以上のように、第二篇までは、場合によって中期の作品までも視野に入れるものの、主に仮名文学が胎動し始める時期に書かれ、以後の文学ジャンルにも影響を及ぼしていく前期の作品に重点を置く。が、**第三篇「『源氏物語』の諧謔性と笑い」**では、『源氏物語』に焦点をあてて五章にわたり様々な観点から検討する。『源氏物語』の笑いということでは、末摘花や近江の君・源典侍などの「をこ」の作中人物がすぐに想起されよう。これらの人物は、たしかにたびたび論じられてきた。しかし、それらの議論は「笑い」に直接かかわるごく一部の人物を論じることが中心であった。本書では「笑い」にかかわる人物に特化するのではなく、これまであまり議論されなかった『源氏物語』そのもの、あるいは『源氏物語』総体としての笑い(性)に注目する。

第六章「頭中将と光源氏――「雨夜の品定め」の寓意性」は、貴公子たちが宮中に集まり女論を展開する「雨夜の品定め」を、源氏と頭中将との関係性を軸にして読みなおし、さらに二人が政権を争うことになる「絵合」の場面と照らし合わせて考察する。というのは、「雨夜の品定め」ではこの二人のそれぞれの女性観・倫理観というべきものが愉快な笑いのなかで現れ、あくまでも私的・個人的な次元を超えなかったが、後の政権争いにかかわってからは物質的な力、政治的な力へと変換すると思われるからである。特に「雨夜の品定め」における、「吉祥天女」をめぐる源氏と頭中将の「笑ひ」に秘められた構想上の企みが、後の「絵合」とどのように照応してくるのかを解くことになるが、そのことを、娘の教育観とも関連させつつ論証する。その過程で、かつて統一性に欠けていると評されてきた頭中将の人物像を検討しなおすことになるとともに、それに対比される源氏のありようをとらえなおすことにもなろう。

第七章「『源氏物語』における「女」と「仏」――若紫巻の喩としての「仏」を中心に」では、『源氏物語』が仏教的世界観を底流におきながらも、その思想・信仰のありようが問われるような文脈で「仏」という語を用いる場面、特に喩として「女」に重ねる場面に現れている諧謔性の意義を解く。先行研究を参考にしつつ、『源氏物語』にどのような独自性があるのか、また仏教的な表現が「喩」としてどのような意味の拡がりをもたらし、笑いへと転化するのか、といった問題について表現面から検討する。

第八章「玉鬘十帖の笑い――端役から主要人物への拡がり」では、中年の源氏の恋心をそそる玉鬘を軸に話が展開する玉鬘十帖の笑いを考察する。『源氏物語』の五四帖にわたって形成されている笑いは、玉鬘十帖でひときわ目立つように思われるが、そのうち玉鬘巻ではじめて登場する玉鬘付きの豊後介と女房三条、乳母など、これまであまり注目されなかった端役の人々が生み出す笑いを積極的に読みとろうとする。笑いにかかわる彼らのコミカルな行動および人物描写に注目し、そこから派生した笑いが玉鬘とどういうふうにつながり、また連動・拡大するのかを検討する。

第九章「男女関係に用いられる「たはぶれ」の一考察――平安前期の作品における解釈の問題をめぐって」では、物語の場面展開において華やかさと朗らかな笑いを引き起こす、和語「たはぶれ」に関する従来の解釈を再検討する。主に男女関係に用いられる「たはぶれ」を対象に、中世以来の諸注釈書における解釈の傾向を確認し、それらの傾向がおおむね以下の三つの事柄とかかわっていることを類推する。一つはある語の歴史的な変遷過程が追跡できる『日本国語大辞典（第二版）』（小学館）の認識態度、二つは一〇世紀以降の文芸作品における「たはぶれ」の意味合いの層位が充分考察されなかったこと、三つは元来「たはぶれ」が含みもった意味に、新たな意義が付着され生じた意味錯綜の現象と関連しているということを論じる。特に三つ目の現象と関連して、日本語の体系とは異なる漢字が中国から伝来され、その漢字で日本語を表記しようと努めた古代人の経験と、漢文を日本語のシンタクスで読むための訓読現象とがかかわっているだろうということを、現存最古の漢日辞典である『新撰字鏡』と漢文中心のテクスト『古事記』と『日本書紀』などを端緒に検証する。そして一〇世紀までの和文における「たはぶれ」が、特に男女関係に用いられるとき、どのような意味合いを生成するのかについて、文脈の実態に即してその特質をとらえる。

第一〇章「『源氏物語』時代の「たはぶれ（る）」攷——物語における色恋の生成」は第九章と連動するもので、『源氏物語』時代の「たはぶれ」が持つ、解釈の可能性を探ってみる。古くから漢文訓読体にも見える「たはぶれ」は、ふつう文脈によって「遊び」「冗談」「本気でない男女の交わり」といった、おおむね三つの意味の振幅を示す。しかし、この語が男女間に用いられ色恋の意味を生成すると思われる場面でさえ、単なる「遊び」「冗談」などと解釈される例がよくあることから、第九章の成果をふまえ、もっとも多くの用例が見られる『源氏物語』を中心に諸例の注釈および現代日本語訳を再検討する。『源氏物語』においてそれが内包する意味の外延はいっそう拡がっており、すくなくとも『源氏物語』時代までの用例を綿密に調べることで、より的確な意味合いをつかむことができると思われる。

第九章と第一〇章では「笑い」に直接言及することはない。しかしながら、男女間に用いられる「たはぶれ」の遊戯性の正確な把握をめざすこれらの章では、遊戯性に連なる諧謔性をも扱っているといえるだろう。

以上のような構成をもって、平安時代前期から中期に書かれた和文、主に日記文学と物語などの散文作品群を中心に、笑いそのもの、もしくは笑いをキーワードにして多様な角度から論を進めていく。

第一篇

平安前期の和文における笑いの諸相

第一章

「笑い」論の展開と文学における笑いの領域
——特に平安前期の和文に照らして

はじめに

古代ギリシャ・ローマの時代から現代までの数々の「笑い」論が示しているとおり、笑いを統一的な一概念として定義づけることは困難であろう。笑いをひき起こす契機は雑多であり、また立脚点次第で様々な解釈が可能となるからである。数世紀にわたり議論されてきた西欧の「笑い」論は、人間の意識の変化、時代ごとに現れた思潮などに影響されつつ、時間の試練に耐えた分、人類共通の笑いの普遍的な性質をとらえており、笑いを扱う日本での議論などでも、断片的な受容がしばしば見られる。ただし、「笑い」論の全体の流れをつかんだうえでこれらを用いてきたというより、つまみ食いのような借用の傾向があり、それに、笑いという領域、範囲が曖昧にされたまま、笑いを滑稽もしくは諧謔とほぼ同義語のように用いている印象も受ける。

そうした問題意識から本章では、文学を読み解く方法論的な立場から、西欧の「笑い」論の土台ともいうべきプラトン、アリストテレス、キケローなどの考察をはじめとして、現代にいたるまでの重要な「笑い」論の論点を、平安文学に見られる実際例に照らしつつとらえてみたい。さらに「笑い」論が現代においてどのように展開してきたのかを簡略におさえてみる。そうした手続きをとったうえで、文学における笑いを、読者の享受の側面とテクストを動かす内的原理の観点からとらえ直しつつ、暫定的ながら「笑い」の概念の説明をも試み、その対象とすべき領域をある程度見定めてみる。

一　古代ギリシャ・ローマ時代

笑いに関する最古の論として知られるのはプラトンの論である。ソクラテスとプロタルコスとの対話形式になっている対話編『ピレボス』[1]でソクラテスは、自分自身を知らない無知こそ「笑うべき（滑稽な）もの」（二八〇頁）であると語っている。その無知は豊かさ（財産）・美しさ（身体）・賢さ（徳・知恵）に関してのことであり、とりわけ力弱い無知は笑うべく、それに反する、力強い無知はにくむべきものであり、醜悪なものであるとする。

これに対応する笑いとしては、『落窪物語』の典薬助が好例になろう。落窪の姫君と少将を引き離そうとする継母の謀略の道具として利用される典薬助は、次の例からわかるように、その老いた身体とともに常に戯画化される人物である。

①わが叔父なるが、ここに曹司（ざうし）して典薬助（てんやくのすけ）にて、身まづしきが、六十ばかりなる、さすがに**たはしき**に、からみまはせておきたらむと、夜一夜思ひ明かすも知らで、少将いとあはれにうち語らひて明けぬれば、出でたまひぬ。

（巻之一　九八頁）

②〔北の方から姫君をあげるという話を聞き〕口は耳もとまで笑みまげてゐたり。（巻之一　一一三頁）

③〔落窪の仮病にだまされ共寝なしの一晩を過ごすとき〕ほどなく寝入りて、くづち臥せり。女、少将の君のけはひ思ひあはせられて、いとどあいなく憎し。……〔夜が明けあこぎがたたき起こし帰るよう催促すると〕ねぶたがりければ、目くそ閉ぢあひたる払ひあけて、腰はうちかがまりて出でて往ぬ。（巻之二　一二六～一二七頁）

④〔次の夜も姫君をたずねるが、あこぎの策略で引き戸はあかず冬の寒さに冷えて〕（a）腹こぼこぼと鳴れば、翁、「あなさがな。冷えこそ過ぎにけれ」と言ふに、（b）しひてごぼめきてひちひちと聞こゆるは、いかなるにかあらむと疑はし。（c）かい探りて「出でやする」とて、尻をかかへて惑ひ出づる心地に錠をついさして鍵をば取りて往ぬ。……（d）翁は袴にいと多くしかけてければ、懸想の心地も忘れてまづとかく洗ひしほどに、うつ臥しうつ臥しにけり。（巻之二　一三三～一三五頁）

プラトン流にいうと、貧しいうえに六〇歳もすぎた醜い自分（実像）を知らず、しかも好色な典薬助は笑うべきものである。落窪の君を与えようという継母北の方の言葉に耳元まで口を裂くようにして笑う典薬助の好色心（①②）は、落窪の若女房あこぎの機知に遮られ、そのかわり恋の情趣とは程遠い老いた身体の劣悪さが強調されることになる。たとえば、引用③では落窪の君と共寝なしの一晩を過ごした次の朝、「目くそ」でくっついたまぶたをこすりあけ腰を曲げて出る姿、また④でも、二日目の夜、姫君と契ろうとして訪れるが、あこぎの工作により戸は開かず冬の寒さに冷えきったうえに、袴に糞をたれ尻をかかえてにげるようす（a）（b）（c）、さらにはその洗濯に疲れ、その場で寝てしまう「翁」（d）の模様が滑稽にえがかれ、常に笑いものになっている。

しかしながら、プラトンのいうごとく、無知を仕返しできる強力なものと仕返しできない虚弱なものに二分し、後者を「笑うべき（滑稽な）者」にするとき、『落窪物語』における典薬助のもう一つの人物像を見失うおそれがある。たしかに、読み手、または少将から見て、[2]さらには典薬助を味方にしている北の方の側から見ても、[3]その無知は仕返しのできない虚弱なものであり嘲笑されるのである。

だが、落窪の君の側において典薬助はかならずしもそうとはいえない一面を有している。すなわち、北の方を後ろ盾にして迫ってくる強力な存在であり、「恐ろしい者、にくむべき者」[4]でもあるのである。次に見える、典薬助に対する少将の従者帯刀と落窪の君の女房あこぎの、明確な態度の違いからそれは窺える。

⑤「……北の方の御叔父にていみじき翁のあるになむ、あはせたてまつらむとて、今宵も部屋に入れとて鍵(かぎ)をとらせたまへれど、内外(うちと)にしかじか固めたれば、立ち居ひろろぎあけつるに、冷えてかうかうして往ぬ。(e)君はこのこと聞きたまひしより、御胸をなむいみじく病みたまひし」と**泣きつつ言ふ**。(f)帯刀、いみじきことにあはせて、ひりかけのほど、**え念ぜで笑ふ**。

(巻之二　一三四頁)

引用は女房あこぎが、北の方の企みと、引用③④で見た翁典薬助の失敗談を、帯刀に伝える場面である。(e)のところで、あこぎは姫君がいかに胸を痛めているのかを伝えながら涙を流すが、(f)で見るように、帯刀は北の方の企みに怒りを覚えつつ、典薬助の、糞をたれかけ逃げていったようすにはこらえかねて笑ってしまう。二人の立場の違いが明瞭に対比されているのである。

このように、プラトンの無知の「笑い」論は典薬助のもつ別の面を理解するうえで有効な視点を与えつつも、力の有無によってはきれいに二分できない典薬助と落窪の姫君側の、両価的関係を理解するには充分ではなかった。同じようなことはまた、『源氏物語』で、玉鬘を得ようとする大夫監(力を持つ無知)という人物への、玉鬘側の嘲笑(第八章一節参照)についても当てはまるだろう。

プラトンの笑いが、無知の滑稽さを対象とする嘲笑にかかわるものだとすれば、アリストテレスは、笑いの、より愉快な面に注意をはらっている。その「笑い」論は、『詩学』[5]の、喜劇を説明する段に見える。

⑥喜劇とは……〔比較的〕下劣な人々のことをまねて再現するものであるが、〔あらゆる劣悪さにおいてではなく〕寧

ろ、みにくさ（アイスクロン）であり、滑稽（ゲロイオン）もこれの一部に属している。たとえば、（g）滑稽は確かに一種の失態（ハマルテーマ）であり、それゆえまた、醜態（アイスコス）であり、その意味では劣悪なものではあるが、別に他人に苦痛を与えたり危害を加えたりする程の悪ではない。早い話が、喜劇用の滑稽な仮面は何かみにくくゆがんでもいるが、それでもこちらの苦痛を呼びはしない。

（二七～二八頁）

手近な例では、普段我々がテレビや劇などで見る笑劇的場面があろう。劇中で道化師や「をこもの」の起こす過ちあるいは彼らの持つ欠陥は、それが現れた瞬間、笑いを引き起こす滑稽なものであって、それを見る観客に何の苦痛も与えない無害性を保っている。たとえば、『落窪物語』において、落窪の君を訪ねる途中、糞まみれになる少将の例を見てみよう。

⑦帯刀とただ二人出でたまうて、大傘を二人さして、門をみそかにあけさせたまひて、いと忍びて出でたまひぬ。……〔狭い小道で雑色に遭遇し足白い盗人とされ〕行き過ぐるままに「かく立てるはなぞ。居はべれ」とて（h）傘をほうほうと打てば、屎（くそ）のいと多かる上にかがまり居ぬ。また、うちはやりたる人、「しいて、この傘をさしかくして顔を隠すはなぞ」とて（i）行き過ぐるままに大傘を引き傾け（かたぶ）て傘につきて屎の上を居たる。火をうちふきて見て、「指貫（さしぬき）着たりけり」「身まづき人の、思ふ女のがり行くにこそ」など口々に言ひておはしぬれば起ち（た）て、「衛門督（ゑもんのかみ）のおはするなめり。我を嫌疑（けんぎ）の者とてや捕ふると思ひつるこそ、死にたりつれ。（j）我、足白き盗人とつけたりつるこそ、**をかしかりつれ**」など、ただ**二人語らひて笑ひたまふ**。

（巻之一　六一～六三頁）

激しい雨の降る新婚三日目の夜、少将は落窪の君に深い愛情を示すため、帯刀と大きい傘をさしてひっそりと邸を出る。が、途中で衛門督の一行に遭遇しその雑色に倒され、糞の上にすわるばかりか（h）、傘と一緒に糞の上にぺちゃんこになってしまう（i）。糞まみれになった自分のようすをおかしく思う少将は帯刀とともに笑うが（j）、それは読者ばかりか、少将に何の苦痛も危害も与えない単純な失敗・醜さであり（g）、それゆえ読者も憐憫の情をかけず笑うことのできる、まさに無害な滑稽さである。

引用⑥で見てのとおり、アリストテレスは喜劇あるいは修辞学の面においての「快い」[6]滑稽（笑い）に限って論じており、快と憐憫のような微妙な感情の交わりが見える喜劇性についてまでは言及していない。

アリストテレスとともに「笑い」論に大きな影響を与えたもう一人は、キケローである。彼の論は『弁論家について』[7]のなかに見える。その理論的な面は主にアリストテレスの弁論術に依拠しているようだが[8]、書名からも推測できるように、弁論に役立つものとしての滑稽なもの、笑いを誘うあらゆる類のものを対象にしている。おかしみと朗らかさを味付ける弁論の薬味として、また相手方の主張や議論の非を咎める攻撃手段あるいは防御術として、笑いの重要性が語られている。当然、その笑いの大半は冷やかしと揶揄・皮肉などの方法に傾いている。キケローによると、

i　言わば滑稽なもののある場所、あるいは領域は……ある種の醜悪さと無様さの中ということになります。（下　一三〜一四頁）

ii　最も容易にからかいの対象となるものは、激しい憎悪にも値せず、この上ない憐憫にも値しないものということになります。（下　一五頁）

iii　最もよく知られている滑稽なものが、われわれの予期していることとは違うことが語られることによって生み出されるそれであることは、みなさんもご存じでしょう。（下　二八頁）

と論じている。

この類の一例として『源氏物語』の末摘花がすぐ想起されるのではないか。大輔命婦の工夫により「荒れわたりてさびしき所」（末摘花　二六九頁）に住む姫君に心をよせ、「昔物語にもあはれなることどももありけれ」と膨らませた源氏の期待は末摘花との一夜で失望に変わる。それでも「見まさりするやうもありかし」（末摘花　二八九頁）と期

待を抱いて二度目の共寝に臨んだ次の朝に見る末摘花の醜貌が、それである。

⑧まづ、居丈(ゐだけ)の高く、を背長(せなが)に見えたまふに、さればよと、胸つぶれぬ。うちつぎて、あなかたはと見ゆるものは**鼻**なりけり。ふと目ぞとまる。**普賢菩薩の乗物**とおぼゆ。あさましう高うのびらかに、先の方(かた)すこし垂りて色づきたること、ことのほかにうたてあり。色は雪はづかしく白うて、さ青(を)に、額つきこよなうはれたるに、なほ下がちなる面(おも)やうは、おほかたおどろおどろしう長きなるべし。痩せたまへること、いとほしげにさらぼひて、肩のほどなど、痛げなるまで衣(きぬ)の上まで見ゆ。何に残りなう見あらはしつらむと思ふものから、めづらしきさまのしたれば、さすがにうち見やられたまふ。（末摘花　二九二〜二九三頁）

源氏のわずかな期待を粉砕するかのように末摘花の身体の醜さおよび仰々しい装束、古風な行動にいたるまで次々と詳細に語られる。期待の逸脱によるおかしみという面では、キケローのⅲの、「予期していることとは違うことが語られることによって生み出される」滑稽であるといえようが、何よりもおかしいのは白い雪を背景に現前する、高く、また長く伸びて先の方がすこし垂れ赤く色づいた鼻である。「普賢菩薩の乗り物」になぞらえられているその鼻は、『観普賢菩薩行法経』に見られる普賢菩薩像の記述[9]あるいは仏画への共通認識に基づいた叙述であろう。つまり、普賢菩薩の乗る白象の「鮮白」の色とその長い鼻の先端にある蓮華の赤色との対比効果である。末摘花の醜さ・欠陥は肉体にとどまらず、その愚かな本性（精神的な欠陥）から起因する不器用な行動までもが、からかいの対象になる。一例をあげると、歳暮に源氏に送った手紙と元日の装束の古風な趣向がそれである。

⑨陸奥国紙(みちのくにがみ)の厚肥(あつご)えたるに、匂ひばかりは深う染(し)めたまへり。いとよう書きおほせたり。歌も、

　からころも君が心のつらければたもとはかくぞそぼちつつのみ

心得ずうちかたぶきたまへるに、つつみに衣箱(ころもばこ)の重りかに古代なる、うち置きておし出でたり。……心を尽くして詠み出でたまへらんほどを思すに、いともかしこき方(かた)とは、これをも言ふべかりけりと、**ほほ笑みて**見たまふ

を、命婦おもて赤みて見たてまつる。今様色のえゆるすまじく艶なう古めきたる、直衣の裏表ひとしうこまやかなる、いとなほなほしうつまづまぞ見えたる。あさましと思すに、この文をひろげながら、端に手習すさびたまふを、側目に見れば、

なつかしき色ともなしに何にこのすゑつむ花を袖にふれけむ

色こき花と見しかどもなど、書きけがしたまふ。花の咎めを、なほあるやうあらむと思ひあはするをりをりの月影などを、いとほしきものからをかしう思ひなりぬ。（末摘花　二九八～三〇〇頁）

恋の情趣とは程遠い紙の無趣味はともかく、そこに書かれた変な歌を精一杯になって詠む末摘花を想像した源氏は「ほほ笑」まずにはいられない。また、はやり遅れの「古めきたる」装束にあきれ、どうしてそんな末摘花に袖をふれたのかと自嘲の歌を詠む。末摘花からの手紙や装束を源氏に届けた命婦（大輔命婦）は、源氏の反応に恥ずかしくいたわしいと思いながらも末摘花の顔を思いあわせてはおかしくも思う。末摘花の肉体的・精神的な欠陥に向けられる源氏の笑いは一貫して「ほほ笑み」[10]であり、おかしみと軽蔑感、それに自嘲の念をも同時ににじませていると思われるが、『新全集』はそれを「苦笑」「薄笑い」[11]と解釈している。

末摘花の身体と性格の欠陥は、キケローのいうごとく「激しい憎悪にも値せず、この上ない憐憫にも値しない」醜さを備えた滑稽なものであって、『落窪物語』の語り手なら思う存分笑いものにして、その本性をむき出しにしたかもしれない。が、『源氏物語』には、源氏や命婦の感情からも確認できるように、おかしみとともに常にそれを「いとほしくあはれ」と思う憐憫の情も一緒に語られており、完全に笑いとばすことのできない、叙述の特異性ともいうべき両義性を含んでいる。

もう一つ、キケローの場合、人の醜さや身体の何かの欠陥を笑いの対象にするとき、たいていは「それよりももっと醜いものになぞらえられながら語られるもの」（下　三七頁）であるとしたが、末摘花の場合、当時の人々に大きな

信仰心をもたらしたはずの普賢菩薩の乗り物、聖なる白象を利用している。それにはおかしみとともに別の意図があるようにも思われる。たとえば、『落窪物語』で「痴者」「面白の駒」で呼ばれる兵部の少輔の例を末摘花の例と比較してみよう。

⑩さすがに笑みたる顔、色は雪の白さにて、首いと長うて顔つきただ駒のやうに鼻のいららぎたること限りなし。「いう」といななきて引き離れて往ぬべき顔したり。向ひゐたらむ人は、げに笑はではえあるまじ。

（巻之二　一五一頁）

愚かで滑稽であるがゆえに、少将の復讐劇の道具として散々笑いものにされる人物だが、その顔の描写は引用⑧の傍線部、末摘花のそれと類似しながらも譬える対象は異なっている。顔は雪のように白く、首は長く小鼻をしきりに「駒」のように動かしているようすは、まるで「ひひん」といなないて手綱を引き切って駆け出しそうな顔つきであるという。動物のしぐさにたとえることで、その人物の低俗さを強調させながら笑いを引き起こしており、キケローのいうとおりである。いってみれば『落窪物語』は、典薬助の例からもわかるように、人間的感情から生じるかもしれない憐憫の情を抑え、笑いの持つ快感・痛快さという一面の性質を徹底的に追求していた。だからこそ、その対象に向けられた笑いも、笑いがこみ上げるような「え念ぜで笑ふ」、あるいは「笑はではえあるまじ」とされるものであった。

それに比べ、『源氏物語』の比喩は末摘花の垂れた赤い鼻の視覚的な効果を出し、おかしみを表出しているものの、必ずしも『落窪物語』のような低俗さを駆使しているとは言い難い側面がある。それは落ちぶれた上の品の女に対する源氏の興味、頭中将との競争、末摘花からの無応答にせきたてられた「負けてはやまじの御心」（末摘花　二七七頁）、それに「見まさりする」（末摘花　二八九頁）かもしれないという、高められた期待感をも裏切られた源氏の気持ちまでをも「普賢菩薩の乗物」が負っているからではないだろうか。だからこそ、末摘花に対する源氏の笑いは

『落窪物語』とは違って思い切って大笑いできない、「ほほ笑み」になっているのだろう。

ここまで、平安文学における実例とともに古代ギリシャ・ローマ時代の「笑い」論を検討した。プラトンは財産・美・徳において自分を知らない虚弱な無知は笑うべきであるとし、アリストテレスは苦痛も危害もあたえない欠陥・醜さは滑稽であるとした。キケローは滑稽なものはある種の醜悪さと無様のなかにあり、激しい憎悪にもこの上ない憐憫にも値しないものがその対象になるとした。これら三つを並べたときに察せられるのは、いずれも笑いそのものというより、「滑稽」の「対象」に関する論であり、その笑いというのも、第三者的もしくは優越した立場からの感笑か、あるいは批判意識を含んだ嘲笑に近いということであろう。

そのような偏りはあるものの、これら西欧古代の「笑い」論は、日本の平安時代の物語文学における実例に照応するような、「笑い」にかかわる普遍性をも有しているようであった。人間の意識の変化、時代ごとの思潮の転変などは不可避であるものの、こうした「笑い」論の命脈はなおも保たれているといえようか。

二 「笑い」論の展開

古代ギリシャ・ローマ時代に語られた諸論は、中世においてはキリスト教の影響のもと、「生活やイデオロギー」のすべての「公式」の場で笑いが放逐され拒否されることもあったが[12]、一八世紀までほぼそのまま受容される。これらを土台に二〇〇〇年以上論じられてきた「笑い」論は何十種類にも及んでいるが[13]、現在、おおむね「優越理論(superiority theories)」「不調和(矛盾)理論(incongruity theories)」「解放(放出)理論(relief theories)」といった、三つに分類されると思われる[14]。むろん、これらの範疇に当てはまらないものもあるわけで、たとえば、社会的観点から笑いの矯正効果を論じたベルクソンの理論も重要な論として欠かせない。それぞれの理論にふれてみる。[15]

「優越理論」は一七世紀トマス・ホッブズ（一五八八～一六七九）により、他人あるいは過去の自分の欠陥や弱点が優越感を感じさせ笑いを起こすと主張されたことから発する。

名前のない情熱がある。が、その表れはいつも喜びの表現である、我々が笑いと呼ぶ顔〔の表情〕のゆがみである。しかし、我々が笑う時、いかなる喜びも、我々が考えるいかなることも、我々が誇りに思ういかなるところも語られてこなかった。笑いはウィットからなっているとか、いわゆる冗談からなっているということは〔実践的〕経験がそれを否定する。なぜなら、人間は全くウィットと滑稽のない不幸と下品な物事に対しても笑うからである。同じことが陳腐になったり通例になったりするとそれはもう滑稽ではない。そのため、笑いを引き起こすのは何であれ、あたらしくて不意でなければならない。……ということで、私は笑いは思いがけない**栄光**にほかならないと結論づける。その笑いは他人の弱点あるいは自分自身の昔の欠点との比較により我々の中で突然認識されるある種の**優越感**から引き起こされる。〔過去の自分の欠点との比較によって笑うというのは〕人間は突然過去の愚かなことが思い出された時、それが現在の不名誉にならない限り笑うからである。

（There is a passion that hath *no name*; but the sign of it is that distortion of the countenance which we call *laughter*, which is always *joy*: but what joy, what we think, and wherein we triumph when we laugh, is not hitherto declared by any. That it consisteth in *wit*, or, as they call it, in the *jest*, experience *confuteth*: for men laugh at mischances and indecencies, wherein there lieth no wit nor jest at all. And forasmuch as the same thing is no more ridiculous when it groweth stale or usual, whatsoever it be that moveth laughter, it must be *neiv* and *unexpected*. …… I may therefore conclude, that the passion of laughter is nothing else but *sudden glory* arising from some sudden *conception* of some *eminency* in ourselves, by *comparison* with the *infirmity* of others, or with our own formerly: for men laugh at the folles of themselves past, when they come suddenly to remembrance, except they bring with them any present dishonour.)[16]

人の欠陥や弱点が見る側に優越感を感じさせ、その喜びの表現として笑いが引き起こされるといった、笑いの嘲笑的な面に重きが置かれており、アリストテレスの無害な欠陥、およびキケローの論（特にⅰとⅲ）から内容的に影響されていることが察せられる。

ただし、二つの論では、肉体的であれ道徳的であれ、ある基準から外れ、醜く劣っているという視点はあるものの、必ずしもホッブズのいうような対象との比較から生じる自己満足による笑いとは言い難い面がある。アリストテレスの場合、「私」と対象との比較というより、観察者の立場、つまり我々が映画や漫画などで滑稽な場面を見て笑うとき、それは「私」に何の影響も与えない第三者の立場になって見るから思い切って笑うことができるのであり、必ずしもそこに優越感が作用しているとは限らないのである。キケローの論においても弁論のなかで相手の愚かさ・欲深さなどを暴くテクニックとしての笑いが採用されており、このとき優越感は、笑いのテクニックがうまく働き勝利した結果としての自己満足感としてもたらされるだろうが、キケローのいう笑いは、著書の諸例を見るかぎり、個人的な次元からではなく、より社会的な目的をもっているように考えられるのである。

古代の論があらためて笑いを定義することなく笑い、特に滑稽による笑いの対象に注目したとすれば、ホッブズ論の特徴は笑う側の一面の心理、つまり否定できない人間の冷たく利己的な本性の一面に注意をはらい、より「強力に」笑いを「定式化」[17]したところにある。

のちに、ホッブズの論は批判的に受容され発展していく。たとえば、滑稽なものは「客体にではなく、主観の方に宿っている」（一二二頁）とし、喜劇的効果の前提として観察する人の「洞察や見解」を重視したジャン・パウル（一七六三〜一八二五）は、次のように述べる。

喜劇的な快感の原因を精神的なものに求める諸説の中で、「誇り」に求めようとするホッブズの説が最も不確かである。……笑いの場合には、自分が高められていると感じるよりも（おそらく、しばしば逆なのであろうが）むしろ他人が低められていると感じるものである。わが身と比較してのむずがゆい快感は、実際のところ、他人の誤謬や他人の低さを認めるたびごとに、喜劇的快感となって現われ、自分が高いところにいれば、ますますおかしく感じるに違いない。とはいっても、他人の屈辱状態は、やはり全く逆に、しばしば心苦しく感じられるものではあるけれども。

（一三二～一三三頁）[18]

嘲笑の核心は自己（の優越感）にあるのではなく他人（の卑下）にあると、立脚点を変えている。また、後に述べるベルクソンのような、笑いの矯正効果に重点をおく、つまり、嘲笑は利己的な満足の表現ではなく自他の個人的な次元を超える何かであるとする観点などに展開される。

ホッブズのいう、「笑い＝嘲笑」は人間のよい天性を認めるフランシス・ハチスン（一六九四～一七四六）により批判され、嘲笑は笑いから分離され、その下位概念として笑いの範疇に包括されることになる。

i 〔ホッブズなどが〕笑いと嘲笑とを全然区別していないのはかなり不思議である。というのも、我々が他人の愚かさを笑うとき、この後者はただ前者の一つの決まった形にすぎないからである。そして、この形式においては、ある想像された優越感がその原因だろうと断言する、ある種の誤った主張がありうるだろう。しかしながら、そのほかに人が嘲笑されない場合や、笑う本人が他と全く比較しない場合の笑いは数え切れないほどある。よって、自らの状況と比較することなく、ある自然の事物の、一風変わった説明を笑ったりすることはよくあるのである。

(It is pretty strange, that the authors whom we mentioned above, have never distinguish'd between the words laughter and ridicule: this last is but one particular species of the former, when we are laughing at the follies of others; and in this species there may be some pretence to alledge that some imagined superiority may occasion it; but then there are innumerable instances of laughter, where no person is ridiculed; nor does he who laughs compare himself to any thing whatsoever. Thus how often do we laugh at some out-of-the-way description of natural objects, to which we never compare our state at all.)

ii　だから、通常、笑いの原因のように見えるのは、第一義の観念にある類似性を有しつつ相互に相反する付加的観念を持つイメージの寄せ集めである。雄大さ・威厳・神聖さ・完璧さという観念と下劣さ・卑劣さ・不敬さという観念との対比こそがふざけの本質であるように思われる。大半のからかいと戯れはそれに基づいている。ウィットの無理なこじつけ、すなわち種類のまったく異なる対象からその比較対象へと類似性をもたらすことによって、我々は笑いへと促されることもある。

(That then which seems generally the cause of laughter, is 'the bringing together of images which have contrary additional ideas, as well as some resemblance in the principal idea: this contrast between ideas of grandeur, dignity, sanctity, perfection, and ideas of meanness, baseness, profanity, seems to be the very spirit of burlesque; and the greatest part of our raillery and jest are founded upon it.' We also find ourselves moved to laughter by an overstraining of wit, by bringing resemblances from subjects of a quite different kind from the subject to which they are compared.)

iii　したがって、我々はある世代あるいはある国で滑稽に思われるものが、別の世代あるいは別の国ではそうではないかもしれないということがわかるだろう。

(And hence we may see, that what is counted ridiculous in one age or nation, may not be so in another.)[19]

これにより嘲笑とともに単なる喜びの表現（テクストの受容による美学的現象を含め）としての笑いがいわれることになる。さらに、引用iiiのように、笑いは歴史的・文化的な脈絡のなかで受容されるべきであると、笑いを理解するにあたっての重要な観点をも提供している。また、引用iiで、笑いは比較される対象とは完全に違うものを対比することによってよく引き起こされると指摘することで、次に説明する「不調和（矛盾）理論」の初歩的な端緒を開く。といって、ハチスンがこういった見解をはじめて述べたわけではない。前節で引用したキケローの説のiiiで示されているように、滑稽なものは「われわれの予期していることとは違うことが語られることによって生み出される」といった期待感の逸脱に関する観念がすでに論じられ、「不調和理論」の基盤が作られていたのである。

ハチスンの理論は一八世紀ジェームス・ビーティー（一七三五〜一八〇三）が受容し「不調和理論」という大きな論点を提示する。

i　作者のなかには、嘲笑と滑稽の両概念を区別せずに嘲笑を扱ってきた者もいる。しかし、この研究においては、まず純粋な滑稽の本質を明確にするところから取りかかるのが当然の手順になると私は思う。滑稽なものと嘲笑を誘うものは両方とも笑いを引き起こす点で共通している。しかし、前者は純粋な笑いを、後者は反感や軽蔑感が混ざった笑いを引き起こす。私の目的は純粋な笑いを起こさせる事態や観念の特質を分析・説明することである。その性質は、これら〔の観念など〕を滑稽あるいはおかしさと命名している。

(Some authors have treated of Ridicule, without marking the distinction between *Ridiculous* and *Ludicrous* ideas. But I presume the natural order of proceeding in this Inquiry, is to begin with ascertaining the nature of what is *purely Ludicrous*. Things *ludicrous* and things *ridiculous* have this in common, that both excite laughter; but the former excite pure laughter, the latter excite laughter mixed with disapprobation or contempt. My design is, to analyse and explain that quality in things or ideas, which makes them provoke *pure Laughter*, and entitles them to the name of *Ludicrous* or *Laughable*.)

ii　したがって、ハチスンのように笑いの対象あるいは原因は「威厳と下劣さの対比」であるというより、もっと一般的なことばでいうと、笑いは「同じ集合体において統括されるあるいは統括されるはずの、適切さと不適切さあるいは関連性と関連性の欠如との対比」である。

(And therefore, instead of saying with Hucheson, that the cause or object of laughter is an "opposition of dignity and meanness";— I would say, in more general terms, that it is, "an opposition of suitableness and unsuitableness, or of relation and the want of relation, united, or supposed to be united, in the same assemblage.")[20]

適切さと不適切さとの不一致または対比に笑いの原因があるということで、後にカント(一七二四~一八〇四)も次のような類似した論を出す。

> 快活で身体を揺さぶるような大きな笑いを喚起すべきあらゆるもののうちには、ある不合理なもの(それゆえ悟性自身では、それに満足は見出すことができないもの)がなければならない。笑いとは、ある張りつめた期待が突然無に転化することから生じる情動である。この転化は、悟性にとってたしかに喜ばしいものではないが、しかしまさにこの転化が、間接的に一瞬きわめて生き生きと喜びを与えるのである。それゆえこの原因は、表象が身体に及ぼす影響と、身体が心に及ぼす交互作用とにあるのでなければならない。しかもそれは、表象が客観的に楽しみの対象であるかぎりでそうなのではなく(というのも、裏切られた期待はどうして楽しませることができるであろうか)、もっぱら、この転化が諸表象のたんなる戯れとして、身体のうちで生の諸力の平衡を生み出すことによるのである。 (二三三頁)[21]

このように、カントは緊張した期待の「消滅」(無への転化)から笑いをもとめたが、ショーペンハウエル(一七八八~一八六〇)はこの考えを否定し、ある直観的・具体的な対象と抽象的な概念(表象)の間の「不一致(不調和)」から笑いが生じるとした。

> 笑いというものはいつでも、或る概念と、その概念によって或る関係において思惟された実在する客観との不一

致を突如として気づいたときに生ずるものに他ならない。そして笑いそのものがこの不一致の表現に他ならないのである。この不一致はしばしば、二つまたは幾つかの実在的客観が一つの概念によって思惟せられ、その概念の同一性がそれらの客観に移され、しかも次にはその他の点においてそれらの客観と概念とがまったく異なっているために、概念がただ一面だけでそれらの客観に合致しているということが目立って来ることによって生ずる。しかしまた同じくしばしば、たった一つの実在的客観でも、それが一面においては正しくその概念に包括されていても、他面でその概念との不一致が突如として感じられる場合には笑いが生ずる。ところで、一方においてかかる現実のものを概念に包括させることが正しければ正しいほど、また他方においてそれらの不適合が著しければ著しいほど、この対立から生ずる可笑しさ(das Lächerliche)の効果は大きい。したがって笑いはすべて逆説的な、それ故に意外な包括を機会として生ずる。この場合その包括が言葉で表わされようと、行為で表わされようと変わりはない。簡単ではあるが、これが可笑しさということの正しい説明である。(一四七～一四八頁)[22]

ただ、こういった観点は、上述したキケローの論でも見たように、期待の逸脱とかかわっている。また、カントの、緊張された期待が消えるといった、緊張から弛緩という、笑いにおける何らかのカタルシス効果、解放の機能が内在していることを意味しており、次に説明する「解放(放出)理論」ともつながっていく。

「解放理論」は感情のエネルギーの発散、カタルシスの面に焦点を当てたもので、アレクサンダー・ベイン(一八一八～一九〇三)によってはじめて提示されたとされる。ベインはホッブズの理論を「擁護し発展させ」ながら、「心理的束縛とそれを打破するときの笑いの役割を最初に研究したひとり」[23]である。

i　滑稽の原因は、他の強い感情をかき立てることのない状況のもとで、ある人あるいはある威厳を備えた勢力を格下げするところにある。

(The occasion of the Ludicrous is the Degradation of some person or interest possessing dignity, in circumstances that excite no other strong emotion.)

ii　笑いは権力意識または優越感の噴出と関係があり、またある抑制状態から突如として解放されることとも関係している。〔この〕二つの事実が、滑稽な格下げの多様な例に見出されることが確認できよう。

(……Laughter is connected with an outburst of the sense of Power or superiority, and also with a sudden Release from a state of constraint, we shall find that both facts occur in the multitudinous examples of ludicrous degradation.)

iii　ささやかなものや低俗さとの接触が我々を硬直した姿勢から大きな歓喜へと解放してくれるが、その硬直した姿勢にさせるのは、まさしく現実味に欠けた真面目さや厳粛さの強制的な形式である。

(It is the *coerced* form of seriousness and solemnity, without the reality, that gives us that stiff position, from which a contact with triviality or vulgarity relieves us to our uproarious delight.)(24)

著書の中でベインは、「不調和理論」と「優越理論」に疑問を提示しながらも、右の論述のように笑いと優越感との関係を認め、抑圧状態——真面目さや厳粛さのような——からの解放と関係があるとした。

このようなベインの考えを発展させるのは、ハーバート・スペンサー（一八二〇～一九〇三）である。スペンサーは、笑いは、「神経エネルギー（nervous energy）」の放出であり、ある興奮状態から緊張を解く一つの方法としてみた。笑いはあらゆる強い感情が肉体的活動のなかに自らを発散させることによって生じる、「興奮した筋肉活動の一つの展開（a display of muscular excitement）」（二五五頁）であり、単純な喜びや滑稽、くすぐりなど、精神的であれ肉体的であれ、強烈な感情から起こるといったのである。そして、強度の喜びや苦痛による笑いとは違う不一致（矛盾）による笑いのメカニズムについては、劇場で長く苦しい誤解がとけ二人の男女が和解を果たそうとする際、突然仔山羊が現れ、おかしい場面に展開したとき、すなわち不一致が生じる瞬間を例にして説明する。

i　大量の感情が生じ、つまり生理学的にいうと相当の神経系が緊張状態にあった。場面のさらなる展開に対する大きな期待、すなわち現在の思考と感情の総量が流れこもうとする、一定量の漠然とした生まれつつある思考と感情。妨害するものがなかったら、次に興奮する新しい観念や感情の総体は、放たれた神経エネルギーの全量を吸収するのに十分であろう。しかし、今しも、この巨大な神経エネルギーは、生じようとする等量の新しい思考と感情を作ることに使われる代わりに、突然その流れを止められるのである。今まさに放出が行われようとする通路が遮断される。仔山羊の出現とその行為によって開かれた、あたらしい通路は狭いのである。提示された観念や感情は使われるべき神経エネルギーをすべて運び去れるほど大きくはない。したがって、余分はほかの方向に自らを放出しなければならない。そこで、すでに述べたような形で、運動神経を通じて様々な種類の筋肉に流出が生じ、我々が笑いと称する半けいれん的な作用を引き起こすのである。

（A large mass of emotion had been produced; or, to speak in physiological language, a large portion of the nervous system was in a state of tension. There was also great expectation with respect to the further evolution of the scene—a quantity of vague, nascent thought and emotion, into which the existing quantity of thought and emotion was about to pass. Had there been no interruption, the body of new ideas and feelings next excited would have sufficed to absorb the whole of the liberated nervous energy. But now, this large amount of nervous energy, instead of being allowed to expend itself in producing an equivalent amount of the new thoughts and emotions which were nascent, is suddenly checked in its flow. The channels along which the discharge was about to take place is closed. The new channel opened—that afforded by the appearance and proceedings of the kid—is a small one; the ideas and feeling suggested are not numerous and massive enough to carry off the nervous energy to be expended. The excess must therefore discharge itself in some other direction; and in the way already explained, there results an efflux through the motor nerves to various classes of the muscles, producing the half-convulsive actions we term laughter.）

ii　笑いは意識が大きなものから小さなものに不意に転移した時、つまり我々が下向する矛盾と呼ぶものがある時にだけ自然に生じるのである。

（……laughter naturally results only when consciousness is unawares transferred from great things to small — only when there is what we call a *descending* incongruity.）[25]

不一致の知覚により生じる笑いの心理的状況が述べられているが、要するに、余剰となった感情（surplus feeling）、不一致のために突然せき止められあふれ出た心の興奮というべき、いわゆる神経エネルギーが種々の筋肉群に発散され笑いが生じる（二五七頁）とした。また、その笑いが生じるためには、不意に巨大なものからささやかなものに移行したときの、「下向する矛盾（descending incongruity）」でなければならないと主張している。彼の論は、今となってはあまりあてにならない観点のようだが、以降の心理分析学者および笑いを論じる思想家たちに大きな影響を与えたらしく、フロイト（一八五六～一九三九）もスペンサーの研究と、快なるもののエネルギーを「心的エネルギー」の一種とするテーオドール・リップス（一八五一～一九一四）に刺激され、[26][27]

i　スペンサーの思想を手直しし、そこに含まれている表象を部分的にはより明確にし、部分的には変更する必要は感じられる。……笑いは……以前はある心的通路の備給に使われていた心的エネルギーの量が使えなくなり、その量が自由に放散できることになった場合〔に成立する〕。（一七四頁）

ii　われわれの仮説に従えば、これまで備給に使用されてきた心的エネルギーの量が自由に放散できるための諸条件が、笑いにおいて与えられる。笑いがすべてそうだというわけではないが、機知を聞いての笑いは間違いなく快のしるしであるから、従来の備給が廃棄されたことに快を結び付けたくなるだろう。（一七六頁）[28]

すなわち、笑いは不必要になった心的エネルギー（psychical energy）を放つものであるとしたのである。さらに、フロイトはそれまで述べられてきた諸理論を押さえつつ、快に基づいた笑いを引き起こすものを、機知（jokes or wit）・滑稽（the comic）・フモール（humor）に分類し、

iii　機知の快は制止の消費の節約から、滑稽の快は表象（備給）の消費の節約から、フモールの快は感情の消費の節約から生じてくるように思われた。（二八四頁）

とし、心的エネルギーの抑制と消費、その消費の違いによって、それぞれ独自な方法に笑いを生じさせる心理的過程を説明しようとした。

以上、笑いの嘲笑の面に重きをおいた「優越理論」、期待されたものと実際に現れたものの間に生じる不一致あるいは矛盾・ズレに焦点をあてた「不調和理論」、心的または感情的エネルギーの発散として笑いのカタルシス・解放の面に重点をおいた「解放（放出）理論」について述べたが、これらの三つの論以外に、見方によって「優越理論」とも「不調和理論」とも理解できるベルクソンの論も大きな反響を呼んだ。笑いの源泉を「一種の機械的なこわばり」[29]（一九頁）と「放心家」（二〇頁）にもとめ、社会はそういった硬直性を笑いをもって除去し、その成員たちに大きな弾力性と高い社交性を獲得させよう（二〇頁）とするのだとした。

笑いは何よりもまず**矯正**である。屈辱を与えるように出来ている笑いは、笑いの的となる人間につらい思いをさせなければならぬ。社会は笑いによって人が社会に対して振舞った自由行動に復讐するのだ。笑いがもし共感と好意の刻印をうたれていたならば、その目的を遂げることはないであろう。（一七九頁）

要するに、笑いは「全体的完成」（二七頁）を追求するのであり、その意味で「一種の社会的身振り」（二七頁）であり「懲罰」（二八頁）、また「矯正」なのだと、社会的観点から笑いの矯正効果を論じたのである。その内容からして、プラトン・キケローのいう「笑い」論を汲みつつ、深化・展開させていることが察せられよう。

西欧における大きな「笑い」論の流れを以上のように押さえてみた。それぞれの論は、今も笑いを説明するうえで有効であり、時空を超え共通して認められる笑いの普遍性をとらえつつも、人間関係や状況の複雑さ、また、歴史や文化・社会の脈絡のなかで理解すべき個別的な特異性までは把握しきれない根本的な問題をも抱えている。

三　テクスト、そして笑いの領域

右のように押さえてみると、当然、笑いを完結した一概念として定義することの困難さはいよいよ露呈してくる。諸種の「笑い」論が示しているとおり、笑いを引き起こす原因は、身体的・生理的な理由または社会的・心理的な理由からなど、実に多岐にわたっており、よりどころによって様々な解釈が可能となるからである。

前述したが、文学における笑い、とりわけ日本文学における笑いもかなり曖昧にされたまま、滑稽・諧謔・フモール・おかしみとほぼ同じ意味に理解され混用されているようすが見られる。周知のごとく、笑いの現象と原因が喜劇的なことに基づいていることが多いからであろうが、辞書に見える笑いの第一義の意味は「笑うこと」であり、人の表情や声に現れる身体表現であることが記される。くすぐられて反射的に起きる生理的なものもあろうが、時と場、内容に応じて反応する人間の複雑な精神活動と深く結びつき、その内実によって表現される語も、微笑や失笑、苦笑、冷笑、嘲笑、哄笑など実に多種多様である。

ただ、ここで扱おうとするのは、読者の体験、それに文学の方法としての笑いであり、個々のテクストを動かす内的原理の一つとして理解すべきものである。ということで、文学における笑い、つまり、読者の享受の側面と、意識的であれ無意識的であれ、テクストが用いる方法という観点から、ここでは暫定的に微笑・哄笑・苦笑・冷笑・嘲笑・憫笑・嬌笑・失笑など様々な段階の笑いを包括する身体表現であること、また一方では笑う行為が表情・声に現れなくても、ある事柄にふれて「おもしろい」「おかしい」「喜劇的」「ユーモラス」「コミカル」などと感じる快（の認識）あるいは笑いたくなる心の働きを内包する意味内容として理解したい[30]。

そういった際、テクストのなかにそういった笑いを引き起こすものはどういうふうに現れるのか、何がその対象になるのかという、笑いを上位概念とした、下位概念としての、その領域をある程度見さだめる必要があろう。それは様々な情念によって生じる、テクスト内部の笑いそのものであれば、文面に軽快さやおかしみを与え潤滑油のように働く、滑稽味をおびた表現・戯れでもある。それらは志向する笑いの内実によって、滑稽、フモール、言語遊戯、揶揄・諷刺、皮肉・反語、パロディーなどで範疇化することもできよう。議論の余地はあろうが、これらの用語を事（辞）典類や[31]「笑い」論に基づき簡略に確認しておきたい。

（一）滑稽（comic）　滑稽が笑いとほぼ同意語のように扱われてきたことは前述したとおりである。笑いと喜劇的なもの（滑稽）との密接な結びつき、滑稽の結果もしくは随伴現象としての笑いに注意をはらったからであり、ドイツの『哲学の歴史辞典』[32]においても、二つを同じ項目に取り上げ、一七〇〇年以降、「笑い（Lachen）」と「滑稽（Komische）」が厳密な区分なく混用されてきた事情を述べている[33]。ベルクソンも著書のタイトル（原題 Le rire: Essai sur la significance du comique, 英題 Laughter: An Essay on the Meaning of the Comic）に示しているとおり、二つを同じく扱っている[34]。そういった観点からベルクソンは滑稽を四つに分け[35]それぞれの違いを説明しようとする。

ただ、ここでは笑いにかかわる諸研究を踏まえている、フロイトの「滑稽」の意味内容に頼りたい。フロイトによると、滑稽なものは「人間の社会関係から思いがけ」ず見出されるものであって、「人物の動作、容姿、行動、特徴」などの「肉体的な特性」から、また、「人の心の特性や発言」に見出されるものである。さらに、「動物や無生物」の「擬人化」による滑稽、人を「随意に滑稽にする」状況などがあげられる。それに「用いられる手段は、滑稽な状況に置くこと、模倣、仮装、正体の暴露、カリカチュア、パロディー、もじり」などがある[36]。

たとえば、「社会的、文化的な規範や常識を身につけていない、いわば異文化に身を置く人物が、そうした規矩から外れた行動・言動をすることで笑いを提供する」[37]烏滸物、いわゆる『落窪物語』の面白の駒や典薬助、『源氏物語』の近江の君・末摘花などがあげられる。

（二）**諧謔**（**humor**）　フモールのことであるが、「滑稽」とも共通項を有しており、「滑稽の変容」あるいは広い意味での「滑稽」に理解されることもある。生活または人の性格から現れる否定的な面――人の弱点や欠陥・あやまり・不十分さなど――を、悪意のない笑いで共感する寛容性を有している。飯田年穂によると、対象への「同情、哀れみを含んだ情的寛容的性格」のゆえ、風刺や反語の「攻撃性とは対照的であり」、また、「理知的性格の能力である機知とも異なる」とする。「不完全な人間に宿命的なものとしてそのまま肯定するような態度で、愚かしきふるまいを本意ならずも演じざるをえない人間の姿を慈しむ心をもったものであり、そこに独特の滑稽さが生まれる」[38]とされる。

たとえば、『落窪物語』の男主人公少将道頼が汚物にふれる場面、また「烏滸物語」と区別して、「社会的、文化的な規範や常識をわきまえた人物が、計画・推断等の誤りにより、笑うべき事態を引き起こしたり、巻き込まれたりするモチーフ」の「滑稽譚」[39]における、源氏や頭中将など貴公子の恋愛の失敗譚も例になろう。ただ、どの観点に立つかによって滑稽にもフモールにも汲み取れる事例があるということも指摘しなければならない。ちなみに、飯田年穂は、「悲喜こもごものこの世界を一種の諦観にたって眺め、泣き笑いを催させるような人情味を添えて描き出すユーモアは、日本人の伝統的な滑稽感覚とも相通ずるところがある」[40]と述べる。

（三）**機知**　奇抜な発想に基づき、異質なものやある複数の事柄から、人々の常識を覆すような、共通点あるいは違いをすばやく見出し凝縮した簡潔な言葉で結びつけ、意外な驚きの笑いをもたらす知的活動。簡潔性と短さ、知的洞察力、驚異性などが特徴としてあげられるが、たとえば、語と概念の間の不条理を想起させたり、音の類似性や同音異義語を利用して変形させる駄洒落・掛詞など言葉そのものを素材にして遊戯性を出す言語遊戯、常套的なことわざを変形したり、連想や推測に基づき暗示するなど様々な方法がある。ただ、機知も「フモール」と同じく、場合によって「滑稽」あるいは「滑稽の変容」に理解されることもあり、フロイトも機知の「主観的制約性」を認め「私にとっての機知は、ほかの人にとってはただの滑稽話であるかもしれない」[41]とことわっている。

(四) 諷刺　道徳的に劣等で否定的な対象（あるいは社会的な現象や制度・哲学など）を鋭く暴露・批判し嘲笑する方法。もともと皮肉・諧謔（フモール）に比べ攻撃性が一番強く、本格的な諷刺文学の例として、スターリン主義を批判したジョージ・オーウェルの『動物農場』、一八世紀はじめのイギリス社会を批判した『ガリバー旅行記』などがよくあげられる。が、『日本国語大辞典（二版）』（小学館）の「諷刺」の項目では、「あらわには言わないで、遠まわしに他の欠点をつくこと。特に、社会・人物などの欠陥・罪悪などを嘲笑的に描くことやその作品」と説明されており、「直接・間接を問わず攻撃するすべての言説を表す一般的用語」[42]と見なすほうが現実的であるように思われる。攻撃性の一番強い技巧としての「諷刺」というより、批判精神があり「嘲笑的」であれば「諷刺（的）」と見るべきであろう。いずれにせよ、諷刺する側の道徳的・知的レベルはそれを読む読者側に自然にうなずかれるものであることが特徴としていわれる。

(五) 皮肉・反語　アイロニーともいう、直接的・表面的にいわれることと実の意味との間に乖離を生じさせる技巧。言葉の表の意と意図された裏の意の間に差異が生じるときの「言葉のアイロニー」、言語的アイロニーの二重的意味がより持続的に作品の構造に反映され働き続けるときの「構造的アイロニー」、読者あるいは観客はすでに知っている事実を主人公（たとえば、オディプスのような）は知らないまま事柄がすすむときに生じる「劇的アイロニー（運命のアイロニー）」などに分けられる。適例を『源氏物語』の近江の君の例から引くことができる。

　少将は「かかる方にても、たぐひなき御ありさまを、おろかにはよも思さじ。御心しづめたまうてこそ。堅き巌（いはほ）も沫雪（あわゆき）になしたまうつべき御気色（おほむけしき）なれば、いとよう思ひかなひたまふ時もありなむ」と、ほほ笑みて言ひゐたまへり。中将も「天の磐戸(いはと)さしこもりたまひなんや、めやすく」とて立ちぬれば、ほろほろと泣きて……。

(行幸　三二一～三二二頁)

玉鬘が尚侍になったことを聞きつけ、弘徽殿の前で不満をぶつける近江の君を、柏木とその弟の少将がからかう場面である。傍線部のように、『日本書紀』を引用し、近江の君の威勢のよさは神代の天照大神さながらで、誰をも力ずくで打ち負かすことができ、その点でも尚侍が適任だと、表面上では肯定するふりをしながら、相手を徹底的に否定・愚弄する皮肉のしんらつさ・冷たさがかもし出されている。嘲笑と揶揄の笑いを伴う面では諷刺と似通っている。

それに加えて、人に愚か者にされていることさえ気づかない近江の君を烏滸物にしながらも、次のように突然、語調を変え、笑う側をも相対化する『源氏物語』の矛盾した語りも批判精神をともなうアイロニーの一種として理解できるだろう。

うちそぼれたるは、さる方にをかしく罪ゆるされたり。ただ、いと鄙(ひな)び、あやしき下人(しもびと)の中に生(お)ひ出でたまへれば、もの言ふさまも知らず。ことなるゆゑなき言葉をも、声のどやかにおし静めて言ひ出だしたるは、うち聞く耳ことにおぼえ、をかしからぬ歌語りをするも、声づかひつきづきしくて、残り思はせ、本末(もとすゑ)惜しみたるさまにてうち誦(ずむ)じたるは、深き筋(すぢ)思ひ得ぬほどの、うち聞きにはをかしかなりと耳もとまるかし。いと心深くよしあることを言ひゐたりとも、よろしき心地あらむと聞こゆべくもあらず。あはつけき声(こわ)ざまにのたまひ出づる言葉こはごはしく、言葉たみて、わがままに誇りならひたる乳母(めのと)の懐(ふところ)にならひたるさまに、もてなしいとあやしきに、やつるるなりけり。いと言ふかひなくはあらず、三十文字(みそもじ)あまり、本末あはぬ歌、口疾(くちと)くうちつづけなどしたまふ。

(常夏　二四七～二四八頁)

ここでは、近江の君の、無作法な「舌疾(したど)き」や「声のあはつけさ」、羽目をはずすような行動を低俗に描写しながらも、都の人工的な優雅さの非内容性をも同時に語っている。その一方、傍線部のところで、近江の君の品位のなさは、育てられた環境によるものであると、違う断面から語ることで、近江の君を笑う側の立場が堅固なものなのかどうかも同時に省察するという、滑稽以上の振幅の広い批判意識を内在した多声的構造になっている。

（六）パロディー　ある真摯な作品や特定の流派の創作方法をまねすること、つまり、その表現や文体などの、表面上の特徴を巧妙に模倣しながらその内容を滑稽に改作することによって、滑稽味や諷刺の効果を期待する文学形式。形式と内容の不一致を通じてある事柄や作家・作品をひやかすのである。もじり詩、戯文、ざれ歌などがあげられる。たとえば、『土佐日記』の一月十三日条の記事には、『古事記』のある儀式をパロディー化したような内容が見られる。

> 十三日の暁に、いささかに雨降る。しばしありてやみぬ。……十日あまりなれば、月おもしろし。船に乗り始めし日より、船には紅濃く、よき衣（きぬ）着ず。それは、海の神に怖ぢてといひて、何の葦蔭（あしかげ）にことづけて老海鼠（ほや）のつまの貽鮨（いずし）、鮨鮑（すしあはび）をぞ、心にもあらぬ脛（はぎ）にあげて見せける。（二九頁）

あたかも場面設定をしたかのように明るい「月」の下で、男女の性器を連想させる、「老海鼠のつまの貽鮨、鮨鮑」の語句が登場している。この表現は、船から降りた女たちの解放感を海の神に性器を「見せける」行為に具象化すると同時に、『古事記』に見られる、天の岩屋にこもった天照大御神を外に連れ出すため、要するに、天上と地上の世界に太陽を戻すために行った神々の女陰露出の儀式をパロディー化したと考えられる。

詳しい検討は第二章で用意しているが、表には制約から放たれた人々の解放感を示す一方で、その裏には神を喜ばせ光を戻した性器露出の古代の意義を覆したパロディーの笑いを形成し、神の虚偽性をも示していると思われるのである。

以上、すべての笑いを包括する完全な概念としてではなく、文学における笑い、読者の享受とテクストの方法の側面から、その意味内容を確認し、文学における笑いの領域・範疇というべき項目をあらためてみた。すでにフロイトなどの先学による指摘もあるように、これらのカテゴリーは、それぞれ独立した事項というより、互いに交渉しあう関係のなかで把握すべき範疇であることをことわっておく。すなわち、滑稽やアイロニーをもって諷刺することがあれば、パロディーをもって言語遊戯的アイロニーを形成することもあるのである。

おわりに

以上、古代から二〇〇〇年以上にわたって論じられてきた「笑い」論の重要な論点を時間軸にそって考察してみた。古代ギリシャ・ローマ時代の論は、あえて笑いを定義することなく、笑われる対象に注目し、優越した立場からその対象を笑う嘲笑のほうに傾いていた。これらの論は公式の場で笑いがなくなる中世を経て、一八世紀までほぼそのまま受容され、ホッブズによる「優越理論」を生み、期待されたものと実際に現れたものの間に生じる不一致、あるいは矛盾に焦点をあてた「不調和（ズレ）理論」、心的または感情的エネルギーの発散としての笑いのカタルシス・解放の面に重点をおいた「解放（放出）理論」、また、共同体における笑いの機能に注目したベルクソンの論などに発展していったようすをとらえてきたのである。

それぞれの論は、今も笑いを論じるうえで有効であり、時空を問わず共通に認められる笑いの普遍性をとらえつつも、歴史や文化・社会的背景に基づいて理解すべき個別的な特異性までは汲み取れない根本的な問題を抱えていた。だからこそ、数え切れないほど多くの「笑い」論が提起されたのだろうが、当然、生理学や心理学、人類学あるいは美学など諸観点を包括する笑いを概念づけるのは至難のことでもあった。そういうことから、本章ではそういった事情を認めつつ、すべての笑いをひとくくりにする完全な概念としてではなく、文学における笑い、読者の享受とテクストの方法の側面から、その意味内容を確認した。つまり、微笑・哄笑・苦笑・冷笑・嘲笑・憫笑・嬌笑・失笑など様々な段階の笑いを包括する身体表現であること、また一方では笑う行為が表情・声に現れなくても、ある事柄にふれて「おもしろい」「おかしい」「喜劇的」「ユーモラス」「コミカル」などと感じる快（の認識）、あるいは笑いたくなる心の働きを内包するものであると提示した。そのうえで、笑いの対象というべき領域を基礎的研究の立場からあらためて考えてみたのである。

注

（1）プラトン、田中美知太郎訳『パルメニデス　ピレボス』プラトン全集4、岩波書店、一九七五年。滑稽さについては二九章（二七七～二八六頁）に述べている。

（2）少将側の例としては、賀茂祭の車争いのときに、「この典薬助といふ痴者の翁ありければ……走り寄るに……長扇をさしやりて冠をはは(ママ)とうち落としつ。髻は塵ばかりにて額ははげ入りてつやつやと見ゆれば、物見る人にゆすりて笑はる。翁、袖をかづきて惑ひ入るに、さと寄りて、一足づつ蹴る。……翁の、痴れぬべかなりて息音もせず」（二〇五～二〇六頁）と、少将の従者たちに打擲される場面がある。たしかに残酷にも映るが、仕返しのできない虚弱な無知を笑いものにしている語り手の姿勢は一貫しており、それを見る見物人までもどっと笑っている。

（3）引用③と④に確認した典薬助の醜態は、その本人によって北の方に語られる。恥ずかしげもなくこまごまと語るその弁明に、北の方は「腹立ち叱りながら笑はれ」（巻之二　一四一頁）、それを「ほの聞く若き人は死にかへり笑」ったのである。

（4）プラトン、注（1）二八二～二八三頁。

（5）アリストテレス、今道友信ほか訳『詩学　アテナイ人の国制　断片集』アリストテレス全集17、岩波書店、一九七二年。

（6）ほかの著書『弁論術』（山本光雄ほか訳『弁論術　アレクサンドロスに贈る弁論術』アリストテレス全集16、岩波書店、一九六八年）に「笑い」は「快いものどもに属するから、必然に人間にせよ、言葉にせよ、行為にせよ、滑稽なものどもは快いものでなくてはならない」（七三頁）としている。

（7）キケロー、大西英文訳『弁論家について　上・下』岩波文庫、岩波書店、二〇〇五年。

（8）注（7）の「解説」（三五三〜三五五頁）。

（9）「普賢菩薩……智慧力を以って化して白象に乗れり。……象の鼻に華有りて、其の茎は譬えば赤真珠の色の如し。……象の鼻の紅蓮華の色なる、上に化仏有して眉間より光を放ちたもう」（多田孝正ほか校注『法華経下　観普賢菩薩行法経』新国訳大蔵経、大蔵出版、一九九七年、五七五〜五七六頁）とある。

（10）末摘花の顔を見て帰るとき、源氏は「鼻の色に出でていと寒しと見えつる御面影ふと思ひ出でられて、ほほ笑」（末摘花　二九六〜二九七頁）み、正月の衣装を整い送るときも「かの末摘花の御料に、柳の織物の、よしある唐草を乱れ織れるも、いとなまめきたれば、人知れずほほ笑」（玉鬘　一三六頁）んだ。また、末摘花からお礼に引用⑨とまったく同じ趣向の「陸奥国」の「厚きが黄ばみたる」紙に古風な筆跡で書き送られた歌にも、源氏は「ほほ笑」（玉鬘　一三七頁）んだのである。

（11）末摘花とはじめて共寝をしたのち、大輔命婦に訪れなかった言い訳をいう場面ではじめて「ほほ笑みたまへる」（末摘花　二八九頁）が出るが、大輔命婦からの視点であることを考慮しているためか、『新全集』はここを「笑顔をつくって」と解釈している。

（12）ただ、その他の領域――広場、祝祭日、気晴らしの祝祭用の文学等――では「例外的特権の行使が許された」（ミハイール・バフチーン、川端香男里訳「笑いの歴史におけるラブレー」『フランソワ・ラブレーの作品と世界――ルネッサンスの民衆文化』せりか書房、一九七四年、六八頁）。

（13）たとえば、バーグラーは七〇種類以上の理論の解説に相当の紙幅を費やしている。（Bergler, Edmund. *Laughter and the Sense of Humor.* New York: Intercontinental Medical Book Corporation, 1956. pp.1-41.）

（14）日本の『哲学事典』（平凡社、一九七一年）も、笑いの美学的考察の面から三つの観点とベルクソンの見解を紹介している。「笑い」理論の歴史を詳しくまとめた韓国のドイツ文学者リュジョンヨンの『웃음의　미학　笑いの美学』（유로　ユロ、二〇〇五年）にもその傾向は見られる。ただし、優越理論と不調和理論に比重が置かれ、解放理論は独立した論としては扱っていない。ちなみに、プリンストン大学の比較文学部に出されたリーバマンの博士論文（Lieberman, Ari. *The function of Laughter in Donquijote, Pnin, and Only Yesterday*, A dissertation of Princeton University, 2010）

の序文によると、このような分類を導いたのは哲学者J・モリオール（森下伸也訳『ユーモア社会をもとめて――笑いの人間学』新曜社、一九九五年）だとする。

（15）以下、英文の日本語訳に関してはコロンビア大学のCharles Woolleyの協力を得た。

（16）Hobbes, Thomas. *Human Nature or the Fundamental Elements of Policy*. Bristol: Thoemmes Press, 1994, pp.45-46.

（17）モリオール、注（14）一一頁。

（18）ジャン・パウル、古見日嘉訳『美学入門』白水社、二〇一〇年。

（19）Hutcheson, Francis. *Thoughts on Laughter and Observations on 'The Fable of the Bees' in Six Letters* 1758, Bristol: Thoemmes, 1989, pp.14-15, p.24, p.33.

（20）Beattie, James. *Essays: on Poetry and Music, as They Affect the Mind; on Laughter, and Ludicrous Composition; on the Utility of Classical Learning*, 3rd Edition. Edinburgh: Printed for Edward and Charles Dilly in London, 1778, pp.326-327, p.348.

（21）カント、牧野英二訳『判断力批判　上』カント全集8、岩波書店、一九九九年。

（22）ショーペンハウエル、磯部忠正訳『意志と表象としての世界Ⅰ』理想社、一九七〇年。

（23）モリオール、注（14）三八頁。

（24）Bain, Alexander. *The Emotions and the Will*, 3rd Edition. New York: D. Appleton and Company, 1888, p.257, p.259, p.260.

（25）Spencer, Herbert. "The Physiology of Laughter," from *Progress: It's Law and Cause*. New York, Humboldt Pub. Co., 1881, p.256, p.257. なお、日本語の翻訳にあたっては、木村洋二訳（「笑いの生理学」『価値変容の社会学的研究』関西大学経済・政治研究所、一九八二年、一二四～一三九頁）を参考にしている。

（26）モリオール、注（14）四四頁、リュジョンヨン、注（14）三三一頁。

（27）リップス、大脇義一訳『心理学原論』岩波文庫、岩波書店、一九三四年、一四二頁。

（28）フロイト、中岡成文ほか訳『機知――その無意識との関係』フロイト全集8、岩波書店、二〇〇八年。

（29）ベルクソン、林達夫訳『笑い』岩波文庫、岩波書店、一九八〇年。

（30）笑いを、このようにまとめるにあたっては、これまで述べた「笑い」論および注（14）のリュジョンヨン、平凡社の『哲学事典』、また『日本大百科全書』（小学館、一九九四年）と河添房江の「笑い」（『国文学 解釈と教材の研究』四〇

（九）、学燈社、一九九五年、一八～一九頁）などを参考にした。なお、第二章で笑いにかかわる日本語の概念語の検討を取り込んだうえで、「文学における笑い」というより進んだ概念の提起を試みた。

（31）前掲の『哲学事典』『日本大百科全書』および『西洋思想大事典』（平凡社、一九九〇年）、韓国文化芸術委員会編の『100 년의 문학용어사전 百年の文学用語辞典』（아시아 アジア、二〇〇八年）、イサンソプの『문학비평용어사전 文学批評用語辞典』（民音社、二〇〇一年）などを参考にした。

（32）Ritter, Joachim and Gründer, Karlfried ed. *Historisches Wörterbuch der Philosophie*, vol. 4. Basel: Schwabe, 1976, p.889.

（33）辞典の内容に関してはコロンビア大学の Daniel Poch の協力を得た。なお、リュジョンヨン、注（14）一七頁も、これにふれている。

（34）ちなみに、注（29）林達夫訳の岩波文庫は、『笑い――おかしみの意義についての試論』になっており、「the comic」を「おかしみ」と訳している。

（35）おかしみ一般（形・態度・運動）・状況のおかしみと言葉のおかしみ・性格のおかしみ。

（36）フロイト、注（28）二二四頁。

（37）津島昭宏「烏滸物」『源氏物語事典』大和書房、二〇〇二年、九八頁。

（38）飯田年穂「ユーモア」『日本大百科全書』（ニッポニカ電子版）小学館、一九九四年。

（39）津島昭宏「滑稽譚」『源氏物語事典』大和書房、二〇〇二年、一八三頁。

（40）飯田、注（38）。

（41）フロイト、注（28）二二五頁。

（42）注（31）『西洋思想大事典』。

第二章

『土佐日記』の方法としての笑い

——非日常空間における仮名日記の試み

一　文学における笑い

文学における笑いを論じようとするとき、必ず出くわすのが「笑いとは何なのか」という問題であろう。西欧ではすでに紀元前から笑いに関する議論が展開され、今では哲学をはじめ心理学や人類学・生理学など多方面にわたっている。が、いまだに満足できる結論は出されず、各分野における関心の角度、それによる接し方によって多種多様な可能性が提起され、研究が進めば進むほど完結した概念として笑いを定義することの困難さだけには、皆が同意するようになってきたような印象さえうける。

このような状況からであろうが、笑いを論じようとする文学研究、たとえば筆者がかかわっている古典研究に限ってみても、何が笑いなのかを明確にせず、「諧謔」「滑稽」「おかしみ」などとほぼ同義語のように扱い議論してきた。その議論の対象も、笑いに直接かかわる語に着目し、当該用語の頻度数やテクスト内での特殊な意味合いをさぐる研究か、あるいは「烏滸物」「滑稽譚」と称される対象のあきらかに諧謔性を意図している状況、または滑稽な人物・表現などに限定し、それらにおける笑いの機能を検討する傾向が目立つ。笑いは滑稽・おかしみと密接にかかわり、その随伴現象として起こるものの、それとは別に特殊な笑いを示す多種多様な日本語[1]の存在、それにその概念語と表裏一体になって働く笑いの機能をかんがみると、笑いに関する議論は上述した滑稽性と関連用語だけに限らないはずである。しかし、すでに第一章で述べてきたとおり、笑いを一つの概念として定義しがたいという事情と、完結した概念を志向するという矛盾とがあいまって、文学における議論可能な笑いの対象・領域は制限されがちであったと思われる。

しからば、あえて「文学における笑い」に範囲を絞ることで、「笑いとは何か」という問題を避けることなく、より拡がった議論が可能になるのではないか。文学というテクストに基づいた議論であるかぎり、テクストと相互作用する「読者の体験」と「個々のテクストを動かす内的原理」という二つの側面[2]、さらに本書巻末に揚げた〈表〉、すなわち日本語における笑いにかかわる概念語をあわせて考えるならば、世界共通に認められる笑いの「普遍性」と日本の歴史と文化・社会の脈絡のなかで理解すべき「特異性」まで把握できるのではなかろうか。巻末の〈表〉のように二〇〇例に近い概念語の存在は、日本という社会が「笑い」をどうとらえどう考えてきたのか、その社会文化的な経験の蓄積を示している点において、笑いの普遍性はもちろんのこと、その特殊性を理解するうえでも重要な指標になろう。こういった三つの観点から「文学における笑い」を次のように考えて論を進めたい。なお、それは完結した概念というよりも、「文学における笑い」に限定していることを再度ことわっておく。

笑いは心理的感情をともなう様々な段階の笑い――微笑・哄笑・苦笑・冷笑・嘲笑・憫笑・嬌笑・失笑など――を包括する身体表現であり、また一方では笑う行為が表情・声に現れなくても、ある事柄にふれて「おもしろい」「喜劇的」「冷笑的」「ユーモラス」「コミカル」「痛快だ」などと感じる内面の認識作用あるいは笑いたくなる心の動きを内包する意味内容である。

以上の内容は、前章ですでに試みた「読者の享受の側面」と「テクストが用いる方法」という観点に、巻末の〈表〉の概念語の検討を加え補ったものである。〈表〉の語群には、たとえば必ずしも表情に物理的な笑いを表さなくても、相手への軽蔑・非難の感情を示す、「嘲笑（的）」「冷笑（的）」「軽笑」「鼻先笑い」などがあり、自分の欠点や短所などに気づかぬまま他人をばかにするときに譬えられる「さるの尻笑い」のような語もある。また軽蔑・困惑などの気持を含む「薄笑」、後世の人に笑われる不安感と恥の意識を感じさせる「遺笑」も見当たる。それぞれの語には、「快」はもとより「不快感」「困惑」「迷惑」「照れくささ」「卑屈さ」「はずかしさ」「ぎこちなさ」など、微妙で複雑な人間の心理作用と価値判断も含まれていることから、上記のごとく「文学における笑い」を把握するようになったのである。

本書でいう「笑い」は以上の理解に基づいており、その「方法」に関しては、〈表〉の語から察せられる笑いの内実と志向性によって「滑稽」「諧謔」「機知」「諷刺」「揶揄」「反語（アイロニー）」「パロディー」など、前章でふれたカテゴリを用いようとする。テクストにおける笑いは、テクスト内の人間関係や人の性格と行動あるいは話し方などによって生じる笑いもあれば、書き手の工夫によって産みだされる滑稽味をおびた表現・戯れからも起こりうる。その内実は「哄笑」「苦笑」「微笑」「意地悪笑」「お世辞笑」「感笑」などのように、批判・攻撃・おべっか・共感・排除・活力・包容など様々な機能を果たし、テクストの内外からは「喜劇的」「嘲笑的」「冷笑的」などといった価値判断がくだされる。そういった内実と志向性をテクストの方法としてとらえようとするのである。

二　なぜ『土佐日記』の笑いなのか

本章では、以下、『土佐日記』を対象として論ずる。なぜ平安前期に書かれた『土佐日記』の笑いなのか、その理由をひとまず説明する必要があろう。日本文学史において平安前期は、文字として仮名の体系が整えられ和歌を中心とした文芸活動が活発になる一〇世紀前半にあたる。初の勅撰和歌集『古今集』の編纂に伴い、宮廷文学としての和歌の地位が高まり、男性貴族には公的な催しの場で漢詩とともに和歌を詠む能力がもとめられる。依然として仮名は女性が使う文字、すなわち「女手」という社会的な認識はあったものの、日本語のシンタックスに基づき読み書きするということは、男性に対しても漢文日記と漢詩では表現できない感情の機微や情緒、思うことをより自由に言語化する契機を与えただろう。女性と直接顔を合わせることの少ない当時、女性とのやりとりは仮名文の手紙と和歌によって行われた。まだ恋が成就する前の段階であれば、女の心を動かす巧みな詠みぶりと適切な心情の表出は恋の行方にかかわる分、男性にとっても重要な媒体になったはずである。

『土佐日記』はこのような時代と状況のなかで仮名で書かれた日記である。周知のごとく、作者紀貫之（八七二？〜九四五）は『古今集』の四人の撰者のなかでも特に重要な人物で、和歌の規範を定立した宮廷専門歌人であり、九〇五年ごろに『古今集』を醍醐天皇（在位八九七〜九三〇）に撰進してから約三〇年後、『土佐日記』（九三五年ごろ成立）を世に出した。それは土佐守の任（九三〇〜九三四）をおえて土佐から帰京するまでの、ごく個人的な体験を歌と諧謔性を交えた仮名文で綴った旅日記である。すでに加藤周一による指摘もある[3]が、『土佐日記』のこの二つの特徴、すなわち「仮名書き散文」であることと私的な経験を「歌と諧謔性」をもって叙述したこととは、その先駆性ゆえに日本文学史の記述において『土佐日記』以前の漢文日記と漢詩よりも高く評価され、関心がよせられてきた[4]。

当然、『土佐日記』に関する研究も、このような状況と深く結びついている。主な研究動向を見ると、まず『土佐日記』の冒頭における「男もすなる日記といふものを、女もしてみむとてするなり」（一五）といった、「女」という書き手の設定についての議論があげられる。貫之が「女」を装う必然性がどこにあるのか、その意図・意義を探る研究が集中的に行われたのである。現在では「女」という書き手の設定により、事実の記録を旨とするそれまでの漢文日記とは異なる女文字「仮名」で書くことの表明であること、またそれによって歌と私的な記事を含むことが可能になった点が一般的に認められているようである。ほかに、当時において明確な記録であるべき日記本来の目的から逸脱した、事実と矛盾する曖昧な叙述や虚構性に関する議論がある。これに対しては作者貫之周辺の状況と絡めて総括的な主題を論じようとする研究史の軌跡がある。[5][6]

一方、言語そのものに執拗なまでにこだわる姿勢から作者の表現意識を解こうとする研究があり、本章で扱う笑いもこれと密接にかかわって論じられてきた。江戸時代後期には、冒頭の女性仮託に言葉上の洒落をもとめる岸本由豆流の説[7]、また、女性仮託そのものから滑稽の意図を導き、そのおかしみの内実を、土佐で失った女児への悲歎の情をもらしながらも、またそれを隠匿するためであるとする香川景樹の見解[8]が提示された。景樹の説について重友毅は、女を装いながら「ちっとも女らしくない」ところに「土佐日記第一のこっけいがある」[9]と認めつつ、肝心な亡児追慕の条が諧謔的要素とかかわっていないところから、その説を江戸時代の儒学道徳による時代錯誤的な見解であると否定した。そして「満巻に横溢する」諧謔は旅中の「退屈をまぎらすための手段・方法」であると結論づけている。重友の「こっけい」文学としての『土佐日記』の趣向をとらえる姿勢は、目崎徳衛に受け入れられるが[10]、両氏のいう「こっけい」「諧謔」といった日記の性質は、言語遊戯的な洒落や卑猥な冗談など、表現のほうにもとめられている。

たしかに『土佐日記』には、言葉をいじりながら新たな言語の世界を構築しようとする、意図された表現意識が随所に見られ、それが笑いの文体を支える一つの軸になっていることは否めない。その多くは「誹諧的ことば遊び」[11]のようなものであり、ゆえに笑いに関する論も「諧謔（的）」という結論へ向けて表現の特色を論じるのが現在までの動向である[12]。

人間（性）を扱う文学においての笑いが、我々が日常生活の中で体験する笑いの、共感・排他・包容・批判・活力・明朗性など、その多様な機能と無関係ではないことを思うと、『土佐日記』の持つ笑いの文学としての先駆性は、テクスト内の機知に富んだ言語遊戯や冗談など特定の表現だけに限らないはずである。というのは『土佐日記』のテクストには、「笑い」というプリズムで見たとき、特殊の笑いを志向してその所期の目的を達成する諷刺・皮肉のような方法もあるからである。それらはいうまでもなく非難・軽蔑・無視の意を含みもつ「嘲笑的」「冷笑的」という価値判断と不可分の関係にあり、笑いの範疇からも読みとれるのである。その意味で仮名による初期の笑いを含有する文学として『土佐日記』の先駆性は、これまで蓄積された議論にもかかわらず、笑いの全体像をつかんだうえで論じられているとは言い難い[13]。第一章で述べた問題——笑いの定義の困難さ、その対象の制限——などがこうした状況にからんでいると思われる。

とても短い記録でありながら、『土佐日記』には表現・言葉そのものから生じる笑いもあれば、人間関係や人の性格・行動によって得られる笑いもある。あらゆる類の笑いが点在しているのであり、それが日本文学史の記述において関心がよせられてきたポイントの一つであるならば、方法としての笑いの全体像を俯瞰する妥当性は諾われよう。それによって、『土佐日記』のもつ笑いの普遍性と特殊性もおのずと見えてくるだろう。また平安京を中心とした、王朝文化の形成の一面を担った代表的な知識人としての貫之の立場、つまり宮廷専門歌人という職を担うとともに、下級貴族でありながら天皇をはじめ有力貴族の後援を受けた人にとって、いかなるものが笑いの材料・対象になったのかを知るうえで一つの経験的データにもなろう。

三　『土佐日記』の方法としての笑い

『土佐日記』の方法としての笑いについて、以下では、(一) 機知的言葉遊び、(二) 揶揄・諷刺、(三) 滑稽・諧謔に分けて考察しようとする。これらの分類は便宜的ではあるものの、『土佐日記』を笑いという側面から見た時、抽出される性質でもある。前述したように、これらは独立した事項というより、互いに通じ合う関係のなかで把握すべき事柄であることを強調しておきたい[14]。なお、論を進めるにつれ従来の見解に新たな解釈を試みたところもある。

(一) 機知的言葉遊び

機知的言葉遊び[15]は『土佐日記』の主な特徴といってよいほど、かなり意図的に行われている。それゆえ時には機械的にまで見える。そこに何らかの思想があるわけではなく、同音異義語を用い二重の意味をかけたり、概念の矛盾の喚起もしくは言葉の響き・連想・語感などを生かした言葉自体の喜劇性を楽しんだりするというもので、ごく単純なことが多い。その「戯れのための戯れ」からは、たしかに「かわいた感触」[16]さえ感じられるが、それは言語表現そのものに対する過剰なまでの意識による作為性、ならびに何がおもしろいのかを理解するうえで還元の手続きを必要としない単純性から来るものであると思われる。いくつかの例を見てみよう。

藤原のときざね、(a) 船路なれど馬のはなむけす。上、中、下、酔ひ飽きて、いとあやしく、(b) 潮海のほとりにて**あざれ**あへり。　(十二月二十二日、一五〜一六頁)

また、ある人、(c) 西国なれど甲斐歌などいふ。　(十二月二十七日、一九頁)

ありとある上、下、童まで酔ひ痴れて、（d）一文字をだに知らぬ者、しが足は十文字に踏みてぞ遊ぶ。

（十二月二十四日、一六頁）

本文中の傍線部（a）は、「船路なれど」の語句がなければ「旅立つ人に送別宴をする」といった平明な叙述文になっていただろうが、「船路なれど」の語句を挿入することで、「馬のはなむけ」の語源に注意を払わせる。もともと「馬のはなむけ」は陸路を使って旅する人の安全を祈る儀式に由来する語であったが、貫之の時代には単に餞別を意味し、すでに語源とは無関係になっていたらしい。（a）の「船路なれど」は、形骸化されていた本来の意味に視線を向け、その概念の矛盾を喚起すると同時に、そこから連想される「船路」と「陸路」の対比効果を演出しているのである。

これと同様の趣向が傍線部（c）にも見られる。人々が別れを惜しみ和歌と漢詩を詠む一場面だが、「西国なれど」の語句を入れることで、ある人が歌った「甲斐歌」が「東国の民謡」であることに気づかせ、言葉上の矛盾によるおかしみを出している。

和歌の掛詞的な発想に基づく傍線部（b）は、「あざれ（戯れ）」に同音異義の「あざれ（鯘れ）」をかけ、身分の上下の別なく酔っぱらいふざけるようすをえがいた言語遊戯である。「潮海」から連想される「あざる（鯘る）」は、魚肉が腐敗して変色した状態を表す語であるが、ここでは顔を赤らめて酔っ払った人々の、節度を失っているようすと重ねあわせている。「潮海」と「あざれ」の連関から塩漬けになった魚は腐らないが、酒づけになった人は「あやしく」みだれて戯れているというように、縁語と掛詞の発想からなる二重の意味の掛け合わせなのである。

傍線部（d）も、送別宴で酔っぱらった人々のようすを「一という文字すら知らないものが、その足は十という文字に踏んで遊ぶ」と、別の角度からとらえたものである。酒に酔いよろめき歩く姿を、書く行為に転移することで、（d）に筋の通った虚偽の論理性が付与され、そこから二次的に生じる、「一文字」から「十文字」への突然の跳躍という対比・矛盾を生かしたおかしみなのである。「一」と「十」という音声の響きそのものに対する考慮もあろうが、その叙述によって場面のヴィジュアル的な効果も発揮され、文面に軽快感を与えているのも見逃せない。

このように書き手の意図により導かれた、言葉（の概念）の対比・矛盾の覚醒による笑いの効果が顕著であり、西欧の「笑い」論からいえば「不調和理論」[17]とも脈を同じくしている。洗練された機知と言語遊戯になれている現代読者に、『土佐日記』のこのような素朴で単純な作為性は失笑をかうべきところだが、仮名書きが充分発達していない当時においては新鮮な言語感覚だったのではないか。書き手にそういった意識、つまり自分が創作した言葉のあやから清新さを感じさせようという気持がなければ、そのような表現の試みはしなかっただろうからである。

この類の笑いのほかに、先行研究もよく取り上げる箇所で、前章でもパロディーの例として検討した、次の文も注目に値する。

> **十三日の暁に、いささかに雨降る。しばしありてやみぬ。**女これかれ、沐浴（ゆあみ）などせむとて、あたりのよろしきところに下（お）りて行く。……さて、十日あまりなれば、月おもしろし。船に乗り始めし日より、船には紅濃く、よき衣（きぬ）着ず。それは、海の神に怖ぢてといひて、何の葦蔭（あしかげ）にことづけて（e）老海鼠（ほや）のつまの貽鮨（いずし）、鮨鮑（すしあはび）をぞ、心にもあらぬ脛（はぎ）にあげて見せける。
>
> （一月十三日、二九頁）

さながら場面設定をしたかのように明るい「月」の下で、男女の性器を連想させる傍線部（e）の語句が並んでいる。『全注釈』は「女群沐浴」の時点をとらえ、翌十四日の条の楫取の物欲を非難するための「社会風刺の前触れ」[18]であり、また「引き歌としての兼輔の誹諧歌の世界を二重写し」した「観念上の遊び」（一九二～一九三頁）であるとする。『新大系』も「女たちの水浴のようすを類似表現で戯れてみせた」（一三頁）と解する。『新全集』も同様に沐浴の光景を見立てる説（二九頁）を紹介しており、諸注の解釈はおおむね一致している。

当時、船に乗った女は海の神に魅入られることを恐れ、濃い赤色や良質の着物は着なかったようだが、この場面で女たちは「沐浴などせむとて」船から降りており、（e）の表現を諸注のごとく「水浴」の描写と解するのはもっともであろう。しかしながら、ほかの意図も看取されるのではないか。すなわち、船から降りた以上、海の神に遠慮することのない女たちの開放感を海の神に性器を「見せける」という行為に具象化しているのではないだろうか。その意味では、古橋信孝の指摘[19]もあるが、禁制の「抑制状態からの解放」[20]という「解放理論」[21]とも通いあっている。この個所については、松本寧至のように、民俗信仰の側面から解釈しようとする試み[22]もあるが、「虚構」と「笑い」の面から見るとき、『古事記』と『日本書紀』に見られる次の陰部露出の儀式との関連から理解するのも可能である。

> 天宇受売命……（f）天の石屋の戸にうけを伏せて、蹈みとどろこし神懸り為て、胸乳を掛き出だし裳の緒をほとに忍し垂れき。爾くして、高天原動みて、**八百万の神共に咲ひき**。……高天原と葦原中国と自ら照り明ること得たり。（『古事記』六五～六七頁）
>
> 特に天鈿女に勅して曰はく「汝は是目の人に勝ちたる者なり。往きて問ふべし」とのたまふ。（f-①）天鈿女乃ち其の胸乳を露にし、裳帯を臍の下におしたれて、咲噱ひて向かひ立つ。（『日本書紀①』一三一頁）

前者は、須佐之男命の横暴に恐れ天の岩屋にこもった、天照大御神を連れ出すために女陰露出の儀式を捧げる『古事記』の場面である。（f）のごとく、巫女天宇受売命は胸の乳を露出し、裳の紐を女陰までおし垂らし、高天原が鳴り響くほど「八百万の神」を笑わせる。結果的にこの「咲ひ」は天照大御神を外に出し、天上と地上の世界に光を戻す役割を果たす。後者の『日本書紀』の記事は『古事記』とはすこし異なっている。天照大神の皇孫瓊々杵尊が降臨すべき道を塞いでいる猨田彦大神を、天鈿女が（f-①）のように女陰露出と大笑いをもってその巨神を威圧し道案内をさせるところである。

ただ、『日本書紀』は成立の翌年（七二一）から宮廷で講書が行われ、各時代を通じて読まれた形跡が知られるが、『古事記』は成立以来、江戸時代の本居宣長の研究が出るまでほとんど読まれた記録は確認されず、『土佐日記』の本文（e）との関連性は『日本書紀』に限って考えるべきかもしれない。

しかしながら、ここで注目したいのは記紀の儀式の持つ共通性である。両方とも巫女天宇受売命が同じ儀式（「女陰露出」と「笑い」）をもって神の心を動かし所期の目的を達成するところである。

女陰露出の儀式が神々の心を動かせる点において、『土佐日記』の（e）「老海鼠のつまの貽鮨、鮨鮑」を神に「見せける」行為は、記紀の（f）あるいは（f-①）の儀式をもどきつつそれを反転した言葉の遊びとして理解されうるのではないか。その関連性を説くため、次に当該の一月十三日の条に前後する記事を参考にあげる。なお、日付を見分けやすくするために太字にした。

十二日。雨降らず。ふむとき、これもちが船の遅れたりし、奈良志津より室津に来ぬ。（二九頁）

十三日の暁に、いささかに雨降る。しばしありてやみぬ。（二九頁）

十四日。暁より雨降れば同じところに泊まれり。（二九頁）

十六日。風波やまねば、なほ同じところに泊まれり。（三〇頁）

十八日。なほ、同じところにあり。海荒ければ、船出ださず。（三二頁）

十九日。日悪しければ船出ださず。（三三頁）

二十一日。卯の時ばかりに船出だす。みな、人々の船出づ。……（g）おぼろけの願によりてにやあらむ、風も吹かず、**よき日**出で来て、漕ぎ行く。（三五頁）

前日の、十二日の条には「十二日。雨降らず」というすこし特徴的な記述が目につく。旅立つ日から一日も欠かさず日付をつけ文をつづる記述には、その日に起きた事柄または天候の良好などによる船路の進みぐあいが記されている。が、「十二日」の日付の下の文には「雨降らず」と書き留めており、出航以降一度も「雨」に関する記述がなかったことにここで気づかされよう。そのためか、すこし雨の降った十三日の条には珍しく日付で区切らず、「十三日の暁に……」と本文が続いており、これについては『全注釈』と『新全集』にそれぞれ違った観点からの指摘[23]がある。ただし、ここでは傍線部（e）の「言葉上の遊び」が、雨が降ったにもかかわらず偶然にも「月」の明るい十三日に挿入されるべき蓋然性を、前後する記事の内容と後に構想をまとめたと思われる創作状況から考えてみたい。

前記の二十一日までの記述により、出発以来十二日まで雨は降らなかったが、十三日から二十日まで八日間も悪天候で出航できなかった状況がわかる。前後する記事の内容、そして『土佐日記』が実際に旅のさなかにまとめられたものとは到底考えられないことを踏まえると、すこし雨が降ってからやんだ十三日の条に順調な航海のための「晴天」を請うような女陰露出の場面を設定したのではないか。それがうまくいかず神を怒らせ、結局同じところに何日もとどまってしまったという、例の記紀の儀式を反転させた、笑いの言葉の祭儀を施したと推察されるのである。

降雨や荒天がおわり、ようやく出航できた二十一日の条の（g）に見える、どこか冗談めいた「おぼろけの願によりてにやあらむ」という表現、さらに「風も吹かず、よき日」になったと天気を強調する文脈も、上述のような理解とかかわりうるだろう。むろん『全注釈』のように「おぼろけの願」を、冒頭近くの「和泉の国までと平らかに願立つ」（十二月二十二日の条、一五頁）を受けていると見ることも否定できない。が、悪天候や海賊襲来を恐れ「神仏」に祈ったのち、答えらしきしるしが出たときの書き手の反応とその反応が時間差をおかず示される次の諸例を見るかぎり、そうまじめに理解することには無理を感じさせる。

二十三日。日照りて、曇りぬ。このわたり、海賊の恐りありといへば、神仏を祈る。（三七頁）

二十六日。まことにやあらむ、海賊追ふといへば夜中ばかりより船を出だして漕ぎ来る。途に手向するところあり。楫取して幣奉らするに、幣の東へ散れば、楫取の申して奉る言は、「この幣の散る方に、御船すみやかに漕がしめたまへ」と申して奉る。……このあひだに、風のよければ、楫取いたく誇りて、船に帆上げなど喜ぶ。……（h）天気のことにつけつつ祈る。（三七～三九頁）

三十日。雨風吹かず。……〔海賊を恐れ夜中に船を出すが〕西東も見えず。男、女、からく**神仏**を祈りてこの水門(みと)をわたりぬ。……からく急ぎて、和泉の灘といふところに至りぬ。今日、海に波に似たるものなし。（i）**神仏**の恵みかうぶれるに似たり。（四一頁）

二日。雨風やまず。日一日、夜もすがら、**神仏**を祈る。（四三頁）

五日。……「今日、波な立ちそ」と人々ひねもすに**祈るしるし**ありて風波立たず。……〔住吉のあたりで〕ゆくりなく風吹きて、漕げども漕げども、後へ退きに退きて、ほとほとしくうちはめつべし。……〔楫取に従い鏡を海に投げると〕うちつけに、海は鏡の面のごとなりぬれば……いたく、（j）「住江」「忘草」「岸の姫松」などいふ神にはあらずかし。（四五〜四七頁）

海賊からの保護や天気の回復を祈り、点線部のように良い結果が出たとき、それを論じる書き手の批評は、どこか皮肉っている姿勢が見てとれる。（h）に見えるような、何かと天気のよしあしにつけて祈願することへの揶揄（または皮肉）や、無事に目的地に到着し海も静まっているのを見ても、神仏の庇護の験としてすなおに受け入れているとはいいがたい（i）の態度、楫取のいうとおりに鏡を海に入れた途端、静まる海を見ては神の本性そのものを疑う懐疑的な（j）の姿勢などが所々見当たるのである。

一月二十一日の記述（g）も、このような姿勢へと連続するものとして理解すべきであろう。（h）「天気のことにつけつつ祈る」という船旅の現状を参考にすると、（g）「おぼろけの願」は、全旅程の安全を祈る冒頭の記述にもとめるより、十三日の本文（e）に照らし合わせたときに、対応が見えてくるのではないか。

悪天候でもっとも長く足止めさせられた十二日から二十日までの間、天気の回復を祈る場面がないと見るのはむしろ不自然であり、神に深入りすることのない作者の書きぶりを考慮すると、「願」を修飾する「おぼろけ」〔並々ならぬ〕の語は、（e）の性的冗談を念頭においた表現の可能性が高くなってくるのである。猥談めいた表現を用いることで、表には制約から放たれた人々の解放感を示す一方で、その裏には、神々の心を動かし光を戻したり道案内をさせたりした性器露出の古代の意義を覆したパロディーの笑いを形成し、神の虚偽性をも示していると思われるのである。

以上、機知的言葉遊びの諸例を分析してみた。諸例から見てとれるとおり、言葉の（概念の）矛盾の喚起・対比からなる洒落をはじめ、和歌の縁語・掛詞的発想を生かした言語遊戯、文脈に筋の通った虚偽の論理性を付与することで言葉の響きを生かし文面に軽快感を与える表現など、異なる水準の言葉遊びが見られた。さらに、露骨な表現を避ける『古今集』の撰者としての作者の姿勢からははみ出るような、「滑稽」の範疇に入れてもよい十三日の条の暗喩は、日本の古代文化に対する理解なしには共有できない独特なパロディーの笑いを形成していた。しかしながら、前述したように言葉自体に対する執拗なまでのこだわりによる作為性、ならびに理解しようとするうえで還元の手続きを必要としないごく単純な戯れが目立ち、一つの言葉が持つ表現方法の可能性をできるだけ書き込んでおこうとする、あるいは表現技巧の倉庫を作ろうとするかのような姿勢さえ窺えた。

それは『古今集』の「言葉遊びの物名歌や滑稽な誹諧歌の世界に近いものであって」、「貫之の得意とするところ」[24]であっただろう。と同時に、貴族の要請に応じ屏風歌を作ったり、歌会などの公的な場に呼ばれ、巧みな歌を詠んだりすることによってその存在意義を評価されてきた、宮廷歌人としての創作訓練のような行為でもあっただろう。あるいは古今集的歌の規範を作った人として、言葉はいまだ乏しく、かつ長い仮名文はなお未熟であった時代状況から、漢文日記に対する仮名日記の規範を作ろうとした先駆者的な創作意志が働いていたかもしれない。

（二）揶揄・諷刺

次は『土佐日記』に点在する露骨な「揶揄・諷刺」に注目したい。ここにいう「揶揄」は、共通の教養認識基盤を持たない人々を部外者として扱い、排他・排斥しようとする事柄にあてることとし、一方の「諷刺」は、都という同じ共同体に属する人々の理にかなわない態度を非難する際、暗にその行動を正すことを期待する文脈にあてることとして検討する。笑いの攻撃性を現す「嘲笑的」な面が両方に見え、両方を「諷刺」に解する立場もある。が、書き手が垣間見せる「都中心主義」に基づいて事柄をながめたとき、それぞれ異なる書き手の心底と、それによる違う効果が浮き彫りにされており、このように区別したのである。

（a）「都」対「鄙」の意識、揶揄

『土佐日記』の全編を通して登場する人物は、それぞれの場面に即応して役割を果たすだけであって、一貫した人物像の欠如[25]が指摘されている。執筆動機の一つとして重視されてきた「亡児への哀惜」さえ、「亡児の具体的描写がなく」「真実味に乏しい」[26]虚構であるといわれるなか、唯一特有の個性を持って生き生きとする人物が楫取である。国司一行の船旅を仕切る楫取は、現れるはじめの場面から常に「もののあはれも知ら」ぬものとして叙述・観察される。

楫取**もののあはれ**も知らで、おのれし酒をくらひつれば、早く往なむとて、「潮満ちぬ。風も吹きぬべし」とさわげば、船に乗りなむとす。（十二月二十七日、一九頁）

人々が別れを惜しみ歌のやり取りをする最中、自分の酒飲みがおわると、その場の雰囲気など察することなく興を

醒ますかのように、はやく船に乗るようにと騒ぐ。別れの情感を歌に託し体現していた「雅」の世界が、無残にも「俗」の人によってだいなしにされる瞬間であったが、この時から生じた書き手の不満は楫取を卑俗にえがき矮小化する。次の例を見よう。

船君、節忌す。精進物なければ午時より後に楫取の昨日釣りたりし鯛に、銭なければ、米をとりかけて落ちられぬ。かかることなほありぬ。楫取、また鯛持て来たり。米、酒、しばしばくる。楫取、気色悪しからず。

（一月十四日、二九〜三〇頁）

楫取、「今日、風、雲の気色はなはだ悪し」といひて、船出ださずなりぬ。しかれども、ひねもすに波風立たず。この楫取は、日もえはからぬかたゐなりけり。

（二月四日、四三〜四四頁）

物々交換により利益を得た楫取の物欲を「楫取、気色悪しからず」と皮肉り、天気の予測を間違えて航路を進めなかった時は、停滞感の鬱憤からか、船を出すのも港にとどまるのもすべて楫取のいうとおりに従うしかない無力さからか、我慢の限界に達したかのように「この楫取は天候も予測できないバカ者」なのだと罵っている。また、楫取が眼前の風景を歌のように口ずさんだときは、次のように書き手の身分意識からの興味が示される。

楫取のいふやう、「黒鳥のもとに、白き波を寄す」とぞいふ。このことば、何とにはなけれども、ものいふやうにぞ聞こえたる。（k）人の程にあはねばとがむるなり。

（一月二十一日、三五〜三六頁）

楫取の「黒鳥のもとに、白き波を寄す」という口ずさみを、気のきいた言葉のように聞こえると書き手は評しながらも、（k）のように楫取の身分にふさわしくないので気にかけるのだと付け加える。「もののあはれ」も知らぬ「俗」のものが「雅」ぶったことをいう、その矛盾したところに興味が寄せられており、そこに都の教養人の目、身分意識が働いているのはいうまでもあるまい。

ただ、そういった意識は身分秩序のなかで生きてきた書き手側だけにあり、船旅を仕切る楫取にはさほど通じていないように見える。日常の領域では当然のように働いていた、身分秩序による力関係が非日常空間ともいうべき船上では通じず、それによる不満が楫取のえがき方に投影されていると思われる。その非対称的な関係は、前節でも取り扱った、次の言葉の遊戯にもよく現れている。

〔住吉のあたりで〕楫取のいはく、「この住吉の明神は、例の神ぞかし。ほしき物ぞおはすらむ」とは、いまめくものか。さて、「幣を奉り給へ」といふ。いふに従ひて幣奉る。……楫取、またいはく、「幣には御心のいかねば御船も行かぬなり。なほ、うれしと思ひ給ぶべきもの奉り給べ」といふ。また、いふに従ひて、いかがはせむとて、「眼もこそ二つあれ、ただ一つある鏡を奉る」とて、海にうちはめつれば、口惜し。されば、うちつけに、海は鏡の面のごとなりぬれば、ある人のよめる歌、

ちはやぶる神の心を荒るる海に鏡を入れてかつ見つるかな

いたく、（l）「住江」「忘草」「岸の姫松」などいふ神にはあらずかし。目もうつらうつら、鏡に神の心をこそは見つれ。（m）楫取の心は、神の御心なりけり。

（二月五日、四七〜四八頁）

住吉のあたりで船が進まず危険になったとき、点線部のように楫取の「いふに従ひて」住吉の明神に幣をたてまつるが、おさまるどころか風波はひどくなる一方である。再び楫取の「いふに従ひて」貴重な鏡まで海に落としいれるものの、書き手はこの行為を「口惜し」と評するほど、醒めた視線で見つめる。しかし、捧げものをもらった瞬間、楫取の予言のごとく静まる大自然の変化は、それが偶然であれ楫取に従うしかない諦念の気持を抱かせただろう。「ちはやぶる神……」の歌にはそういった心情が反映されていると思われる。（l）のように、この神は「住江」「忘草」「岸の姫松」などというような優雅な神ではないのだと不満げに言い放つところは、「もののあはれ」も知らず、物欲を隠さない楫取に対するこれまでの不満とうまく相応しているのである。それゆえ（m）のごとく「楫取の心は、神の御心なりけり」と楫取と神を一致させただろうが、それは（l）を前提にして成り立つ、肯定による強い否定で

もある。無風流で物欲を隠さない楫取を一度は「神」になぞらえながらも優雅とは無縁の、その醜さをも浮き彫りにしているのである。

日々自分の労働力をもって生計を立てる楫取のような人に、自分の行動がどう見られようとそれは二の次の問題であり、すこしでも利益のありそうな場面でそれを取っておこうとするのは、当人において当たり前であっただろう。が、楫取とは生活基盤を異にする都人、すなわち生活水準はある程度保たれ帝や有力貴族と優雅な交遊関係を結んできた書き手にとって礼儀と教養・品位維持は重要であり、「鄙」びた人と区別される存在根拠にもなっただろう。それに障る粗暴な楫取の行為と言葉に敏感になるのはもっともであり、低俗にえがくことで排斥・拒否しようとしたはずである。同時に楫取に向けたこのような揶揄は、身分は上で教養はあっても実権はなく、船上の主導権を握った楫取に逆らうことのできないアンバランスな人間関係から生じた無力さをも解消する方法たりえていたに違いない。

書き手に根強く内面化された都中心主義は、田舎びた感受性を排斥する、次の田舎歌人を軽んじる態度にも見える。

今日、破子持たせて来たる人、その名などぞや、今思ひ出でむ。（n）この人、歌よまむと思ふ心ありてなりけり。とかくいひひて、「波の立つなること」とうるへいひて、よめる歌、

（o）行く先に立つ白波の声よりもおくれて泣かむわれやまさらむ

とぞよめる。（p）いと大声なるべし。持て来たる物よりは、歌はいかがあらむ。この歌を、これかれあはれがれども、一人も返しせず。……

ある人の子の童なる、ひそかにいふ。……（q）この童、さすがに恥ぢていはず。強ひて問へば、いへる歌、

（r）行く人もとまるも袖の涙川汀のみこそ濡れまさりけれ

となむよめる。かくはいふものか。うつくしければにやあらむ、いと思はずなり。（一月七日、二二一〜二二四頁）

名前も思い出せないある人が食べ物を持ってきて、ただ、自分の歌を披露する機会を狙い旅路を心配する（o）の

歌を詠む場面だが、書き手は（p）のように「さぞや大声だろうさ」と軽蔑し、その人が持ってきた物よりも劣ると揶揄する。船中に返歌できる人がいても、人々は共謀でもしたかのようにただほめるだけでしらんぷりをする。相手の歌に期を逸せず返歌することは、人と付き合ううえで重要かつ基本的な礼儀であることが知られるが、この場面は、相手を肯定するふりをしながら、軽視する集団の、徹底的で凝集的な否定ぶりが見てとれる。結局、当人は返歌ももらえずその場を立つしかないが、この田舎人と対比されるのが返歌を詠む「ある人の子の童」である。この子供が返歌を詠んだことが船中に知られ催促すると、詠まずに「立ちぬる人を待ちてよまむ」と、歌を聞くべき人を待とうとする。再び人々に促されても、（q）のように「恥ぢていはず」恥じらう子供のようすは、歌自慢をしたがる田舎人の（n）の行為と対照され、その行為を恥ずべき幼稚なこととして強く印象づける。

二人のそれぞれの歌も当然比較対象になる。貫之の作とされる『古今集』「仮名序」には、歌は「心に思ふことを、見るもの聞くものにつけて、言ひいだせるなり」（一七頁）とあり、心情の表出は景物に託し表現する作歌のありようが書き示されている。その表現構造を支えるのは、類型と連想を軸とする「歌語」と、見立て・擬人法のような「比喩」、意味の重層性を導き出す「掛詞」である[27]といわれるが、（o）と（r）の両歌を評価する際にもよい尺度になろう。それぞれ「白波」と「涙川」を歌語として用い比喩として使っているが、諸注によると、田舎歌人の（o）の「立つ白波」は船旅に出る相手には忌むべき言葉であるらしい。泣き声を「白波の声」に比較する表現の仕方は、『全注釈』によると、「物理的現象としては、必ずしも不当なものではない」（一三九頁）が、歌語としてその比喩は耳慣れていないとする。それに比べ、子供の返歌（r）は、贈歌の「行く先」「おくれ」「泣かむ」「まさらむ」を受け、「行く人」「とまる」「涙川」「濡れまさり」と上手に対応し歌の基本を守っているとされる。流れる涙が袖を濡らすさまを見立てる「涙川」、その濡れ拡がるようすを譬える「汀」は、「歌語として慣熟した常識的な用語であり、かつ穏やかな美しい語感を伴う」（『全注釈』一四五頁）ところが（o）の歌より優れていると評価され、書き手も「かくはいふものか」と感動している。

「鄙」びた人に対する書き手のこのような態度は自分側の人をえがく際のそれと好対照をなす。たとえば、田舎歌人をとり扱う直前の段で、男につき従って「都」から下った身分ある「よき人」の歌と行為を「いとをかしかし」（二二頁）と感激するようす、また同じ船中の人が詠んだすこし劣った歌を「この歌は、常にせぬ人の言なり」（三二頁）と寛容的になるところ、あるいは日記の中で戯画化され失笑をもたらす船君が歌を詠もうとする際に、「もとよりこちごちしき人にて、かうやうのこと、さらに知らざりけり」（四九頁）とかばう態度とは対照的なのである。

当然、笑いの効果も変わってくる。都の教養・文化を共通基盤に持たない「楫取」と「田舎者」に対する書き手の叙述には、「都」対「鄙」意識がよこたわっており、常に排他的な嘲弄の視線が注がれ卑俗化・矮小化する姿勢が見受けられる。が、それに比べ、同じ都人を非難する際には書き手の道徳性に基づいた批判精神が見られ、諷刺の効果が窺えるのである。

（b）共同体の人々に向けた批判精神、諷刺[28]

船旅から京都に戻った書き手一行の喜びは大きいが、当時、任地から帰ってくる国司は一儲けしただろうという先入観があり、その「蓄財のおこぼれにあずかろうとする」（『新全集』の注　五四頁）風潮があったらしい。次の文は、任地に赴くときとは違って、国司一行を喜んで迎えいれる都人のようすである。

船のむつかしさに、船より人の家に移る。この人の家、喜べるやうにて、饗応したり。この主の、また、（s）饗応のよきを見るに、うたて思ほゆ。いろいろに返り事す。（t）家の人の出で入り、にくげならず、ゐややかなり。

（二月十五日、五三頁）

かくて京へ行くに、島坂にて、人、饗応（あるじ）したり。（u）かならずしもあるまじきわざなり。発ちて行きし時より

は、来る時ぞ人はとかくありける。これにも返り事す。（二月十六日、五四頁）

引用で察せられるように、任満ちて帰京する国司一行を人々は非常に喜んで迎えいれ「饗応」する。その異常なほどの「饗応」ぶりに、書き手はそれをすなおに喜ぶより、（s）のように不快感・いぶかしさを感じる。その具体的な理由は、次の日、二回目の歓待を受けての（u）の記述にほのめかされている。なくてもよいはずのもてなしの意図を疑ったからであり、行間からは不満がるようすがにじみ出ている。それでも、作者はなすべき行為として点線部のように「返り事」をする。

ただ、お返しを期待する相手の裏の本心に抵抗感を示しながらも、（t）のごとく主人の教養ある行動をほめる、一見矛盾した書き方がなされている。『新全集』は「過度な歓待さえなければ、みやこぶりを満喫して自足するのに、という気持」（五三頁）にとらえ、『全注釈』は下心を疑ったことを申しわけなく思い、「その疑惑を打ち消し、相手の名誉を恢復するため」（三九六頁）であると解釈している。旅中に現れた都への憧れ、楫取や田舎人への軽蔑感から読みとれた書き手の都中心主義を勘案すると、『新全集』の解釈がより妥当に思われる。要するに、（t）は接待の下心はいぶかしいものの、「船のむつかしさ」から解放され、都人の礼儀正しい行動に接して感じる居心地よさ、安堵感というものを示していると理解されうるのである。

その感じよさと裏腹に、都人の裏の本心に抵抗感を示す前述の箇所からは、望ましくない世態に対する「批判意識」がこめられており、鋭いとはいえなくても「嘲笑的」であり諷刺の一面を持っているといえよう。その面では、次の引用も諷刺として機能していると思われる。

家に到りて、門に入るに、月明ければ、いとよく有様見ゆ。聞きしよりもまして、いふかひなくぞ、こぼれ破れたる。（v）家にあづけたりつる人の心も、荒れたるなりけり。……さるは、たよりごとに物も絶えず得させたり。今宵、「かかること」と、声高にものもいはせず。いとはつらく見ゆれど、（w）志はせむとす。

(二月十六日、五五頁)

「月」の下で鮮明に現れる壊れかけた家のようすと、管理を頼んだ「人の心」の「荒れたる」[29]ところを照らしあわせ批判する場面である。書き手はついでがあるたびに届けも絶えずしたのに、このありさまなのかと憤慨するものの、前述した二つの文と同様に、自分はお礼をするつもりだ（w）と、自らのとるべき行動をも示している。それは、都という小さい共同体のなかで、人から非難されず、社会的地位を失うことなく生きるための礼儀であるだろうが、そうすることで相手の行為を正すべきものとしてそれとなく悟らせている。

以上、揶揄・諷刺を考察したが、両方とも知的・道徳的に優越する立場から相手を格下げするえがき方が共通して見られた。笑いの攻撃性というべき特徴が窺えたが、揶揄においては共同体の外の人々に対する排他意識が働き、諷刺においては相手の意図がどこにあるにせよ、いかに不誠実なことをしでかしたにせよ、同じ共同体を生きる人として礼儀・道理にかなった自分のやり方を示すことで、言外に作者の道徳的優越性をより強く印象づけていた。自分と対照・比較することで都人を批判するところは、「鄙」びた人を軽蔑・揶揄する場合とは明らかに違っていたのである。

(三) 滑稽・諧謔

次は「滑稽・諧謔」について検討する。ここでいう「滑稽（comic）」は主に軽快な笑いを目的とする人々の行為・発言と、自然現象あるいはもののようすを見立て・擬人化・誇張などの方法をもっておかしみを出す事柄にあてた。そして滑稽の変容とも理解される「諧謔（humor）」は日常生活または人の性格から現れる否定的な面を悪意のない笑いで批判する事象にあてて分析した。

「滑稽」の例から見ると、無生物や動物に息を与え滑稽味を出している「擬人化」があげられる。承平五（九三五）年の一月一日の条の戯れを見てみよう。

〔元日なのに〕芋茎、荒布も、歯固めもなし。かうやうの物なき国なり。求めしもおかず。ただ、押鮎の口をのみぞ吸ふ。この吸ふ人々の口を、押鮎、もし思ふやうあらむや。「今日はみやこのみぞ思ひやらるる」「小家の門のしりくべ縄の鯔の頭、柊ら、いかにぞ」とぞいひあへなる。　（一月一日、二〇〜二一頁）

年は改まったのに元日を祝う食物もない。そのものさびしさを紛らわすべく、ただ土佐名産の押鮎にかぶりつく人々の姿を、傍線部のように、接吻に見立て鮎が変な気を起こしはしないかと「擬人化」（『新大系』の注　七頁）している。文脈は、都の「鯔の頭、柊ら」を恋しく思う、鮎頭同士の会話に流れ、おかしみを醸し出している。こういった擬人化による笑いは次の例からも見出せる。

三日。同じところなり。もし、（ア）風波のしばしと惜しむ心やあらむ。心もとなし。　（一月三日、二一頁）

かくて漕ぎ行くまにまに、（イ）海のほとりにとまれる人も遠くなりぬ。船の人も見えずなりぬ。岸にもいふことあるべし。船にも思ふことあれど、かひなし。　（一月九日、二五頁）

船子、楫取は船歌うたひて何とも思へらず。……これならず多かれども書かず。これらを人の笑ふを聞きて、（ウ）海は荒るれども心はすこし凪ぎぬ。　（一月九日、二六〜二七頁）

一月三日の条の（ア）は、不順な天気で出航できない不安を、風波に一行との別れを惜しむ「心」があるのではないかと擬人化し、「心やあらむ」に、人の「心もとなし」と対照させ洒落に紛らわしている。続く一月九日の条の（イ）は、任地でもっとも志深かった人々との最終的な別れの場面である。船が離れるにつれ海辺の「人も遠くなり」、「船の人」も見えなくなった物理的な距離感から、遠景になりつつある「船」と「岸」を擬人化し別れを惜しんでいる。互いの気持を「いふこと」「思ふこと」あると、人情味のこもったおかしみを作り出すところは「諧謔

(humor)」としても理解できる。次の（ウ）は、水夫たちの船歌に海路の疲れを笑い飛ばすところに荒れる海を擬人化した場面である。明朗な人々の笑い声に海は「荒る」れど、人の心は「凪ぐ」と、人の静まる心とあばれる海のようすを言葉上で対照させている。

次の「誇張」の表現も笑いの効果に欠かせない。

この長櫃の物は、みな人、童までにくれたれば、飽き満ちて、（エ）船子どもは、腹鼓を打ちて、海をさへおどろかして、波立てつべし。（一月七日、二二頁）

昨日のやうなれば船出ださず。みな人々憂へ嘆く。苦しく心もとなければ、ただ、（オ）日の経ぬる数を、今日幾(いく)日(か)、二十日、三十日とかぞふれば、指もそこなはれぬべし。いとわびし。夜は寝(い)も寝(ね)ず。（一月二十日、三三頁）

船君なる人、波を見て、「国よりはじめて、海賊報いせむといふなることを思ふうへに、海のまた恐ろしければ、（カ）頭(かしら)もみな白けぬ。七十路、八十路は、海にあるものなりけり。（一月二十一日、三六頁）

引用（エ）は、飽食に満足した水夫たちが腹をたたいて喜ぶさまである。それを鼓を打ち鳴らすことに喩え、海の神を驚かし波を立ててしまいそうだと誇張している。続く（オ）も、悪天候で何日も船を出せない不安を、経た日数を繰り返し指折り数え、遂に指まで痛んでしまいそうだと誇張するところである。洗練された修辞法とは言い難いが、同じところで何日も足を奪われた停滞感がおかしみを帯びた誇張表現によく現れている。（カ）のように海賊の襲来と海の荒れを恐れるあまり、髪までもが白くなりひどく年をとってしまったと、誇張を通じて不安感を和らげる例もある。

以上「擬人化」「誇張」をもっておかしみを出している諸例を「滑稽」の類として探ってみたが、次のような人の失敗もその素材になりうる。なお、この場面からは書き手側にいる人をえがく際の特徴を確認することもできる。

船も出ださで、いたづらなれば、ある人のよめる、

　磯ふりの寄する磯には年月をいつともわかぬ雪のみぞ降る

（キ）この歌は常にせぬ人の言なり。また、人のよめる、

　風による波の磯には鶯も春もえ知らぬ花のみぞ咲く

この歌どもを、すこしよろしと聞きて、船の長しける翁の歌、月日ごろの苦しき心やりによめる、

　立つ波を雪か花かと吹く風ぞ寄せつつ人をはかるべらなる

この歌どもを、人の何かといふを、ある人聞きふけりてよめり。（ク）その歌、よめる文字、三十文字あまり七文字。人みな、えあらで、笑ふやうなり。歌主、いと気色悪しくて、怨ず。まねべどもえまねばず。書けりとも、え読み据ゑがたかるべし。

（一月十八日、三二～三三頁）

数日同じところに泊まり、何もすることのない退屈感を慰むべく、歌を詠む場面である。「ある人」が「磯」に寄せる波を「雪のみぞ降る」と見立てると、またある「人」は、それは「風」によるものだと前提にしながら、砕け散る波を「花のみぞ咲く」と詠む。続いて、これら二首の歌に興じた「船の長しける翁」は、「立つ波」を人は「雪」にも「花」にも見るが、実は「風」のたばかりなのだと三首目の歌を詠み、「波」を題にした歌をしめくくっている。

このとき、書き手は一首目の歌をすこし劣っていると思ったのか、（キ）のところで、「この歌は常にせぬ人の言なり」と補い、生じるかもしれない読み手の批判の矛先をかわしている。その人に対する愛情からであろうが、このような態度は「諧謔（humor）」を生み出す源泉にもなる。たとえば、前記の文には、「波」を題材にした「翁」の三首目の歌に続き、自分もと見せびらかそうとした人が、三七文字の歌を詠み人々の笑いものになる（ク）の場面が設けられている。歌の形式を間違えた人を笑いものにしながらも、「笑ふ」と表現せず「笑ふやうなり」と一歩距離を置き婉曲に表現している。しかも、その歌が三七文字だと字数まで正確に把握しながら、破格により口ずさみにくいことを口実に、日記に引用することを避けている。その理由は、「波」を題材にした歌群は三首で充分であり、余計な

歌を避けるための遠まわしの可能性も考えられるが、笑いものになった歌主にとって失敗作は破りたくなるわけで、すでに「気色悪しく」している歌主の気持を考慮してのことでもあろう。田舎者の歌を書き記し見下した揶揄の視線とは違う滑稽味がなされており、作歌に苦手な船中の人々を観察する視線には、このように身内の人を庇護する包容性が察知される。

自分の身内に対する、こういった書き手の寛容的な態度は、作者貫之と同一人物とされる「船君」の例に顕著に現れ、「諧謔」の面から注目される。次の例を見てみよう。

　また、船君のいはく、「この月までなりぬること」と嘆きて、苦しきに堪へずして、人もいふこととて、心やりにいへる、

　　引く船の綱手(つなで)の長き春の日を四十日(よそか)五十日(いか)までわれは経にけり

聞く人の思へるやう、「なぞ、ただ言(ごと)なる」と、ひそかにいふべし。(ケ)「船君の、**からくひねり出だして**、よしと思へる言を。怨じもこそし給(た)べ」とてつつめきてやみぬ。　(二月一日、四二～四三頁)

長い船旅の苦しさの気晴らしに詠んだ船君の歌を、人がつまらないと批評すると、船君がひねり出して作ったからといって何もいわず遠慮したということが、(ケ)に書かれている。書き手のこのような語り方は船君を戯画化しながらも読み手の無感動を先に読みとり、船君の一生懸命さに注意を払わせ人間的な共感を呼び起こしている。船君が「淡路の島の大御」という老女と歌を詠むところでも同じ趣向が見られる。

　かの船酔ひの淡路の島の大御(おほいご)、みやこ近くなりぬといふを喜びて、船底より頭をもたげて、かくぞいへる。

　　いつしかといぶせかりつる難波潟(なにはがた)葦(あし)漕ぎ退(そ)けて御船(みふね)来にけり

いと思ひのほかなる人のいへれば、人々あやしがる。(コ)これが中に、心地悩む船君、いたくめでて、「船酔ひし給(たう)べりし御顔(みかほ)には、似ずもあるかな」といひける。　(二月六日、四八頁)

かかるあひだに、（サ）船君の病者、もとよりこちごちしき人にて、かうやうのこと、さらに知らざりけり。かかれども、淡路専女の歌にめでて、みやこ誇りにもやあらむ、（シ）からくして、あやしき歌ひねり出だせり。その歌は、

来と来ては川上り路の水を浅み船もわが身もなづむ今日かな

（ス）これは病をすればよめるなるべし。一歌にことの飽かねば、いま一つ、

とくと思ふ船悩ますはわがために水の心の浅きなりけり

（セ）この歌は、みやこ近くなりぬる喜びに堪へずして、いへるなるべし。「淡路の御の歌に劣れり。ねたき。いはざらましものを」と、悔しがるうちに、夜になりて寝にけり。（二月七日、四九頁）

船酔いに悩まされながら都についた喜びから、船底から頭をもたげ作歌する老女の姿と、それに自分もすぐれない顔をして老女をほめる船君の老い衰えたようすと声が、（コ）において二重写しされ滑稽味を出している。老女の歌に感心した船君が次の日に歌を詠もうとするとき、書き手はまた（サ）のように、この人は無風流で歌を詠むことなどまったく知らない人だと書き加える。それゆえ、前述の（ケ）の状況と同じく船君は「からく」「ひねり出だ」した（シ）、二首の歌を作るが、（ス）と（セ）のようにいちいち「それぞれにこんな状況・条件があった」（『新大系』二八頁）と書き手の説明を要するほど「あやしき歌」であった。結局、船君は老女の歌より劣る自分の歌を悔しがり寝てしまうという、喜劇的な場面が演出される。

こういった書き手の補いと助けにより船君の性格的な弱点、たとえば自分をフィルタリングせずありのままに見せる行為は、嘲笑めいた視線とは違うおかしみを提供し、憎むことのできない人物像を造形することになる。日記のなかには、作者貫之の「特定の思考感情を媒介するための存在」[30]が、場面に応じて「ある人」「ある人の子の童」「舟人」「心知れる人」などといった三人称[31]に点在しているといわれているが、船君もその一人として理解可能である。

長い旅路のなかによぎった様々な情感、それが高尚であれ浅薄であれ（どちらかといえば浅薄に近かろうが）、捨てがたい思い出を担い表現する存在であったからこそ、そういった人物造形になったのであろう。

以上、「滑稽」と「諧謔」を考察してみた。人や場面におかしみを与える擬人化・誇張などの事柄にあてて検討した「滑稽」は、おかしさそのものから生じる笑いによりテクストの内外に活力を与えたり、場合によっては恐怖と退屈を振り払ったりする機能を有していた。これに対して、書き手側の人をえがく際の「諧謔」からは、人の弱点やしくじりを否定的にえがきながらも人間的な共感を呼び起こす、笑いの一特性でもある包容性が看取されたのである。

おわりに

ここまで「文学における笑い」を三つの観点に基づき理解したうえで、日本文学史の初期の段階において和文で試みた『土佐日記』の笑いを分析してみた。その全体像をつかもうとしたが、テクストの特徴に基づき、表現のおもしろみを開拓する機知的言葉遊びを基調として、ときには書き手との関係性に応じて人々を揶揄・諷刺し、またおかしさを点描する滑稽、そして共感を呼び起こす諧謔の笑いが導き出されていた。

「機知的言葉遊び」においては、よくいわれるように『古今集』の物名歌と誹諧歌の世界に近い、異なる水準の言葉遊びが見られたが、同時に露骨な表現を避ける『古今集』の姿勢から離れる例もあった。それらは「不調和理論」もしくは「解放理論」からでも解釈できる普遍性を持ちつつも、性器露出の文化的意義を前提にしなければ引き出すことのできない、言葉の祭儀による反転の笑いも含み持っていた。執拗なまでに言語をいじる書き手の創作態度からは、一つの言葉が持ちうる、表現方法と技巧の倉庫を作ろうとするかのような姿勢さえ窺えた。それは宮廷貴族の催しの場に呼ばれ、当意即妙の閃きと「言葉の連想の才」[32]をもとめられてきた宮廷歌人としての状況、また彼らの要請に応じて屏風歌をたくさん作ることで、自分の存在意義を認められてきた当代専門歌人としての職業意識の働きによるものではなかろうか。さらに古今集的歌の規範を作った人として、言葉はいまだに乏しく仮名書きは充分発達していない時代の要請から、漢文日記に対する仮名日記の規範を作ろうとした先駆者的な創作意志も働いたのかもしれない。いわば、和文体が形成しはじめる草創期を生きた作者の状況から来る、清新な表現への渇きの発露による試みであっただろう。

「揶揄・諷刺」においては、言葉遊びの一特性でもあった対比・対照を用い、知的・道徳的に劣る（と思われる）相手を格下げしようとする方法が共通になされていた。当時において揶揄・風刺する側の道徳的・知的レベルはそれを読む読者側に無理なく了解されただろうが、都の教養・文化を共通基盤に持たない「楫取」と「田舎歌人」を嘲弄する叙述からは、「都」対「鄙」意識の対比のなかで排他的揶揄・軽蔑の視線が看取され、鄙びた人々をより卑俗化・矮小化する効果をなしていた。その叙述から一つ注目されたのは、その辛らつないい方である。一度野蛮で乱暴な人に出会った人が、自己の感情を抑えることなく乱暴な性格でいられる「快感」を覚えたかのような、屈折した心理が察せられたのではないか。仮名文の発達と直接かかわる生の感情の表白という側面から、また作者が教養のある平安貴族である点において、そのような露骨な感情の表出は注目されよう。

一方、同じ都人を非難する際には、「鄙」の人を低俗にえがき軽蔑する場合とは明らかに違っており、道徳の面から非難する諷刺の側面が現れていた。平安京という同じ生活圏を生きる人間として礼儀・道理にかなった作者のやり方を示すことで、言外に道徳的優越性をより強く印象づける一方、相手に正しい行為を期待する諷刺の批判精神が探知されたのである。両方とも笑いの攻撃性が共通して見られ、笑い論からいうと「優越理論」[33]、場合によっては「解放理論」やベルクソンのいう「社会的矯正論」[34]にも通じる内容を持っていた。

「滑稽・諧謔」においては、人の行動や自然現象・もののようすを、見立て・擬人化・誇張などの修辞法を駆使しておかしみを出す「滑稽」と、人の失敗やその性格から現れる否定的な面を、悪意のない笑いで批判する「諧謔」に分けて検討した。それによって、滑稽からは人や場面におかしみを与えたり恐怖や退屈を振り払ったりする、笑いの軽快性と明朗性が導き出された。また、諧謔は書き手側の人をえがく際に見られ、グループ内の人の弱点やしくじりを否定的にえがきながらも、人間的な共感を呼び起こす包容性が察せられた。笑いの一性質でもある寛容的な態度が見受けられたのである。

旅中に起こった出来事のひとこま、思いの一断面を綴った短い記録でありながら、『土佐日記』にはこのようにあらゆる類の笑いが現れている。西欧古典以来の「笑い」論に照らしてみても、非常に多様であり、また幅広い。その笑いは、船旅の苦しさと鬱憤、何かにふれて思い出される亡児への悲しき思いにふけることなく感情のバランスを保たせる役割も担っていただろう。それは作中の人物、あるいは書き手の感情のバランスだけでなく、読む側に対しては悲しみから単純な失笑、軽快な笑い、揶揄・諷刺による痛快さと文化的な事情を理解することによる高度な笑いまでのレンジの広さを示している。

ごく単純であり、けっして洗練されているとはいえないものの、軽妙で俗っぽい散文ならではの表現は、宮廷職業歌人としての作者の経験と連動しながらも、和歌の姿勢に反するものと見てよいだろう。「宮廷的な集団の場」で「育成され」露骨な感情の表出を避ける[35]、『古今集』時代の和歌だけではここまでの笑いの拡がりは実現できなかっただろう。「女」という書き手の設定により、微妙に動く心境をすなおに述べる契機を得た仮名日記という散文の形式、それに船旅という非日常空間における出来事という設定によって、都の美意識を判断の基準にしながらも、そこから離れた自由な表現を獲得できたのではないか。

注

（1）日本語において笑いの類を示す「〜笑」という概念語は、『日本国語大辞典（第二版）』（小学館、ジャパンナレッジ電子版）の検索によると、同義語と四字熟語・習俗などを含め一九六例が検出される。本書巻末付録の〈表〉を参照されたいが、英語と韓国語に比べてもこれほど多くの笑いにかかわる語群を持つ点は注目に値する。他の言語でもなかなかないのではないか。

（2）これについては第一章で述べた。

（3）加藤周一『日本文学史序説　上』筑摩書房、一九九九年、一六〇頁。初版は一九七五年。

（4）貫之以前の、たとえば円仁の漢文日記と菅原道真の漢詩文集は、男性貴族の個人的な記録でありながら『土佐日記』ほど文学史において重要作品として扱われることはなかった。「漢文」で書かれたことが大きな理由だろうが、紀貫之のことは、『土佐日記』の先駆性ゆえ、たとえば日本の高校生用の標準的な参考書では、「一〇世紀末に全盛期を迎える王朝仮名文学の開拓者」（稲賀敬二ほか監修『カラー版新国語便覧（新版）』第一学習社、二〇〇八年、八四頁）と高く位置づけている。

（5）参考注釈書には『新全集』のほか、以下のものを用いた。配列は刊行順。
・岸本由豆流「土佐日記考証」『国文学註釈叢書一　土佐日記』名著刊行会、一九二九年。以下、『由豆流』。
・香川景樹「土佐日記創見　上」『国文学註釈叢書一　土佐日記』名著刊行会、一九二九年。以下、『景樹』。
・萩谷朴『土佐日記全注釈』角川書店、一九六七年。以下、『全注釈』。
・長谷川政春ほか校注『土佐日記　蜻蛉日記　紫式部日記　更級日記』岩波書店、一九八九年。以下、『新大系』。
・菊池靖彦ほか校注・訳『土佐日記　蜻蛉日記』小学館、一九九五年。以下、『新全集』。

（6）貫之は土佐守としての赴任前後に、現実世界の大きな支えであり有力な拠りどころであった醍醐天皇（八八五〜九三〇）・藤原定方（八七三〜九三二）・藤原兼輔（八七七〜九三三）を次々と失っていた。

（7）「この日記のはじめに、をとこもすなる日記といふものを、女もして見んとてするなりと、あるよりして、ことをうらうへにいひて、ことばのあやをなせるをもて、もはら興としてはかゝれぬ」（『由豆流』七頁）とある。

（8）「鍾愛の女子を失はれたる、其歎きに堪へかねて、ひそかに、思ひをやり給へる書也。船中、帰路のすさみばかりは、大やう記されんも、さる物から、よに奇しきまで戯れ給へる。更に外の故ならず、只これが為に、ふんでを立かへて、悲哀の情を盡されし物也。さるは、女々しくも稚きわざなれば、やがて、女の書けりとし、多く、童の言となす。さは、ひたすら其方に隠れんとにはあらで、しどけなきあざれの中に、彼の女々しくも稚き思ひを吐んと也。また、賊船の為には襲はれ漂ひし、そこばくの日数を、残りなく風波のさはりに書き流し、かつ、其滑稽をいたさんまぎれに、人のうへをさへ、褒貶せられて、かたがた、世に見ゆべき物ならねば、家にのみ秘め置かれたらんほど、心のまゝにぞ、撰み反へし給ひけん。…（中略）…此書の大むね、亡児の悲しみを主とし、下に、海賊の恐りをふみ、是をかすむるに、全文俳諧をもてす」（『景樹』一五二頁）とある。

（9）重友毅「土佐日記について」『国語と国文学』二五（六）、一九四八年、一四〜二四頁。

（10）目崎徳衛『紀貫之』吉川弘文館、二〇〇八年、一五六〜一六二頁。初版は一九六一年。

（11）津本信博「『土佐日記』の俳諧的文体」『新編日本古典文学全集月報19』小学館、一九九五年、四頁。

（12）だいたいの論が「諧謔」をもたらす表現の分析・検討に傾きがちであり、扱う箇所もある程度決まっているという印象を受ける。上述した論以外にも、秋本守英（「「諧謔」の表現価値——土佐日記文章の一側面」『解釈』一七（七）、一九七一年、七〜九頁）、後にふれる古橋信孝（「笑いの文学、諧謔の精神」『解釈と鑑賞』四四（二）、一九七九年、一一四〜一二〇頁）、松本寧至（「土佐日記の諧謔——一月十三日の条「といひて」は順接である」『日本文学』二九（九）、一九八〇年、八一〜八五頁）などがあり、『全注釈』『新大系』『新全集』などの現代注釈書もその傾向は同様である。

（13）古橋、注（12）のように、笑いの範囲を「解放の笑いと諷刺の笑い」に拡げた論もある。が、その対象を性にかかわる描写と、住吉の明神への皮肉、また家を預けた都人への作者の怒りに限定しており、全体像をつかんでいるとはやはりいいにくい。

（14）たとえば、笑いの一特徴として取り上げる「機知的言葉遊び」は、主に言葉そのものを素材にして喜劇性を出す例に注目したが、それらは場合によって諷刺や滑稽の範疇に取り上げてもよい共通項を持っている。同じく「滑稽・諧謔」の例には言葉遊びの側面を含み持つ例も普通に散見される。これは焦点をどこに合わせるのかによって生じる違いなのであり、その意味で互いに通じあうといえるのである。

（15）ここにいう「機知的」は、書き手の発想からなる知的活動であることを示すための語である。

（16）神田龍身『紀貫之』ミネルヴァ書房、二〇〇九年、二六九頁。神田龍身はその理由を亡き子と関連させ、「言葉の戯れ」の背後には「ニヒルなるもの」が潜んでいると解する。

（17）『土佐日記』の実例からも確認できるように、予期されざる、「何らかの意味で不適切」で「非論理的」な観念・対象に反応する「知的反応」（モリオール、第一章注（14）二八頁）としての笑い（の快）を論じたものである。人間の

「認知的」「思考的側面」に焦点が当てられ、古代のアリストテレス・キケローから一八世紀のジェームス・ビーティー、カント、一九世紀のショーペンハウエルにいたる長い議論の歴史がある。詳細は第一章およびモリオールを参照。

(18)『全注釈』は『土佐日記』の諧謔・滑稽の意義を、所々に配置されている「風刺的主題」（この場面では楫取りの物欲）に「寄与する潤滑剤」（四九二頁）、つまり読者の反発・不快感をやわらげる（六五頁）ための手段にもとめている。

(19)『土佐日記』の笑いを「解放の笑いと諷刺の笑い」と解する古橋、注（13）は、「解放の笑いは性に関するものに代表される」と見て、傍線部（e）を「解放の笑い」に位置づけている。

(20)「a sudden Release from a state of constraint」（ベイン、第一章注（24）二五九頁）。

(21)「解放理論」は笑いを神経エネルギーの発散と見る一連の論で、心理的圧迫・束縛からの解放、感情のカタルシスの面に焦点を合わせた論である。「優越理論」と「不調和理論」において論じられなかった「同一現象の異なった側面」（モリオール、第一章注（14）三八頁）をあつかうものであり、ベインをはじめスペンサー、フロイトの論などがあげられる。詳細は第一章およびモリオールを参照。

(22)松本は、（e）の女陰露出の意義を「邪視をさけ、わらいによって祓浄するという民俗信仰を念頭において書いているところ」にもとめる。

(23)十三日の日付の特徴について、『全注釈』は傍線部（e）の「滑稽な話を始める前の、殊更にしかつべらしい改まった口調」（二八九頁）だとし、『新全集』は「待望の雨が降った日であることを強調」（二八〜二九頁）するためであると注記している。

(24)藤岡忠美『紀貫之』講談社、二〇〇五年、二八八頁。初版は一九八五年集英社版『王朝の歌人』の一冊として出版。

(25)菊地靖彦「解説」『土佐日記　蜻蛉日記』小学館、一九九五年、六七頁。木村正中「土佐日記の構造」『文芸研究』十号、一九六三年、六六頁。

(26)藤岡、注（24）二八五頁。

(27)小町谷照彦「解説」『古今和歌集』筑摩書房、二〇一〇年、三七三頁。

(28)ここにいう「風刺」は、「あらわには言わないで、遠まわしに」「社会・人物などの欠陥・罪悪などを嘲笑的に描くこと」（『日本国語大辞典（第二版）』）をいう。

(29)『新大系』は、（v）を「諧謔表現」（三二頁）として見る。

(30)木村、注（25）六八頁。

(31) 樋口寛も「筆者を女性とする都合上」、また私家集的な「単調さ」を避けるため貫之の分身たる複数の人物を「三人称」化し詠歌させている(「『土佐日記』に於ける貫之の立場」『平安朝日記1』有精堂出版、一九七一年、四六頁。初出は『古典文学の探求』成武堂、一九四三年)と指摘している。なお、石原昭平はこういった「三人称の措定こそが、漢文日記から仮名日記への期を画す前衛的な試み」である(「漢文日記から日記文学へ」『解釈と鑑賞』五一(六)、一九八六年、八三頁)と評価している。

(32) 藤岡、注(24)八二頁。

(33)「優越理論」は人の欠陥や弱点・失敗などが「見る側に優越感を感じさせ、その喜びの表現として笑いが引き起こされる」(前章)といった、笑いの嘲笑的かつ侮蔑的な面に焦点をあてた諸論である。アリストテレスやキケローの論に影響された一七世紀のホッブズによって提起され、諸種の笑い論の展開を導き出した。詳細は第一章およびモリオールを参照。

(34) ベルクソン、第一章注(29)一七九頁。

(35) 久曾神昇・藤岡忠美「古今和歌集」『日本古典文学大辞典』岩波書店、一九八六年、六七七頁。

第二篇

平安中期までの「人笑へ」言説

第三章

日本文化論との接点から見る古典における「恥」の言説
――『竹取物語』とその前後

はじめに

ある国の人をその国の人らしくするものは何だろうか。韓国人を韓国人らしく、日本人を日本人らしくする固有の意識と行動様式があるのではないか。それが他国の文化のもとでは、あるいは外部勢力の圧力により社会構造や人間関係に変化が起こったりすると、まったく同様に機能しないという面において虚構でありイデオロギーであるということもいえるだろう。しかしながら社会と文化、言語、政治と民族的共同性を共に経験しない他者と遭遇したとき、人はその他者の存在によって、ある共同体に属する自分もしくは他者に気づかされる。こうした現象はどう理解すべきだろうか。それを察することは、ある社会の構成員として生きてきた自他を省察するためにも、また国と国の間で生じたイシューを正しく把握するためにも必要なプロセスであり、冒頭の問いかけはその地点において意味をなすだろう。

それではある国の人をその国の人らしくする要因は何だろうか。それは主流の制度圏によって保持・継承され、その社会の文化と伝統の底辺に流れるようになった固有の価値と精神のようなものではなかろうか。そういった疑問に答えるため、これまで通俗的なレベルから専門的な水準まで数多くの日本文化論[1]が日本国内外で議論され、提出されてきた。が、文化論のモデルとして多大な影響を与えたのは、ルース・ベネディクトの『菊と刀』[2]であろう。青木保は、『菊と刀』以後の日本文化論は、「よしんばこの本からの引用が一切なされていなくとも、『菊と刀』の影響はどこかに見出される」[3]と指摘しており、アメリカの日本研究者も、自分たちの研究は『菊と刀』の注釈にすぎず、ベネディクトの同調者であれ批判者であれ、みなベネディクトのチルドレンであると述べるくらいである[4]。それはベネディクトが「日本人」と「日本文化」の全体像を分析しながら提示したいくつかの要素が、後の日本文化論に重要な論点を提供したからであり、そのうち「集団主義」と「恥」[5]が日本研究の大きな動因になったことはよく知られている。

どの社会でも一定の「集団主義」と「恥（意識）」はあり、日本だけの特別現象ではないと思われるが、それらが日本文化を特徴づける特殊性・典型性を持つものとして内外に映っていたならば、長い歴史のうえで変化しつつも強化されてきた形成の軌跡はあるはずである。それらを証明するためには、時代をつなぐ歴史資料と文学作品などを確認するという膨大な作業が前提になろうが、だいたいの日本文化論が根拠にしている時代は、近現代にとどまるか、せいぜい遡っても徳川時代あたりまでではないか[6]。

しからば、徳川時代よりも前の時代からは類似した心理構造は見つからないだろうか。特に様々な領域で「日本化」が進んだとよくいわれる平安時代はどうだろうか。日本固有の具体的な傾向が「政治・経済・社会・言語・美学」など多方面にわたって現れ、「その後の日本文化に決定的な意味」[7]をなしたとされる平安前期（九世紀～一〇世紀）ならば似たような心理構造が現れるのではないか。すなわち、平安時代を境にして、直前の奈良時代の人々とは違い、むしろ現代人の心理構造と類似・連続した人間（性）の変化が見られるのではないか。
そういった連続性という観点から、本章では日本文化論が提起している二つの論点の意義について、古典文芸を対象に解こうとする。とりわけ、個々の人間関係あるいは共同体（集団）との関係のなかで現れる「恥」の様相に焦点をあてようとするが、その中でも平安前期の『竹取物語』において「笑い」と密接に結びつけて語られる「恥」の様相を、以前の奈良時代に成立した文芸作品と比較しながら考察してみる。

一　恥の不快感を振り払う上代人の即興性

平安以前の古代人はどんな時に恥を感じ、その恥はどれくらいの重みをもって彼らの行動を制約しただろうか。まずは大陸の文化を積極的に取り入れ、その影響のもとで八世紀に編纂された『古事記』と『日本書紀』の諸例を見てみる。

〔大山津見神はニニギノミコトに二人の娘を差し出すが〕其の姉は、甚凶醜きに因りて、見畏みて返し送り、唯に其の弟木花之佐久夜毘売のみを留めて、一宿、婚を為き。爾くして、大山津見神、石長比売を返ししに因りて**大きに恥ぢ**、白し送りて言ひしく、「我が女二並に立て奉りし由は、石長比売を使はば、天つ神御子の命は、雪零り風吹くとも、恒に石の如くして、常に堅に動かず坐さむ、亦、木花之佐久夜毘売を使はば、木の花の栄ゆるが如く栄え坐さむとうけひて、貢進りき。此く、石長比売を返らしめて、独り木花之佐久夜毘売のみを留むるが故に、天つ神御子の御寿は、木の花のあまひのみ坐さむ」といひき。
（『古事記』一二二～一二三頁）

時に皇孫、姉は為醜しと謂し、御さずして罷けたまひ、妹は有国色しとして、引きて幸す。則ち一夜に有身みぬ。

故、磐長姫、大きに慙ぢて詛ひて曰く、「仮使天孫、妾を斥けたまはずして御さましかば、生めらむ児の永寿からむこと、磐石の如く常存ならましを。今し既に然らずして、唯弟のみ独り御さる。故、其の生めらむ児、必ず木の花の如く移落ちなむ」といふ。

（『日本書紀①』一四一頁）

引用は記紀両方に見えるニニギノミコトの結婚にまつわる逸話である。山の神から二人の娘を奉られたニニギノミコトは、繁栄をもたらす妹だけをとどめ、命の永遠を約束する姉は醜貌のゆえ父に返してしまう。大いに恥をかいた山の神は、ニニギノミコトの行為がもたらすべき不運を語ることで、その恥に相応する代価をはらわせている。『日本書紀』にもおおむね同じ内容が語られているが、恥を感じるのは姉のほうであり、その恨みから天孫の寿命を有限にする呪いをかける。恥をかかせた当事者に相応の報いを与えることで、侮辱の恥と不快感をはらっているのである。「目には目を」という報復律にも似たこのようなやり方は、異類婚姻譚にもよく見られる。いわゆる「見るな」の禁忌をやぶり蛆のたかる体を夫に覗きみられた妻、尊ばれるべき夫の実体（小蛇）に驚き叫ぶ妻に恥を感じる夫（『日本書紀①』二八三頁）[8]の話などがあるが、その恥の代価として相手に与えるのは離縁である。この世に生きる神（格の人間）と異界のものとの間に生じた不協和音のように恥が現れ、その恥は離縁によって解消される。その離縁は、この世と異界（冥土・海の世など）との断絶を意味する隠喩のように働いてもいる。

古代の人々の生活感情を反映しているだろう、記紀の神の代における恥意識には、このように人間の本性に従った生々しさが特徴的に現れている。しかし、時代が下り国家権力としての天皇制が固められつつあるところでは、中国の道徳観念の影響が看取される。報復の強度も弱まり「個人」の感情は抑制され、後世の評判を意識する「公人」としての認識が次のように察せられるのである。

天皇、其の父王を殺しし大長谷天皇を深く怨みて、其の霊に報いむと欲ひき。……〔そこで雄略天皇の陵を全壊しようとするが、兄意祁命はその傍らの土をすこし掘り取ることで父王の恨を報じる。今上天皇がその理由を聞くと〕其の大長谷天皇は、父の怨と為れども、還りては我が従兄と為り、亦、天の下を治めし天皇ぞ。是に、今単に父の仇といふ志を取りて、悉く天の下を治めし天皇の陵を破らば、後の人、必ず誹謗らむ。唯に父王の仇のみは、報いずあるべくあらず。故、其の陵の辺を少し掘りつ。既に是の恥しめを以て、後の世に示すに足れり……。

（『古事記』三六六〜三六八頁）

吾らが父先王罪無くして、大泊瀬天皇射殺し骨を郊野に棄て、今に至るまでに今だ獲めず。……讎の恥を雪めむと志ふ。……〔父の仇とは共に天を戴かずという『礼記』の内容を引用し、雄略天皇の陵を壊す正当性を解く。これに対し皇太子億計は二つの理由をあげ諫める。〕大泊瀬天皇、万機を正統して、天下に臨照したまひき。華夷欣仰するは、天皇の身なり。〔天位に即かなかった父とは〕尊卑惟別なり。而かるに、忍びて陵墓を壊たば、誰をか人主として天の霊に奉へまつらむ。其れ、毀つべからざるの一なり。〔また、天皇と自分が皇位についたのは大泊瀬天皇の子である白髪天皇の恩恵を受けたからであり、その報いをすべきであるということを『毛詩』を引用して解く。〕陛下、国を饗けて、徳行広く天下に聞ゆ。而るに、陵を毀ち、翻りて華裔に見しめば、億計、其れ、以ちて国に莅み民をやしなふべからざらむことを恐る。其れ、毀つべからざるの二なり、とのたまふ。

（『日本書紀②』二四八〜二五一頁）

罪なき父を前天皇（雄略）に殺され、その恥をそそごうとする今上天皇を、兄の皇太子が引き留める場面である。『古事記』はその墓のほとりをすこし掘り取ることで、「後の人」の非難を免れると同時に「後の世」に示すべき二つの名分を得ている。一つは雄略天皇を辱しめ父の怨みを晴らし、子としての道理を尽くしたことである。二つ目は陵を破壊せず前天皇の尊厳を守り今上の権威をも保ったことである。「後の世」「後の人」の評判への意識が、個人の怨みを晴らすにも天皇の権威を守るにも、重要な判断の材料になっていることがわかる。

一方、『日本書紀』には陵を破壊し「讎の恥」を清めようとする今上の復讐観は、より高次元の政治観によって留められる。皇太子億計は、万民に仰がれた前天皇の正当性に不名誉なことをしでかしては、皇室の権威とその価値を守るべき今上みずから政治的存立基盤を危うくする恐れを述べ、天皇を説得したのである。子としての孝行より国と民の安定を優先すべき統治者としての心ばえを強調する文脈になっている。原型にもっとも近いだろう『古事記』の話は、『日本書紀』において儒教道徳の観念の外皮をまとい変形されているのである。それは周知のごとく、古代律令国家の体制と日本を支配すべき天皇の正当性を確立しようとした編纂意識が強められた結果であろう(9)。

上記の諸例から、神話伝説時代における恥の様相は一対一の関係で起こり、その反応というのもかなり直截的であることが窺えた。記紀両方ともその性質は共通しており、恥をかかせた人にそれに相応する羞恥心を与えるか、もしくはのろいをかけ報復することで恥による不快感をぬぐい取っていたのである。が、人の代になると同型の話は『日本書紀』においては修正改編される。天皇の正当性を語るテクストであるがゆえに、それを損なうおそれのある低次元の「恥」の復讐は政治的な理由から退けられるのである。

それでは、七〜八世紀の、様々な階層からの人々の歌を撰集した『万葉集』の恥の様相はどうだろうか。次の一二六番の万葉歌を見よう。

みやびをと　我は聞けるを　やど貸さず　我を帰せり　おそのみやびを

大伴田主……容姿佳艶、風流秀絶、見る人聞く者、嘆息せずといふことなし。時に、石川女郎といふひとあり。自り双栖の感をなし、恒に独守の難きことを悲しぶ。意に書を寄せむと欲へど、良信に逢はず。

〔そこで田主との同衾をねらい、一計を案ずる。みすぼらしい老婆になりすまし、田主の寝所に行き火種を請うが、男は女の計略を知らず火を取らせ、そのまま、帰らせてしまう。〕明けて後に、女郎、既に自媒の**愧づ**べきことを**恥ぢ**、復心契の果らざることを恨む。因りて、この歌を作りて謔戯を贈る。（巻二・一二六）

歌は石川郎女という女が、「容姿佳艶、風流秀絶」の田主に恋心を抱き共寝を企てるが失敗し、その恥ずかしさと恨みの思いを歌い送った「諧戯」である。みやびたる男だと聞いていたのに、女の気持も察せず泊めもせずに帰した間抜けの「みやびを」だという非難めいた女のからかいである。仲介を介さず自ら押しかけた「自媒」の恥、すなわち社会的な規則を守らなかったことは恥ずべきであっても、その恥を忍んで共寝に来た切実な心を知ってもらえなかった恨みを隠すことなく相手にぶつけ、「恥」と「恨み」を共にはらしているのである。こういった愉快さ・豪放さはほかの女性の歌にも見える。

大伴坂上郎女（おほとものさかのうへのいらつめ）、親族（うがら）を宴する日に吟ふ歌一首

山守（やまもり）が　ありける知らに　その山に　標結（しめゆ）ひ立てて　結ひの恥（はぢ）しつ　（巻三・四〇一）

恥忍（はぢしの）び　恥（はぢ）を黙（もだ）して　事もなき　物言（ものい）はぬ先に　我はよりなむ　（巻一六・三七九五）

四〇一番の歌は、自分の娘の相手として思っていた人にすでに愛人がいるのも知らず、占有の標縄を張り大恥をかいたと、宴席の場で戯れる歌である。「恥」を人目にさらすことで、縁談の失敗による未練と「恥」を共に払拭する快活さが漂っている。三七九五番の歌は、竹取の翁の歌に答えた仙女九人中の一人の歌であり、『新全集』はここの「恥」も「男に求婚する自媒の羞恥」（『万葉集④』九七頁）だと注記している。女はそれを忍びだまって竹取の翁になびくという。いずれも恥を忍び、または捨てることで前向きになり一歩前に進む能動性が生まれており、一二六番の歌に現れた心理と似通っている。

一方これらとまったく違う文脈で「恥」を詠んだ大伴家持（七一八？〜七八五）の歌もある。

里人（さとびと）の　見る目恥（みめは）づかし　左夫流児（さぶるこ）に　さどはす君が　宮出後姿（みやでしりぶり）　（巻一八・四一〇八）

越中守である大伴家持が、配下の史生を戒める長歌に詠み添えた反歌の一つである。都に妻を持ちながら「左夫流」という遊女にくっついている下級官吏のみだれたふるまいを、国庁周辺の住民はどう見るだろうか、それを想像すると、上司の私まで「恥ずかしい」と歌っている。女性の歌に見られた愉快で快活な雰囲気とはまったく異なって

いる。これはどう理解すべきだろうか。

四一〇八番の歌が詠まれたのは天平感宝元（七四九）年五月である。日本史上から見ると唐の儒教的な体制を取り入れた律令国家の最盛期にあたる。[10]歴史学者の井上清によると、当時貴族の儒学・漢文学に対する理解はさほど深くなかったようであるが、[11]それでも人民を支配・教化する立場にあった貴族たちに「律令制度の根本精神」、つまり「人民を善導して良民たらしめようとする儒教的教化徳治主義」（『新全集』の注、『万葉集④』二六五頁）は関心の的であっただろう。この歌を含め史生の反省を促す歌群（四一〇六〜四一一〇番）は、訓戒のためではなく「多彩な広がり」をもとめた「単なる机上の作物」（『新全集』「解説」四八五頁）であると推測されているが、実際、上代の日本では妻と妾との区別はあいまいであって、任地の女性と特別な関係を持ったとして戒めるほどではなかったようである。それを認めるならば、家持のこれらの歌は唐の文化の学習に熱心であった貴族官僚としての教養・知識の披露のようなものではなかろうか。現実性の有無とは関係なく、中国の経書から学んだ政治家のありよう、[12]あるいはいよいよ名門大伴家をふるい立たせようとする青年政治官僚としての家持の志を託したものであった可能性が高いのである。

当時初学書であった『論語』の影響はもっとも大きく、この歌に現れている「恥」の観念は儒教道徳を体現すべき地方官の立場からの「恥ずかしさ」であり、礼儀と徳をもって民を導くことを説く『論語』の思想と照応している。『論語』は多く「恥」[13]について語っており、森三樹三郎は、その「恥の観念は道徳や礼儀によって養われる内面的な倫理意識」[14]であると述べる。

こういった状況を合わせてみると、家持の歌は大陸の文化から習った、道徳と礼儀をもって政を行うべき為政者の心構え、政治家としての志を託した「恥」であり、「内面的な倫理意識」から触発されたとはいいがたい人為的な要素が強いと思われる。それに比べ、女性たちの歌には恥を知りながら神経過敏にならない、上代の人々のすなおな感情が察せられる。

九世紀の律令国家体制のなかで編纂された漢文体の仏教説話集『日本霊異記』（八二二年ごろ成立）はどうだろうか。編者の景戒は奈良時代から平安時代初期を生きた私度僧で、[15]『日本霊異記』は彼の信仰心に基づき、日本の不思議な話を上・中・下三巻に集め記したものである。「因果の報」を示し人々を仏道へ導こうとする景戒の編纂意識が働いており、そこに現れる「恥」もその宗教観に従属され支えられている。つまり、知らぬ前世からの「罪」と結びつきやすく、現世の不運な境遇、たとえば貧乏・不具の身などを恥ずかしく思っても、その「恥」は前世に犯した悪業の報いなのである。人はそれを受け入れ諦念するか、あるいは仏・菩薩の神通力を借りてようやく克服される「恥」[16]なのである。それは次の景戒自身の恥意識とも連動している。

〔知識の面においても文章の才能においても資格の足りない自分であるが〕善を貪ふコトの至りに昇へず、濫竽の業を示さむことを慓る。後生の賢者、幸シクモあざけり嗤フコト勿れ。祈ハクハ奇記を覧む者、邪を却けて正に入れ。

（上巻　二二頁）

〔文章も整えず愚かな性分であるが〕善に貪る至りに勝へず。拙くして浄き紙を黷シ、謬ちて口伝を注せり。**媿づる**に勝へ、慮に忝ク、顔醜リシ耳熱し。庶はくは拾文を覯む者、天に**愧ぢ**人に**慙ぢ**、忍びて事を忘れ、心の師と作して、心を師とすること莫れ。

（中巻　一一七頁）

〔学問や修行の面などにおいて能力の足りない愚僧であるが〕遠く前の非を**愧ぢ**、長に後の善を祈フ。奇異しき事を注して言提フル流に示す。……庶はくは、地を掃ひて共に西方の極楽に生まれむ。

（下巻　二四三頁）

引用は上・中・下巻につけた序文であり、その語り方は各巻に共通している。すなわち、はじめに因果応報の法則を説き、次は善因を作るよう促す進み方である。その文脈のなかで、上記のように著者としての能力の足りなさを恥ずかしく思う気持が現れている。ただ、その「恥」は仏道に背く「罪」の恥意識に比べるとささいなことであるということが言外にほのめかされている。

上巻から見ると、「後生の賢者」に向け自分の拙い文章をあざけり「嗤フ」より、仏教の教えに従うよう語りかけている。中巻では先に自らを恥じ、読者には「天に愧ぢ人に慙ぢ」善行を行うよう説く。下巻でも自分の能力に対するへりくだったいい方は変わらないが、自分の愚かな才能を世にあらわにした恥ずかしさより、自分自身の「遠く前の非を愧ぢ、長に後の善を祈フ」という自省の姿勢に重きが置かれている。

それぞれの序文に現れている景戒の恥意識は、ある意味、学識のある読者を意識した、意図されたものであると思われる。というのは、『日本霊異記』に集められた話は日本における仏教霊験譚を装いながらも、実際、仏教とは無縁に発生した地方の伝承説話を「因果応報」に結びつけ我田引水な解釈を施す例が多く、仏教経典の研究が盛んに行われていた当時の仏教界の雰囲気から見ると、あざけられるような内容であったかもしれない。読者の批判を恐れる景戒の態度（恥意識）は、それを先に読み取っての語り方であり、その批判の矛先を鈍らせるためのしくみであると思われるのである。さらに、因果応報の教えを後世に伝えるべき大義に重きをおく叙述態度は、景戒の恥意識を些細なことにして弱化させる効果をもたらす。愚僧としての自分の恥意識と、善行を作らない罪と結びついた宗教的な恥の重大さを並行させることにより、恥じるべき景戒の執筆行為は正当性を獲得するのである。

ここまで、神々に由来する天皇の神聖化と正当化を図る記紀の恥（意識）の変化、『万葉集』における女性たちの率直な感情の表白とそれに対比される男性官人の人為的な恥意識、また奈良から平安時代初期の変わり目を生きた景戒の宗教観に基づいた恥の感覚を瞥見してみた。その流れから、大陸文明を背景に律令国家体制を整えていく過程は、人の意識にも変化をもたらした過程であることが察せられたのではないか。一対一の関係のなかで即興的に生じ、その場で解消しようとした素朴で単純な古代人の恥意識には、不特定多数を想定しその共同体（集団）の評判・反応を意識する内省的な方向[17]への芽生えが見えたであろう。

二　『竹取物語』における笑いと「恥」の言説

奈良時代とは異なる平安人・平安文化が生まれるには、歴史的な変化が必要条件となろう。たとえば、平城京から長岡京（七八四年）、さらに平安京（七九四年）への遷都、大伴氏など旧名門貴族と寺院勢力の弱体化、皇位をめぐる有力貴族の陰謀と暗闘、藤原氏の台頭と摂関政治への政治体制の変質、律令制の解体による経済構造の変化、仮名文字体系の確立と宮廷文芸の発達など様々な要因があげられる。

このような時代状況のなかで形成された平安人の考え方や心理は仮名文芸から窺える。平安仮名文学の特徴としてよくいわれるのが繊細な心理描写であるが、景戒の恥意識に横たわっていた一抹の不安・緊張感に連続する心理として注目されるのは、平安前期の『竹取物語』（九世紀後半〜一〇世紀前半に成立）における恥（意識）である。[18]

『竹取物語』の恥（意識）は、物語の方法としての笑いと密接にかかわっている。その笑いは、五人の貴公子の難題求婚譚に集約されているといって過言ではない。貴公子らの失態が滑稽にえがかれ、逸話ごとに語源説話風のオチをつけ笑い落とすところにその特徴がある。かぐや姫から結婚の条件としてこの世にありそうもない珍奇なものをもとめられ、それを得ようと奮闘する五人の物語は個々に完結した形でおわり、当の人物も消えてゆく。ゆえに、それぞれの求婚譚は独立しているように見える。が、個々の求婚話における最後の部分、つまり求婚が失敗におわり笑い落とされた後の、人物たちの行動や考え方、世の人々の反応に注目すると、そこには恥意識を基調にした、一種の「恥」の言説が浮き彫りになるのである。[19]以下ではそれを綿密に検討する。

（一）難題求婚譚第一話――他者化する視線と恥

『竹取物語』の難題求婚譚の第一話は「心のしたくある人」として評される石作の皇子の物語である。かぐや姫から出された難題、「仏の御石の鉢」を工夫して探し出し姫に持ち込むが、にせものであることが発覚し、からかいの返歌とともに鉢は返される。

①かぐや姫あやしがりて見れば、鉢の中に文あり。ひろげて見れば、

海山の道に心をつくしはてないしのはちの涙ながれき

かぐや姫、光やあると見るに、蛍ばかりの光だになし。

置く露の光をだにもやどさまし小倉（をぐら）の山にて何もとめけむ

とて返しいだす。〔石作の皇子は〕鉢を門に捨てて、この歌の返しをす。

白山にあへば光の失（う）するかとはちを捨てても頼まるるかな

とよみて、入れたり。かぐや姫、返しもせずなりぬ。耳にも聞き入れざりければ、いひかかづらひて帰りぬ。かの鉢を捨てて、またいひけるよりぞ、（a）面なきことをば、「はぢをすつ」とはいひける。

（二一六～二一七頁）

あつかましくもまた言い寄る皇子に、かぐや姫は返事もせず「耳にも聞き入れ」ないが、それでも皇子は恥じることなく弁解・口実をしながら帰る。語り手はこれを（a）のごとく「あつかましいことを恥（鉢）をすてるというのだ」と語源的な解明でしめくくり、恥を恥とも思わない人のさまを、一歩距離を置いた視点からそれとなく非難し、客観的な批評性を保とうとする。

人が何を恥と思うか、その水準は属している社会の構造と人間関係、時代性と緊密にかかわっていることはいうま

でもなかろうが、すでに第一節で検討した、求婚にかかわる万葉歌（一二六番・四〇一番・三七九五番）とは対照的に、引用①の「恥」には世間を意識し自分に目を向かわせる働きが現れている。恋路における愚行・執着心・さきばしり・壮語などは常のことであろうが、引用①のように、未練がましくもまた言い寄る行為に注目する語り方、それを「面なきこと」「はぢをすつ」とあらためて語源譚ふうにとりあげることにより、皇子の行動を問題化する視線が生じてくるのである。そのような視線は、万葉の女たちの歌のように恥を簡単に振り払うことのできない空気を醸し出すことになろう。

引用①でもう一つ注目されるのは、「恥知らず」「あつかましい」という意味の「面なし」[20]である。ここが初出であり、以降の物語・日記作品類にいくつかの用例は見えるが、『源氏物語』の真木柱巻に「人笑へ」と一緒に用いられており、注目にあたいする。夫（鬚黒）から冷遇される自分の娘に、それを我慢するのは「面なう人笑へなることなり」（真木柱　三七〇頁）といって、娘を迎え入れる式部卿宮の言葉に現れている。そこには娘の心痛に対する共感より、むしろ第三者の目からの観察眼が働いている。他者からの非難の目を意識する言葉として「面なう」と「人笑へ」とが並べて用いられているのである。これ以前にも宮は、鬚黒が玉鬘を邸宅に引きいれ、それにすがりついている娘のみじめさを想像し、「人聞きやさしかるべし。おのがあらむこなたは、いと人笑へなるさまに従ひなびかでも、ものしたまひなん」（真木柱　三五八頁）と、鬚黒から離れることを勧めた。ここでは「人聞きやさしかるべし」と「人笑へ」が同量の重みをもって用いられており、双方の緊密な関係が示されている。人々の世評を思うと、身の細るほど恥ずかしい（「人聞きやさしかるべし」）ことであり、そのような恥ずかしい目（「人笑へ」）にあわせまいといった意志が働いている。鬚黒の北の方として世に認められていた、その社会的な地位を失うことによる「人聞き」「人笑へ」は、世評の低下とともにその存在意義も薄れることが予測されるだけに、外聞（世評）に基づいた恥意識としての「人笑へ」は原動力になって彼らの行動を導いているのである。

このような理解のうえに、引用（a）「面なきことをば、「はぢをすつ」とはいひける」を顧みると、自分の行動に他者の視線を入れ客観化することで、恥を招くような事態を避ける処世の眼目の重要性が浮かびあがってくるのではないか。さらに、第一話の最後の語りを「恥」に収束することにより、五人の求婚譚の性格を一つに方向づける磁場というものも形成してくると思われる。第二話の最後の語りがまたも「恥」に集約されていることは、それを窺わせる。

（二）難題求婚譚第二話――世間への恥意識と自己消滅

求婚譚の第二話は、かぐや姫から「蓬莱の玉の枝」をもとめられた、くらもちの皇子の物語である。皇子は「心たばかりある人」として評されているが、結局それが悪手になり、人に作らせた偽りの玉の枝であることがばれる。かぐや姫はうれしさのあまり「笑ひさかえ」、にせものを作った工匠たちに多くの禄をあげる。工匠たちのせいで求婚が失敗に終わり激怒した皇子は怒りを抑えきれず彼らを「血の流るるまで」殴り、かぐや姫からもらった禄も取りあげ捨ててしまう。

②かくて、この皇子は、「（b）一生の恥、これに過ぐるはあらじ。女を得ずなりぬるのみにあらず、（c）天下の人の、見思はむことのはづかしきこと」とのたまひて、（d）ただ一所、深き山へ入りたまひぬ。宮司、さぶらふ人々、みな手を分かちて求めたてまつれども、御死にもやしたまひけむ、え見つけたてまつらずなりぬ。皇子の、御供に隠したまはむとて、年ごろ見えたまはざりけるなりけり。これをなむ、「たまさかに」とはいひはじめける。

（三六～三七頁）

第一話の石作の皇子は、恥を知らない人として簡略に批評されていたが、くらもちの皇子は引用②のように自分の失態を（b）「一生の恥」として自覚する。それは世間を強く意識した発言であり、引用（c）における「天下の人の、見思はむこと」は、他者の批評・世評への懸念にほかならない。匠たちを殴る行為から察すると、それは痛切な自己反省というより全財産を投じて凝らした計略が一瞬にして泡になったことへの悔しさの含まれた恥であり、事がうまく運んでいれば、後に嘘がばれ世間から嘲笑されても構わないというような厚かましさが読みとれる。

ただ、ここで一つ注目されるのは、恥ずかしさのあまり自分を消す行為である。（d）を見ると、自分の失態が人々に嘲笑されることへの不安に耐えられず深い山へ入ってしまうのだが、社会生活をあきらめさせるほど恥意識は相当な圧迫になっている。自分の行動が起こすだろう外聞とそれによる恥意識が強い強制力になって、当事者を動かしているのである。

ここまで検討した第一・二話が他者の視線に基づいた恥意識に注目していたならば、次にとりあげる第三・四話の結末には世間の反応・外聞の形成過程が語られる。

(三) 難題求婚譚第三話——世論を形成するメディア、「噂」

第三話は「財豊かに家広き人」の右大臣阿倍御主人が、火に燃えるはずのない「火鼠の皮衣」を唐土から入手し、かぐや姫に献じる話である。「うるはしきこと」「けうらなることかぎり」ない皮衣を、かぐや姫は本物なのかどうか確かめるため火にくべて燃やすが、むなしくもめらめらと焼けてしまう。かぐや姫は「あな、嬉し」と喜び、本物に違いないと確信していた右大臣はショックのあまりに「顔は草の葉の色」になってすわりこむ。

③かのよみたまひける歌の返し、箱にいれて返す。

名残りなく燃（も）ゆと知りせば皮衣（かはごろも）思ひのほかにおきてみましを

とぞありける。されば、帰りいましにけり。

（e）世の人々、「阿倍の大臣、火鼠の皮衣持ていまして、かぐや姫にすみたまふとな。ここにやいます」など問ふ。（f）ある人のいはく、「皮は、火にくべて焼きたりしかば、めらめらと焼けにしかば、かぐや姫あひたまはず」といひければ、（g）これを聞きてぞ、とげなきものをば、「あへなし」といひける。（四一～四二頁）

かぐや姫から拒否のからかいの返歌をもらった阿倍の大臣はあきらめ家に帰るが、本文（e）のように「世の人々」は大臣の事情を「ある人」（f）から聞き出し、遂行できなくてがっかりしたことを（g）の「あへなし」というようになる。「あへなし」は名前「阿倍」を掛けたしゃれであり、「火鼠の皮衣」がむなしくも焼けてしまったときの、「顔は草の葉の色」になった阿倍の大臣の、茫然自失したようすとも響き合っている。同時に笑いものになった自分の失態をわきまえ、これからは亡き者同然に静かに過ごす、あるいは人々（社会）がそう期待していることをも言外に暗示しているようにも思われる。

物語空間における「噂」は情報伝達とともに互いの感情・思想を共有する媒体、つまりメディアとなり社会の倫理・常識ともいえる世論を形成する働きをも持つだろうが、ここの逸話は少なくともその過程の一部を示している。噂・外聞を形成するとともに語源をつくる主体としての「世の人々」が、直接顔を出しているのである。

（四）難題求婚譚第四話――集団の笑いとその攻撃性

続く第四話においては、「世の人々」の視線が様々なところで社会の目になって、大伴御行の大納言の無謀さをあざけり、けなす。かぐや姫から出された難題「龍の頸に、五色の光ある玉」を、大納言は従者たちに取ってくるよう命ずる。が、主君の不都合な要求に従うふりをしながら従者たちは大納言をそしりあい、あっちこっちに分かれ散ってしまう。従者たちを待ちかねた大納言は難波まで行って聞き出すが、龍の頸から玉を取るという話に船人は笑ってしまう。それでもあきらめずその玉を取ろうと直接船路に出るが、散々ひどい目にあったあげく、ようやく播磨に到着する。船から降ろされた大納言のようすは「風いと重き人にて、腹いとふくれ、こなたかなたの目には、李をつけたるやう」（四八頁）になり、それを見た「国の司もほほゑみたる」。やっとのことで都の家に戻った大納言は「かぐや姫てふ大盗人の奴が人を殺さむとするなりけり」（四九頁）とののしり、龍の玉を取らず戻った従者たちをほめ、残った財産を与える始末である。かぐや姫を迎え入れようと大納言から追い出された元妻たちはこれを聞き、「腹を切りて笑ひ」、当然かぐや姫との歌のやりとりなどもなく、かぐや姫もまったく登場しない。

大納言をめぐる従者たちの非難→難波の船人の失笑→播磨の守の苦笑→都の元妻たちの大笑い、という展開には嘲笑・苦笑めいたまなざしが据えられている。が、大納言はそれに気づかず恥じらうこともなく威張る。それを見聞きする人々は次のように反応する。

④（h）世界の人のいひけるは、「大伴の大納言は、龍の頸の玉や取りておはしたる」、「いな、さもあらず。御眼（みまなこ）二つに、李のやうなる玉をぞ添へていましたる」といひければ、（i）「あな、たべがた」といひけるよりぞ、（j）世にあはぬことをば、「あな、たへがた」とはいひはじめける。（四九～五〇頁）

（h）の「世界の人」によって噂が形成され、社会的な判断が下されるのは第三話と同じだが、ここでは集団の笑いの攻撃性というべき性質が顕著になっている。本文中の、真っ赤に充血した目を、李のような玉を付けているようだという冗談に、（i）の「それは食べがたい」と大納言を嘲弄しいいふらすところは、常識をわきまえない人は仲間に入れられないという意味が含まれ、罰として機能していることが察せられる。それと連動した（j）の、世間の道理にあわぬ、常識はずれのことを「堪えがたい（食べがたい）」といったしゃれは、自分の失態に注意を払わず、人々から嘲笑されても恥を感じず、目覚めることのない無骨な個人の非社会性が批判されており、社会から葬られることが予想されるのである。

以上のように、第三・四話は自分の行動を顧みる本人たちの視線のかわりに、それを「聞き」「見る」側の観察的でかつ価値判断的な視線を語ることで、個人の行動を顧み恥じるべき反省の視点を要請しているのである。

続く第五話は、他人の視線に基づいた恥意識が極端化され、それに浸蝕され死に至る過程が示されている。それによりかぐや姫からは、これまでの逸話とは違う同情が寄せられる。

(五)難題求婚譚第五話——恥意識の深化と死

第五話の、中納言石上麿足に出された難題は「燕の持たる子安貝」を取ってくることである。第四話とは違い、家来や外部の人までもがこれに協力的であり、「寮の官人くらつまろと申す翁」は「子安貝」を取るための作戦を一緒に練るほどである。しかし、その過程で中納言はおかしくも「やしまの鼎の上に、のけざまに落ち」「御目は白眼にて」倒れる。やっとのことで意識がもどり手を拡げてみるが、そこには「燕のまり置ける古糞」が置かれているだけである。

⑤中納言は、わらはげたるわざして止むことを、(k)人に聞かせじとしたまひけれど、それを病にて、いと弱くなりたまひにけり。貝をえ取らずなりにけるよりも、(l)人の聞き笑はむことを日にそへて思ひたまひければ、ただに病み死ぬるよりも、(m)人聞きはづかしくおぼえたまふなりけり。これを、かぐや姫聞きて、とぶらひにやる歌、

　年を経て浪立ちよらぬ住の江のまつかひなしと聞くはまことか

とあるを、読みて聞かす。いと弱き心に、頭もたげて、人に紙を持たせて、苦しき心地に、からうじて書きたま

ふ。

かひはかくありけるものをわびはてて死ぬる命をすくひやはせぬ

と書きはつる、絶え入りたまひぬ。これを聞きて、（n）かぐや姫、すこしあはれとおぼしけり。それよりなむ、すこしうれしきことをば、「かひあり」とはいひける。

（五五～五六頁）

引用からわかるように、中納言を死に至らせるのは、外聞・もの笑いを予想した深い恥意識である。自分の愚行を人々が聞き、また人々から笑われることを極度に恐れ（k）（l）、ただ、病で死ぬよりも外聞の恥ずかしさ（m）にむしばまれ死ぬのである。すでに第四話で見たように世間の噂・世評は社会の目として働き、社会の成員としての個人を評価し行動を規制・制約することが予想されたが、第五話はそれを案じる個人の恐怖心、人々の口にのぼりもの笑いになることへの極度の不安・羞恥心が特徴的にえがかれている。恥ずかしさに絶えきれず弱りはてる中納言に、かぐや姫は以前の態度とは違って珍しくも自分から慰めの歌を送り、後に死んでしまう中納言を「あはれ」（n）と思う。かぐや姫のこの行為は、外聞に基づいたもの笑いをつつしむ行為に対する、ある種の肯定的な効果を創出することにもなろう。

(六) 難題求婚譚における笑いと恥、そして集団意識

以上の検討により、五つの物語をつなぎ締めくくる「恥」の言説が浮かびあがってきたのではないか。それぞれの語りの末尾に散りばめられていた、（一）他人の視線を自分の行動に照らし恥じること、（二）「世の人」の作る噂とその働き、（三）内面に浸透する他者の視線と恥意識といったものを、一つのディスクールとして包括することができたと思う。すなわち、第一話において自分の行動に目を向かわせるような「恥」意識の喚起は、五つの物語を方向

づける磁場を形成し、第二話ではその恥意識に駆られ社会から身を隠す個人の不安を描くことになっただろう。続く第三話と第四話では失態を演じる人を「見」「聞き」て世評を作る「世の人々」の力、つまり常識をわきまえない無骨な個人を社会から排除する集団の笑いの攻撃性を浮かび上がらせ、第一・二話における恥意識とその根底にある不安の実体を物語るような内容であった。そして、第五話ではその集団の笑いを恐れ、身体を蝕むほど極度の恥意識に駆られ死んでいく結末に至ったのである。各々の物語は、ある意味、「恥」の様々な側面を抜き出し物語化したといえよう。

おわりに

ここまで神々に由来する天皇の神聖化と正当化を図る記紀の恥（意識）の変化、様々な身分の人々の率直な感情が表白された万葉人の恥（意識）、奈良時代から平安時代初期を生きた僧侶の恥の感覚、平安前期の『竹取物語』における恥の側面を比較の観点から考察してみた。

神話伝説時代における恥の様相は一対一の関係で起こり、その反応というのも即興的かつ直截的であった。恥の感情の処理のしかたも飾り気のない単純性を帯びており、記紀両方ともその性質は共通していた。恥をかかせた人にそれに相応する羞恥心を与えるか、もしくは呪いをかけ報復することで恥をぬぐい取っていたのである。上代の生々しくすなおな生活感情は、まだ外来の文化・思想に染まっていない『古事記』と『万葉集』により鮮やかに表出され、今を生きる古代人の単純で素朴な生き方が察せられた。しかし、『日本書紀』の人の代においては『古事記』と同じ話でありながら、その編纂意図により恥の処理の仕方は変わっていた。律令制が導入され天皇中心の政治体制を整えていく過程で現れた天皇の「恥」は、個人の不快感・鬱憤より集団（共同体）における評判を優先する意識が顕著になっていたのである。それは天皇制の基盤の確立に重きを置いた、政治的な目的によって改変・創作された感情であり、天皇家の優越性・正当性を確保するための戦略的な選択であっただろうが、社会の上層部で起こった変化は、それ自体強力な運動性をもって底辺に拡がることを思うと見逃せない心理であろう。

恥による不快感・照れくささをその場で取り消し、本能的満足感を優先する上代人の姿勢は、『日本霊異記』編者の景戒の心理において変化が見られた。いわゆる不特定の人の目を意識する認識態度である。しかし、その恥意識には謙遜を装った形式的な面もあり、文脈から笑いものになるかもしれないという不安が読み取れるにしても、より大きな大義によって「恥」意識に飲み込まれない強さもあった。しかしながら自分の行為が人にどう見られ聞かれるか、不特定の集団の目を意識するということは、以前とは違う生活環境や社会構造の変化があったからこそ生じた態度であろう。

すでに第二節の冒頭でも奈良時代と異なる平安社会の特徴を述べたが、ほかに奈良と平安貴族の大きな違いといえば戦乱の経験も欠かせない。壬申の乱（六七二年）、長屋王（ながやのおおきみ）の変（七二九年）、藤原広嗣の乱（七四〇年）、藤原仲麻呂の乱（七六四年）などにおける武力行使、「対外戦略のための防人（さきもり）派遣、東北の蝦夷（えみし）征討」など、「奈良貴族で生涯に戦乱を体験しなかった人は少ない」といわれている。歌人「大伴家持も中納言の高官の身でありながら蝦夷征討の戦場で病死している」のである。そういった環境の違いは彼らの服装にも反映されている。奈良時代は動きを中心とした活動的な服装であったのに対して、「平安時代は初めと終りを除く」と戦乱のない平和な時代が長く続き、貴族の服装も高貴な身分を象徴するとともに優雅な身ぶりを実現する「非活動的」なものであった[21]。

平安京の貴族社会を中心に発達した宮廷文芸も、このような社会条件のなかで可能であったわけで、それは必然的に奈良人とは異なる平安人の感受性を要請しただろう。平安前期に書かれた『竹取物語』の難題求婚譚は、その兆しをあらわにしていると思われる。第一話と第二話が他者の視線に基づいた恥意識に注目していたならば、第三・四話では世間の反応・外聞の形成過程が示され、人を「聞き」「見る」側の観察的でかつ価値判断的な視線が語られていた。それにより個人の行動を顧み恥じるべき反省の視点が要請され、第五話では他人（集団）の視線に基づいた恥意識が極端化し、それに浸蝕され死に至る過程が示されていた。集団化された他者の目を意識するこのような心理構造は、奈良時代の文芸作品からは見出しにくかったのである。

五人の求婚者たちの出自も象徴的である。小嶋菜温子の準拠論によると、「五人のモデルが示す歴史性はみのがせない」[22]ところがあり、「石つくりの御子」は丹比真人嶋、「くらもちの皇子」は藤原不比等、「右大臣あべのむらじ」は阿倍御主人、「大納言大伴のみゆき」は大伴御行、「中納言いそのかみのまろたり」は石上麻呂だとする。いずれも「文武朝に活躍した天武系の人物」である。周知のごとく、平安時代は「天智系」の桓武天皇によって開かれた時代である。

笑いものになり共同体から消えていく（のが予想される）五人の貴公子の出自は、退かれるべき古い時代の人間像・感受性を表象するレトリックとして機能しているのが読み取れるのではないか。新しい時代における新しい人間関係、それに適合した行動様式、感情・本能の調節能力を要する新時代の到来を象徴する比喩として読み取れるのである。その意味で、難題求婚譚の意義を平安貴族（社会）への批判・風刺と見る見解、あるいはそれを否定し「ずいぶん昔の話であることを示すための方法」[23]だとする従来の理解は更新されるべきであろう。

本章の「はじめに」のところで、平安時代を境に以前の奈良時代とは違う、むしろ現代人の心理構造と類似・連続した人間（性）の変化が見られるのではないかと仮定したが、以上の考察によってそれは検証されたのではないか。

日本社会の一特性としていわれてきた「恥（意識）」とそれに伴う「集団意識」の出発点というべきところを、『竹取物語』の「恥」の言説から導き出すことができたと思う。一対一の関係のなかでその場で解決されていた古代における「恥」の不快感は、平安期に入っては将来を案じる不安感を伴っており、共同体における集団の目を意識する新しい人間（性）の出現が予測されていた。すなわち、感情をコントロールし、自分の行動が起こすべき結果をあらかじめ予測して「恥」じるべき状況を事前に防ぐ慎重な人間像が浮き彫りになったのである。それは個々の直接的な人間関係から発展し、共同体（集団）のなかを生きる個に対する自覚が生じての心理構造の変化であろう。

こういった、集団意識に基づいた恥（意識）は、すくなくとも平安中期まで強化されていく。というのは、『竹取物語』の古典性と物語文学の源泉としての価値は、『源氏物語』の絵会巻に「物語の出で来はじめのおや」という一句によってよく代表されるが、本章で検証した『竹取物語』の「恥」の言説も、平安社会の特殊性を物語る『源氏物語』における「人笑へ」言説によってより鮮明になるからである。それに関する考察は第五章に譲るが、現代と連動するこのような古典文芸の分析は、現代日本文化論に不充分であるといわれる「歴史的視点」を得られる契機にもなろう。

注

（1）一九四六年から一九七八年にかけ約三二年間に刊行された日本文化論（日本人論）は単行本・論文・エッセイなどを含め一〇〇〇点を超えるようであり、さらに一九七八年から一〇年間の日本文化論の生産量は二〇〇〇点以上になろう（青木保『「日本文化論」の変容――戦後日本の文化とアイデンティティー』、中央公論新社、一九九九年、二四～二五頁。初版は一九九〇年）と推測されている。戦前の論議と一九八八年以後のものまで入れるとその数はさらに増えるだろう。

（2）アメリカでは一九四六年に刊行され、日本では一九四八年に翻訳された。

（3）青木、注（1）二九頁。

（4）原文は「……although it was addressed to a general audience rather than to specialist scholars, there is a sense in which all of us have been writing footnotes to it ever since it appeared in 1946. I have said elsewhere that all Americans who study Japanese society are "Benedict's children" (Smith 1989). That applies equally to her detractors and admirers, for whatever one's orientation toward it, her book undeniably set the terms of the discourse on Japan for more than a generation.（David W. Plath and Robert Smith 'How "American" Are Studies of Modern Japan Done in the United States?' in H. Befu and J. Kreiner, eds., *Othernesses of Japan: Historical and Cultural Influences on Japanese Studies in Ten Countries*, Munich: The German Institute for Japanese Studies, 1992, p.206）である。

（5）その展開様相は青木、注（1）に詳しく、参考のため「集団主義」と「恥」にかかわる主要な論点を簡略に紹介しておく。まず、ベネディクト（長谷川松治訳『菊と刀』講談社、二〇〇五年、六〇～九六頁）は日本社会の組織原理として家族関係に近い、階層制度を基盤にする共同体優先主義、いわゆる「集団主義」というべき特徴を導き出した。個人の意志を共同体に従属させる「集団主義」の根拠は「恥（意識）」から察せられるのであり、ベネディクト（二三八～二七八頁）のいう「恥」は、他人の批評に関する反応であり、絶えず世評に注意を注ぎ自分の行動方針を決める倫理のようなものである。つまり、個人の意志や要求に先行して集団から、「公認」された「慣習や判断」（三〇頁）がもっとも重要な判断基準になるのである。日本社会における「集団認識」「単一性」は、後に中根千枝によって社会人類学の立場から分析・理論化される。中根千枝（『タテ社会の人間関係』講談社、一九九三年。初稿は「日本的社会構造の発見――単一社会の理論」『中央公論』七九（五）、一九六四年。単行本の初版は一九六七年）によると、日本的社会集団の構成原理は「場」に重きをおいた「「イエ」（家）」（三一頁）という概念に集約されており、その集団を結束させるのは序列意識に基づいた「「タテ」の組織」（七〇頁）であると主張した。作田啓一（『恥の文化再考』筑摩書房、一九六七年、九～二六頁。初出は『思想の科学』四月号、一九六四年）も、直感的ゲシュタルトとしてベネディクトのいう「恥の文化」を認めつつも、その「（公）恥」は一側面しかとらえていないと指摘し、志向のくい違いから生じる「（私）恥」の重要性を強調した。そして、そのような「恥」は日本のように中間集団の自立性の弱い社会、つまり集団の内外の視線に露出されている社会から発生しやすいと述べた。以後、ベネディクト・中根千枝・作田啓一などに触発され様々な議論が展開されるが、その限界と批判、成果と動向などは前述の青木保を参照されたい。ほかに、ベネディクト・中根千枝・ノーマ・フィールドの研究を比較・検討した韓国のコンスクイン（권숙인「일본문화를 보는 세 가지 눈: 루스 베네딕트、나카네 지에、노마 필드 日本文化を見る三つの目――ルース・ベネディクト、中根千枝、ノーマ・フィールド」『국제지역연구 国際地域研究』一二（一）、ソウル大学校国際学研究所、二〇〇三年）も、

日本研究の問題意識の重点がどのように動いてきたのかを知るうえで参考になる。

なお、本章でいう恥はベネディクトの見方を取り入れた濱口恵俊の「恥じらいの体験をもとにして、その後における自分の行為を方向付けるモラル」（『日本大百科全書』小学館）という説明に従っている。ちなみに、「恥」という概念は早くアリストテレスによって「羞恥は不面目に対する一種の恐怖である」（高田三朗訳『ニコマコス倫理学　上』岩波文庫、一九七一年、一六七頁）といわれ、『日本国語大辞典（第二版）』（小学館）には「不名誉、物笑い」「名誉を重んずること、恥ずかしいと思う気持」であると定義されているが、本章は恥の感情とその状態が人の行動に及ぼす社会的な側面まで視野に入れて考えている。

（6）それゆえ、ベネディクトと中根千枝に代表される、全体的かつ包括的な日本文化の「型」「構造」の究明が持つ洞察力と説得力、またノーマ・フィールドのように具体的な個人の実践行為から日本社会を展望しようとする研究の意義にもかかわらず、日本文化論における「歴史的視点」の「不十分」さ（尾藤正英『日本文化の歴史』岩波書店、二〇〇〇年、i～v頁）が指摘されている。

（7）加藤周一『日本文学史序説　上』、筑摩書房、一九九九年、一二六頁（初版は一九七五年）。加藤周一によれば、「日本文化現象の多くの型や傾向」、「文化的伝統の具体的な側面の大きな部分」（一二六頁）の淵源は、平安前期の「九世紀まで遡ることができ」ると述べる。

（8）イザナギとイザナミ（『古事記』四七頁、『日本書紀①』四五頁）、トヨタマビメとホオリ／ヒコホホデミ（『古事記』一三六頁、『日本書紀①』一六一頁、一七九頁）の話など。

（9）同じ編纂意図が、大化改新の中心人物である中大兄皇子（天智天皇）の、政治的な後悔に近い恥（『日本書紀③』一七六頁）を払拭する場面でも察せられる。自分の判断ミスの原因は、讒言した臣下のせいであり、無実の人を殺してしまった罪意識あるいは君主の反省意識に近い恥意識はあっても、そういった結果に至らせた臣下を流刑にすることで解消され、読み手をも納得させている。

（10）七〇一年から七七七年までの間、日本は六回にわたり遣唐使を派遣している。船の破損などによる中止も三回あることが知られる。

（11）井上清『日本の歴史　上』、岩波書店、一九六三年、八三頁。

（12）芳賀紀雄（「万葉集比較文学事典（経書）」『万葉集事典』学灯社、一九九四年、三三一～三三三頁）によれば、「唐の律令を継受し、儒教的な体制を整えた上代において、教養の基本は、経書にあった。そのことは、官人養成機関である大学寮で教授すべき典籍を定めた『養老令』の「学令」（5経周易尚書条）に、集約的に示されている。……凡経、周易・尚書・周礼・儀礼・礼記・毛詩。春秋左氏伝、各為一経。孝経・論語、学者兼習之」とする。

(13)『論語』（金谷治訳・注『論語』岩波書店、二〇一一年）に現れる「恥」は、まず、①政治に携わる人においての「恥」がある。たとえば「子の曰わく、これを道びくに政を以てし、これを斉うるに刑を以てすれば、民免れて恥ずること無し。これを道びくに徳を以てし、これを斉うるに礼を以てすれば、恥ありて且つ格し」（為政 三四頁）、「邦に道あるに、貧しくして且つ賤しきは恥なり。邦に道なきに、富みて且つ貴きは恥なり」（泰伯 一五八～一五九頁）、「憲、恥を問う。子の曰わく、邦に道あれば穀す。邦に道なきに穀するは、恥なり」（憲問 二六九頁）などがある。また、②君子の行動原理としての「恥」がある。たとえば「子の曰く、己れを行うに恥あり、四方に使いして、君命を辱しめざる、士と謂うべし」（子路 二六一頁）、「子の曰わく、君子は其の言の其の行に過ぐるを恥ず」（憲問 二八九頁）などが見られる。さらに、③恥ずべきでないものは恥じない勇気をほめるところもある。「子の曰く、士、道に志して、悪衣悪食を恥ずる者は、未だ与に議るに足らず」（里仁 七四～七五頁）などがあげられる。

(14) 森三樹三郎『「名」と「恥」の文化』講談社、二〇〇五年、一六七～一六八頁。初版は一九七一年。

(15) 国の許可を得ず、出家した僧侶。

(16) 中巻の第一四話（一六一～一六三頁）・第三一話（二一〇～二一一頁）・第三四話（二一八～二二一頁）、下巻の第二一話（二九九頁）・第二六話（三二五～三二八頁）などを参照されたい。

(17) 特に、目に見えない集団（読者群）を想像しその集団の目を意識する、景戒の心理からそういった方向性は看取される。もちろん、景戒は奈良の平城京の人であり、その感受性も家持と同じく中国の経典・経書から習った擬似的な謙遜精神に近い恥意識を披露したにすぎないかもしれない。しかし、新しい心理が現れ拡がるまでの一段階として、その現象を考えることもできそうであり、注目される。

(18)『竹取物語』の前後あたりに成立した『伊勢物語』と『古今集』『土佐日記』の場合、恥に関連する例は少なく、不特定の人に見られる自分を意識しての恥意識になると、『古今集』「仮名序」（三〇頁）と「真名序」（四二九頁）、『土佐日記』（二三頁）に限られる。しかしながら、その語り方は社交辞令のような形式性が強く、すでに注（17）で景戒の心理の一側面として考えられた、世評を意識しての謙遜精神に近いものである。自分の才能を公にする際、謙遜を装うのは、今の時代も同じであり、かなり長い歴史をもった態度であることが窺える。そのほかに、女に浮気した男のすまない気持に近い「恥づかし」さ（『伊勢物語』「武蔵鐙」一二五頁）、衰えていく容色を男に見せたくない女の「恥づる」

（『古今集』六八一番、二六四頁）気持ち、老いてゆく自分を恨む嘆きのなかで現われる「恥しき」（『古今集』一〇六三番、四〇四頁）などがある。

(19) 小嶋菜温子も「求婚者たちのストオリィによって語られる最も重要なもの」は、「「恥」に示される、共同体を拘束する心的規制」である（「求婚者たち――語源譚をささえる言説」『国文学』三八（四）、一九九三年、一〇九〜一一〇頁）と指摘する。

(20) 『日本国語大辞典（第二版）』によると、上代では「（自分自身の事柄に関して）恥ずかしく人に合わせる顔がない。面目ない。おもはゆい」の意であったが、中古になって、この意の例はまれになり、一般に第三者の立場からの、「（他人の言動に関して）恥ずべきさまである。あつかましい」などの意を表すものになったとする。

(21) 以上の内容は山口博（『王朝貴族物語』講談社、二〇〇一年、九〜一二頁。初版は一九九四年）によっている。

(22) 小嶋菜温子・島内景二「竹取物語を読む」『竹取物語伊勢物語必携』學燈社、一九八八年、六五頁。なお、小嶋菜温子の準拠論は加納諸平（『竹取物語考』『国文学註釈叢書五　竹取物語・大和物語』一九二九年に所収）によっている。

(23) 片桐洋一「解説」『竹取物語 伊勢物語 大和物語 平中物語』小学館、一九九四年、九四頁。

第四章

中流階級の女性における「人笑へ」、そして恋
――平安貴族に仕えた女房格の作者を中心に

はじめに

平安時代の貴族における恥の意識が、平安京を中心とした貴族社会の一員として生きるうえでいかに重要な思考と感情であったかは、初期の物語である『竹取物語』から確認できる。第三章で検討したように、五人の貴公子の求婚失敗譚に現れている恥の意識には、平安以前の奈良時代の感受性とは明らかに違う、集団を意識した特徴が見られているのである。それに一〇世紀半ばからは「人笑へ（人笑はれ）」（以下、「人笑へ」で両語を指示する）という、以前の文芸には見られない、恥の意識とともに集団性を帯びていく語も和歌と物語などの和文に現れはじめる。[1] 特に『源氏物語』においてその数は急激に増え、物語を進展させる鍵語にさえなっているが、『源氏物語』以降の和文からはあまり見られなくなる傾向を持つ語である。

『源氏物語』の「人笑へ」については、日向一雅が「平安京の貴族社会に身を処する上での内在律」[2] と位置づけて

以来、鈴木日出男により、彼らの「社会的な生命を左右する」「倫理的な規矩」[3]とされ、あるいは原岡文子によって物語を貫く「一つの倫理」[4]であると規定されてきた。

　虚構の物語における「人笑へ」は、身分高く世間の信望も格別な主要人物たちが主に意識する語であり、常に自分の行動に気をつけさせる尺度のように機能していることが確認される。が、実際に平安貴族社会に身を置き、実人生を生きた人々にはどのように感じ取られていた語であろうか。とりわけ、彼らに仕えた女房格の女が「人笑へ」を意識するとき、それはどのような重みをもって感じられていただろうか。本章は平安貴族社会をじかに体験し、それを写実的にえがき出した、女房格の作者による日記文学とその他の散文に焦点をあて、第三章で試みた恥の言説に連なるものとして検討してみる。

一　『蜻蛉日記』と『枕草子』における重みと実相

　平安京の宮中貴族に仕え、その経験を書き残したものには、周知のごとく『蜻蛉日記』『枕草子』『和泉式部日記』『紫式部日記』などがある。その内、「人笑へ」の語が見えるのは、『蜻蛉日記』（二例）と『枕草子』（一例）、『和泉式部日記』（二例）[5]のみである。

　まず、『蜻蛉日記』の二例[6]から見てみる。

〔山寺にこもった作者に下山を勧める兼家の言葉〕「……世の中に言ふなるやうに、ともかくもかぎりになりておはせば、いふかひなくてもあるべし。かくて人も仰せざらむ時、帰り出でてゐたまへらむも、をこにぞあらむ。さりともいま一度はおはしなむ。それにさへ出でたまはずは、いと**人笑はえ**にはなり果てたまはむ」などものほこりかに言ひののしる……とてもかくても、出でむも、をこなるべき、さや思ひなるとて、出づまじと思ふなる人の言はするならむ……

（二三八～二三九頁）

〔下山を勧める京からの手紙〕「今日、殿おはしますべきやうになむ聞く。こたみさへ下りずは、いとつべたましきさまになむ、世人も思はむ。またはた、よにものしたまはじ。さらむ後にものしたらむは、いかが、**人笑へ**ならむ」……

（二四九頁）

二例とも山寺にこもった作者を下山させようとする言葉のなかで、「人笑へ」「世人」が用いられている。京ではすでに作者が尼になったという噂が立ち、そのつもりではなかった作者にとっても帰ることは間が悪く、下山できず留まっていた。そこへ、兼家からの迎えが来て、時期を逃さず帰らないと「人笑はえ」[7]になるといい、また京の人々の手紙でも作者を動かそうと「人笑へ」の語が用いられている。作者を下山させようとするまわりの人々が他者の視線を想起させる「人笑へ」を用いる状況から、それが人を動かす動因となり、また決め手となることは窺えよう。

世の噂を気にして下山しなかった作者の状況から見ると、世の人々の反応や「人笑へ」を気にかけないわけではない。だが、兼家との関係に気が取られている作者の書きぶりからすると、「世人」の思いや「人笑へ」は内面に響くほどの動因にはなっておらず、その力を失っているように感じられる。

それに比べ『枕草子』では、自分の行動をおのずと自重させる語というより、むしろ人を強張らせる硬直な側面に注目しているように見える。『枕草子』におけるわずか一例は、次の「苦しげなるもの」の段に用いられている。

苦しげなるもの……思ふ人二人持ちて、こなたかなたふすべらるる男。こはき物の怪にあづかりたる験者。験だにいち早からばよかるべきを、さしもあらず、さすがに**人笑はれ**ならじと念ずる、いと苦しげなり。（二七六頁）

作者の視点から直感的にとらえた、苦しそうなものの例が綴られているが、一場面を瞬間的にとらえ軽妙に活写することで、苦しさよりもおかしみを帯びた叙述になっている。一所懸命になっている験者の心理を「人笑はれ」になるまいとのことだと推測するところから、験者の自己存在の証明でもある効験がなくては、社会的存在意義を失うことへのつらい思いが読みとれる。その点では「人笑はれ」の重みが垣間見られよう。一方、物の怪の調伏に必死になっている験者の姿を、「人笑はれ」を避けるためと解し、「いと苦しげなり」ととらえる作者の叙述は「人笑へ」に縛られることへの否定的な面をも漂わせているのではないか。それにより、必死になっている験者の姿を戯画化する効果も出てくるが、そのようすは哀れにも滑稽にも映るのである。

『枕草子』には、人の欠陥をからかい笑う、というくらいの意味に取れる「人笑ひ」の語も見える。次の「雨のうちはへ降るころ」の段である。

「いみじう真名も仮名もあしう書くを、人笑ひなどする、かくしてなむある」と言ふもをかし。（一九八頁）

清少納言との歌のやり取りを避け、その場を去る式部丞信経のことを、女房たちが、筆跡が悪くて人が笑いものにするからであると、噂する場面である。この直後に、過去に筆跡のことで清少納言から笑いものにされた事情が書かれており、世間の噂を作り上げた自分のことを誇らしげに述べている。信経を衆目にさらし、笑いものにしたことへの躊躇などは見られず、むしろ、信経からひどく憎まれたことが書き添えられている。

この段が機知にあふれる言葉の応酬における魅力的な競争相手の例について語っている点を考慮すると、信経に関する叙述は、機知に乏しい信経を相手にした自分が、いかにうまく応じたかを間接的に伝えており、言葉をたくみに操りつつ人の心をつかもうとする作者の意図がよく現れている。さらに、笑われるのを意識しその場を去る人についての話題を「をかし」と評している点からは、人々の口の端にのぼり笑われることをさほど真剣に受け入れない性分が察せられる。前述の験者に関する「人笑はれ」にも、これに連なる作者の態度が反映されていると思われる。

このように、『蜻蛉日記』と『枕草子』には、実際の「人笑へ」の重みは感じられても、それが作者らを苦しめるほど、重量感をもって迫ってくる語ではないということが窺えた。

二　『和泉式部日記』に現れる階級性

『和泉式部日記』には、二例の「人笑へ」が現れている。一つは宮邸入りを決めるまでの「女」の不安感としての「人笑へ」であり、もう一つは宮邸入りをした後、宮の北の方の屈辱感としての「人笑はれ」である。まず、「女」の例から見てみる。

①ことざまの頼もしき方もなし。なにかは、さてもこころみむかし。……顕証にて出でひろめかばこそはあらめ、さるべきかくれなどにあらむには、なでうことかあらむ。（a）この濡れ衣はさりとも着やみなむと思ひて「……ただいかにものたまはするままにと思ひたまふるを、（b）よそにても見苦しきことに聞こえさすらむ。まして、まことなりけりと見はべらむなむかたはらいたく」と聞こゆれば「（c）それはここにこそともかくも言はれめ、見苦しうはたれかは見む。いとよく隠れたるところつくり出でて聞こえむ」など頼もしうのたまはせて、夜ぶかく出でさせたまひぬ。

格子を上げながらありつれば、ただひとり端に臥しても、「いかにせまし」と、「人笑へにやあらむ」と、さまざまに思ひ乱れて臥したるほどに、御文あり。（五六～五七頁）

敦道親王との恋の十ヵ月間を示す日記には、女の多情な噂に惑わされつつ愛情を深めていく親王のようすと、宮に惹かれ、自分から宮を誘うすなおな女の姿がえがかれている。引用①は、宮から邸入りを勧められ、それに従おう、「さてもこころみむかし」と思いながら不安をいだく女の心情に「人笑へ」の語が示されている。

金井利浩はここの「人笑へ」を、女の宮邸入りを「領導」していく「日記における内在律」[8]と見、さらに系譜上は、鈴木日出男が闡明した、『源氏物語』の明石の君の思考に現れる「人笑へ」の位相を獲得していると論じている。[9]

だが、「人笑へ」が内在律として働くということは、それが判断の根拠になって悪い状況に落ちないよう慎重にふるまうこと、あるいは、望ましくない事態を社会的に正（と思われる）の方向に転換させようと、懸命に努めて世評を有利な方向に導くことでなくてはならない。しかし、ここの「人笑へ」は、宮邸入りによって起こりかねない事態、たとえば召人として世間から好奇の目にさらされることを予想しながら、それでも宮邸入りを決意するという文脈で用いられており、金井利浩のいう、「主体的行動の基点をなすもの」[10]といった動因とまで見るには無理があるのではないか。

（二）『和泉式部日記』の女と『源氏物語』の明石の君の相違

このあたりは、『和泉式部日記』の終末部の読解にかかわる最重要の問題であろうと思われるので、以下丁寧に検討してみたい。金井利浩が根拠にしている明石の君の例は、「邸入り」という結果は同じであってもそこに至る、思惟の軌跡はまったく異なり、重みも相違する。

②〔源氏からの上京の促しに〕女はなほわが**身のほど**を思ひ知るに、こよなくやむごとなき際の人々だに、なかなか、さてかけ離れぬ御ありさまのつれなきを見つつ、もの思ひまさりぬべく聞くを、まして何ばかりのおぼえなりとてかさし出でまじらはむ、（d）この若君の御面伏せに、**数ならぬ身のほど**こそあらはれめ。たまさかに這ひ渡りたまふついでを待つことにて、**人笑へ**にはしたなきこといかにあらむと思ひ乱れても、また、さりとて、（e）かかる所に生ひ出で数まへられたまはざらむも、いとあはれなればひたすらにもえ恨み背かず。

（松風　三九七〜三九八頁）

③若君のさてつくづくとものしたまふを、後の世に人の言ひ伝へん、いま一際人わろき瑕にやと思ほすに……

源氏から上京を促された際、その明石の君の心中に、引用②のように、「身のほど」の自覚とともに「人笑へ」が予想されている。ただ、明石の君の「人笑へ」は、源氏の「御子三人、帝、后かならず並びて生まれたまふ」(澪標　二八五頁)という運命と、明石一族の繁栄という宿命を担う「若君」の存在とからめて理解すべきである。(d)と(e)の明石の君の懸念、それに連動する引用③の源氏の心配は、若君が身分の低い女の娘で、しかも田舎育ちであると「後の世」に風評がたつことであり、娘の将来を思うなら、明石の君は「人笑へ」を覚悟し上京するしかない状況である。娘の素性の欠点を消し、かつ田舎育ちという「瑕」をつけないためには、明石の君の上京はやむを得ず、最終的には源氏から紫の上の養女にするよう決心を迫られることになるのである。「后」になるべき娘を持つ源氏の運命のためにも、またそれが明石一族の繁栄にも直結していることからも、その方法しかないのである。

(松風　四〇〇頁)

明石の君の生き方に一貫する「身のほど」についての冷徹な自覚、[11] また自重と謙抑の態度から察するに、若君の存在がいなかったならば、「人笑へ」を招くかもしれない源氏の生活圏に入るという選択はまずありえなかっただろう。入京に際してさえ、二条の東院に迎え入れようとする源氏の計画には応じないで大堰に移転したのも、その内面に根ざした「人笑へ」の自己統制の精神と無関係ではないはずである。源氏の生活領域に入ることは、人間関係の拡大、つまりれっきとした源氏の妻妾たちの関係のなかへ入ることを意味する。明石の君のような「数ならぬ身のほど」の人の場合は、重んじられることもなく「たまさかに這ひ渡りたまふ」源氏を待つしかない身の上であり、人々に軽んじられ「人笑へ」になるだけの、立場の弱い存在になることである。これが明石の君が不安がる「人笑へ」の中身である。

そういった明石の君を母としている以上、その「人笑へ」が娘の将来に響くのは当然であり、結局のところ、「思ひやり深き」母尼君の説得と、「さかきし人」々の意見を受け入れて、娘を手放す決心をする。

④尼君、思ひやり深き人にて「……母方からこそ、帝の御子もきはぎはにおはすめれ。……ましてただ人は、なずらふべきことにもあらず。また、親王たち、大臣の御腹といへど、なほさし向かひたる。劣りの所には、人も思ひおとし、親の御もてなしもえ等しからぬものなり。ましてこれは、やむごとなき御方々にかかる人出でものしたまはば、こよなく消たれたまひなむ。ほどほどにつけて、親にも一ふしもてかしづかれぬる人こそ、やがておとしめられぬはじめとはなれ。……」（薄雲　四二九〜四三〇頁）

⑤さかしき人の心の占どもにも、もの問はせなどするにも、なほ「渡りたまひてはまさるべし」とのみ言へば、思ひ弱りにたり。……（f）「よろづのことかひなき身にたぐへきこえては、げに生ひ先もいとほしかるべくおぼえはべるを、立ちまじりてもいかに**人笑へ**にや」と聞こえたるを、いとどあはれに思す。……放ちきこえむことは、なほいとあはれにおぼゆれど、君の御ためによかるべきことをこそはと念ず。（薄雲　四三〇〜四三一頁）

引用⑤では、姫君のために私情を抑え娘の引渡しに同意する、その賢い判断の基底に「人笑へ」がある。娘を手放すことを承知したうえで、田舎育ちの自分の娘ゆえに「人笑へ」になるのではないかと、源氏に問いかけているが、ここでの（f）は、そうならないよう、世間から大事に扱われるように育ててほしいという願望が含まれていると思われる。それは引用④の、母尼君が語った宮廷や貴族の内情に通じるものである。

明石の君にとっての「人笑へ」が「身のほど」の現実認識を基底に内在律として働いていたことは、人目を引くようなことを極力避け、一生自重と謙抑の態度を貫き、結果的には人々に軽視されるような事態を呼び起こさなかったことから認められよう。

が、はたして『和泉式部日記』の女の「人笑へ」の認識にこういったことが認められるだろうか。

（二）女の身分と「人笑へ」への拘束性

『和泉式部日記』の引用①に戻るが、ここで宮は、女の本当の姿にふれ、多情な女という世の噂や周囲への思惑を絶って邸入りを勧誘している。宮の言葉に従おうとしながらも、人がどう見るかと気にして、「かたはらいたく」と世間の目を懸念する（b）の女の発言は、「人笑へ」と連続して理解すべきだろう。（b）の躊躇は、噂に揺れてきた宮の意中を探る意図もあろうが、それに対する（c）の宮の反応は、世間は自分を非難するはずであって、女は大丈夫だという。宮邸入りは女の身分からして非難されるほどではないことが暗示され、女に安心感をも与えたに違いない。が、宮の立場から女を邸に迎え入れるのは、「運に恵まれたら東宮に立つかもしれない」[12]天皇候補たる帥宮自身の評判を下げることを意味する。

実際、宮と女二人の情愛が共感しあうまで、宮は親王という身分上、「やうごとなききはにもあらず」、「人々あまた来かよふ所」（三〇頁）[13]と噂される女に通うことにより、世間から「かろがろし」（二七頁）く思われることを懸念していた。また、女を召人として招こうとしても、「さてもまして聞きにくくぞあらむ」（三一頁）と世評が気になり、行動を自制してもいたのである。[14]しかし、結局のところ、宮は「世の中の人も便なげに言ふなり」「人のいと聞きにくく言ふ」（五五頁）などという状況でありながらも、女を邸宅へ誘ったのであり、女の決断も、こういった悪評を感受してもなお女と一緒になりたがる宮の深い情愛にふれ、また自分も「おなじ心」であることから触発されたと見るのが妥当なのではないか。

宮のわだかまりがなくなるまでの間、女にとって「世の人」がどう自覚されたかも手がかりになろう。女には、「世の人」が遠のく宮の行動と連続して認識され、宮の心を引き裂こうとする遠心力として働いていたと思われる。

女が何よりも恐れたのは、厭な噂が立ち宮の足が遠のくこと、そして縁が切れることであったからである。

雨うち降りていとつれづれなる日ごろ、女は雲間なきながめに、世の中をいかになりぬるならむとつきせずながめて、すきごとする人々はあまたあれど、ただ今はともかくも思はぬを。世の人はさまざまに言ふめれど、身のあればこそと思ひて過ぐす。（二八頁）

宮の途絶えとともに厭世の気持ちに落ち込んでいくくだりであるが、ここの「世の人」は、女に「すきごとする人々」との関係を邪推・憶測し噂を広める存在であり、それを無念に思う気持ちが現れている。女のもの思い・不安を鎮め、慰めてくれるのは、宮からの時期を逃さず送られる手紙であり、思いがけない訪れであって、それによってまた広まり出す噂を気にするということは見られない。次の叙述も、同様である。

車をさし寄せて、ただ乗せに乗せたまへば、われにもあらで乗りぬ。人もこそ聞けと思ふ思ふ行けば、いたう夜ふけにければ、知る人もなし。……女、道すがら、「あやしの歩きや。人いかに思はむ」と思ふ。……〔次の日にまた〕例の車にておはしたり。……さも見苦しきわざかなと思ふ思ふ、ゐさり出でて乗りぬれば、昨夜のところにて物語したまふ。……例よりもをかしきうちに、宮にて月の明かりしに、人や見けむと思ひ出でらるるほどなりければ、御返し、

ひと夜見し月ぞと思へばながむれど心もゆかず目は空にして

と聞こえて、なほひとりながめゐたるほどに、はかなくてあけぬ。（三二～三五頁）

二日連続して宮の車に同乗した時、「人」に見られることは心配しても、宮とのひとときをあきらめるほど自重することはないのである。むしろ宮に傾く今の感情に忠実に従うもようである。点線部の「人」についても、月夜の思い出にふけっている際、宮から送られた歌によってその存在が思い起こされたが、その夜の明るすぎた月を強調するための役目が強く、女の詠歌は、宮への恋しさゆえ、「ひとり」の孤独感に流れている。

人々にどう思われようとそれはそらごと以外の何でもなく、常に自分につきまとう不快な噂に対して女はどうすることもできない。ある意味、二人が互いをもとめあっていく過程は、女にとってははじめから「そらごと」(三六頁・六九頁)[15]であった世の噂を正すことであり、やがて女とふれあいを重ねながら宮の方も世間の噂が真実ではないと認めていく成り行きでもあった。宮邸入りに前向きになっていく女の心を支えるのは、「人笑へ」というより互いにもとめあう深い愛情なのである。それは引用①の(a)のところで、宮邸入りによって、浮気な女だという「濡れ衣」、つまり宮からの疑いも晴れるだろうと思うところからも察せられる[16]。

むろん、世間で悪い噂がすでに立っていたことに悩まされてきた女にとって、いくら身分は劣っていても世の反応が不安であったのは否めない。たしかに、世間の評判、身分違い、また、周りの人々からの忠告による躊躇は見える。が、明石の君が現実の社会認識に基づいた周りの人々の意見を聞き入れ、判断をくだす態度とは違って、『和泉式部日記』における女はそれを退け、宮の愛情の深さを知るうちは、「ことごとはさしもあらず」(六八頁)と決心し、「心憂き身なれば、宿世にまかせてあらむ」(六八～六九頁)と今の自分を生きようとする。

ときに「この宮仕へ本意にもあらず」(六九頁)という、あたかも宮邸入りは自分の意思ではないかのように匂わせる箇所もあるが、それは世間体を意識した弁明めいた叙述であり、宮に惹かれる深い愛情のゆえ、それを「宿世」なのだといい聞かせ、心の行くままに従おうとする姿勢は終始変わらない。女にとっては都合よく、世間に対して宮邸入りは自分の意思ではなく「宿世」なのだと弁明できるような形で行われる。やがて十二月十八日、宮は車に女を乗せ突然邸に迎え入れる。女もためらうことなく邸に上がり、「いつ参りしぞとなかなか人も思へかし」(八二頁)と、噂の種をなるべく最小限にしたことに安堵感のような感情を示す。

日記を通して、女の宮邸入りまでの心情を眺めてみると、そのいきさつには、後先のこと、また人の目を考えての懸念はあっても、人からどう非難されようと、宮との二人の関係のなかで生きようとする心理が横たわっており、その決断を導くのに「人笑へ」が内在律になったとはとうてい解しがたい。宮に召人として仕える、その身分上・名分上の役目が女を自由にしている面もあり、「人笑へ」は一つの悩みの種ではあるものの、軽い不安に近いもので、宮の愛情・後見があるかぎり、それは女にとって問題ではなかったと思われる。平安後期の歴史物語『大鏡』に書かれた二人にまつわる逸話もこれを裏づける。

この春宮の御弟の宮達〔為尊親王と敦道親王〕は、少し軽々にぞおはしましし。(g) 帥宮〔敦道親王〕の、祭のかへさ、和泉式部の君とあひ乗らせたまひて御覧ぜしさまも、いと興ありきやな。御車の口の簾を中より切らせたまひて、わが御方をば高う上げさせたまひ、式部が乗りたる方をば下ろして、衣ながう出ださせて、紅の袴に赤き色紙の物忌いとひろきつけて、地とひとしう下げられたりしかば、いかにぞ、物見よりは、それをこそ人見るめりしか。

弾正尹宮の、童におはしましし時、御かたちのうつくしげさは、はかりも知らず、かかやくとこそは見えさせたまひしか。御元服おとりのことのほかにせさせたまひにしをや。

この宮たちは、御心の少し軽くおはしますこそ、一家の殿ばらうけ申させたまはざりしかど、さるべきことの折などは、いみじうもてかしづき申させたまひし。（兼家　二四七〜二四八頁）

日記にも、女の宮邸入りの後、「世の中の人のあさみきこゆることよ」と、宮が世間から軽んじられていることが書かれているが、ここでも和泉式部と関係を持った二人の親王が「少し軽々」「御心の少し軽くおはします」と二度にわたり批評されている。特に帥宮を「軽々」と批評する例の一つに、(g) の、和泉式部との賀茂祭の派手な外出ぶりがあげられている。「人笑へ」を案じるのであれば、例えば明石の君のように、人目を引くようなことをなるべく避けるのではないだろうか。

（三）北の方の屈辱感としての「人笑へ」

日記における「人笑へ」は、むしろ、宮の愛情を失った事情が世間に知られてしまった北の方こそが、恥、屈辱感として味わうものである。

人々おどろきて上に聞こゆれば「かかることなくてだにあやしかりつるを。（h）なにのかたき人にもあらず。かく」とのたまはせて、「（i）わざとおぼせばこそ忍びてゐておはしたらめ」とおぼすに、心づきなくて例よりものむつかしげにおぼしておはすれば、いとほしくて、しばしは内に入らせたまはで、人の言ふことも聞きにくし、人の気色もいとほしうて、こなたにおはします。「（j）しかじかのことあなるは、などかのたまはせぬ。制しきこゆべきにもあらず。いとかう、（k）身の人げなく**人笑はれ**に恥づかしかるべきこと」と泣く泣く聞こえたまへば、「……（l）頭などもけづらせむとてよびたるなり。こなたなどにも召し使はせたまへかし」など聞こえたまへば、いと心づきなくおぼせど、ものものたまはず。（八三～八四頁）

女を迎え入れた宮を責める北の方の非難の言葉と、その内心の叙述から、「人笑はれ」[17]の具体的な内容が推察される。女を邸内に呼び入れたことは大したことではないと弁明する、本文（l）の宮の言葉に示されているように、女は召人のような女房格の人である。北の方も、女を得がたい存在などとは認識していない（h）のであり、召人として呼び入れることそのものに反対する気はないという意味のところ（j）からもそれは示唆されている。

女は二人の夫婦関係を脅かすような存在ではないはずなのである。問題は宮のやり方である。世にれっきとした妻として知られている自分に一言もいわず女を連れてきたこと、それも宮がわざわざ女のもとへ迎えに出たことで、その愛情の深さを世に知らせ、かつ北の方の社会的立場に傷をつけたことが問題にされている。また、清水好子の指摘のように、「高貴の身分の者を相対的にないがしろ」にして、「北の方の許に幾夜もゆか」ず、召使と奥方の「秩序を踏み外[18]」したことである。

北の方が泣きながらいう、(k)「身の人げなく人笑はれに恥づかしかるべきこと」は、北の方の身分と立場にふさわしい待遇を考慮しなかった夫のやり方による屈辱感を伝えているのである。

(h)の「なにのかたき人にもあらず」と評した女の宮邸入りによってもたらされた北の方の屈辱感は、北の方一人におさまることではなく、姉の東宮妃にとっても「われさへ人げなくなむおぼゆる」(八六頁)というほどであり、東宮妃は宮の邸を離れるよう勧める。本人のみならず近親の不面目でもあった当時の事情が察せられるが、北の方も「かからぬことだに人は言ふとおぼすに、いと心憂くて」(八六頁)と、世間からとやかく噂されてこれ以上の「人笑へ」になる事態を懸念し、宮の邸を離れる決心をする。

これは、前章でふれた『源氏物語』の真木柱巻の鬚黒の北の方の例[19]、また『うつほ物語』の東宮妃と女三の宮の例[20]などに連なるものである。夫の愛情を失い、北の方にふさわしい待遇をされない(ことを予想した)妻が、これ以上人々の口の端にのぼり「人笑はれ」になるまいと、家を去る類型なのである。東宮妃である姉の勢力があるからか、北の方の決心に対しては宮のほうがむしろ慌てるようすも見えるが、「人笑へ」が北の方の行動を導く内在律になっていることは認められよう。

おわりに

以上、日記文学を含め、その他の散文における「人笑へ」を検討した。そこには世評に対する恐れとそれに連動する恥意識は見えるものの、作者らを動かせる動因までにはなっていないことが窺われた。

『蜻蛉日記』の場合、作者を下山させようと、人々が他者の視線として「人笑へ」を用いるところから、また、世の噂を気にして物事を自分の考えどおりに運べない作者の状況から、それが人を動かせる動因であり決め手ともなりうることは察せられた。ただ、兼家との関係に気を取られ悩む作者の精神状態に「世人」の思いや「人笑へ」は内面に響くほど力を発揮していないようであった。

『枕草子』の例は、加持祈祷に懸命になっている験者の心理を「人笑はれ」になるまいとのことだと推測するものであった。そこには、社会的存在意義を失うことへのつらい思いが読みとれ、「人笑はれ」の重みが垣間見られた。ただ、物の怪の調伏に必死になっている験者の姿を「いと苦しげなり」と叙述する作者の行為により「人笑へ」に縛られることへの否定的な面も示唆され、そのようすは哀れにも滑稽にも映っていたのである。

『和泉式部日記』の二例は、社会的立場・身分の違う二人の女性に「人笑へ」の重み・認識の差ともいうべきものが察せられた。身分の劣る女にとっても「人笑へ」は社会的制約として認識されるものの、軽い不安に近く、世論がどうなろうとも、宮との関係を絶つほど人々の嘲笑・非難は女にとって重要な意味を持っていなかったと思われる。宮邸入りによって起こりかねない事態、たとえば召人として世間から好奇の目にさらされることを予想しながら、それでも宮邸入りを決意するという文脈で用いられており、その意味で、女の宮邸入りを領導していく主体的行為の基点と見る金井利浩の見解は無理があろう。金井利浩のいう、女の「人笑へ」の性質は、むしろ宮の愛情を失いそれが世間に知られた北の方こそが、恥・屈辱感として味わうものであったと思われる。社会的身分とそれにふさわしい評判によってその存在意義が支えられている北の方にとっての「人笑へ」は、宮の邸を去ることを余儀なくされる重要な行動律になっていたのである。

高貴な身分の女性において「人笑へ」は、その家門の名誉とかかわって深刻に認識されるものであったが、女房格の女における「人笑へ」は比較的に軽く、必ずしも彼らの行動を導く重要な契機になるほどではなかったといえよう。北の方のような、その社会的な地位が確立されている女性における「人笑へ」こそ、彼らをある方向に導く行動律のように機能していたのであり、女房格の女には深刻な危機意識を伴い彼らの行動を方向づける強い動因にまではなっていなかったと思われる。

注

(1) 『竹取物語』以降『源氏物語』までの、「人笑へ」の系譜学的考察については第五章において展開する。
(2) 日向一雅「源氏物語の「恥」をめぐって」『日本文学』二六(九)、一九七七年、三〇頁。
(3) 鈴木日出男「人笑はれ・人笑へ」『源氏物語事典』学燈社、一九八九年、一四二頁。
(4) 原岡文子「浮舟物語と「人笑へ」」『源氏物語の人物と表現』翰林書房、二〇〇三年、四九二頁。
(5) 用例の検索にあたってはジャパンナレッジのデータベース(新編日本古典文学全集)を用いた。なお、『蜻蛉日記』の場合、兼家の夜離れを嘆く作者の長歌、「聞くごとに 人わろげなる 涙のみ」(一一七頁)のところの「人わろげ」が「人わらへ」になっている本もあり、三例に数えられる場合もある。
(6) 注釈書としては、『新全集』のほか、次のものを用いた。
長谷川政春・今西祐一郎ほか校注『土佐日記　蜻蛉日記　紫式部日記　更級日記』新日本古典文学大系、岩波書店、一九八九年。
(7) 『新大系』は「「人笑はれ」と「人笑へ」の混合か」(一四六頁)とする。文脈上、「人笑へ」と同じ意味内容を含み持っており、用例の数に入れた。
(8) 金井利浩「和泉式部日記論への一視覚――「人笑へ」の布置をめぐる断想」『中古文学』五三、一九九四年、一六頁、一八頁。
(9) 鈴木日出男「光源氏の女君たち」『源氏物語とその影響　研究と資料』武蔵野書院、一九七八年、一三〇~一四二頁。
(10) 金井、注(8)一六頁。

（11）源氏との隔絶した身分差から、その結縁はあってはならぬとする明石の君の「現実認識」は、源氏と結ばれた後には、「謙抑と忍従の態度を貫こうとする自己制御へと転じて」（鈴木、注（9）一三二～一三三頁）いく。
（12）増田繁夫「自己主張の季節――平安女流日記文学史のこころみ」『文学』二一（三）、一九九一年、六五頁。
（13）宮の忍び歩きを止めようとする乳母の戒めの言葉。
（14）実のところ、女が邸に上がった後、北の方つきの女房は「世の中の人のあさみきこゆることよ」（八七頁）と、宮が世間から軽んじられていると伝えており、その将来性は期待しがたいものになっていた。
（15）自分に付きまとう噂を女は「けしからぬこと」「あさましきこと」（四〇頁）、「よしなきこと」（六四頁）、「便なきこと」（六九頁）などと認識している。
（16）宮が急に出家遁世の話を持ち出したときも、「心のほども御覧ぜられむとてこそ思ひも立て」（七七頁）とあり、宮邸入りの決心が自分の深い心を見せるところにあると述べられている。
（17）金井利浩は、ここの北の方の「人笑はれ」は、「侮辱に対する主観的反応として憤慨・反発の端緒であり、宮邸からの退去を決意する」「起点」（金井、注（8）一九頁）であると、女の「人笑へ」に比べ、より軽く即座に発せられた語としてとらえている。
（18）清水好子「和泉式部日記の基調」『国文学』五四、関西大学、一九七七年、三四頁。
（19）夫（鬚黒）から冷遇される自分の娘に式部卿宮は、それを我慢するのは「人笑へなる」（真木柱　三五八頁、三七〇頁）といって、娘を自邸に迎え入れた。
（20）藤壺の入内後、ますます存在感を失っていった娘東宮妃に、父太政大臣季明は死ぬ直前、「人笑はれ」（国譲上　三三頁）を口にしながら、宮中に参るのは遠慮するよう戒めた。同じことが一時は兼雅の妻として世に知られたが、見捨てられ世間から忘れられた女三の宮にもあてはまる。夫の愛情を失った女三の宮の境遇は、父嵯峨院に「面伏せなる者は、死なぬこそ心憂けれ」（蔵開中　五〇六頁）といわれるほど父の不面目であったのである。

第五章

平安貴族の道徳感情、「人笑へ」言説
――平安中期までの系譜学的考察

はじめに

人はどんな時に恥を感じ、また何をもって恥と思うのか。その状況と水準は属している時代、社会構造、人間関係のありようなどと深く結びついているだろう。時代が変わっても人間関係の深層で働きつづけ、共同体の守るべき価値として後の世代に継承される要素もあれば、薄れたり忘れさられたりしていた要因が時代の要請によって喚起され強化されることもあろう。現代日本社会の一特性としてよくいわれてきた「恥（意識）」とそれに伴う「集団主義」も、そういった歴史的な連続性のなかで形成されてきたのではないか。こうした仮定のもとで、現代日本文化論との接点から日本古典、特に平安前期の『竹取物語』を中心に「「恥」の言説」の把握を試みたのが第三章である。その考察により、平安時代の前期においては上代の感受性とは違い、むしろ現代につながるような、恥の意識と集団主義のはじまりというべき様相を『竹取物語』における笑い（五人の求婚失敗譚）の文脈から導き出した。また、それに連なるものとして、第四章では最上位の平安貴族に仕えた、女房格の女性作者による日記文学とその他の散文における「人笑へ」を確認してみた。

本章はそこからさらに踏みこみ、平安前期から平安中期まで、恥の意識がどのように変化し形づくられていったか、その形成史というべき様相を探ろうとする。[1] むろん、様々な形で現れるすべての恥の感情を扱う意図はなく、[2] 世評・人聞きに基づいた恥意識と緊密に結びつき、平安文芸に集中して現れる「人笑へ（人笑はれ）」を社会・文化的な言説として考察しようとする。

周知のごとく、ある語の出現は、その抽象的な内容を概括する概念が生じたことを意味する。換言すれば、その語を話す「種族のものの考え方、世界のとらえかたにかかわる重いもの」「思想そのもの」[3] となって、人々の考えと行動を規定し統御する強力な制約条件になりうることが想定される。「人笑へ」もその一例になろうが、その辞書的な意味は「世間から嘲笑をうける状態」、あるいはまた「世間のもの笑いになること」[4] を示す語である。その意味内容から「恥」と「笑われること」[5] の相関関係が窺える一方、「集団」を意識した語であることも察せられるのではないか。すなわち、この語における「人」は、社会的・文化的脈絡のなかで「人笑へ」を恐れる個人と共通認識を持ち、個人の精神に働きかける不特定の集団・集合体としての「人」であることが窺える。

「人笑へ」の語がテクストに現れはじめるのは、一〇世紀半ばからである。『後撰集』（二例）と『中務集』（一例）をはじめ、『蜻蛉日記』（二例）、『うつほ物語』（五例）、『落窪物語』（二例）、『枕草子』（一例）、『源氏物語』（五八例）などに散見される。用例の数だけを見ると、異常なほど『源氏物語』だけが突出しており、以降のテクストにはまれにしか用いられなくなる。ちなみに、『源氏物語』以降の平安後期の作品をすべて検索したところ、『夜の寝覚』の一例、『狭衣物語』の三例、『栄華物語』の八例、『大鏡』の一例、『とりかへばや物語』の三例しか見つからないほど、その数は激減している。

「人笑へ」の語が文芸テクストから意識されなくなった理由、あるいは『源氏物語』のみ突出している理由は、たとえば、扱う人物の特徴による物語の方法の変化、あるいは「人笑へ」に対する書き手の認識の違い、または新しい時代の要請から「人笑へ」に取り替えられるべき新たな言語が生じた可能性など、多様に考えられるだろう。それを突き止めるには様々な方面からのアプローチが要請されるだろうが、本章ではまず平安中期までのディスクールとして、その系譜学的な考察を前章に引き続き進めていく。

そのため、「人笑へ」の語がどういうふうに機能したのか、すなわち、人々が「人笑へ」を意識するとき、どんな境遇にあり、どんな感情に覆われるのか、そしてそれはどれぐらいの重みを持って人を圧迫し、どのように処理されていくのかなど、「人笑へ」が人の生き方に及ぼす影響力、そしてそこに含まれている道徳観念あるいは守られるべき価値というのは何なのかなどについて考察してみる。

まず一番古い例から『源氏物語』以前までの語を用例に即して検討し、そのうえで『源氏物語』の例を確認してみる。平安中期までの和歌と作り物語など、文学テクストにおける「人笑へ」の軌跡をたどり、最終的にはその特質をもって『竹取物語』の五人の貴公子の求婚失敗譚の末尾の語りに現れた「「恥」の言説」との連続性を読み取ろうとする。

一　テクストに現れはじめる「人笑へ」——集団性を帯びていく「人」

文学テクストから確認できる最も古い例は、一〇世紀半ばの歌集『後撰集』と『中務集』に採録されている、次の諸例である。

女の心変りぬべきを聞きてつかはしける
音に泣けば人笑へ也呉竹の世にへぬをだに勝ちぬと思はん
（『後撰集』恋五・九〇七・よみ人知らず）
病して、心ぼそしとて、大輔につかはしける
万世を契し事のいたづらに人笑へにもなりぬべき哉
（『後撰集』雑二・一一四五・藤原敦敏）
朱雀院の御時、うためすにたてまつる
いまさらにおいのたもとにかすがののひとわらへなるわかなつむかな
（『中務集』八一）

『後撰集』の二例は両方とも男の恋にかかわる歌に「人笑へ」が用いられている。九〇七番の歌の場合、女の心変わりに泣くことを、一一四五番の歌は、病に倒れ女に「万世を共に」と契ったことをそれぞれ「人笑へ」だとする。続く『中務集』の一例の八一番の歌は、「若」さとの対比のなかで自分の「老い」を「人笑へ」だとする文脈に使われている。それぞれの語には、相手に向かい愚痴をこぼすような、自分の境遇を自嘲・弁解するニュアンスの、軽い「人笑へ」であることが察せられる。そこに集団としての「人」の笑いを意識した深刻な恥の感覚はさほど見てとれないのである。世の人に対する認識、そして引け目による恥意識はあるものの、自己統制力を持った言葉になっているとは言い難いのである。

以後の作品には、その数はかなり限られているが、歌の例に比べ集団としての「人」が意識され、世間が期待する方向に自分を合わせようとする動きが出ている。

『うつほ物語』（五例）の例から見てみる。

①「……わが子をや、人笑はれに、あはあはしく思はせむ。……宿世に任せてこそはあらめ。また天下いまし通はず、見うんじたまふとも、例のあだ人なればと、ただに思はせむとてこそは。……」
（嵯峨の院　三六三～三六四頁）

②「……今は殊なることなくは、な参りたまひそ。わがありつる時、牛車、供の人具してものしたまひつる時だに、おほなかりつるものを、人笑はれにて出で入りしたまふ、いと見苦しかるらむ」など聞こえたまふ。

（国譲上　三三頁）

引用①は、仲頼の妻である娘に母親が、貧しい家柄のうえに、男に捨てられ「人笑はれ」になる事態を避けようと結婚させないでいたが、結局は宿世に任せながら、浮気者の仲頼を通わせた理由が語られている。いつか仲頼が通わなくなっても世間は「あだ人」だからと思い、自分の娘（家柄）のせいにしないだろうという見通しを持っている。恥をかかなくてすむ妥当な理由があるわけである。宿世に任せるといっても世間の反応を予測して娘の恥にならないよう、状況を判断したうえで取るべき道を選んでおり、その点で「人笑へ」の強制力は認められよう。

引用②は、太政大臣季明が死ぬ直前、娘の東宮妃に対して、自分がいなくなった後に宮中に参ることを遠慮するよう戒める場面である。東宮の寵愛を失ったうえに、ろくな後見もない身の上で宮中に出入りするのは、人から嘲笑されるだけのことであろうとの、懸念の言葉として「人笑はれ」が出ている。その根底には、『源氏物語』における式部卿宮の、自分の娘（鬚黒の北の方）に対する処置のときと、まったく同様の考え方が据えられていることはいうまでもなかろう。

それでは季明の娘東宮妃を追い抜き、東宮の寵愛も厚いうえ、権勢家の正頼の娘である藤壺（あて宮）の場合はどうだろうか。宮中において揺るぎない立場に立っている藤壺にとっての「人笑へ」は、皇子の立太子に関する噂が拡がるとき、その父正頼によって先に意識される。正頼家を輝かせた藤壺の「人笑へ」は、正頼の朝廷における政治的な基盤を失うことを意味し、家門の存亡にかかわる一大事である。藤壺の「人笑へ」は正頼の「人笑へ」でもあるわけである。

③「……かく人笑へに恥を見むを見ては、世にも交じらふべき」とのたまふほどに、明日になりぬといふ。

（国譲下　三二〇頁）

引用③には、もし娘藤壺の皇子の立坊がかなわず、「人笑へに恥を見」ることになったら出家するという、父正頼の強い決心が語られている。法服まで用意しその決意を見せる行為には、人の同情を寄せるためのパフォーマンスのもくろみさえも看取される。このとき藤壺も尼になると決心するほど「人笑へ」は二人に深刻に意識されている。二人をここまで追い詰めたのは、真意のわからない噂である。周りの人々も噂にかかわらないよう注意をはらう場面では、噂に惑わされがちな当時の状況が窺われ、逃げ場のない狭い共同体というべき平安京において、噂がいかに強力な影響を及ぼしたのかが想像される。

以上から、女の「人笑へ」は、夫の待遇と自分の家柄、後見人の権力と連動した貴族社会の評判とかかわっていることが窺える。夫の待遇と連動して権力または後見の基盤の脆い立場にあるなら、その境遇の微力さをわきまえ人々の口に上らないよう慎重にふるまわせる、ある種の規格として親から「人笑へ」の語が提示されていた。堅固な立場にある藤壺においても、「人笑へ」は一挙にその権威を失うこと、家門の不名誉になることを意味し、極力回避しなければならない危機であることも察せられたのである。

それでは、男の場合はどうだろうか。

物語のなかで「限りなき色好み」として知られ、思うがままに女を手に入れてきた兼雅の例を見よう。あて宮を妻にしようとあらゆる神仏に祈願を立て、東宮入りがほぼ決まった後にも、あて宮の兄であり自分の部下である祐澄に執拗なまでに懇願するところで「人笑へ」（菊の宴　八六頁）が用いられている。色好みの評判を傷つけたくない気持、また時の権勢家として不十分なことは何一つない、自分の社会的地位を輝かせる存在としてあて宮を得ようとする意志から「人笑へ」が発せられている。自分のような人にとって世間の評判がいかに重要なのかを、祐澄に認識させることで事をうまく運ぶために、戦略的に選ばれた言葉であると思われる。これからの自分の去就を悩ませるほど内面に響くことのない語であり、思うがままに生きてきた人の、軽い不安と引け目のある「人笑へ」であることが察せられる。

「人笑へ」は自分の息子を評する基準にもなる。妹あて宮への恋に破れ失意のあまり弱りはてる仲澄を心配する正頼と大宮の、夫婦の会話に出る「人笑へ」（あて宮　一一七頁）は、家族構成員として仲澄の人性・能力・態度などに注目するより、世間からどう受けとめられているのかが、息子を判じ定める重要な尺度になっている。外部からの評判・噂と結びついている「人笑へ」が、家族内部までその影響力をおよぼす側面は注目に値する。

宮廷官僚の社会に身をおく男において「人笑へ」は、その重みは異なっているものの、自分の名誉と権勢をそこなうことなく生きるための心構えのようなものであると思われる。時の権勢家であり色好みとしても名高い兼雅のような人には、自分の評判を傷つけたくない気持から発せられる軽い不安のようなものであり、正頼においては、娘藤壺の「人笑へ」は自分の政治生命とかかわる世間的な屈辱感であるため、大きな不安になって追い詰められていた。恥を仮想しそれを見るまいと、自分を消そうとする正頼の姿勢は、『竹取物語』における五人の求婚失敗譚の思想とも似通っている。貴族にとって世間の評判・見る目がいかに重要なのかを窺わせる場面であり、その面において、自分の息子を客観的に判断する基準にもなる事情も理解しうるだろう。

それでは「人笑へ」になるべきものは、どんな人物であろうか。その側面を語るのが『落窪物語』であり、『落窪物語』における「人笑へ」は、笑いものになっている人物、負の人物たちがこうむるべき世間からの嘲笑・軽蔑として働いている。

落窪姫を虐める継母側の人々が「人笑はれ」になる状況に立たされ、様々な場面で「恥」をかくことになるが、その笑劇は落窪姫を愛する少将の復讐によって徹底的に行われる。次の引用を見よう。

「……ここらの年ごろ、ひとへに造りて、**人笑はれ**にやなりなむとすらむ」と嘆きたまふとは、世の常なり。

「……いみじう**人笑はれ**なるわざかな。おほやけに申すとも、この殿の御世なれば、誰か定めむとする。……」
（巻之三　二二二頁）
（巻之三　二二八頁）

これらの二例とも、長年造営してきた三条邸を少将に取られそうになり、それを「人笑はれ」と嘆く落窪姫の父中納言の発言である。地券も確認せず造営を進めた不注意・失策が人々に知られたら嘲笑され恥をかくだろうという嘆息であろうが、長男越前守も少将に屋敷を取られたのを「恥にてやみぬばかりなめり」（巻之三　二二七頁）と断念するしかないと父中納言に伝えていた。権勢を後ろ盾に非常識なやり方で邸をとる、[6]少将の行動をも「人笑へ」または恥じるべき行動としてとらえられそうだが、物語は復讐のためなら少将の悪行さえも罪意識なく容認し正当化する。

貴族社会における自分の評判、人の噂を懸念する少将のようすはあまり見られず、むしろ自分の権勢を背景に、度を超すほど次から次へと中納言家（継母側）を痛めつける。その少将の復讐劇からは迫力さえ感じられ、読み手には欲望の解消という痛快さを与えただろうが、『落窪物語』において「人笑へ」、そしてそれによる「恥」は、権勢家の勝利の笑いを輝かせるその裏面に当たる意識として働いているといえよう。

以上、『源氏物語』以前の歌と物語における「人笑へ」の様相を探ってみた。それによって、歌にはあまり見られなかった、集団性を帯びた「人笑へ」の語の機能が物語から確認され、その意味の深化・拡充が見られた。歌の例に比べ集団としての「人」が意識され、世間が期待する方向に人を動かせる推進力が出ていたのである。

男と女に分けて検討した『うつほ物語』の「人笑へ」は、当事者の置かれた社会的状況、すなわち、彼らの性差と身分・家柄と権勢の度合いにより、その軽重は異なっているものの、貴族社会から悪い噂と評判、それによる非難・軽蔑が生じないように慎重にふるまう掟のような一面は見出すことができたのである。また、『落窪物語』には笑いものになっている人物たちがこうむるべき世間からの嘲笑・軽蔑として「人笑へ」が描かれており、その対象になった落窪姫の父中納言は、「いみじき恥なり。我、法師になりなむ」（巻之二 二〇八頁）と「社会的恥辱」（『新全集』の注）から出家を願望していた。それは『竹取物語』と『うつほ物語』の正頼の例と同じ発想であった。

二 『源氏物語』の「人笑へ」――恥を仮想する内面の不安

本節では一番豊富な用例を持つ『源氏物語』の様相を検討してみる。『源氏物語』において「人笑へ」は、正編に三三例、宇治十帖に二五例確認され[7]、頻度数から宇治十帖に集中していることがわかる。その特徴は、日向一雅によると、「他者の視線や思惑を過剰なまでに顧慮する心理」であり、「平安京の貴族社会に身を処する上での内在律としてかれらの行動を規制していた」[8]とされる。さらに「人笑へ」を恥の意識としてとらえ、『源氏物語』の恥の特質は「『家』の観念を内在化している点にある」[9]と述べる[10]。鈴木日出男も、平安時代の「閉塞的な社会」では「世間のもの笑いになるまいとする意思が、彼らの倫理的な規矩にさえなって」おり、人々の「社会的な生命を左右する」ほど重みを持つ語であることを指摘した[11]。『源氏物語』の「人笑へ」を会話・内話・地・移り詞ごとに詳細に考察した原岡文子も、「女房たちのさざめき、笑いの中に取り沙汰される恥を指し示すもの」[12]であり、また『源氏物語』を貫く「一つの倫理」[13]としてとらえている。

指摘のとおり、『源氏物語』における「人笑へ」は、常に人目を意識し、未然に嘲笑されるような事態を防ごうとする、息苦しいほど自分の行動を制御しようとする機能を持つ。人物たちの人間関係とからみあい多様な層を形成し、物語を進展させる動因にもなっているが、それは正編と続編の宇治十帖においてやや異なる様相を呈する。

正編において「人笑へ」は、とりわけ源氏の人生と深くかかわる女君たちの、「思考感情の脈絡を形成する根拠として重大にふまえられ」「危機意識の極限から自ら新しい局面」[14]を開こうとする働きがある。が、続編の宇治十帖では「危機意識の極限から」死を志向する方向に動くのであり、むしろ『竹取物語』の「恥」意識と似通った特徴が見られる。それを確認するため、正編を簡略にふれたうえで、続編の「人笑へ」の性質を探ってみる。

(一)正編の場合――京における評判を意識した上流貴族の行動律

物語に見られる京の世界は、帝を中心とした、都といってもとても狭い世界である。人々の動静は手を取るようにわかるような、ある意味、互いを見張りあう関係にあったように思われる。というのは人の目を意識し非難されないよう、常に自分の言葉・行動に気をつけ、それが起こす影響・結果を予想し、自分の処し方を決める用意周到さが様々な人間関係から垣間見られるからである。他者に対しても、相手が何を思いそのような行動をとるのか、その先を読みとろうとする観察の目を常に光らせている。その注意深さは、互いの血筋・財力・性格などをよく知る小さな共同体のなかで、自分の社会的存在感および価値を失うことなく生きるための世渡りの術でもあったはずである。

ちょっとしたことでも噂になりやすく、特に身分の高い人のあり方は、京の政治と文化・生活様式を担う存在として注目の的になり、非難もしくは賞賛もされ、時と場面に応じた様々な評判が作りあげられただろう。それは物語のなかでも確認できるが、たとえば男にとって帝の寵愛とともに世評は社会における自分の位相・影響力を示すことであり、女においては自分の身分・地位に応じた適切な待遇をされることが、世評に影響を及ぼしている。「人笑へ」は、そういった世評と深くかかわった語であり、正編の人々の動きに方向性を与えている。

物語のなかで「人笑へ」は藤壺と紫の上・六条御息所など、物語の主人公たる女君たちに頻繁に意識される語である。

藤壺において「人笑へ」がはじめて意識されるのは、源氏との不実の子冷泉院を出産した直後である。このときの「人笑はれ」[15]は、宮中の競争者である弘徽殿女御側の嫉妬・恨みを想像しての語であり、かえって強く生きようとする。弘徽殿女御を越えて中宮に立てられた後には、自分の脆弱な立場から「人笑へ」[16]を懸念し出家を決心する。出家という選択に藤壺を駆り立てるのは、大きな支えであった桐壺帝の不在と度を超す源氏の執心から、自分と東宮の身にせまるだろう危険とそれによる「人笑へ」を予測したからである。

源氏の執拗な愛着を絶ち切らせ、「世にうき名さへ漏り出でなむ」（賢木　一一四頁）こと、つまり世に噂が立つことを防ぐ一方、自分の立后をいつまでも恨み続ける弘徽殿大后側に攻撃の種を与えないため、中宮の位を退き世を背こうとするのである。互いに依存・対立する人間関係の網に織り込まれている自分の位置を正確にとらえ、相手の行動を予測し、それによって生じる結果、あるいはまたその予想に基づき自分の取るべき道を見出しているのである。自分の行為が及ぼす波及効果も充分考慮したうえで出家入道を敢行するのであり、そういった行為に導くのは、「人笑へ」という内面の不安である。

六条御息所の例はより複雑である。社会から処されるべき身分上の立場、それにふさわしい行動・生き方をわきまえる人柄でありながら、源氏への未練のゆえ、自分の感情をうまく調整できない女君である。貴族女性としての社会的な心構えを持ちつつも、精錬されていないありのままの感情との対置・不調和を如実に具現する人物なのである。次の本文を見よう。

（ア）つらき方に思ひはてたまへど、今はとてふり離れ下りたまひなむはいと心細かりぬべく、世の人聞きも**人笑へ**にならんことと思す。（イ）さりとて立ちとまるべく思しなるには、かくこよなきさまにみな思ひくたすべかめるも安からず、釣する海人のうけなれやと起き臥し思しわづらふけにや、御心地も浮きたるやうに思されてなやましうしたまふ。

（葵　三〇〜三一頁）

見込みのない源氏との関係を断ち切り、娘の斎宮に従って伊勢へ下向しようと決意しながら躊躇するところである。前者（ア）は先例のない親添いの伊勢下向に源氏との関係がからんでいるとの、世間からの非難、つまり「人笑へ」となることを予想してのためらいである。一方、後者（イ）は車争いで受けた恥辱により傷つけられた自尊心を抱いたまま京に残るのも、大事な人として源氏から迎えられないかぎり回復できない世間的屈辱からのまよいである。伊勢への下向が源氏の薄情のためであると噂され「人笑へ」になることを危惧したためらいつつ、そうかといって都にとどまるのも、車争いで葵上の側に侮辱され見下げられている現状を考えるとそれも望ましからず、身動きのとれない窮地に立っているのである。両方ともその心底には屈辱感による恥意識が共通して横たわっている。

そもそも六条御息所の社会的地位は、亡き東宮から寵愛されたとおぼしい妃であり、貴族社会の模範として、その内実は「よし」と「ゆゑ」[17]（葵　五三頁）を備えた人物として世に知られ認められてもいる。自らの行動に気をつけ、教養・趣向の面でも細工をきわめ、ほかとは区別される卓越さを示してきたのである。それゆえ源氏も公然と正式な結婚の形を取るまでは気が進まず、かといって縁を切ることも口惜しく、時折に情趣を交わす相手として関係を断ち切れずにいたのである。御息所の立場からすれば、そういった軽い扱いは今後世間の評判が下がることを意味し、誇り高い人柄は傷つけられることになる。二人の関係が世に知られた以上、自分の立場にふさわしい待遇を受けないかぎり、それは御息所の恥になるのである。

その意味で、新斎院の御禊の日に起こった葵の上側との車争いは、名門に生まれ誇り高い御息所の威信に深い傷を負わせる大事件であった。葵の上側の供人に源氏の愛人扱いをされ侮蔑されたうえ、源氏への未練を世の人に見すかされた屈辱感は「いみじうねたきこと限りなし」（葵　二三頁）と思われるほど無念のことであった。桐壺院も配慮するほどの貴族社会の最上位のものとして、その社会的存在性を全面的に否定される思いであったに違いないのである。心の憤懣はやるかたなく、自分の内部に抑えこむしかなかっただろうが、結局それは葵の上を襲い死に至らせる生霊となって表出される。車争いの恥辱の思いから、身体から離れた魂が葵の上をなぶる自身を夢のなかで見ることになるのである。

御息所の、このような内面の分裂のようすは平安貴族社会を理解するうえでとても示唆的である。身分社会だからこそ、それぞれの身分にふさわしい行動様式が要求され、思慮分別もなく、思うがままにことを口にしたりふるまったりする軽薄さは慎まれただろう。世間もそうした思慮と慎重さを望ましいと見ていることは、たとえば源氏や薫など男君らの発言・心中からも察せられる。自分の本能・感情をうまく調整することの重要性が常に生活のなかで要求されており、それがうまくできない人には世間からの悪評が待ち受けている。感情の抑制と自己統制が重要になってくるわけだが、その意味で御息所の生霊は、現しの時には身につけている分別力をもって否定し抑え隠すことができた、生の感情の表象であるといえよう。分別の効くことのない夢のなかで乱暴にふるまうリアルな感情の表出であり、それは社会的な存在感をもって生きるためには否定・隠蔽すべきものだったのである。

ここに来てようやく御息所は、前述の引用（ア）と（イ）で決めかねていた「伊勢下向」への決意を固める。生霊との対面後、より冷たくなった源氏をたよって都に残るのはこれまで以上に苦しいことになることがたしかであり、いっさいの未練をふり捨てて「心強く」（賢木　八四頁）思うようにするしかなかったのである。都に残るにしても伊勢に下るにしても、人に噂され悪い評判を負うのであるなら、自分の「うき名」を立てない方向、将来的にすこしでも自分の信望を回復できる道を選択するしかなかったのである。伊勢下向に際しての、次の語りからは、御息所が懸念した「人笑へ」の具体的な様相が窺える。

あはあはしう心**うき名**をのみ流して、あさましき身のありさまを、今はじめたらむやうに、ほど近くなるままに、起き臥し嘆きたまふ。……**世の人**は例なきことと、もどきもあはれがりも、さまざまに聞こゆべし。何ごとも、**人**にもどきあつかはれぬ際は安げなり。なかなか、（ウ）世にぬけ出でぬる人の御あたりは、ところせきこと多

くなむ。（賢木　九一頁）

すなわち、伊勢下向に源氏との「うき名」が結び付けられ、「世の人」から「もどき」を受け、最上位の地位に傷をつけることである。また、（ウ）の語り手の批評から「世にぬけ出でぬる」貴族の生き方に世の人の絶え間ない圧迫がかかっている事情も察せられる。[18]

身分制度のもと、家筋が尊重され一人の夫に複数の女性とのつきあいが認められた当時の貴族社会において、女性、特に身分はもとより世評も高い女性が、男からそれにふさわしく待遇されるのは、本人だけではなくその親類の面目にもかかわる重大事である。それは、御息所はもとより鬚黒の北の方や『和泉式部日記』の宮の北の方、『うつほ物語』の兼雅の妻女三の宮の例[19]からも確認されるとおりである。

源氏に降嫁する朱雀院の娘女三の宮も同じ境遇に立ちうるが、物語は家格の劣る、源氏の愛妻紫の上の視線から「人笑へ」を語る。朱雀院の依頼によりその娘女三の宮を、源氏の妻の一人に迎えようとするとき、紫の上は次のように動揺する。

今はさりともとのみわが身を思ひあがり、うらなくて過ぐしける世の、人笑へならむことを下には思ひつづけたまへど、いとおいらかにのみもてなしたまへり。（若菜上　五四頁）

女三の宮の降嫁は、揺るぎのない大事な妻として処されてきた紫の上の地位を危うくし、「人笑へ」にもなりうる事態であるのがよく伝わってくる。「世の聞き耳もなのめならぬこと」（若菜上　六五頁）であり、紫の上は先のことを不安に思うが、その不安を誰にも見せず平静をよそおう。同情をよせる女房たちには、女三の宮がより尊重されるべきであると語り、女三の宮とも文通し親密に交際するなど、自分の立場を正視し冷静に受け止めようと努める。そのうち、世間の噂も静まっていく。

紫の上の思慮分別のある行動・謙譲によって、口さがない世間の悪い噂もなくなり、「事なほりてめやすくなんありける」（若菜上　九二頁）と語られるのである。緊密な人間関係から来る圧迫に耐え、自己の感情を適切に調節し、自分の不安定な身分・境遇をわきまえ、世の人の思う暗黙の規範・約束事を守ることで、夫の寵愛は深まり、世間の信望を得、「人笑へ」を避けるのである。

ここまで検討した『源氏物語』における女君の「人笑へ」は、当時の結婚制度と絡んで、それぞれの身分と世評にふさわしい妻の地位にかかわることであって、主に男との関係からくることが多かった。

それでは男の「人笑へ」はどうだろうか。その事情は多様であるが、行動を起こす重要な契機になるのは女の場合と変わらない。まずは、明石巻における源氏の行動を見てみよう。

いかにせまし、かかりとて都に帰らんことも、まだ**世**に赦されもなくては、**人笑はれ**なることこそまさらめ、なほこれより深き山をもとめてや跡絶えなましと思すにも、浪風に騒がれてなど人の言ひ伝へんこと、後の世までいと**軽々しき名**をや流しはてんと思し乱る。（明石　二二三頁）

世の人の聞き伝へん後の譏りも安からざるべきを憚りて、まことの神の助けにもあらむを背くものならば、またこれよりまさりて**人笑はれ**なる目をや見む。（明石　二三二頁）

須磨の海辺の祓のときに突如起こった天変が幾日も続くと、源氏はやりきれない気持から都に帰ろうとも、「深き山」に入って姿を消そうかとも思う。が、都に帰ったら世間に許されぬ身では「人笑はれ」になり、姿を消しては後の世まで人の口の端に噂されることを懸念し、その場の衝動を抑える。かつて貴族社会の中心人物であり、上下の人からも仰がれた源氏の身分的位相が、こういった判断にかかわってくるのである。続く本文でも、不思議な力に導かれ源氏を迎えにきた明石入道の勧誘について、「世の人」にどういわれるのかと、その噂を恐れながらも、「神の助け」かもしれないのにそれを背くことになったら、より「人笑はれ」の憂き目にさらされるだろうと、明石に移ることにする。流罪同然の身であるが、将来のことに目を向け自分の評判に傷をつけないよう慮った結果である。

娘の境遇が父の社会的面目にかかわることは前述したが、娘女三の宮を案じる朱雀院の判断にも「人笑へ」は重く働く。夫の愛を失った娘がこれ以上人々の噂にのらないよう手を打つときさえ、なお世間の目は重要な契機となっていることが、次の朱雀院の処置からわかる。

世の人の思ひ言ふらむところも口惜しう思しわたるに、かかるをりにもて離れなむも、何かは、人笑へに世を恨みたるけしきならで、さもあらざらむ……。（柏木　三〇六頁）

六条院への降嫁の後、女三の宮は父朱雀院の配慮により世間からは重視されているものの、六条院のなかでは必ずしもそうとはいいきれない状況であった。源氏の寵愛に比例する一面もあるからで、紫の上のそれには及ばないところ（若菜下　一六六頁）もあったのである。それに、柏木との密通が露顕した後の、源氏からの冷遇については、「世の人」が憶測し噂を立てるのを朱雀院は心痛めて聞いていた。出産後、患っている女三の宮を訪れた朱雀院は、それを機に出家させる。最愛の娘を出家させるにも、若くて健康な状態で出家しては、世間から夫婦関係を恨んでの行為と見られ、「人笑へ」になってしまう。そのことを恐れての工夫であった。何かを実行しなければいけないときにこそ「人笑へ」はその行動を方向づける指南役になっているのである。

このように、正編を生きる人物たちは、都を中心とした共同体の一員としての自分の立場、特に家格による身分的な位相を保つため、行動に気をつけ世の評判が下がらないよう自重し、常に「人笑へ」を避けようと心がけている。正編の人物たちが、常に世間の目を意識し、落ち度のないように人と交わりながら、悪評にさらされたり嘲笑されたりするような事態を避けようとしたならば、次に考察する宇治十帖の人物たちは、出家・死といった世間との没交渉を通じて「人笑へ」を回避しようとする志向性が見うけられる。

（二）続編宇治十帖の例——女の生命力を吸収する不安と劣等感

宇治十帖では政治的敗北により都から離れ、宇治に住む八の宮とその娘たちの運命が語られ、「人笑へ」の語もその三人の娘に集中している。出家を望みながら二人の娘、大君と中の君の将来を案じる八の宮は、真心から姫君を世話する人を望み、薫にその後見を託す。しかしながら、姫君には、もしも深い気持もない男につき宇治を離れたら、自分にも死んだ母親にも「御面伏」（椎本　一八五頁）になろうから、宇治で生涯をおえるようにと教え諭す。零落したといっても皇統の誇りに傷をつけるような、軽薄な男あるいは身分の劣る相手との関係を警戒させたのである。親王の姫君とはいってもれっきとした後見のない身の上では、結局のところ世間から軽視され、「よそのもどき」（椎本　一八五頁）を負いかねないという事態を予想した諭しなのである。

その心配から姫君に仕える女房たちにも訓戒する。世間の「聞き耳」（椎本　一八六頁）のゆえ、皇統の誇りと品格を保つべきよしを語り、普通程度の身分の男の手引きはせぬよういましめる。「よからぬ方」との縁談なら「ものさびしく心細き世を経る」（椎本　一八六頁）のが望ましいと注意したのである。落ちぶれても皇統の誇りと品格は失いたくないという八の宮のこういった態度は、姫君たち、とりわけ大君の生き方に深く影響することになる。世間から引きこもってその志を貫こうとするが、その精神を支えるのは父宮の訓戒に基づいた「人笑へ」への意識である。それは後に、大君と薫、さらには匂宮と中の君の関係が深まるにつれて、内面に強く根ざし死へ導こうとする、もっとも強力で自己否定的な様相を帯びる。大君は、世間との没交渉によりその噂に乗らない閉塞した道を選ぶのである。

八の宮の死後まもなく、薫の導きにより姫君たちに懸想する匂宮の手紙に対し大君は、匂宮と自分との不似合いな身の上を意識し、その関係を発展させようとしない。思うより長生きして、父宮の「御魂にさへ瑕」（椎本　一九五頁）をつけるようなことが起こるまいかと恐れ、返事もせず山住みの身として生涯を送ろうと決心するのである。

　薫が大君のもとに押し入り、事なく朝を迎えたときも、同じく父宮のことを思い出し、またも長く生きてしまっては不祥事にあうのではないか（総角　二三七頁）と、この世に生きつづけることを不安に思い、独り身を通す決心を固めていく。その不祥事は前述の諸例からも見たように、男に見捨てられること、あるいは皇統であっても後見のない身のゆえ、望ましくない待遇をうけ皇統の品位を落とし、世に非難めいた噂を立てることである。こういった事態を大君は総合的に「人笑へ」と認識している。

　妹中の君の将来についても親の心情になって働きかける。[20]事態は大君の意図とは違う方向に動き、中の君は匂宮と結ばれるが、大君は宮に見捨てられ「人笑へ」になるのではないかといつも不安がる。愛のもろさばかりに思い悩み、薫との関係も「我も人も見おとさず、心違はでやみにしがな」（総角　二八八頁）と、その関係を深めず、精神的次元にとどまらせようと決意する。匂宮との将来を不安に思いながらも、男女関係の喜びも感じている中の君とは違うのである。

　その匂宮が、紅葉狩を口実に宇治へ来たが、思わぬ状況から帰京したとき、大君の屈辱感と恨みはこの上なく、身体も耐えられなくなる。匂宮に見捨てられたと思いこむ大君は、かつて匂宮を頼りがたい人と思っていた父宮の言葉をも思い出し、人々の思惑・嘲笑を想像して「人笑へ」（総角　二九九頁）を思い悩むのである。それゆえ身体も弱っていく。匂宮の深い心を信じていた中の君も、この日は悲しく思わずにはいられず、それを見る大君は、次のように語られてゆく。

　さもこそはうき身どもにて、さるべき人にも後れたてまつらめ、やうのものと、（エ）人笑へなることをそふるありさまにて、亡き御影をさへ悩ましたてまつらむがいみじさ、なほ我だに、さるもの思ひに沈まず、罪などいと深からぬさきに、（オ）いかで亡くなりなむ、と思し沈むに、（カ）心地もまことに苦しければ、物もつゆばかりまいらず、ただ亡からむ後のあらましごとを、明け暮れ思ひつづけたまふ……〔匂宮が〕限りなき人にものしたまふとも、（キ）かばかり**人笑へ**なる目を見てむ人の、世の中にたちまじり、例の人ざまにて経たまはんは、たぐひ少なく心憂からむなど思しつづくるに、言ふかひもなく、この世にはいささか思ひ慰む方なくて過ぎぬべき身どもなめりと心細く思す。

（総角　三〇〇～三〇一頁）

落ちぶれた家柄のせいで匂宮に無視されたと思いこみ、長く生きては自分も同じ目にあうだろうと、生き続けることを拒むのである。ここで父の遺言も再び思い出され、その思いこみは極端にはしる。不運な身の上を嘆き、夫からも捨てられてしまうだろうと、「人笑へ」になることを恐れ（エ）（キ）、死を願望する（オ）のである。同時に大君の身体は（カ）のように飲食を受け入れなくなる。女房から匂宮と夕霧の娘六の君との縁談を聞いたときは「しをれ」（総角　三二〇頁）、父の諫めのことばを繰り返し思い出しつつ生きる力を失っていくのである。

大君において、「人笑へ」はいつか必ず起こるべき確かな事実であり、それゆえ頻繁に思い出され、それを避ける方法として死が選択され、身体を損ねる方向に働く。死への強い意志のゆえ、大君を救うためのあらゆる方法は「何の験も見えず」（総角　三二三頁）、死んでゆくのである。その結果、薫には永遠の女性として残り、その状況は後に妹中の君によっても繰り返し肯定される。

妹中の君において「人笑へ」は、大君の死後、匂宮と結婚し京に上った後、深刻に感じられる社会的な不名誉である。

匂宮と六の君との結婚の話を聞いた中の君は、自分のつたない身の上（「数ならぬありさま」宿木　三八三頁）を思い「人笑へ」になるだろうと悩む。宇治に戻ろうとしても「人笑へ」であり、父の遺言を守らなかった自分の軽率さを悔いるとともに、結婚を避けようとあらんかぎりのことを図った大君の行動を、深慮、すなわち「重りかなる御心おきて」（宿木　三八四頁）ゆえのこととしてあらためて評価する。姉君は死んで薫と結ばれなかったからこそ、いつまでも薫から追慕され、自分のような目にはあわなかったのだと思い悟るのである。「亡き御影ども」(宿木 三八四頁)、すなわち父と姉にあわす顔もなく、京と宇治において恥ずかしい存在になったと悲しく思う、その気持ちの根源は匂宮との夫婦関係における不安な立場と深く結びついている。六の君との威勢の差による劣等感から、常に「数ならぬありさま」(宿木 三八三頁)、「数ならぬ身」(宿木 四二二頁)としてもの笑いになるのではないかと繰り返し懸念する。妹中の君においても、「人笑へ」は死より受け入れがたいものになっていくのである。六の君との結婚後、匂宮の夜離れに身の上をわきまえなかった自分の浅はかさを反省するとともに、薫の、大君への変らぬ心を見ては、大君の思慮深さ(宿木 四二二頁、四七九頁)を何度も顧みる。[21]

皇統であっても頼もしい後見のない女君にとって、「人笑へ」にならない唯一のよりどころは夫の愛情である。その後見により実生活の面でも身分に応じた品格を保てる暮らし向きも可能になり、それによって世の見る目も変ることは、紫の上の例でも察せられた。中の君にとってもそれは同様である。中の君本人は、六の君と比べものにならない現状から、その身の上と暮らし向きを恥ずかしく思う(宿木 四一一頁)が、匂宮の殊遇のゆえ六の君に比べても劣りもせず、「恥なきなめりかし」(宿木 四三七頁)との語り手の批評から、実際世の中における中の君の位相が伝えられている。

以上の検討により大君と中の君における「人笑へ」は、八の宮の影響のもと、誇り高い身分でありながら没落した背景を持つ女が世に出た場合、惨めな境遇にあい、もの笑いになる可能性があるという認識、そしてその事態を極力避けようとする心構えとして機能していたことが察せられた。

上述した二人の「人笑へ」に比べ、八の宮の劣り腹の娘浮舟の例はやや違う様相を呈する。

浮舟の母中将の君は、もともと八の宮から人並みの扱いをされなかったつらい経験から、娘は、上達部・親王ではなく、その身分にふさわしい人に縁づかせようと奮闘していた。それゆえ、大君の形代として中の君から浮舟の存在を知らされた薫が、中将の君に申し出た際にも応じなかった。だが、匂宮に愛される中の君のありさまにふれてから母中将の君は、同じ八の宮の血を引く浮舟も「かやうにてさし並べたらむにかたはならじかし」（東屋　四四頁）と、従前の判断を翻す。娘の身の上をわきまえながらも、[22]浮舟の生まれつき備わった美質を高く評価し、薫の愛情さえあれば貴族の世界にうまく溶けこめると思うのである。しかし、それは浮舟を語る周辺の視線とはずれている。人とうまくやり取りのできない浮舟を、語り手は「鄙びたる心」（東屋　七二頁）と評し、中の君は亡き大君と似たその美しさと上品さを認めながらも、見栄えする優雅さと重々しい風情においては大君に劣っており、薫の相手としては物足りない（東屋　七三頁）と評しているのである。

こういった評価には、八の宮に大事な人として認められなかった母中将の君の器量と、浮舟への「田舎びたる」教育・影響が反映されていると思われる。というのは、礼儀をわきまえない中将の君を、中の君は「田舎びたると思して笑ひ」（東屋　四六頁）とされたのである。それに、浮舟が匂宮に迫られた後、「人笑へ」を恐れた中将の君が、三条の小屋に浮舟を移した時の語り方も参考になる。

睦びきこゆるに、便なきことも出で来なば、いと**人笑へ**なるべし。……さるかたはらいたきことにつけて、（ク）人にもあはあはしく思はれ言はれんがやすからぬなりけり。（ケ）心地なくなどはあらぬ人の、なま腹立ちやすく、思ひのままにぞすこしありける。（東屋　七七〜七八頁）

ここにおいて「人笑へ」は、匂宮との不祥事により浮舟が受ける恥、つまり（ク）「人にもあはあはしく思はれ言はれん」ことであろうが、事の原因を語り手は、（ケ）のように自分の感情をうまくコントロールできない母の性急さにもとめている。

それぞれの身分・血筋によって備わる人の品に加え、都の生活規範と行動様式に基づいた環境のなかで育てられなかった浮舟のこのような状況は、薫においても大君との比較のなかで繰り返し想起される。浮舟のおぼつかなさ、すこし鄙びたる装束、はりあいのない態度に、薫の胸中を占める亡き大君の不在は満たされず、かえって反芻され、浮舟をその品位を備えた「形代」に足るべく教えよう（東屋　九六～九九頁）と考えるほどである。

周囲から語られるこういった浮舟の弱点は、大君が常に先のことを考え、自分の感情・行動を調節したのと対比され、なりゆきに任せ薫に頼る身でありながら、匂宮に傾く感情に溺れる脆弱さとして現れる。それは当然、語り手の、「重くなどはあらぬ若き心地」（浮舟　一五七頁）という浮舟の考えの物足りなさを含んだ批評と響いてくるわけである。

二人の「人笑へ」の認識も対照的である。大君を苦しめた「人笑へ」は没落した自分の境遇のゆえ、世間から起こりうる嘲笑を予想しての大きな不安として彼女を圧倒したが、浮舟にとって「人笑へ」は事が起こってから、すなわち薫と匂宮の板挟みになってからはじめて認識される語である。世の人からの悪評・非難を事前に防ぐための防御機制として機能していた大君の「人笑へ」は、浮舟において不祥事が起きるまで認識されないのである。

匂宮との関係が生じ宇治の対岸の隠れ屋で過ごした後の、浮舟の心の内には、具体的な人間関係から生じる迷惑・恨みへの気がかり（浮舟　一五七～一五八頁）ばかりに目が向いており、集団の目としての「人」の認識は低いと思われる。次の本文を見ると、「人笑へ」そのものより、それによって生じる母・中の君・薫への迷惑・恨みを痛く感じている。

君はけしからぬことどもの出で来て、人笑へならば、誰も誰もいかに思はん……いかにせむと心地あしくて臥したまへり。などか、かく例ならず、いたく青み痩せたまへると驚きたまふ。（浮舟　一六四頁）

身近な人々に匂宮との関係が発覚すること、将来的にも断ち切りにくい匂宮との危うい関係に悩み、その不安から身体は「青み痩せ」、さらには死を願望していく。大君においては「人笑へ」それ自体こそ死を指向する動因になったが、浮舟において「人笑へ」はこの段階では二の次の問題である。「死」より重みをもって「人笑へ」が認識されるのは、次のところからである。

なほ、わが身を失ひてばや、つひに聞きにくきことは出で来なむと思ひつづくる……君は、さてもわが身行く方も知らずなりなば、誰も誰も、あへなくいみじとしばしこそ思うたまはめ、ながらへて**人笑へ**にうきこともあらむは、いつかそのもの思ひの絶えむとすると思ひかくる……なやましげにて痩せたまへる……

（浮舟　一六七～一六八頁）

生き長らえて「人笑へ」のつらさを負うより、死によって母と中の君・匂宮・薫など身近な人からの情けを受けるほうを選んでいる。思い乱れるその身体は「なやましげにて痩せ」るばかりである。が、浮舟に「人笑へ」が身に迫る危機意識としてより強く実感されるのは、薫から「人に笑わせたまふな」（浮舟　一七七頁）と非難を受け、また、浮舟と同じく二人の男に挟まれ身をそこなった女房右近の姉の悲劇を知ってからである。浮舟の身の処し方によって、社会的体面の重要な薫と匂宮二人について、「死ぬるにまさる恥なることも、よき人の御身にはなかなかはべるなり」（浮舟　一七九頁）という右近の憂慮は、『新全集』の指摘のように「身近な体験に基づくだけに局面を緊迫化する効果」（一八三頁）をなしたはずである。どちらに従うにしても不吉なことが持ち上がるに違いないと思う浮舟は、自分一人だけ消えればいいと、死のほうに傾いていく。

（コ）ありながらもてそこなひ、**人笑へ**なるさまにてさすらへむは、まさるもの思ひなるべしなど思ひなる。児めきおほどかに、たをたをと見ゆれど、（サ）気高う世のありさまをも知る方少なくて生ほしたてたる人にしあれば、すこしおずかるべきことを思ひ寄るなりけむかし。

（浮舟　一八五頁）

以前、浮舟が漠然と認識していた「人笑へ」は、ここに来て（コ）「死ぬことにまさる苦労」として受け入れている。薫と匂宮との間に揺れ動き決断を下せない身のゆえ、浴びるべき人々からの非難への自覚による死の願望であろうが、それを語り手は、（サ）のように、高貴な血を引く貴族社会の常識をわきまえない決意であると、[23]その育て方を問題化する。

東国受領の継娘として育てられた浮舟に、「人笑へ」の認識が浅かったのは当然かもしれない。一つひとつの動きが世の注目の的になる匂宮や薫のような人にとっては、彼らの行動・生活様式が一つの社会の模範になるだけに、「人笑へ」は社会的立場を失うことを意味する。それゆえ、常に他人の視線を自分の内部に向け言葉や行動に気をつけ慎重にふるまわざるをえない「内在律」[24]になったと思われるが、都の生活様式とやりかたを学び、まねをする立場の、辺鄙な東国受領の継娘として育てられた人に、「人笑へ」はさほど深く根づいていなかったと思われる。大君と中の君のような、名門の血筋という「家の意識」もない中流階級の人に備えにくい道徳感情であったのではないか。浮舟の心中における「人笑へ」は、一流貴族との付き合いを通じて、その関係が単に当事者に留まらず、彼らが属する都世界の評判につながることを自覚するにつれ、その重大さを体得・学習してきたと考えられる。

次の文には、薫と匂宮との三角関係から招かれる「人笑へ」が重みをもって自覚され、死を志向する動因が示されている。

> うきさまに言ひなす**人**もあらむこそ。思ひやり恥づかしけれど、心浅くけしからず**人笑へ**ならんを聞かれたてまつらむよりはなど思ひつづけて、
>
> なげきわび身をば棄つとも亡き影に**うき名**流さむことをこそ思へ　（浮舟　一九三頁）

自分の死後、人々が噂を広め「うき名」を流すことを「恥ずかし」[25]く思い、死を願望するところである。人々に軽薄で不埒な女だと思われ、「人笑へ」になるのを薫に聞かれることが何よりも耐えがたく、死への道を望ましく思うのである。「人笑へ」を深刻に受け入れるものの、薫に聞かれるのがより重々しく受け止められていることが窺える。

大君は自分の身体を徐々に滅びさせ病で死ぬことで、浮舟が心配した、自殺の罪業も人々の「思さむ」ことも避ける、ある種の周到ささえ見せた。が、浮舟の場合は薫の非難と右近の姉の話に窮地に追い詰められ、物事の判別がつ

かなくなった状況のなかで、「人笑へ」は目の前に迫ってくる危機になり、自殺の決意に駆り立てられた。浮舟にとっても「人笑へ」は死ぬよりつらいことになり、結果的には大君と同じく自分を消す行為でそれをまぬかれ、理想化あるいは人の情けを受ける道を選ぶのである。

以上、宇治十帖における八の宮の三人の娘の人生を、「人笑へ」を鍵語にして検討してみた。零落しても皇統の誇りを守ろうとする父八の宮の遺戒のもとに、大君は父宮の「御魂にさへ瑕」（椎本　一九五頁）をつけないよう、薫との関係を拒み、死という閉塞した道を選んだ。身分は高くても後見のない身のゆえ、いつか男に見棄てられ世からは「人笑へ」を受けるだろうと判断しての、かたくなな決心だったのである。その結果、薫には永遠の女性として残り、その状況は後に妹中の君によっても繰り返し肯定され、奥ゆかしく思われる。

中の君の「人笑へ」認識も大君のそれと連続している。匂宮の妻となり皇子をも産んで京に暮らすものの、匂宮と六の君の結婚を目の当たりにしては、身の上をわきまえなかった自分の軽率さに亡き父と姉に面目なく思う。薫の、大君に対する変わらぬ心を見ては、死んで薫と結ばれなかったからこそ、いつまでも薫から偲ばれ「人笑へ」にならなかった大君の死を望ましく思うのである。大君と中の君における「人笑へ」は、八の宮の影響のもと、誇り高い身分でありながら没落した背景を持つ女が世に出た場合、惨めな境遇にあい人々に軽んじられるという事態を極力避けようとする強い心構え、いわば内在律として働いていたといえるだろう。

八の宮の劣り腹の娘、東国受領の継娘として育てられた浮舟の「人笑へ」の認識は、大君と対比することによって顕著になった。大君が常に先のことを考え、自分の感情・行動を調節する行動ルールとして「人笑へ」が働いていたとすれば、浮舟は事が起こってから、一流貴族との付き合いを通じて、その重大さを体得・学習していく道徳感情であったと思われる。薫と匂宮との三角関係から招かれる「人笑へ」は、「死ぬことにまさる苦労」と自覚され、死（あるいはその次善策として出家）を志向する動因になるのである。

ただ、大君・中の君の「人笑へ」には名門意識[26]が横たわっているのに対して、女房階級に近い浮舟にとってそういった意識はあまり見えず、むしろ「人笑へ」によって身近な人に非難されることへの不安と恐れのほうに傾いていることは前述したとおりである。

(三)『源氏物語』と『竹取物語』をつなぐもの

正編の主要人物における「人笑へ」の懸念は、「自ら新たな生き方や状況を拓[27]」き、その生を営みつづける点において宇治十帖とは違う様相を呈示しているといえる。しかしながら、そのために取られた方法は「出家」か「下向」、あるいは紫の上のように周りの人々に自分の不安を見せず、平静をよそおうことである。多かれ少なかれ、そこには世間との没交渉の傾向が見られ、その意味では死によって世間と関係を絶つことで「人笑へ」を回避しようとした宇治十帖の方向性とつながっていると思われる。

そうした思考のもとには、共同体(集団)の非難を先に予想し、それに順応しようとする自己否定的な諦念・無力感も垣間見られている。特に受動的立場にある女性に顕著であるが、「人笑へ」を意識しつづけることは、人々からの非難はさけても、他者の視線を常に意識するしかない、緊張した不安・恐怖を常に身体化することを意味するだろう。他者指向的な「人笑へ」の回避は彼女らに存在的な安定感を与えるというより、共同体に問題視されない無難な人生を生きることを意味し、そこに伴われるのは自己否定的で無力な不安感である点において正編と続編は連続性を持っているといえよう。人の価値は、社会の身分秩序のなかで占める位置と評判、それにふさわしい待遇によって決められるのであり、そこには一人の個としての認識は芽生えにくく、共同体の一員としての正しい位置づけが彼らの精神に重要なこととして踏まえられていたであろう。

『源氏物語』に見えるこういった考え方、特に宇治十帖の例は『竹取物語』と軌を一にしているのではないか。『竹取物語』の場合、失態が世にさらされた後、はじめて他者の視線、いわゆる「人の、見思はむこと」（三六頁）、「人の聞き笑はむこと」（五五頁）が意識され、羞恥の念に駆られ、社会から自分を消す行為に出たが、『源氏物語』、特に宇治十帖においては、さらに深化・拡充され恥をかくような事態を事前に避けるための心構えとして「人笑へ」が働いていた。不安定な身分から起こりかねない「人笑へ」の仮定を必ず起こる現実として受け入れ、社会との関係を絶つ方向、死・出家が願望されるのである。生きて「人笑へ」になるより、死んで人から「あはれ」に追憶されるほうを選んでいるのである。

おわりに

これまで第三章でたしかめた平安前期の「恥」の言説」と連続するものとして、『竹取物語』以降に書かれた歌・物語のなかの「人笑へ」を調べ、最後に『源氏物語』の特色を、正編と続編（宇治十帖）に分けて確認してみた。『源氏物語』以前の文学作品においては、用例もすくなく、集団化された他者の視線としての「人笑へ」、そしてその結果として抱くこととなる恥意識は予想され、掟のような一面を見出すことはできたが、一つの倫理になっているほどの制御力を持っているとはいいがたかった。「人笑へ」の語が人々の意識に内在化しその行動を導くほど、社会的実践行為として深化・完成されるのは『源氏物語』においてようやく見出される特質であり、それ以前の歌・物語などからは「人笑へ」の基本的な性質、つまり他人の批評、世間の噂、また集団性とかかわっている点は推測されるものの、必ずしも彼らの行動を規制し方向づけるような手強い強制力をもっているとは考えにくかったのである。

行動する前にそれが起こすべき結果を予測し自重する宮廷文化の発達とともに「人笑へ」は徐々に力を増し、『源氏物語』において、常に自分を対象化する、集団化された他者の視線として、また、自らを評価する基準として働き、外部世界の暗黙的な期待に応じようとする強い内在律になったと思われる。それは社会の暗黙的なルール・期待に反し失態を起こした人が世間から浴びる嘲笑・軽視の視線であり、その結果として味わうべきつらい恥の意識であろう。要するに、人々の交わす噂・世評により形成される集団の目であり、共同体の一員としての個人の行動を方向づける倫理・道徳感情であったと思われる。

人が何を「恥」と思うのか、その水準は属した社会の構造、ならびに時代性と緊密にかかわっているということは前述したが、「人笑へ」は見られる側、いわれる側の心理的不安・苦悩として働き、事の是非より噂によって公に露出される人々の失態と失敗——政治の面における力争いであれ、人の恋愛または仕事の面であれ——を対象にしている。「人笑へ」の対象になる人・家は不特定多数の人から嘲笑（あるいは非難）されることが予想され、それにより個人（またはその家門）は深い屈辱を味わい、一人の人間としての社会的価値、要するに社会的存在意義を失うことが想定される。

平安京のように閉鎖的で狭い社会では、人々との関係のなかで生じる事柄は噂になりやすく、すぐ評判が拡がり批判されたりほめられたりしただろうが、それゆえ「人笑へ」は人々の意識に内在化し、実際に事が起こる前にその行動を望ましい方向に導く社会的実践行為として機能するようになったのではないか。逃げ場のない小さい共同体のなかで自分の位置を失うことなく生きるための、自己統制として働いただろう。ただ、宇治十帖の人物たち、とりわけ長く京の世界と交渉を持たず、身分はあっても零落している二人の姫君と大事な妻として迎え入れることは期待できない浮舟のような、社会的・文化的に劣勢にある人々にとって「人笑へ」の対象になるということは、より致命的に感じられ、せめて人から「あはれ」と思われる死のような自分を消す悲劇に走ったのは、「人笑へ」の持つ強力性をも確かめさせる。

こういった『源氏物語』の「人笑へ」の特徴をもって『竹取物語』の求婚失敗譚を逆照射するとき——それは要するに系譜学的に見たときともいいうるが——破片のようにして埋め込まれていたそれぞれの求婚譚における末尾の語りは一貫した言説行為、つまり集団を意識した「「恥」の言説」としてより鮮明になり、共同体における個人のありようが、いかなる方向に展開してきたのかが、連続性のうえで理解できるのではないか。

その意味で『竹取物語』の五人の求婚譚の末尾の語りは、「人笑へ」の語が生成・定着する前に、現実のありように基づき、それに相当する中身が物語化されている面において、その先駆性が認められよう。『竹取物語』の本文においては、「恥」と「人聞き」を基調音にした、集合的・抽象的な状況を概括的に示すことば、あるいはそうした言説行為としての「人笑へ」という語は用いられていない。しかしながら、「恥」と「人聞き」が人々の思考を支配する一つの言説行為となり、「人笑へ」として強い規制力を発揮する『源氏物語』の特質をもって照らすとき、構造的に把握される仕組みであり、「人笑へ」の原点というべき中身を『竹取物語』から見出すことができると思われるのである。

周知のごとく、『源氏物語』の絵合巻は『竹取物語』を、「物語の出で来はじめの親なる」（三八〇頁）もの、また『伊勢物語』とともに「いにしへの物語、名高くゆゑある」（三七九頁）ものとし、それまで世に出た一連の物語のうち、両物語を一番高い所に定位している。また、源氏方＝梅壺方として提出され、「『源氏』創造にかかわった両作品の指標的意義」[28]が指摘されるように、単なる語句や場面の「表層レベルから、暗示的に潜められた深層レベル、無意識裡の投影」などまで、『源氏物語』のなかに固有の場を確保していることがほのめかされている。一つの文学作品が先行テクストをいかに借用・吸収し、変形・転位をなすのか、テクスト相互関連性（intertextuality）が文学を吟味するうえで重要な方法として浮かんでくるわけである。その意味で『源氏物語』の「人笑へ」は、『竹取物語』の五人の求婚譚を貫く思考を一つの価値として認め、その深層に敷き、深化・拡大させたともいえるだろう。

注

（1）その探究のためには、実態をより直接的に描写していると思われる仮名日記・漢文日記・歴史物語、あるいは歴史書などを対象の中心にすべきという考え方、すなわち「歴史的真実」と「芸術的真実」を区分する立場もあろう。それは、文学というものが、ある時代の特殊性を反映したアレゴリーなのか、それとも、韜晦・朧化・理想化・ひねり・劇化・教訓化など、様々な語りの手法や意図によって構成された虚構であり、（実態と混在させるべきではない）テクストそのものなのか、という論争にかかわってこよう。本書は、文学テクストが作者の想像によって作られた虚構の産物だからといって、それが歴史的実態から完全に引き離されるものとはいえないし、あるいは逆に歴史物語や日記・歴史書などが事実に基づいているからといって、それが想像とは無縁の真実であるともいえないと受けとめる立場、換言すれば、この両者の間にはっきりとした区分線を引くことはできないという立場に立っている。むしろ、両者が相互補完的な関係にあるとき、その読みは深められると思うのである。物語における虚構と真実の関係を語る『源氏物語』の物語論（蛍　二一〇〜二一三頁）もそういったことを語っているのではないか。

（2）というのは、平安文芸に用いられている「恥づ」「恥づかし」「恥がまし」「恥らふ」など「恥」にかかわる語には、世間的な恥辱感というより、謙遜・遠慮する際のはばかり、また乱れた身なりや容色の衰え、貧窮のありさまを人に見られて感じる引け目、あるいは相手の優雅さ・すばらしさに圧倒され劣位を感じた際の気後れ、高貴な人から身に余る好意を得て思う時のありがたさなどを指し示す例が多いからである。

（3）高島俊男『漢字と日本人』文藝春秋、二〇〇二年、一七八〜一七九頁。初版は二〇〇一年。

（4）内野信子「ひとわらえ（人笑へ）」『源氏物語事典』大和書房、二〇〇二年、三四五頁。鈴木日出男「人笑はれ・人笑へ」『源氏物語事典』学燈社、一九八九年、一四二頁。

（5）柳田國男は、日本で「恥」といったのは「笑われること」（「尋常人の人生観」『民族学研究』一四（四）、日本民族学会、一九五〇年、二八〜三五頁）であるとした。

（6）中納言家は、この邸に移ろうとして二年もかけて「砂子敷かせ、簾かけさせなど」（二一九頁）することで、申し分なく趣向をこらしてきた。これを知った少将は、「転居に際してさまざまな儀礼を伴い」、また「陰陽道などによって厳しく規制され」（『新全集』の注　二一三頁）るなかで決められた中納言家の引越し当日にあわせて、突然邸を占有してしまったのである。

（7）「人笑へ」四三例、「人笑はれ」一五例で合計五八例。

（8）日向一雅「源氏物語の「恥」をめぐって」『日本文学』二六（九）、一九七七年、三〇頁。
（9）日向、注（8）三九頁。日向は、この時代の「「個人」の観念は「家系」の観念の背後に埋没していた」（小山敦子『源氏物語の研究――創作過程の探求』武蔵野書院、一九七五年、三六五頁）とする小山の見解、つまり平安朝の社会的意識として「「家」観念の状況を踏まえて」（日向、注（8）三三頁、および同氏「宇治十帖への一視点――「家」観念と「恥」の契機を軸として」『東京女子大学紀要論集』二八（二）、一九七八年、六～七頁）いる。
（10）ベネディクトから中根千枝に引きつがれ展開された日本文化論からの影響（第三章の注（5）を参照）をも看取されるところであろう。
（11）鈴木、注（4）一四二頁。
（12）原岡文子「『源氏物語』の「人笑へ」をめぐって」『源氏物語の人物と表現』翰林書房、二〇〇三年、二九四頁。
（13）原岡文子「浮舟物語と「人笑へ」」『源氏物語の人物と表現』翰林書房、二〇〇三年、四九二頁。
（14）鈴木日出男「光源氏の女君たち」『源氏物語とその影響 研究と資料』武蔵野書院、一九七八年、一〇一～一〇二頁。
（15）「弘徽殿などのうけはしげにのたまふと聞きしを、空しく聞きなしたまはましかば人笑はれにやと思しつよりてなむ、やうやうすこしづつさはやいたまひける」（紅葉賀 三二五頁）。
（16）「戚夫人の見けむ目のやうにはあらずとも、かならず人笑へなることはありぬべき身にこそあめれなど世の疎ましく過ぐしがたう思さるれば、背きなむことを思しとる」（賢木 一一四頁）。
（17）『新大系』によると、「ゆゑ」は「貴人に生来的に備わった一流の風情」（葵 三一七頁）であり、「よし」はその二流であるとする。『新全集』は両語とも「趣味・風流の心得」（葵 五三頁）が共通しており、「ゆゑ」が一般的・本来的な資性であれば、「よし」はそれを具体的に形や色に表す手腕であるとする。
（18）御息所と対蹠的な人物に朝顔の姫君がある。御息所と同じく皇族の血筋であり世間の評判も高く、源氏と六条御息所との関係が世に知られたとき、同時に源氏に言い寄られた女君である。この時、朝顔は「人〈御息所〉に似じ」（葵 一九頁）と強く決心し、源氏との関係を深めない態度を貫く。齢を重ねたのちも「人のもの言ひを憚り」（朝顔 四七八頁）、色恋とは無縁の軽いやり取りさえ断るのである。常に世間の目を意識し慎重にふるまうのであり、姫君のそういった姿勢は、源氏にいまいましい気持を抱かせる一方、みごとな人としても認められる。源氏は、「世のもどき」（朝顔 四八八頁）を恐れながらも朝顔に言い寄る浮気沙汰が世に知られた以上、実を結ばずおわっては「人笑へ」（朝顔 四八八頁）だという執心を抱くほどである。それは『うつほ物語』であて宮を得ようとする兼雅の心情と通じあう男の

「人笑へ」である。

(19) 第四章の注(20)でふれたように、女三の宮は一時は兼雅の妻として世に知られたが、見捨てられ世間から忘れられる存在である。夫の愛情を失った女三の宮の境遇は、父嵯峨院に「面伏せなる者は、死なぬこそ心憂けれ」(蔵開中五〇六頁)といわれるほど父の不面目であった。

(20) 薫と縁づかせようと、中の君に結婚を勧める際、「世の中をかく心細くて過ぐしはつとも、なかなか人笑へに軽々しき心つかふなどのたまひおきしを」(総角 二四五頁)とするなど、八の宮の遺言を想起させる。

(21) 東屋巻でも中の君は浮舟の母中将の君に、大君が存命であれば、匂宮が六の君を迎えたことと同じく、薫は女二の宮を迎え入れ姉妹とも「人笑はれ」(東屋 四七頁)になっただろうと、大君が死んだからこそ奥ゆかしくも思われるのだと、その死を望ましく語った。

(22) 中将の君は薫に縁づかせたいと思いながらも、「世の人のありさまを見聞くに、劣りまさり、賤しうあてなる品に従ひて、容貌も心もあるべきものなりけり」(東屋 八二頁)と身分意識にうち砕かれてもいる。

(23) 当時の仏教的世界観からすれば、「親をおきて亡くなる人は、いと罪深かなるもの」(浮舟 一八六頁)である。薫も、浮舟が宇治からいなくなった後、浮舟を判断力に乏しい(蜻蛉 二三五頁)と思い、また大君への思慕から浮舟を思い出した際も、自らの進退を熟慮するに欠けたその軽率さに、重々しい妻の扱いをしようとは思わない人だった(蜻蛉 二六〇〜二六一頁)としており、ここの語り手の批評と一致している。

(24) 薫の行動を参照すると、常に人の目を意識し周到綿密に動いていることがわかる。たとえば、匂宮の妻である中の君への恋情を「人目見苦しからで」(宿木 四三〇頁)というように、世間体の見苦しくない形で自分の思いを遂げる方法を考えたり、宇治に長らく放置した浮舟の処置にも「人のもどきあるまじく、なのめにてこそよからめ」(浮舟 一〇七頁)というように、世間体ゆえに熟慮したりしている。また、宇治を訪問し浮舟ともっと時間を過ごしたいと思いながらも、やはり「人のもの言ひのやすからぬに」(浮舟 一四六頁)と思うところも、「人目」は行動の指針になっている。こういった薫の態度は、弁の尼に「奥なくあはあはしからぬ御心ざまなれば、おのづからわが御ためにも、人聞きなどはつつみたまふらむ」(東屋 八七頁)と評価されている。

(25) 三角関係による浮舟への「人笑へ」は、薫の評判にも好ましくない影響を及ぼすわけで、これ以前、薫は浮舟に「人に笑はせたまふな」(浮舟 一七七頁)と詰問したことがある。そのことばは浮舟の胸に痛く刺さっていただろうが、浮舟に対する世の「人笑へ」が起こったら、薫がいかに薄情で冷淡になっただろうかということは、浮舟が消えた後、匂宮の反応を見聞きしての薫の心中から推測できる。匂宮の愁嘆を聞きこんで薫は、浮舟が存命であったならば「わがためにをこなることも出で来なまし」（蜻蛉　二一七頁）と浮舟の死に安心し、匂宮の涙を見ては「我をいかにをかしともの笑ひしたまふ」（蜻蛉　二一九頁）というように、自分の愚かな恥ともなりかねなかったことと受けとめ、純粋に悲しめなかったのである。

(26) 物語世界の固有の論理として「家」観念と「恥」の意識を論証する日向一雅は、二人の姫君に「没落した個体の最後の自己確認の拠点として「家」」（注（9）一七頁）の観念があると指摘している。

(27) 鈴木日出男「「人」「世」「人笑へ」」『源氏物語の文章表現』至文堂、一九九七年、二七二頁。

(28) 河添房江「源氏物語の内なる竹取物語」『源氏物語表現史　喩と王権の位相』翰林書房、一九九八年、四四八頁、四四九頁。

第三篇

『源氏物語』の諧謔性と笑い

第六章

頭中将と光源氏
――「雨夜の品定め」の寓意性

はじめに

『源氏物語』において人物論が可能になるのは、増田繁夫によると、「澪標の巻あたり」[1]からだという。筋や事件中心の文脈が、この巻を境に作中人物の内面の方にも向けられるからであるが、澪標巻の大きな特徴といえば、光源氏の復帰と冷泉帝即位という、政治状況の変化であろう。それに伴い、「作中人物の言動のあり方」も「飛躍し、それまでの姿とはつながりにくいような傾向を見せる」[2]といわれるほど、以前の巻とは違う人物像が語られるようになる。はやく清水好子は、『源氏物語』の人物造形に「物語の構想」「場面」の「意図」に「奉仕し制約される」[3]特徴があることを指摘した。これを物語全体の本質としてとらえる森一郎は、『源氏物語』における人物造形は、「ある人物の必然を追求していく」のではなく、物語の構想・主題に「奉仕」せしめられる形になっていると論じた。[4]これは「人物論の根幹を規定する優れた提言」[5]として大方の賛同を得た見解であり、増田繁夫も、近代の小説とは異なる、「古代の物語としての源氏物語の作中人物のあり方を明確に指摘した」[6]と評価した。

そうした作中人物のあり方の、もっとも顕著な一例としてよく取りあげられるのが頭中将[7]である。須磨巻まで源氏の親友であったはずの人物が、絵合巻で一変し敵役にまわると見なされてきたからであるが、はたしてそのように「一変」すると理解するのが妥当であろうか。問題は、頭中将が事実上はじめて登場する「雨夜の品定め」の読み方にあるのではないか。従来、物語内における「雨夜の品定め」の位置づけ[8]は、源氏を中の品へ導くための動機づけの機能を重視した影響限定説[9]と、その女性論の影響が全編に及んでいると見る総序説[10]におおむね分かれて議論されてきた。しかし従来の議論では、女に関する頭中将個人の意見を一般論として扱いがちであって、また源氏に関しても聞き役に終始しているといった理解に留まっており、「雨夜の品定め」のもつ寓意性は充分にとらえきれていないと思われる。また、それゆえに澪標巻以降の頭中将と光源氏の対立関係、さらに頭中将の人物像に大きくかかわる糸口を見落としてきたのではなかろうか。

本章では、「雨夜の品定め」がすくなくとも藤裏葉巻までの三三帖の世界を読み解くカギを内在している可能性があると見る立場、もしくは『源氏物語』第一部の総序たりうるとする立場から[11]、「雨夜の品定め」での頭中将と光源氏それぞれの、女性に関する発言・態度に注目することで、この「雨夜の品定め」の寓意性を従来よりも踏み込んでとらえようとする。その際、特に「絵合」と照らし合わせた考察を展開することにもなろう。というのは「雨夜の品定め」で、中の品の女論に織りこまれていた、源氏と頭中将の女をめぐる観点の違い、それに物事に対する姿勢の差が、遠く後の「絵合」で前面に浮上し表面化されると思われるからである。個人的あるいは私的な二人の女性観・倫理観というべきものが後の政権争いにかかわり物質的な力、政治的な力へと変換すること、さらに娘の教育観にも及ぶところからは、物語構想における綿密な意図を読みとることができると思われる。そうした読解の過程で、かつて統一性に欠けていると評されてきた頭中将の人物像を検討しなおすことになるとともに、それに対比される源氏のありようをとらえなおすことにもなろう。

一　「吉祥天女」をめぐる頭中将と源氏の「笑ひ」

「雨夜の品定め」は物忌みで宮中にこもっている源氏のところへ頭中将が訪ねてくる場面から始まる。そこに左馬頭、藤式部丞が加わり中の品をめぐる女性論へと展開するが、そこでの源氏と頭中将の姿はかなり対比的である。以下に関連する文をあげる。

【文A】（—は源氏に、…は頭中将にかかわる文）

①〈頭中将が〉（a）「女の、これはしもと難つくまじきはかたくもあるかなと、やうやうなむ見たまへ知る。ただうはべばかりの情に手走り書き、をりふしの答へ心得てうちしなどばかりは、随分によろしきも多かりと見たまふれど、そも、まことにその方をとり出でむ選びにかならず漏るまじきはいとかたしや。……見る人、後れたる方をば言ひ隠し、さてありぬべき方をばつくろひてまねび出だすに、それしかあらじと、そらにいかがは推しはかり思ひくたさむ。まことかと見もてゆくに、見劣りせぬやうはなくなむあるべき」とうめきたる気色も恥づかしげなれば、〈源氏は〉（b）いとなべてはあらねど、我も思しあはすることやあらむ、うちほほ笑みて、「その片かどもなき人はあらむや」とのたまへば、「いとさばかりならむあたりには、誰かはすかされ寄りはべらむ。とる方なく口惜しき際と、優なりとおぼゆばかりすぐれたるとは、数ひとしくこそはべらめ。人の品たかく生まれぬれば、人にもてかしづかれて隠るること多く、自然にそのけはひこよなかるべし。（c）中の品になむ、人の心々おのがじしの立てたる**おもむき**も見えて、分かるべきことかたがた多かるべき。……」とて、**いとくまな**

げなる気色なるも、ゆかしくて、〔源氏は〕「その品々やいかに。いづれを三つの品におきてか分くべき。……」と問ひたまふほどに、左馬頭、藤式部丞御物忌に籠らむとて参れり。……

〔頭中将が〕「……（d）受領といひて、他の国の事にかかづらひ営みて品定まりたる中にも、また、きざみきざみありて、中の品のけしうはあらぬ選り出でつべきころほひなり。なまなまの上達部よりも、非参議の四位どもの、世のおぼえ口惜しからず、もとの根ざしいやしからぬ、やすらかに身をもてなしふるまひたる、いとかはらかなりや。家の内に足らぬことなど、はた、なかめるままに、省かずまばゆきまでもてかしづけるむすめなどの、**おとしめがたく生ひ出づるもあまたあるべし**。**宮仕に出で立ちて、思ひがけぬ幸ひとり出づる例ども多かりかし**」など言へば、〔源氏は〕（e）「すべて**にぎははしき**によるべきななり」とて、笑ひたまふを、（f）「別人の言はむやうに心得ず仰せらる」と中将憎む。

（帚木　五六～六〇頁）

②〔左馬頭が〕「……すぐれて瑕なき方の選びにこそ及ばざらめ、さる方にて棄てがたきものをは」とて式部を見やれば……いでや（g）上の品と思ふにだにかたげなる世を、と〔源氏の〕君は思すべし。（h）白き御衣どものなよよかなるに、直衣ばかりをしどけなく着なしたまひて、紐などもうち捨てて添ひ臥したまへる御灯影いとめでたく、女にて見たてまつらまほし。（i）この御ためには上が上を選り出でても、なほあくまじく見えたまふ。

（帚木　六一）

③馬頭、物定めの博士になりて、ひひらきゐたり。（j）中将はこのことわり聞きはてむと、心入れてあへしらひゐたまへり。……〔馬頭が若いころの自分の体験談を話そうとすると〕近くゐ寄れば、（k）君も目覚ましたまふ。（l）中将、いみじく信じて、**頬杖**（つらづえ）**をつきて**向かひゐたまへり。法の師の、世のことわり説き聞かせむ所の心地するも、かつはをかしけれど、かかるついでは、おのおの睦言もえ忍びとどめずなむありける。

（帚木　六九～七一頁）

④〈左馬頭の指食い女と浮気な女の話を聞いて〉(m)中将、例のうなづく。(n)君、すこしかた笑みて、さることとは思すべかめり。「いづ方につけても、人わろくはしたなかりけるみ物語かな」とて、うち笑ひおはさうず。
(帚木 八〇～八一頁)

⑤〈頭中将が〉「……世の中や、ただ、かくこそとりどりに比べ苦しかるべき。(o)このさまざまのよきかぎりをとり具し、難ずべきくさはひまぜぬ人は、いづこにかはあらむ。吉祥天女を思ひかけむとすれば、**法気づき霊しからむ**こそ、また、わびしかりぬべけれ」とて、(p)みな笑ひぬ。
(帚木 八四頁)

⑥〈左馬頭が女性論をまとめあげると〉君は人ひとりの御ありさまを心の中に思ひつづけたまふ。(q)これに、足らず、また、さし過ぎたることなくものしたまひけるかなとありがたきにも、いとど胸ふたがる。
(帚木 九〇～九一頁)

これらを見ると、二人の間にはある判断をする際の物事との距離のとり方、さらにはあるべき女像をめぐる観点の違いというべきものが察せられる。

まず、距離感覚の面からは、引用①で、自分の経験に基づき完璧な女はいないと確信する頭中将の態度(a)に対し、源氏は必ずしもそれに賛同するわけでもないが、(b)で余裕を持った笑みを浮かべながら、判断を留保した形で頭中将に向き合う。頭中将の、確信に満ちた「いとくまなげなる気色」は中の品の女礼賛論(c)(d)でもかなり力を入れた形で主張されるが、源氏が(e)で笑いながら軽く突っ込むと(f)で「憎む」、その姿は力を入れた分、切れやすい面を見せる。隠さず感情をむき出しにする率直さは相手にその裏を取られる弱点にもなろう。

また、引用③と④のところで、左馬頭の話に夢中になり「いみじく信じて、頬杖」をついていたり、「うなづ」きながらひどく同感している(j)(l)(m)、その頭中将のありさまは、源氏が引用②と③でゆったりと「添ひ臥し」たり居眠りをしたり(h)(k)、引用①と同じく(n)で「すこしかた笑みて」突っ込みをいれつつみなと笑うようすとは対照的である。ひどく熱中したようすを人に見せたりしない、源氏の「最高の貴族の姿」[12]を受けて、語り手は引用②の（i）で「上が上」の女を選び出しても満足ということはありそうもないと賛美する。一方、頭中将については、物思いに沈んだ人物の悲しさを視覚的に表す際に用いられることの多い（l）の「頬杖」[13]が、ここでは話に興味津々な態度として示され、「女の話には不似合いな仏法聴聞」（『新全集』の注　七一頁）に見立てた「をかし」さが呼び起こされる。

以上から察すると、自分の考えを未熟な形のままでは表さずに、ほほ笑みながら頭中将より話を聞きだす源氏の態度からは、状況に対する感情統制能力の高さが看取される。一方、何でも知りつくしたように語りながらささやかな突っ込みにすぐ感情を露出する頭中将のようすからは、適切な判断を要する際の、状況を見極めるバランス感覚を見失いやすい人柄が浮かび上がってこよう。

理想の女、あるべき女像をめぐる観点の違いも、二人の関係の中からより具体性を帯びて浮き彫りになる。引用①と⑤⑥に注目したい。

引用①の（a）（c）（d）と引用⑤の（o）の頭中将の発言からは、「理想の女の不在」またはそうした女性を必要としないという見解が見られる。すばらしい女がいると噂を聞いて行ってみても非の打ち所のない人はいないと慨嘆しながらも（a）、それが何の欠点もない、完全無欠な女をもとめる願望につながることはなく、むしろ（o）では吉祥天女のような完璧な女を妻に望めばそれこそ仏くさく人間離れして興ざめだ、と笑い落とすのである。頭中将にとって、あるべき女像は引用①の（c）（d）から推測できる。中の品の女を評価する文脈であるが、（c）ではそれぞれの気質やめいめいの考え、好みのはっきりした点に注目している。ほかと区別できる「おもむき」に美点をおいているわけで、諸注釈などが指摘するように「個性」ともいうべきものであろう。また（d）では、いい加減な上達部より非参議の四位などが、十分な財力をもってまぶしいほど成長させた娘のなかに、けちのつけようもないくらい「おとしめがたく生ひ出づる」という女性も「あまた」いること、またそういう人が入内して帝の寵愛を受けることも多いと評価している。（c）と（d）を併せて読むと、財力のある中流の家で教育された中の品の女性こそ、それぞれの個性がはっきりしていて面白みがあるという、礼賛の文脈が見えてこよう。

しかし、これに反応する源氏から見れば話はまた違う。理想の女はいないのだと慨嘆する中将の言葉に、（b）の「いとなべてはあらねど」と思うところや、（g）の「上の品と思ふにだにかたげなる世を」と思う、その心中からは、めったにいないとはいっても、理想的な女に実際に会った経験が匂わされており、またそうした最高の女性を希求している心理をも漂わせている。事実、元服前に帝に許され「才色兼備」の妃たちの姿を見ていた源氏の「ゆたかな眼力」[14]ゆえの心中であろう。引用⑤の（p）「みな笑ひぬ」も示唆的である。玉上琢弥は、

> 湖月抄本は「とて、みなわらひたまひぬ」である。四人のうち、地の文で敬語の「たまふ」がつくのは、源氏である。「わらひたまひぬ」とあれば、源氏も笑ったことになる。……したがって「とて、みなわらひぬ」だと、源氏は笑わなかったことになる。[15]

と指摘し、広瀬唯二は、『湖月抄』の本文の問題から、「本来あった「給ふ」」が「転写されていく段階で脱落していったとは、考えにくい」と見て、この「みな笑ひぬ」が、微妙な敬語表現の操作により、みな笑っているなかで光源氏一人だけは笑わなかったことを読者に伝える、[16]とした。さらに源氏が笑わなかったのは、「「吉祥天女」にも劣らない完璧な女性として慕われ続けて」[17]きた藤壺が、その心中に浮かんだからだと結論づけている。

この箇所について『源氏物語大成』『源氏物語別本集成』などを確認したところ、異同は特に見られない。つまり、『湖月抄』の「みなわらひたまひぬ」は源氏を意識した『湖月抄』独自の読みによる本文と考えられる。敬語という待遇表現が、ある「時代や社会の文化の反映」であるゆえに、「人物造形の独自性を闡明するばかりでなく」、ある「人物を作品内に措定する作品の構造的な特質を解明する手段にもなり」、「表現空間の多角的領略を可能にする」[18]のであ

れば、また、秋山虔のいうごとく、きめこまかくかたどられている『源氏物語』の「敬語行為」が「人間関係の劇的な躍動性の造形に参与せしめられている」[19]のであれば、ある敏感な読者の印象に源氏の笑い声は浮かばなかっただろう[20]。作者の精密な計算のもとで「たまふ」を用いられなかったならば、その一つの理由として考えられるのは、広瀬唯二の指摘のように、藤壺を連想しているという源氏の心内を示唆するためではなかろうか。その根拠は左馬頭の女性論がおわる箇所の引用⑥で、「完全な理想形の結像」[21]として源氏の心中に藤壺が想起されるところにある。特に⑥は桐壺巻の次の一節とも連動している[22]と思われ、注意すべき一節である。

⑦心の中には、ただ、藤壺の御ありさまをたぐひなしと思ひきこえて、さやうならむ人をこそ見め、似る人なくもおはしけるかな、大殿の君、いとをかしげにかしづかれたる人とは見ゆれど、心にもつかずおぼえたまひて、幼きほどの心ひとつにかかりて、いと苦しきまでぞおはしける。（桐壺　四九頁）

間接的には源氏に藤壺を想起させたともいいうるであろう吉祥天女は、豊麗な美貌の女神であり衆生に福徳を与える天女として、日本では奈良時代以降盛んに信仰されたことが知られる。図像にも描かれ、男がその像に思いをかける話は周知のとおり『日本霊異記』[23]以下の説話集に見える。仏典のなかの神でもあるが、その一方で男の懸想の対象にもなって、『源氏物語』以前に成立した『うつほ物語』のなかでは、理想の妻、最高の女としても用いられている[24]。事実、源氏にとっても藤壺は、引用⑦のように「たぐひな」き最高の女性であり、藤壺のような人がいるならば「思ふやうならむ人」（桐壺　五〇頁）を妻に迎えたいと胸痛く思うほど、憧れの女性であった。それは必然的に「理想女性の地上化したものとして藤壺のイメージを背負う紫君」[25]の登場を促すことにもなる。

通常、源氏と藤壺の禁忌の恋の原像は『伊勢物語』の業平と二条・五条の后、伊勢斎宮との関係からもとめられる場合が多い。また古代説話の観点からは白鳥処女説話との関連性がよく取り上げられるが、引用⑤で源氏が笑わなかったことに注意した右の検討によれば、吉祥天女は、藤壺の存在を読み解くうえでの重要な鍵を握る存在になりうるのではないか。また拝むべき完璧な女としての、吉祥天女に恋した『日本霊異記』の話にも、発想の源泉という面から注意を払うべきであろう。『玉の小櫛』以下、現代注釈書にいたるまで、『日本霊異記』（また『古本説話集』もあげられる場合がある）の逸話は注記されてきたものの、その相関関係については必ずしも明確には論じられてこなかった。

いくつかの接点は考えられる。たとえば、吉祥天女像に懸想した優婆塞が、勤めごとに「天女の如き容好き女を我に賜へ」と、理想の女性の身代わりを請うところは「紫のゆかり」としての紫の君との類似関係が見てとれよう。また、天女と夢のなかで契りをかわし畏れ多く思うその心情からは、以後修行者として吉祥天女を一生拝みつつも一夜だけ交わした縁から永遠の女性として仰ぎみることになるに違いないと察せられるが、源氏が藤壺との密会を現ではなく夢のように感じていたこと、またそれゆえに理想化されるところに似通っている点があると思われる。さらに吉祥天女の属性が繁栄をもたらす女神であることに鑑みると、臣籍に降下された源氏が、その後、絶対的な権威と権勢による栄華を謳歌できたのは「藤壺との秘密の共同関係が原点」(26)になっているととらえられる面も、藤壺と吉祥天女像の照応として理解しうるだろう。

以上のように、「雨夜の品定め」の叙述から、源氏と頭中将二者の異なる女性観、かつそれに投影されている理想の差をも読みとることができたのではないか。つまり、世俗的な繁栄と公的な承認を重視する頭中将の発言からは現実主義的な面が如実に示されたのに対して、吉祥天女のような理想の女・藤壺をもとめる源氏の姿勢には、完全なもの、理想的なものへと上昇しようとする人間精神の基本的な欲求が垣間見られると思われる。お互いの軽いひやかしとおかしみのなかで露見した二人の異なる志向性は、遠く絵合巻の、遊戯の場で具体的かつ対立的に検証されることとなろう。

二　政治的な世界への変換

絵合巻は源氏が養女前斎宮を冷泉帝に入内させることから始まる。澪標巻ですでに娘（弘徽殿女御）を入内させていた権中納言（かつての頭中将）にとって、前斎宮の入内は不安を抱かせる事態であった。それまでよき友であり、競争者であった二人の関係にひびが入るのもこの巻からである。したがって頭中将の人物描写も「変貌」といわれるほど一変し、「不統一な点さえ見える」[27]ようになる。関連本文を確認すると以下のとおりである。

【文B】（―は源氏に、…は頭中将にかかわる文）

⑧〔絵の上手な斎宮の女御に冷泉帝が心を奪われつつあると〕（ア）権中納言聞きたまひて、あくまでかどかどしくいまめきたまへる御心にて、我人に劣りなむやと思しはげみて、すぐれたる上手どもを召し取りて、いみじくいましめて、またなきさまなる絵どもを、二なき紙どもに描き集めさせたまふ。「物語絵こそ心ばへ見えて見どころあるものなれ」とて、おもしろく心ばへあるかぎりを選りつつ描かせたまふ。……〔それらの絵を面白がる帝が、斎宮の女御とも一緒に見ようとするが権中納言は〕心やすくも取り出でたまはず、いといたく秘めて、この御方へ持て渡らせたまふを惜しみ領じたまへば、〔源氏の〕（イ）大臣聞きたまひて、「なほ権中納言の御心ばへの若々しさこそあらたまりがたかめれ」など笑ひたまふ。（絵合　三七六～三七七頁）

⑨かう絵ども集めらると聞きたまひて、権中納言いとど心を尽くして、軸、表紙、紐の飾りいよいよととのへたまふ。……同じくは御覧じどころもまさりぬべくて奉らむの御心つきて、いとわざと集めまゐらせたまへり。こなたかなたとさまざまに多かり。（ウ）物語絵はこまやかになつかしさまさるめるを、梅壺の御方は、いにしへの物語、名高くゆゑあるかぎり、（エ）弘徽殿は、そのころ世にめづらしくをかしきかぎりを選り描かせたまへれ

ば、うち見る目のいまめかしき華やかさは、いとこよなくまされり。（絵合　三七九頁）

⑩中宮も参らせたまへるころにて……御行ひも怠りつつ御覧ず。この人々のとりどりに論ずるを聞こしめして、左右と方分かたせたまふ。……まづ、（オ）物語の出で来はじめの親なる竹取の翁に（カ）宇津保の俊蔭を合はせて争ふ。〔左方〕「なよ竹の世々に古りにけること、をかしきふしもなけれど、（キ）かぐや姫のこの世の濁りにも穢れず、はるかに**思ひのぼれる**契りたかく、神世のことなめれば、あさはかなる女、目及ばぬならむかし」と言ふ。（ク）右は、かぐや姫ののぼりけむ**雲居**はげに及ばぬことなれば、誰も知りがたし。……絵は……世の常のよそひなり。「（ケ）俊蔭は……心ざしもかなひて、つひに他の朝廷にもわが国にもありがたき才のほどを弘め、名を残しける**古き心**をいふに、絵のさまも唐土と日本とをとり並べて、おもしろきことどもなほ並びなし」と言ふ。……絵は……いまめかしうをかしげに、目も輝くまで見ゆ。右はそのことわりなし。

次に、（コ）伊勢物語に（サ）正三位を合はせて、また定めやらず。（シ）これも右はおもしろく**にぎははしく**、内裏わたりよりうちはじめ近き世のありさまを描きたるは、をかしう見どころまさる。

〔左方の〕平内侍、

（ス）「伊勢の海の**ふかき心**をたどらずてふりにし跡と波や消つべき

（セ）世の常のあだごとのひきつくろひ飾れるにおされて、業平が名をや朽すべき」と争ひかねたり。右の典侍、

（ソ）**雲のうへ**に**思ひのぼれる心**には千ひろの底もはるかにぞ見る

「（タ）兵衛の大君の心高さはげに棄てがたけれど、在五中将の名をばえ朽さじ」と、のたまはせて、宮、

（チ）見るめこそうらふりぬらめ年へにし伊勢をの海人の名をや沈めむ

かやうの女言にて乱りがはしく争ふに、一巻に言の葉を尽くしてえも言ひやらず。（絵合　三八〇～三八二頁）

たしかに以前の好意的な語り口[28]とは違い、源氏に負けまいとする「いどみ」心は、引用⑧の（ア）の「かどかどし

くいまめきたまへる御心」のように否定的にとらえられ、源氏からも（イ）で「御心ばへの若々しさ」と嘲笑される。

鈴木日出男は、頭中将の人物像が「大きな変化を呈してくる」のは、何よりも「光源氏の人生ともっとも緊密にかかわりながら造形されているから」であり、その変化は「旧左大臣家の長男として、藤氏の権門の家系を維持する立場からの必然的な経過」であるとし、[29]源氏対藤氏という政治的な理由によるものととらえた。これは頭中将の人物像を説く多くの論が最終的にたどりつく結論でもある。たとえば、帚木巻の「宮腹の中将」といった表現からその予兆をみる論[30]、また桐壺巻で源氏と政治的に対立する右大臣家の四の君を正妻にしたことや、真木柱巻で「二条の大臣」と呼ばれることから、「旧右大臣家系のそれを継承したのであり、されば旧左大臣家系に立つ藤壺＝光源氏方と、政治的対抗関係に立たざるをえなかった」[31]という、当時の権力関係の構造から変貌の必然性を説く論などがなされている。田坂憲二も、「須磨巻以前と澪標巻以後とに分けて考えるのはもはや常識」だという前提を確認したうえで、頭中将の人物像に「〈変容〉」が要請される政治状況については、権中納言が旧右大臣家の勢力を吸収し、その支援をうけたことに根本の原因があると分析した。[32]このとらえ方は、縄野邦雄も支持している。[33]

娘の入内・立后が権門の家系を維持・拡大する手段であって、次代への政権獲得の布石にもなる当時の現実から察すれば、源氏対藤氏という政治的図式から理解しようとするのはもっともであろう。しかしながら、二人の対立状況を生み出す、光源氏と頭中将それぞれのもっていた要因、かつ頭中将の性格上の否定的な面は、確認したとおりすでに「雨夜の品定め」の段階で示唆されていたのではないか。ただし、「雨夜の品定め」ではごく個人的・私的な領域を越えなかったが、政権の維持・継承にかかわる話にまで進んできた時点で、物質的・政治的な力を得るべきものはどちらなのかという主導権の問題に大きく転換し、それによる視点の変化が起こったと思われる。

二人の、主導権をめぐる政権争いの媒介になるのは「物語絵」である。引用⑨と⑩で、源氏と権中納言はそれぞれが擁立する梅壺と弘徽殿の女御に絵を献上するが、それは二人の担う価値観、理想を反映する物的証拠であろう。言い換えると、「生き方の問題、身の処し方の問題として、物語に於て対照をなしている」(34)のである。

源氏は、(ウ)のように「いにしへの物語、名高くゆゑある」『竹取物語』と『伊勢物語』を奉り、権中納言は、(エ)「そのころ世にめづらしくをかしきかぎり」ということで、『うつほ物語』と『正三位』を献上する。これらは藤壺中宮の前で、左右に分けられその価値が競い合わされるが、女房たちの論評は源氏と権中納言を代弁するはずで、引用⑩の(キ)のところで、左方=源氏側は濁世に身を置きながらけがれず天上の世界に帰ったかぐや姫の、「精神の高潔」さ、「古代への回帰」(35)の理念に大きく共感している。これに対して右方=権中納言側は地上主義というべき「宮廷讃仰、王威礼賛の精神」(36)から、(ク)と(ケ)のところで『うつほ物語』をもって反駁する。かぐや姫の昇天した「雲居」は誰にもわかりがたい領域であるゆえいいようもないとし、そのころの道徳的社会的基準からかぐや姫の卑しい身分と后にならなかったことを欠点としてあげ、『うつほ物語』の俊蔭が「ありがたき才」を外国と日本の朝廷に知らせたのを高く評価する。この時、左右の両者が用いた言葉にかぐや姫の「思ひのぼれる契り」と俊蔭の「古き心」がある。「古き心」(大島本)は青表紙他本に「ふかき心」という異文も多く、『新全集』は「ふかき」のほうが通じやすい(三八二頁)としたが、その「ふかき心」という本文を認めて次に競いあう各々の物語を見ると、その違いはより顕著になり、左方と右方それぞれの価値判断の一貫した姿勢が窺える。

絵合の二番として出されたのは左方の『伊勢物語』、右方の『正三位』である。左方は、引用⑩の(ス)のように『伊勢物語』の「ふかき心」を賞賛したが、右方は余り身分の高くない「兵衛の大君」(37)が帝の寵愛を受け「正三位」に叙せられた、その「思ひのぼれる心」(ソ)を褒めたたえた。すでに考察したように、「雨夜の品定め」の引用①で、家の十分な財力をかけて個性豊かに成長した、中の品の女が帝の寵愛を受けることを評価した(c)(d)、頭中将の言葉と連動していることがわかる。その時、源氏は(e)のように「すべてにぎははしきによるべき」なのかと冷やかしたが、まさに頭中将が認める『正三位』は(シ)「おもしろくにぎははしく、内裏わたり」などを描いたものであって、「雨夜の品定め」の時と同様の価値観が響いている。後に帝の御前で行われた絵合でも左方の古風な絵に対し、右方は「昔の跡に辱なくにぎははし」（絵合　三八六頁）きものであった。

一番と二番の物語を比べてみると、『伊勢物語』の「ふかき心」は、かぐや姫の「思ひのぼれる」反世俗的な面と共鳴しながら、俊蔭物語の世俗的な「ふかき心」と対立し、また『正三位』の「思ひのぼれる心」との質の違いを明らかにしている。「雨夜の品定め」で見え隠れしていた二者の理想主義の位相差を支え、方向づけながら、必然化する文脈であり、その意味で二つの場面は符合するといえるだろう。「雨夜の品定め」で現れた世俗的な繁栄と公的な承認を重視した頭中将の主張は、内外の朝廷に認められた俊蔭と、帝の寵愛を受けて中流の女性としてはありえないほど高い地位に上りつめた兵衛の大君の生き方とも交響しあいつつ、一方では、吉祥天女に託されていた源氏の理想的なものに対する渇仰、またかぐや姫の高潔な精神、落ちぶれても輝く業平の自由な心とは緊張しあっているのである。

ただ、右方の主張は当時の人情を反映していたためか、左方の論法は劣勢に陥り、この場面においてのみ一貫して「中宮」と呼ばれる[38]藤壺の、引用（タ）と（チ）のところの『伊勢物語』の賞揚によりやっとのことで救われる。朝廷の権威を象徴する「中宮」という呼称は、先学の指摘どおり源氏側の政治的な立場を堅固にすることともかかわるのであろうが、世々に仰ぎ見られるべき朝廷の志向する理想を示すためにも要請されたのであろう。

中宮と後の冷泉帝の前での、二回にわたる絵合は源氏の勝利におわる。「聖的・超越的主人公光源氏に対し、俗的・現実的世界を体現する」、源氏の引き立て役を負わされた頭中将に所詮「勝ち目」はなかった[39]かもしれない。ただ、それを認めさせる方法として、物語における同意ないし合意を得る手続きとしての絵合という遊戯を導入したのは意味深い。冷泉帝を中心とした新しい政権が立ちあがった時点で、それを存続させ堅固にするには、政権担当者の権威や執行力だけでなく、後々まで語られる新たな道徳や理想、価値観が構築される必要があっただろうが、そこには人々が進んで悦服するほどの説得力がなくてはならなかっただろう。主導権（ヘゲモニー）の行方が重要なわけだが、高田祐彦の述べるごとく、「後宮の覇権争いが絵合という形で展開される以上、勝利を得るためには高い水準の文化が保有」される必要があったのである。「高度な文化の力」は、人々の感動を集め、「それによっておのずと人心を掌握することになるから」である。[40] 絵合における源氏の勝利は源氏側の道徳または理想といったものが、人々の同意を得て物質的力に転換する瞬間であったわけである。

「雨夜の品定め」のもつ寓意性は、このように頭中将をめぐる人物論的な理解を壊すことなく、むしろ絵合巻での政治闘争を見越したかのように機能しているといえるのではないか。それは常夏巻での頭中将（この時内大臣）の発言に見える、姫君の教育観を通しても明確に示されるだろう。源氏に主導権をとられた後、常夏巻でますます対抗意識を燃やす頭中将の次の発言は、やはり「雨夜の品定め」の女性論と照応すると思われる。

⑪「……女は、身を常に心づかひして守りたらむなんよかるべき。心やすくうち棄てざまにもてなしたる品なきことなり。さりとて、（ツ）いとさかしく身固めて、不動の陀羅尼誦みて、印つくりてゐたらむも憎し。現の人にもあまりけ遠く、もの隔てがましきなど、**気高きやう**とても、人憎く心うつくしくはあらぬわざなり。（テ）太政大臣の后がねの姫君ならはしたまふなる教へは、よろづのことに通はしなだらめて、かどかどしきゆゑもつけじ、たどたどしくおぼめくこともあらじと、ぬるらかにこそ掟てたまふなれ。げにさもあることなれど、人として、心にも、するわざにも、立ててなびく方は方とあるものなれば、**生ひ出でたまふさまあらむかし**。この君の人となり、宮仕に出だし立てたまはむ世の気色こそ、いとゆかしけれ」……（常夏　二三九〜二四〇頁）

ここは近江の君をめぐる源氏の批判とそれを弁少将から聞いた頭中将（内大臣）が意地を張る直後であり、源氏に対抗意識を燃やす頭中将の心中・言動が明確に映し出されている。昼寝をする娘雲居雁に女のあり方を戒める場面であり、「不動の陀羅尼」云々という（ツ）が、「雨夜の品定め」の引用⑤に通じていることは鈴木一雄の論考[41]や注釈書でも指摘されている。さらに、明石の姫君に対する源氏のやり方を嘲弄する（テ）について、『新全集』は「源氏が偏執を嫌い調和と中庸を重んずることは、しばしば他にもみえたが、内大臣の個性尊重の主張を裏書きする記事」はここだけであり、「この場の両者の対立性をより鮮明にするための記述か」（二三九頁）と推測している。だが、「雨夜の品定め」の引用①のところで頭中将の個性尊重という傾向はすでにたしかめたとおりである。頭中将は、吉祥天女のような「気高き」女を「法気づき霊し」といって女の魅力と見ていなかったが、源氏にとって、女の「気高さ」は賞賛される美点の一つである。数多くの女性と付き合ってきた源氏は、身分が高かれ低かれそれぞれの女の美点を評価していたが、興味深いことに源氏の政治性を支える女性、つまり葵の上・藤壺・紫の上・明石の君・秋好中宮には一貫して「気高さ」[42]が源氏の視点から認められている。

これと対照的に、柏木の目にうつる女三の宮のようすは次のように語られている。

いとさばかり気高う恥づかしげにはあらで、なつかしくらうたげに、やはやはとのみ見えたまふ御けはひの、あてにいみじく思ゆることぞ、人に似させたまはざりける。　（若菜下　二二五～二二六頁）

こうした女三の宮の性質は、源氏によって「難点」とされたものであるが、頭中将（この時致仕大臣）の息子柏木には、逆に「心をゆさぶり吸引していく」（『新全集』の注　二二五頁）要素として肯定される。頭中将の趣向がそのまま受けつがれていると推察されよう。

おわりに――「雨夜の品定め」の胚胎していたもの

このように「雨夜の品定め」の女性論は、源氏と頭中将の関係においても有効に働き、その寓意性はすくなくとも第一部の長編的展開を読み解くうえでの重要な視座を提供する総序として機能していたと思われる。

「雨夜の品定め」に語られた源氏の志向性が、完全なものをもとめる人間精神の基本的な欲求を象徴するものであったとするならば、頭中将のそれは当代に通じる現実主義を代表するものであったといえよう。「絵合」は、その位相の違いを「物語絵」をもって具体的に検証し競い合わせることで、個人的あるいは私的な価値というべきものを、物質的な力、政治的な力へと変換させ、主導権の問題に大きく置き換えたのである。二人を親友として描きながらも、根本的な違いを女性論の行間にひそかに胚胎させ、物語の進行とともに膨らませ、絵合巻の政治的な物語のなかで前面に浮上させたのである。

また右のこととかかわって、頭中将の人物像についても、従来のように澪標巻以降（特に絵合巻）において必然的に変貌しているととらえるのではなく、「雨夜の品定め」での頭中将のありように照応していると解しうることが確認できただろう。一節で検討したように、物事に対して余裕をもってのめりこみすぎることのない源氏の柔軟さと優雅さは、物事と距離を置かずのめりこみやすい頭中将の気質との対比のなかで形成され、互いを照らし合わせる効果をなしていたが、そこでの語り手は頭中将に対して決して否定的というわけではなかった。しかし、末長く存続すべき権力をめぐる話になると、その性格の否定的な面が強調されるようになったのだと思われる。一方、頭中将としばしば対照される形で、源氏の卓越性はより顕著なものとなっているわけだが、源氏の場合も、「雨夜の品定め」以降における ある種の一貫性を認めることができるのではないだろうか。ことほどさように、「雨夜の品定め」における二人のあり方は重要であった。

注

（1） 増田繁夫「源氏物語作中人物論」『国文学　解釈と鑑賞』四四九、一九七一年、一二〇頁。

（2）増田、注（1）一二三頁。

（3）清水好子「物語作中人物論の動向について」『国語通信』七八、一九六五年、一四～一九頁。

（4）森一郎「源氏物語における人物造型の方法と主題との関連」『源氏物語の方法』桜楓社、一九六九年、二〇一頁。

（5）大朝雄二「藤壺」『源氏物語講座3』有精堂、一九七一年、三二四頁。ただ、「藤壺」に関してはこれに賛同しがたい旨を述べる。

（6）増田繁夫「源氏物語作中人物論の視角」『国文学』三六（五）、一九九一年、一三頁。

（7）本章におけるこの人物の呼称は、主に「頭中将」を用いた。

（8）諸説に関しては鈴木一雄の「「雨夜の品定め」論」（『源氏物語の鑑賞と基礎知識7 帚木』至文堂、一九九九年、二二五～二四四頁。初出は『十文字学園女子短期大学研究紀要』二五、一九九四年）に詳しい。以下、諸論に関する説明は鈴木一雄の理解に基づいている。

（9）「雨夜の品定め」の影響を特定の範囲に限定したうえで、それらの序文とする立場。「『源氏物語』の構想、構造、プロット」（鈴木、注（8）二三二頁）にかかわる問題であり、「時に大きく成立過程説と結びあう論」である。「雨夜の品定め」が、若き源氏の目を「中の品」の女性に向けさせる契機となり、以降の源氏の「女性遍歴にも次々と影を落としていく」ととらえることはおよそ無理のないところであろう。その直接のつながりに関しては、「影響限定説」のなかでも様々なとらえ方があり、たとえば第一部三三帖の序とする説、帚木三帖の序とする説、帚木三帖に末摘花・蓬生・関屋・玉鬘十帖を加えた帚木系十六帖の序とする説、帚木三帖に若紫・末摘花を加え一括しようとする説などがある。

（10）宗祇をはじめとして、近世の萩原広道、近代の藤岡作太郎などがこの立場である。『源氏物語』の基調論・本質論を志向する観点に立ち、「雨夜の品定め」の「女性論それ自体が一つの主張と価値を持ち、『源氏物語』全体の精神的基底として潜み、流れ、全編を貫いていく」（鈴木、注（8）二三二頁）とする。

（11）「雨夜の品定め」が三部構成説にいう第一部の「総序」といいうる面があると指摘した最近の論では、梅枝巻との表現レベルの照応関係を検討した、陣野英則「『源氏物語』「梅枝」巻の書、書物と手紙」（『源氏物語の言語表現 研究と資料――古代文学論叢第十八輯』武蔵野書院、二〇〇九年、二四一～二六五頁）がある。

（12）玉上琢弥『源氏物語評釈 第一巻』角川書店、一九六四年、二〇五頁。

（13）たとえば、葵の上の死に傷心して涙をこぼしそうになりながら「頬杖」をつく源氏の例（葵 五五頁）や、母六条御息所のそばで「頬杖つきて」悲しくもの思いに沈んだ前斎宮の例（澪標　三一二頁）があげられよう。
(14) 清水好子『源氏の女君』塙書房、一九六七年、二五頁。
(15) 玉上、注(12)二三五頁。
(16) 広瀬唯二「「雨夜の品定め」における光源氏」『武庫川国文』四七、一九九六年、三〇頁、三五頁。
(17) 広瀬、注(16)三七頁。
(18) 室伏信助「敬語」『源氏物語事典』学燈社、一九八九年、一七四〜一七五頁。
(19) 秋山虔「源氏物語の敬語」『王朝の文学空間』東京大学出版会、一九八四年、二〇〇頁。
(20) 玉上、注(12)は、「実際は笑ったかもわからないが、作者は特にことわらない。それで読者の印象に源氏の笑い声は浮かばないことになる」（二三五〜二三六頁）と述べている。
(21) 村井利彦「帚木三帖仮象論」『源氏物語Ⅳ』有精堂、一九八二年、七七頁。
(22) ⑥の（q）と⑦の表現の照応については、森一郎「帚木三帖の構成と方法」（『源氏物語の主題と方法』桜楓社、一九七九年、五〇〜五一頁）、および注(21)の村井の論（七七頁）などでも示唆されている。
(23)『日本霊異記』中巻第十三「生愛欲恋吉祥天女像感応示奇表縁」（一五九〜一六一頁）。
(24) たとえば、朱雀帝が兼雅の魅力を「吉祥天女にもいかがせましと思はせつべき大将なり」（内侍のかみ　一六一頁）というところ、また、妻のいる太政大臣忠雅を婿取ろうとする后の宮が、自分の娘宮の器量のよさを「天下の吉祥天女を持ちたる者の、夷なりとも、わが宮をば」（国譲下　二七八頁）と思う場面があげられる。
(25) 大朝、注(5)三三四頁。
(26) 鈴木日出男「天上の女藤壺」『国文学』三八（一一）、一九九三年、六三頁。
(27) 松尾聡「頭中将」『源氏物語講座3』有精堂、一九七一年、三五七頁。
(28) 絵合巻以前の頭中将は、源氏にも劣らないほどすばらしい様子が描かれており、源氏を引き立てるような場面でも頭中将をフォローする語り手の姿勢は保たれている。たとえば、「雨夜の品定め」の直前では「学問をももろともにして、をさをさ立ちおくれず」（帚木　五四頁）と源氏に比肩できる人物として紹介され、青海波を舞う場面では「大殿の頭中将、容貌用意人にはことなるを、立ち並びては、なほ花のかたはらの深山木なり」（紅葉賀　三一一頁）と源氏と比較されるものの、それは源氏の超越的な美を強調するためであり、人にぬきんでる頭中将のすばらしさも同時に語られており、頭中将を貶める文脈にはならないと思われる。花の宴の詩作と舞の際にも、源氏は「人にことなり」

「似るべきものなく見ゆ」（花宴　三五三頁、三五四頁）と評され、頭中将は「ものものしくすぐれたり」「いとおもしろければ」（花宴　三五三頁、三五四頁）とそれぞれ源氏と比べられつつ、ほめられている。

末摘花や源典侍など女をめぐる恋の戯れのなかでも、お互いに「いどみ」心を持ちながら、それが敵対心を高めるのではなく、むしろ二人の連帯感を強める方向に働いている。さらに、須磨に退去した源氏不遇の時代にも、「大殿の三位中将は、今は宰相になりて、人柄のいとよければ、時世のおぼえ重くてものしたまへど、世の中あはれにあぢきなく、もののをりごとに恋しくおぼえたまへば、事の聞こえありて罪に当たるともいかがはせむと思しなして、にはかに参でたまふ」（須磨　二一三頁）とあり、当時の権力をおそれずにわざわざ須磨まで訪問し、深い友情を見せる男らしさも強調されている。

(29) 鈴木日出男「内大臣（頭中将）論」『講座源氏物語の世界5』有斐閣、一九八一年、一九〇頁、二〇〇頁。
(30) 渡辺実「頭中将」『源氏物語講座2』勉誠社、一九九一年、一八二～一九〇頁。
(31) 野村精一「頭中将」『源氏物語必携Ⅱ』学燈社、一九八二年、八八頁。
(32) 田坂憲二「頭中将の後半生」『源氏物語の人物と構想』和泉書院、一九九三年、七五頁、八〇～八一頁。
(33) 縄野邦雄「若菜巻の太政大臣家について」『源氏物語と平安文学4』早稲田大学出版部、一九九五年、八〇頁。
(34) 藤原克己「古風なる人々」『むらさき』一六、一九七九年、二五～二六頁。
(35) 『新全集』の注　三八三頁。
(36) 清水好子「源氏物語「絵合」巻の考察」『文学』岩波書店、一九六一年、四三頁。
(37) 兵衛府の官人の長女。玉上琢弥は「兵衛府は長官でも従四位相当、上達部ではない」（『源氏物語評釈　第四巻』角川書店、一九六五年、四四頁）とし、『新全集』も「中流貴族以上はありえない」（三八三頁）と注記する。ちなみに、『正三位』は、女主人公が「当時女官としての高位であった正三位に陞叙された」（石川徹「物語文学の成立と展開」『講座日本文学3 中古編Ⅰ』三省堂、一九六八年、一四五頁）物語であると推測されている。
(38) 清水、注（36）四四頁。
(39) 星山健「頭中将」『古典文学作中人物事典』東京堂出版、二〇〇三年、五三～五四頁。
(40) 高田祐彦「光源氏の復活」『源氏物語の文学史』東京大学出版会、二〇〇三年、二四八頁。
(41) 鈴木、注（8）二四二頁。
(42) 次のように、葵の上、藤壺、紫の上、明石の君、秋好中宮に「気高し」が用いられている。

葵の上　おほかたの気色、人のけはひもけざやかに気高く、乱れたるところまじらず、なほこれこそは、かの人々の棄てがたくとり出でしまめ人には頼まれぬべけれと思すものから……　（帚木　九一頁）

後目に見おこせたまへるまみ、いと恥づかしげに、気高ううつくしげなる御容貌なり。（若紫　二二六〜二二七頁）

藤壺　気高う恥づかしげなるさまなども、さらにこと人とも思ひわきがたきを……　（賢木　一一〇頁）

紫の上〔夕霧の視点〕見通しあらはなる廂の御座にゐたまへる人、ものにまぎるべくもあらず、気高くきよらに、さと匂ふここちして、春のあけぼのの霞の間より、おもしろき樺桜の咲き乱れたるを見るここちす。（野分　二六五頁）

〔源氏の視点〕あるべき限り気高う恥づかしげにととのひたるにそひて、はなやかにいまめかしく匂ひ、なまめきたるさまざまのかをりもとり集め、めでたき盛りに見えたまふ。（若菜上　八九頁）

明石の君　さやかにもまだ見たまはぬ容貌などいとよしよしう気高きさまして、めざましうもありけるかな、と見捨てがたく口惜しうおぼさる。（明石　二六四頁）

秋好中宮　御髪のかかりたるほど、頭つきけはひ、あてに気高きものから、ひちちかに愛敬づきたまへるけはひしるく見えたまへば、心もとなくゆかしきにも……　（澪標　三一二頁）

第七章

『源氏物語』における「女」と「仏」

——若紫巻における喩としての「仏」を中心に

はじめに

平安貴族にとっては、仏教的世界観が一つの標準になっていたということが、おおよその前提として認められよう。そして、おそらくそれゆえに、『源氏物語』においては多量の仏教語が用いられているのであろう。このことについては様々な側面から研究がなされている。たとえば、一部から四部までの仏教語の増減を検討した重松信弘[1]をはじめ、深い精神的動因としての仏教の「あはれ」を強調する岡崎義恵の論[2]、古代日本の仏教並びに諸信仰の歴史的展開とその宗教意識を考察し、『源氏物語』の宗教意識の根底を明らかにしようとした斎藤暁子[3]、物語を創作するにあたって仏典をいかに吸収・採用して主題を構築したのかを調査した高木宗鑑[4]、光源氏の発心と紫の上の出家を扱った阿部秋生[5]など実に多岐にわたる[6]。

しかしながら、仏教的な表現が「喩」[7]としてどのような意味の拡がりをもたらしているか、というような観点からの検討は意外となされていないようである。本章では物語が仏教的世界観を底流させながらも、その思想・信仰のありようが問われるような文脈で、「仏」という語を用い喩として「女」に重ねることで、アイロニーの笑いを創出する場面に注目する。先行作品をも参照しつつ、若紫巻を中心に表現面からその意義をくわしく検討したい。

一 「仏」が人に重ねられる様々な例

『源氏物語』以前の説話集・日記文学・和歌・物語に記される「仏」（仏像・菩薩を含む）の多くは、日常的に祈念する信仰の対象として、または『三宝絵詞』などにえがかれているように、出家者が目指すべき完全な人格者として現れている。その中で、「仏」が人と重なりあう例は『日本霊異記』と『三宝絵詞』[8]、一部の和歌、それに『枕草子』『うつほ物語』などにいくつか見えるが、そのほとんどは男、それもすばらしくて尊さに満ちた法師を「仏」になぞらえた例ばかりである。和歌からその例を見ると、

祝（かいしう）　左

思ふらんいはねのこまついはねども雲の上までおひむものとは

右　弾正宮上

よろづよもいかでかはてのなかるべき仏に君ははやくならなん

（花山院歌合・一六・一七）

しみこほるきのねをとことならしつつおこなふ人ぞ仏ともなる

（好忠集・三四四）

「花山院歌合」の一六・一七番の歌は「祝」を題に詠まれたもので、左側が雲の上までのびる小松のように長寿と

なることを祝うのに対して、右側はこの世は永遠に続くものではないから限りのない「仏」になってほしいと応酬する。長寿と仏を結びつける不慣れな発想が目立つが、この歌合が花山天皇の出家後、正暦年間（九九〇〜九九五）の夏に催されたこと、また「法皇の境遇を反映してか、憂愁の情緒が流れている」[9]といった、歌合の和歌全体に対する評価を認めるならば、ここの「仏」は批評意識を込めた表現といえるだろう。つまり、法師である花山院が最後に達するべき到達点としての「仏」を示しながらも、藤原兼家一門が権力を掌握しているこの世で長生きするより、この世を超えた存在になってほしいと歌い、花山院の存在感を高めようとする、詠者の意図が「仏」に託されていると思われる。次の好忠の三四四番の歌は激しく仏道を修行する人こそ「仏」にもなると、出家者の達すべき真の「仏」が歌われており、仏の本来の意味に変わりはないだろう。

一方、散文のなかではよりはっきりと「仏」と結びついている男の例が、『うつほ物語』と『枕草子』（三巻本）に三例ずつ見える。

次にあげる『うつほ物語』の三例は、すべて僧侶忠こそに用いられている。

①「……消息聞こえたりつるは、ここに、立ちぬる月のつごもりより悩みたまへるを、日ごろ重くなりまさりてなむ。これかれに問はせはべれば、邪気など申す。作善など行はせはべれど、なほ心もとなきを、ただ今は、（a）現れたる薬師仏にこそはとてなむ、一夜二夜ばかりものせさせたまへ」と聞こえたまふ。「心には久しく候ひなむ。（b）仏とのたまはするなむ、いと恐ろしくて、まかり逃げぬべく。この頃は所々にかくなむ。后の宮の姫宮も、かく悩ませたまひて、仰せ侍りつれど、まづ殿にをとてなむ」など聞こえたまふ。……

かくて宮に典侍の申したまふ。「いと腹汚く、幼くおはします。これは何の罪にてある御心地にもあらず。知らせたてまつりたまはねば、おとどは騒ぎたまふ。それはとまれかうまれ、（c）生きて働きたまふ仏といはれたまふ、加持参りたまへば、ともかうもこそあれ。かかる人は、さる心してこそ加持参れ。いと恐ろし。おとどに聞こえむ」と申せば……

（国譲中　一八三〜一八五頁）

まだ妻女一の宮の懐妊を知らない仲忠が、忠こそに妻の加持祈祷を頼みながら、彼を（a）「生きている薬師仏」と讃え効験を期待すると、忠こそは（b）「仏といわれるなんて恐れ多い」と逃げたがる。その忠こそが女一の宮のところに参上すると、女房典侍は（c）で「利益を与える生身の仏」という、評判のある忠こそが加持をするからには、妊娠の事実を仲忠に知らせる必要があると、女一の宮を説得する。見てのとおり引用からは、忠こそを「現れたる薬師仏」「生きて働きたまふ仏」にたとえることで、効験ある僧として評判の高い忠こそ像が浮かび上がる。

法師の効験といった面では『枕草子』の次の文ともつながるところがある。

②男はなほ、若き身のなり出づるぞ、いとめでたきかし。法師などのなにがしなど言ひてありくは、何とかは見ゆる。経たふとくよみ、みめ清げなるにつけても、女房にあなづられて、なりかかりこそすめれ。僧都、僧正になりぬれば、仏のあらはれたまへるやうにおぢまどひ、かしこまるさまは、何にか似たる。（一七九段　三一六頁）

③「いと執念き御もののけに侍るめり。たゆませたまはざらむ、よう侍るべき。よろしうものせさせたまふなるを、よろこび申しはべる」と、言すくなにて出づるほど、いと験ありて、仏のあらはれたまへるとこそおぼゆれ。

（一本二三段　四六二頁）

④宮の大夫殿は、戸の前に立たせたまへれば、ゐさせたまふまじきなめりと思ふほどに、すこし歩み出でさせたまへば、ふとゐさせたまへりしこそ。なほいかばかりの昔の御行ひのほどにかと見たてまつりしこそいみじかりしか。

中納言の君の、忌日とて、くすしがり行ひたまひしを、（d）「給へ、その数珠しばし。行ひしてめでたき身にならむと借りる」とて、あつまりて笑へど、なほいとこそめでたけれ。御前に聞しめして、（e）「仏になりたらむこそは、これよりはまさらめ」とて、うちゑませたまへるを、またのめでたくなりてぞ見たてまつる。

（一二四段　二三五～二三六頁）

引用②では、経を尊く読み、見た目のうつくしい法師は女房たちにからかわれやすいが、それが僧都・僧正に昇進してしまうと「仏様がこの世に出現されたかのように」大騒ぎし敬うのだと、男の昇進の素晴らしさが礼賛されている。引用③では物の怪を調伏して去る僧侶が、言葉すくなに上﨟の女房に答えて出る姿は「たいへん効験があって仏が僧の姿を借りて出現したか」のようだと、「仏」を用いてその尊さを表している。それぞれ僧侶を「仏のあられ」と礼賛・感動する文脈のなかにおかれており、引用①の『うつほ物語』と軌を一にしている。

引用④は解釈が分かれているところだが、関白道隆のお出ましに弟道長までが、子息のようにひざまずくのを見て、道隆のすばらしい宿世に感嘆する場面である。傍線（e）の、中宮定子の冗談のなかで「仏」が見えるが、ここでは傍線（d）、女房中納言の君に対して「勤めをして来世にすばらしい身の上になりたいから数珠を借ります」というところを、清少納言（あるいは女房）の言葉ととる説と道隆の言葉ととる説、また「めでたき身」を中宮の宿運ととる説と道隆のそれにとる説に分かれている。それによって（e）の中宮の冗談、つまり「勤行して仏になれば関白（あるいは中宮自身）よりまさる身の上になる」といったところの「仏」になる人物も、道隆または清少納言（あるいは女房）の両者がありうる。いずれにせよ軽快な雰囲気を演出する冗談に変わりはないが、（d）を関白の言葉にとると謙遜のジェスチャーになり、（e）の「仏」は、この世の頂点に立ち実勢を握った道隆の権勢ぶりがより強調される文脈になろう。清少納言（あるいは女房）の言葉ととる場合、道隆（あるいは中宮）のすばらしい身の上をすこし大げさな行動で賞賛し周囲から笑いを呼びおこすが、すぐれた宿世に用いた「仏」は「すぐれた女の宿世」に交代できるものではなく、そこからはみ出てくるずれ、または誇張により質の違うおかしみが生じてくると思われる。

前述した諸例を見るかぎり、男（法師）に「仏」が用いられると、「男」の尊さ、すばらしさが説得力を増して浮かび上がるということが、共通の特徴としていえるだろう。

それでは女を「仏」にたとえる例はどうだろうか。女の場合は、『日本霊異記』と『三宝絵詞』の両方に「舎利菩薩」と呼ばれる尼の例が見える。[10]猿聖とも呼ばれ、男に負けないくらい仏教の知識に富んでおり、生まれながら不具で女陰のない、異常さ、不思議さが強調される「非女」的な特徴が目立つ存在である。罪障の多いと思われた女でありながら、女を超えた求道者のすばらしさを賞賛する意味では、『うつほ物語』と『枕草子』と同様の趣旨であるといえよう。

和歌では、死んだ師輔の妻勤子内親王のことを「亡き人の仏になれる」と詠んだ、次の『後撰集』の歌がある。

故女四のみこの後のわざせむとて、菩提子(ぼだいし)の数珠(ずず)をなん右大臣求め侍ると聞きて、この数珠を贈るとて、加へ侍りける

思いでの煙や増さむ亡き人の仏になれるこのみ見ば君 (雑三・一二二六・真延法師)

師輔が数珠を探しているのを聞き、真延が数珠に添えて送った歌であるが、ここでの「仏」は、単に死んだ人の極楽往生を意味する語として理解して差し支えはないだろう。ちなみに、『新大系』は「亡くなった人が成道する「菩提」を翻訳したのであろう」(三七〇～三七一頁)と注釈している。

他にも「あがほとけ」(仲文集・二六)、「わがほとけ」(輔尹集・二六)に「仏」の意を響かせた歌もあるが、[11]すでに仏の意味の中心には「大切な人」ということがある。それに「仏」の意も重ねているのだが、これは人の死を表しつつ寺に参詣する女の状況に合わせた、ある種の駄洒落であり、「仏」が重要な意味を持って響いているとは思われない。つまり、「あがほとけ」「わがほとけ」の「ほとけ」は「大切な人」という意が中心で、「仏」そのものが重要な意味として表されているとはいいがたいのである。また『拾遺集』の、男女の性別とは関係なく詠まれたと思われる、「恋するに仏になるといはませば我ぞ浄土のあるじならまし」(雑賀・一一八八・よみびとしらず)も、ある種の諧謔性

を含む歌であることは間違いあるまい。

このように、女に仏が重ねられていると思われる例は若干認められるが、これらの例以外は『源氏物語』以前には見出しえなかった。女に仏が重ねられるのはごくまれであるといえよう。なお、『枕草子』の引用④の一例は、女房が「仏」に重ねられている可能性のある珍しい例といえる。

一方、『源氏物語』でも「仏」は多く登場する。「仏」の語に注目した重松信弘の調査によると、その用例の数は一七六例[12]、筆者の調査によると一七四例に及び、現れる仏も多様である。一般名詞としての「仏」が圧倒的に多いが、人々の事情・願いの性質により観音・阿弥陀・弥勒・薬師など特定の仏も時と場に応じて出現している[13]。特定の仏は、現世利益あるいは来世の安楽をもとめる祈願の対象として、または念仏・供養のなかで現れるのがほとんどである。

諸仏をひっくるめた一般名詞「仏」は、文脈によってそれぞれ意味は異なってくる[14]。たとえば、日常の勤行や祈願、法華八講、追善供養などの仏教行事のなかで「仏像」「念仏」の意で用いられる一方、五〇例の「仏」は、人生の無常と罪意識、宿世を悟らせる慎まれるべき「仏」であり、願いをかなえてくれるありがたき「仏」である。また、薫のような人には道心の回帰すべきところの「仏」であったり、比喩として経典を引用するなかで観念的に認識される「仏」であったりもする。さらに、仏の道・仏の国・仏の教へ・仏の弟子などといった「名辞[15]」的な表現もある。

そのなかで「仏」を用いた比喩的表現は、ものに対する例と人に対する例に分類される。ものの場合、六条院のすばらしさを「生ける仏の御国」「仏のおはすなる所[16]」とほめたたえる例のみである。人の場合は、男と女とに分けられるが、男は次のように源氏に限られている。
⑤源氏の中将は、青海波をぞ舞ひたまひける。片手には大殿の頭中将、容貌用意人にはことなるを、立ち並びては、なほ花のかたはらの深山木なり。入り方の日影さやかにさしたるに、楽の声まさり、もののおもしろきほどに、同じ舞の足踏面持、世に見えぬさまなり。詠などしたまへるは、これや仏の御迦陵頻伽の声ならむと聞こゆ。お

もしろくあはれなるに、帝涙をのごひたまひ、上達部親王たちもみな泣きたまひぬ。詠はてて袖うちなほしたまへるに、待ちとりたる楽のにぎはしきに、顔の色あひまさりて、常よりも光ると見えたまふ。

(紅葉賀　三一一〜三一二頁)

⑥古き女ばらなどは、「いでや、いと口惜しき御宿世なりけり。おぼえず神仏の現れたまへらむやうなりし御心ばへに、かかるよすがも人は出でおはするものなりけりとありがたう見たてまつりしを、おほかたの世のこととひながら、また頼む方なき御ありさまこそ悲しけれ」とつぶやき嘆く。

(蓬生　三二六〜三二七頁)

⑦「……いとかしこう、生ける浄土の飾りに劣らずいかめしうおもしろきことどもの限りをなむしたまひつる。仏、菩薩の変化の身にこそものしたまふめれ。五つの濁り深き世になどて生まれたまひけむ」と言ひて、やがて出でたまひぬ。言少なに、世の人に似ぬ御あはひにて、かひなき世の物語をだにえ聞こえあはせたまはず。さても、かばかりつたなき身のありさまを、あはれにおぼつかなくて過ぐしたまふは、心憂の仏、菩薩や、とつらうおぼゆるを、げに限りなめりとやうやう思ひなりたまふに、大弐の北の方にはかに来たり。

(蓬生　三三七〜三三八頁)

⑧ついでの忍びがたきにや、花折らせて、急ぎ参らせたまふ。「いかがはせん。昔の恋しき御形見にはこの宮ばかりこそは。仏の隠れたまひけむ御なごりには、阿難が光放ちけんを、二たび出でたまへるかと疑ふさかしき聖のありけるを。闇にまどふはるけ所に、聞こえをかさむかし」とて……

(紅梅　四八〜四九頁)

引用⑤には、朱雀院の御幸の試楽の時、青海波を舞い詠じる源氏の秀麗さが語られている。その舞は人にぬきんでる頭中将も「花のかたはらの深山木なり」と思わせるほど秀麗であり、その「詠」の発声は「仏の御迦陵頻伽の声」のごとく帝をはじめ人々を深く感動させる。優れた人間(頭中将)を越え、音声絶妙の浄土の鳥にたとえられることで、源氏の超越的な稀有の美しさが賛嘆されるのである。

引用⑥は末摘花の古女房たちが、もう訪れない昔の源氏を「神仏」の出現のようだったと、つぶやき回想する場面である。そこからは末摘花と源氏との関係を現実にはありえなかったと思う気持が汲み取れる。

引用⑦は故院の追善のために源氏の邸に呼ばれた禅師が、妹末摘花を訪れ、源氏をほめるところである。「生ける浄土の飾りに劣らず」、趣向を凝らした行事の荘厳さに感嘆し、源氏の偉大さを「仏、菩薩の変化の身」になぞらえほめたたえたのである。しかし、見捨てられた末摘花にとっては「心憂の仏、菩薩」であるのみである。

引用⑧は、匂宮を婿にしたがる按擦大納言が、その意中を紅梅に託して伝えようとする際の話である。その直前のところから源氏を懐かしみ、その形見になるような人は匂宮しかいないといいつつ、それを傍線部のごとく「仏の死後、弟子の阿難が光を放ったというが、それを仏の再来と疑った賢い聖もあった」とたとえる。源氏を「仏」に、匂宮を「弟子の阿難」または「仏（源氏）の再来」に見立てて、その立派さをほめなしたのである。

「仏」のことばを直接は用いていないが、北山の僧都が源氏を「優曇華の花」（若紫　二二一頁）にたとえた例もある。『紫明抄』は源氏を「金輪王出現」[17]に比したと指摘し、渕江文也も「稀有難遇の仏乃至金輪王出現になぞらえ讃えている」[18]と論じた。

これらの例から確認できるように、「仏」が「男」に重ねられるときには、先行作品の場合と同じく、その尊さ、すばらしさ、理想性などを強調するあやを成すことがわかる。ある種の固定化・習慣化された比喩の働きが見られるのである。

しかしそれが「女」に重ねられ、対比・投影される場合はどうだろうか。それらの文脈においては、シクロフスキイのいう「不一致の感覚」[19]が生じ、複数の意味がぶつかりあい、新しい象徴が生成する可能性を見出せるのではないかと予感される。また、そうした意味では、文学研究（特に物語文学研究）の術語として定着しつつある、「喩」としての機能がとらえられるのではないだろうか。具体的には、次節で検討してみることにしたい。

二　屈折した欲望の変形――若紫巻の源氏

「女」に「仏」が重ねられる例は、全体で八例確認される。まずは、若紫巻の次の場面に注目したい。

⑨君は心地もいとなやましきに、雨すこしうちそそき、山風ひややかに吹きたるに、滝のよどみもまさりて音高う聞こゆ。すこしねぶたげなる（f）読経の絶え絶えすごく聞こゆるなど、すずろなる人も所がらものあはれなり、まして思しめぐらすこと多くて、まどろまれたまはず。……〔奥から数珠の音、衣ずれの音がかすかに聞こえる〕ほどもなく近ければ、外に立てわたしたる屏風の中をすこしひき開けて、扇を鳴らしたまへば、おぼえなき心地すべかめれど、聞き知らぬやうにやとてゐざり出づる人あなり。すこし退きて、「あやし。ひが耳にや」とたどるを聞きたまひて、「（g）仏の御しるべは、暗きに入りてもさらに違ふまじかなるものを」とのたまふ御声のいと若うあてなるに、うち出でむ声づかひも恥づかしけれど、「いかなる方の御しるべにかは。おぼつかなく」と聞こゆ。「げに、うちつけなりとおぼめきたまはむもことわりなれど、

　初草の若葉のうへを見つるより旅寝の袖もつゆぞかわかぬ

と聞こえたまひてむや」とのたまふ。「さらにかやうの御消息うけたまはり分くべき人ものしたまはぬさまはしろしめしたりげなるを、誰にかは」と聞こゆ。「（h）おのづから、さるやうありて聞こゆるならん、と思ひなしたまへかし」とのたまへば、入りて聞こゆ。……〔尼君に若紫に対する意中を訴える〕「うちつけに、あさはかなりとご覧ぜられぬべきついでなれど、心にはさもおぼえはべらねば、（i）仏はおのづから」とて、おとなおとなしう恥づかしげなるにつつまれて、とみにもえうち出でたまはず。……

〔尼君が耳にも入れないと源氏は〕「みなおぼつかなからずうけたまはるものを、ところせう思し憚らで、思ひたまへ寄るさまことなる（j）心のほどを御覧ぜよ」と聞こえたまへど、（k）いとにげなきことをさも知らでのたまふと思して、心とけたる御答へもなし。

（若紫　二一五～二一八頁）

引用は、源氏一八歳の春、瘧病の発作を治療するために北山を訪れたときのことである。源氏を北山に導いた病は「藤壺への思い、煩悶」[20]によるもので、その精神状態を象徴する「素材」[21]なのであろう。また、すでに指摘されているが、源氏の北山訪問は、「若紫」という巻の名が暗示するように、『伊勢物語』初段の昔男の春日の里訪問と垣間見の趣向がなぞらえられている。そこから予想されるように、物語は藤壺の生き写しの少女を垣間見る展開に導かれる。引用⑨は少女を垣間見たその日、少女の祖母の兄僧都に招かれその坊に泊まる夜の出来事である。なかなか眠れない源氏は、屏風を引きあけ扇を鳴らす。いざり出た女房がまごまごしていると、傍線（g）で「仏の導きはたとえ冥路の闇の中でも決して間違うことはない」と女房を「仏」に見立て、奥への案内を頼む。夜の読経や数珠の音、また僧都の坊という場所柄により自然と連想される会話上の洒落たレトリックとしての「仏」であるだろうが、きわめて仏教的な空間のなかで「女」を「仏」になぞらえること自体、意外性をも含んでいるのではないか。

源氏が語った（g）の「暗きに入りて」は『法華経』「化城喩品」[22]の偈を利用した表現で、周知のとおり、この世をさまよい続け、悟りの道に遠い人間のことを表している。『拾遺集』に採録されている、和泉式部の有名な「暗きより暗き道にぞ入りぬべき遥かに照らせ山の端の月」（巻二〇・哀傷・一三四二）、それに『発心和歌集』の大齋院選子の「暗きより暗きに永く入りぬとも尋ねて誰にとはんとすらん」（化城喩品・三一）などの和歌にも見られる句である。両方とも仏教の教義を踏まえているが、源氏の場合、「恋の導きを依頼するためだけに利用している」[23]点に特徴がある。『伊勢物語』や『うつほ物語』『和泉式部日記』などで、男女の間に「仏」が介入するときには、男女の逢瀬をさけるような方向に機能する点、また会話のなかに引用句を用いるとき、背景の深意がお互いに共有されているのが通常であることを考慮すると、恋の導きをする女房を「仏」になぞらえる、（g）のかけ離れた感覚は際立っている。当然、それに応じる女房も「いかなる方」へ導いたものかととまどい不審がる。前後の文脈からも異様さは明らかである。

ここで、源氏と僧都が語り合う、引用⑨の直前の段にも注意しておきたい。

⑩僧都、世の常なき御物語、後の世のことなど聞こえ知らせたまふ。（l）わが罪のほど恐ろしう、あぢきなきことに心をしめて、生けるかぎりこれを思ひなやむべきなめり、まして後の世のいみじかるべき思しつづけて、（m）かうやうなる住まひもせまほしうおぼえたまふものから、（n）昼の面影心にかかりて恋しければ、「ここにものしたまふは誰にか。尋ねきこえまほしき夢を見たまへしかな。今日なむ思ひあはせつる」と聞こえたまへば、うち笑ひて「うちつけなる御夢語りにぞはべるなる。尋ねさせたまひても、御心劣りせさせたまひぬべし。……」と聞こえたまふ。

（若紫　二一一〜二一二頁）

僧都から「無常の法理」（『岷江入楚』[24]）と「後の世」のことを聞いた源氏の思いは、藤壺への愛執による罪を意識し（l）、（m）で出家を願望するが、（n）ですぐ若紫に関心を移してしまう。（m）のところをもって源氏の「道心の原点」[25]とする見方もあるが、阿部秋生は、「罪障意識から出家の発心という筋道は、当時の若い貴公子の教養として、言葉や感想となってその胸中を往来し、口を衝いて出ることはあるけれども、それが直ちに行動・行状の転機になるほどの力は持っていない」とされ、ここを「源氏の初発心の時とすることはできない」[26]と述べる。また、あの激しい半年（帚木〜夕顔）を過ごしてきた人が、「年齢や経験が逆行している」かのように、「これほど素直に老僧の雑談の中の法談に感動してしまう」のだろうかと疑問も提示している。これに対し原岡文子は、藤壺故の瘧病という状況、瘧病によって拓かれた北山という仏教的空間での罪と、出家願望との画定、その一方での「ほだし」の定位という、源氏の生の原点がこの巻にすえられているという理解から、「源氏の道心の始発」[27]とされる。出家した結果をもっていえば、たしかにそういえるかもしれない。

しかし、文章に即して光源氏の「発心」を測定した、阿部秋生の分析のように、「当時の若い貴公子の教養」に起因する思惟ととらえる方が妥当ではないか。文脈に添って見るかぎり、僧侶の「無常の法理」に深く感動する源氏の気配はなく、自分の罪とそれによる「後の世」の苦しみを恐れる、恐怖感が目立つ。「堕獄的な想像」[28]に駆られた、罪障意識の強さは「既に藤壺の宮との密会を果たしていた」[29]ゆえんであろう。宗教が存在し続ける理由の一つに罪にかかわる恐怖感[30]ということがあり、人々に対して道徳的な拘束力をもって働くことを考えると、(l)の深刻なおそれは仏教的な考え方に基づいた社会的な面をもつものであろう。あの世の実在、その対極側にある地獄の存在があざやかに観念された時代であったから、生まれる時から(というより母胎のなかから)仏教的な価値観に浸ってきた人の、ごく自然的とも無意識的ともいえる瞬時の恐怖ではなかろうか。(m)で起こった出家意識も、自分の「罪のおそろしさを深刻に反省」[31]した結果というより、恐怖感から起こった一過性の、条件反射的な反応、自動連想のようなものであると思われる。

この時、僧都が、『新大系』の注記[32]および笹川博司の指摘のように、「『往生要集』などに記されているような地獄の様相とそこに落ちる人間の罪業について語った」[33]のであれば、源氏にもっとも意識されたのは、淫欲により落ちる衆合地獄であろう。ここは「長い間、あれほどの激しい苦しみを受けているのに、頼る者もいなければ救ってくれる者もいない」[34]絶望的な空間である。『往生要集』には他人の妻や夫、男色、子供を犯した人が、どんな苦しみを受けるのかが鮮やかに描かれている。源氏が恐れる「後の世」の苦患は、地獄の様相が鮮明であればあるほど、具体性を帯びて認識されたはずである。

しかし、源氏の意識はこの直後(n)からがらりと反転する。昼間見た紫の上の面影が忘れられず、僧都にうさん臭い夢語りを持ちかけながら少女の世話役を申し出るのである。源氏の下心を見破った僧都は「戯れにても御覧じがたくや」（若紫　二一四頁）と取りつくしまもなく断るが、このような意識の反転は深刻な文脈を変え、アイロニーを生じさせる。

引用⑨に戻ると、そこにも同じような意識の反転が見られる。（f）で、滝の音にまじりあう初夜の読経の引声を、「ぞっと」する思いで聴いていたにもかかわらず、「神妙な思いに反乱するかのように」[35]、自分の部屋を出て取次ぎを申しこんだのである。傍線（g）で「仏」にかかわる言葉が発せられたことが、そうした反転の起点となっているようにさえ思われてこよう。罪意識から欲望への激しい移行を、「仏」を媒介として表すこと自体、いかにもアイロニーであり、源氏の矛盾した心理を象徴的に示している。

女房に導かれ、紫の上の祖母と対面する場面でも源氏は「仏」を用いる。今度は比喩ではなく頼るべき存在としての「仏」である。引用⑨の（i）のところで、自分の気持の深さを主張するため「仏の照覧」をいうが、尼君の落着いた、気づまりな態度に臆していいさしてしまう。『花鳥余情』は、「上に「仏の御しるべは、暗きに入りてもさらに違ふまじかなるものを」との給ふ、ここに又「仏はおのづから」とは自らの心ざしのあさはかならぬことは仏も自然にしらせたまふべきと也」[36]と、（g）と（i）とのなんらかの関連性を示唆しているが[37]、『新全集』は二つの「照応」（二一七頁）関係を認める。

会話上のレトリックで用いた「仏」と、自分の気持に偽りはないことを証明しようと用いた「仏」には、どのような照応関係が考えられるのだろうか。（g）で「仏」に見立てられた女房は、源氏から和歌の取り次ぎを頼まれ、取り次ぎできるような人はいないというと、源氏は（h）「おのづから」汲み取ってほしいといった。ここの「おのづから」は、まだ「仏」に見立てられた余韻が残っている女房に、「暗きに入りても」間違うことのない仏のように、「おのづから」導いてくださいと訴えている、つまりは（g）の続きとして読むべきだろう。女房の心をそそのかそうとする、源氏の発言であろうが、結局女房は尼君と対面させる。

尼君にとっても源氏の切迫した勢いは不可思議である。尼君が若紫への懸想の心を知らん振りをしながら応じないと、源氏は（ｉ）「仏はおのづから」と仏の照覧に託けて尼君を説得しようとする。仏の権威を借り尼君に訴えるその真意は、仏が、浅はかならぬ私の真心を自然にわかるように、その弟子であるあなたさまも「おのづから」察してほしいという遠まわしの懇願であろう。ここでは、（ｇ）のような、女房と「仏」との異質なむすびつきはないものの、実のところ、源氏の心中では尼君と仏が同じ重さで意識されているのではないか。面白いことに、重松信弘はここを「照覧を濫用しているきらいがある」[38]と評している。普通「仏」の照覧は人々の内省を促すだろうが、ここからはむしろ源氏の屈折した欲望が露骨に表されていると思われる。源氏はその遠まわしが効かず、また自分と若紫との生い立ちの共通点を言い出しても通じないと、差し迫った気持から自分の心の深さを（ｊ）「御覧」ずるようにと訴える。皮肉にも源氏の執着ぶりは尼君に「照覧」され、（ｋ）のように返事もしない。京に戻った後も、源氏の執心ぶりはおわらず消息を送るが、使者として行った惟光にもそれは「をかし」（若紫　二二九頁）であり、北山の人々は「ゆゆしうなむ」（若紫　二二九頁）と思うほどである。

こうしてみると、引用⑨で源氏が用いた二例の「仏」[39]は藤壺への思いから発展した、執着ともいうべき源氏の欲望を象徴する喩として機能していると見ることができるのではないか。抑えがたい、認められない欲望を、両立しがたい女と仏という事柄を巧妙に変形させ、響かせることで表したのではなかろうか。源氏の心中思惟の矛盾をあらわにしている点で、二例の「仏」は照応しているともいえるだろう。

三　誇張した感情の表出

「仏」と女といった、異質なものを同じ水準であつかうことによって、男君の欲望が象徴的に現れるところはほかにもある。鬚黒と玉鬘、柏木と女三の宮、薫と中の君の関係などから窺えるが、それらについて簡単にふれてみたい。

⑪〔玉鬘を手に入れた鬚黒は〕おぼろけならぬ契りのほどあはれにうれしく思ふ。見るままにめでたく、思ふさまなる御容貌ありさまを、よそのものに見はててやみなましよと思ふだに胸つぶれて、（o）石山の仏をも、弁のおもとをも、並べて頂かまほしう思へど、女君の深くものしと思し疎みにければ、えまじらはで籠りゐにけり。（p）げに、そこら心苦しげなることどもを、とりどりに見しかど、**心浅き人**のために**寺の験**もあらはれける。

（真木柱　三四九～三五〇頁）

引用は真木柱巻の冒頭部である。玉鬘を自分のものにした鬚黒が、そのうれしさを隠しきれず、傍線（o）のように「石山の仏をも、弁のおもとをも、並べて頂かまほしう」思うが、語り手はそれを茶化すように傍線（p）で「心浅き人のためにぞ寺の験もあらはれける」と皮肉る。このところについては、渕江文也によって、「仏の験は心深き人の為に示現するはずなのにこんな気の毒な示現」もあるのだと、作者が自分の作の展開を「ユーモラスな介入言でちゃかしている」[40]とする見解が示されている。また、意外な決着による違和感を残しながら、読者を納得させようとする語りであるといった解説[41]などもなされている。一方、玉鬘巻の「長谷」とここの真木柱巻の「石山」が対照するように置かれていることに注目し、両観音の必然性を探る論も多数あるが、鬚黒の喜びを（o）のように「仏」と「女房」を並べておしいただきたいといった、諧謔的な手法を用いて示し、それを（p）につなげる文脈からは霊験の正当性の有無が、語り手に重みをもって認識されているようには思われない。また（p）は意外性や違和感をむしろ大きくするのではないだろうか。

傍線（p）の「心浅き人」は誰なのかについて諸注の解釈が分かれているが、[42]陣野英則はここの語義、とりわけ「げに」「見しかど」「浅き」「ため」などを詳しく検討し、その人物を弁のおもとに確定した。つまり「「心浅き人」たる弁のおもとの暗躍により、石山の霊験が「あらはれ」た」のであり、「語り手はそれを驚きとともに確認している」[43]と解釈している。松井健児や陣野英則の見解のごとく「心浅き人」を玉鬘の女房弁のおもとに解するとき、かなり興味深い実態が見えてくる。

藤袴巻で、玉鬘の、尚侍としての出仕は女房たちにとって、「吉野の滝をせき止めることより」（藤袴　三二八頁）むずかしく揺るがすことのできないものとされていた。すぐれた宿世をもった源氏と帝の決定であり、それを侵すような行為は「心浅き」ことであったのである。にもかかわらず真木柱巻の「寺の験」は、筑紫で仏神に願を立て大夫の監から逃れ、長谷寺の観音に運命の開拓を願った切実な玉鬘の思い、それに誰よりもすぐれた宿世をもったはずの源氏と帝の意図が裏切られるところで現れている。それも「心浅き」女房の介入によってである。

物語はそれを人の知を超えた宗教的な次元、つまり宿世と霊験をもって収拾しながらも、男君の心中思惟を通して「石山の仏」と「弁のおもと」を同列にあつかい、またそれをからかうような語り手の「ユーモラスな介入言」[44]により、三世の運命を管掌する「仏」の位相に滑稽さを与えていると思われる。つまり、人間（性）の真理（欲望）をもちだして仏教の真理（理想）を笑いのなかへと引きこむのである。当時の背景を崩すことなく、矛盾対立の世界を一気にとらえ読者に見せる段ともいえようか。

一方、柏木が女三の宮づきの女房小侍従に取り次ぎを熱心に頼む場面でも同じ趣が見られる。次の文は、「仏」の位相といった点で際立つところである。

⑫〔柏木、小侍従に女三の宮との取り次ぎを頼みながら〕「……ただ、一言、物越しにて聞こえ知らすばかりは、何ば

かりの御身のやつれにかはあらん。(q) 神仏にも思ふこと申すは、罪あるわざかは」といみじき誓言をしつつのたまへば、しばしこそ、いとあるまじきことに言ひ返しけれ、(r) もの深からぬ若人は、人のかく身にかへていみじく思ひのたまふを、えいなびはてで「もし、さりぬべき隙あらばたばかりはべらむ。……いかなるをりをかは、隙を見つけはべるべからん」とわびつつ参りぬ。

(若菜下　二二一〜二二二頁)

この引用の直前で小侍従は柏木の頼みを無理な高望みだと断わったが、柏木は、物越しで自分の思いの一端を伝えるくらいで、女三の宮にとって何の傷にもならないと説得する。さらに傍線(q)のように、その正当性を認めさせるために「神仏」を用い、「自分の心を打ち明ける点で、相手が女三の宮であろうと仏神であろうと相違はない」とまさに「詭弁」(『新全集』の注　二二二頁)を弄するのである。ここまで「いとあるまじきこと」だと、自分の倫理意識を発動してかたくなに断ってきた小侍従の心は、柏木の詭弁の「誓言」に説得され仲介を約束する。これにより語り手は小侍従を(r)「もの深からぬ若人」と評するが[45]、「神仏」を同時に用いた柏木の心情からは、女房に効くのならば何でもいいといった切迫さや盲目に走る執着が感じられる。

ほかにも蔵人少将が、玉鬘の姫君に向けられた狂喜の恋心を次のように「仏などのあらはれ」と思うところもある。

⑬中将など立ちたまひて後、君たちは打ちさしたまへる碁打ちたまふ。……暗うなれば、端近うて打ちはてたまふ。御簾捲きあげて、人々みないどみ念じきこゆ。をりしも、例の少将……やをら寄りてのぞきけり。かううれしきをりを見つけたるは、仏などのあらはれたまへらんに参りあひたらむ心地するも、はかなき心になん。

(竹河　七九頁)

桜の散り乱れる春の夕暮れに玉鬘の姫君たちが碁を打つ、美しくて幻想的な場面である。偶然これを垣間見た蔵人少将は、「仏の現れたところに来合わせたような気がする」ほどうれしがる。「仏」を用いることで少将のこのうえない歓喜、また少将のなかで大君の存在がいかに大きいかが窺える。それに夕暮れの霞のなかに映える女たちの姿をより美しく幻想的に演出させる効果ももたらしている。しかし、その一方で「女」と「仏」が同じ水準でとらえられるところで異質感も生じてくるだろう。たとえば説教の場の仏画などに慣れていたはずの人々にとって、「仏」の現れる場面と美しい女の現れの印象とは違うものであったはずだからである。

薫が浮舟を「本尊」にたとえ、それに中の君が「仏」と応酬する場面も注目される。

⑭「世を海中にも、魂のあり処尋ねには、心の限り進みぬべきを、いとさまで思ふべきにはあらざなれど、いとかく慰めん方なきよりはと思ひよりはべる。（s）人形の願ひばかりには、などかは山里の本尊にも思ひはべらざらん。なほたしかにのたまはせよ」と、うちつけに責めきこえたまふ。「いさや、いにしへの御ゆるしもなかりしことを、かくまで漏らしきこゆるも、いと口軽けれど、変化の工匠求めたまふいとほしさにこそ、かくも」とて〔薫に浮舟の素性を打ち明けながら〕「……これをいかさまにもてなさむと嘆くめりしに、（t）仏にならんは、いとこよなきことにこそはあらめ、さまではいかでかは」など聞こえたまふ。

さりげなくて、かくうるさき心をいかで言ひ放つわざもがなと思ひたまへると見るはつらけれど、さすがにあはれなり。（宿木　四五一～四五二頁）

⑮恨みきこえたまふことも多かれば、いとわりなくうち嘆きて、かかる御心をやむる禊をせさせたてまつらまほしく思ほすにやあらん、かの人形のたまひ出でて「いと忍びてこのわたりになん」とほのめかしきこえたまふを、かれもなべての心地はせずゆかしくなりにたれど、うちつけにふと移らむ心地、はた、せず。「（u）いでや、その本尊、願ひ満てたまふべくはこそ尊からめ、時々心やましくは、なかなか山水も濁りぬべく」とのたまへば、はてはては、「うたての御聖心や」と、ほのかに笑ひたまふもをかしう聞こゆ。（東屋　五二一～五三頁）

引用⑭は大君の面影を宿す中の君に延々と愛着を募らせる薫に、その執心を思いとどまらせるために大君そっくりの浮舟の存在を知らせる場面である。これより先、薫は宇治に亡き大君の人形なり絵を作り勤行したいといったが、浮舟のことを聞くと「夢語りかとまで」思い、（s）で山里の人形どころか「本尊」にしたいといって、どこにいるのか性急に促すのである。それを受け、中の君は、薫の思われ人になること、つまり（t）「仏にならん」というのは願ってもない幸せであろうが、そこまでする必要はないといいきる。死んだ人ならその供養のためという文脈で仏になぞらえることも理解できそうだが、生きている人を、しかも大君の形代であり慰み物として見くびっている人を「本尊」に喩えられるところには大げさな感がある。むろん、大君のように大切にするといった気持も読みとれないわけではないが、一方、大君への真情を訴えることで中の君の気を引くための誇張した感情とも見える。実際、中の君が薫に親しく打ち解けたようすを見せるのは、前述したように、亡き大君への思いを人形や絵に託したときである。薫の情け深さにひかれ、中の君は少し近くににじり寄って、浮舟の話を持ち出すのだが、薫はその時の、「けはひのすこしなつかしきもいとうれしくあはれにて」、ついに「几帳の下より手をとらふ」（宿木　四四九頁）ことができたのである。引用⑭の最後でも、自分の懸想を浮舟にそらそうとする、中の君の好意にまた執着するのである。

引用⑮の「本尊」の用い方もかなり変わっている。引用⑭の流れと同じく、薫がいつまでも亡き大君のことを引きずって中の君に心をよせるので、中の君はそれを避けたい気持から浮舟が自分の家にいることを知らせる。薫は関心を持ちながらも、（u）でその「本尊」が自分の悟りをあやふやにするのではないかと冗談めいたことをいう。それに中の君は「困った聖心だ」と笑ってしまうが、ここでの「本尊」は浮舟に急に心を移すことのできない薫の心情から発した冗談であり、眼前の中の君への執着をふり捨てがたい心情が持ち込まれていると考えられる。

引用（s）と（u）の、浮舟を「本尊」にたとえる薫の言葉からは、人妻中の君の気を引くための誇張した感情・欲望が見られ、ほかの例との共通性は認められると思う。だが、浮舟という人物を中心に考えるとき、ほかの例とは違う物体のイメージがつきまとい、また浮舟にまつわる人々によって「仏」[46]にも「天人」[47]にもなぞらえられている。それぞれ浮舟の人物造形にも深くかかわっており、議論も多いところなので、くわしくは別の機会に検討したい。

以上、若紫巻を中心に二節と三節にかけて「女」と「仏」が重なる場面を見たが、各場面に共通して見えるのは女君に対する男の強い執着心である。また、周りからの反応として、二人の関係は不釣合いだといった倫理意識も表れている。ただし、文脈からは深刻さは感じられず、むしろ諧謔性さえ漂っていた。それは、本章で見てきたように、物語のなかのもとの「仏」の意味合いのずれが、男の執心の結果（の報い）として現れたことによるだろう。[48][49]

おわりに

平安時代中期の人々にとって、仏教は自らの行動および思考を方向づけるほどの強度をそなえていた中心的な観念であったと思われる。知識人は仏教的な真実を証明しようとして、たとえば源信のような人は誰も見ていない極楽浄土と地獄の様相を、経典を引用しながらあざやかに実在化し、また誰も証明できない宿世を認めさせるために知的な努力を尽くした。

そうした時代にありながら『源氏物語』において「仏」と「女」が重ねられる場面は、仏の教えどころか、地獄の苦しみからも、また倫理意識からも離れている。人々が信じていた「仏」のイメージとはかけ離れているところに特徴があり、その文脈においては誇張および意外性が生じてきた。無意識的・無批判的に踏襲されてきた「仏」の観念が覆され、その権威は無化されると思われる。それはまた、仏教に対する硬直したとらえ方へのアイロニーの方法といってよいのではないか。そもそも仏教は、たとえば予見できないこれからの人生の複雑さなどをすべて説明してくれるわけではない――そうした認識は、当時の（一部の）人々の意識の底にあったかも知れない。『源氏物語』では、ときにはアイロニカルに、またときには男を戯画化するような手法で、そういう意識の底にあるものをも見せているのではないだろうか。本章でとりあげた『源氏物語』のなかの「仏」は、「女」という「仏」と隔絶しているものと結びつけられることで、結果としては人間の複雑な内面をリアルに示す効果をもたらしている。こうした表現の発展は、百年以上が経過した仮名文学における成熟の一例ともいえるだろう。今後は、これに類するような、矛盾した仏教関係の表現についてもよりひろく検討していきたい。

注

(1) 重松信弘『源氏物語の仏教思想』平楽寺書店、一九六七年。現在は三部説が通説だが、重松信弘は第一部を二つに分け、桐壺巻から明石巻までを第一部に、澪標巻から藤裏葉巻までを第二部とする四部説(四三五頁)に従っている。
(2) 岡崎義恵「源氏物語の宗教的精神」『日本古典の美』宝文館出版、一九七三年、三三八〜三六五頁。
(3) 斎藤暁子『源氏物語の宗教意識の根柢』桜楓社、一九八七年。
(4) 高木宗鑑『源氏物語と仏教』桜楓社、一九九一年。
(5) 阿部秋生『光源氏論　発心と出家』東京大学出版会、一九八九年。
(6) 仏教関係の研究をまとめたものには、中哲裕「源氏物語と仏教」(『国文学』四〇(三)、一九九五年、一一〇〜一一一頁)、松岡智之「関係著書・論文解説、目録」(『源氏物語の鑑賞と基礎知識39　早蕨』至文堂、二〇〇五年、二七三〜二八五頁)などがある。
(7) 河添房江によると、「喩」は、「比喩的な関係でとり結ばれた事象の、その相互媒介性をさす概念」であり、「比喩の完成された形姿をとらない表現でも、比喩的な関係性を認めうるものは、喩のカテゴリーに広く囲いこむことが可能」であると説明している(『源氏物語事典』学燈社、一九八九年、二五六〜二五七頁)。
(8) 『日本霊異記』では行基・金鷲・永興・寂仙など優れた僧侶を「菩薩」に、『三宝絵詞　上・下』(現代思潮社、一九八二年)では聖徳太子を「観音」に、広智・定光・インド僧菩提を「菩薩」に、行基を「菩薩」「文殊」に誉めたたえている。
(9) 千葉義孝「花山院歌合」『和歌大辞典』明治書院、一九八六年、一六五頁。
(10) 『日本霊異記』下巻第一九「産生肉団之作女子修善化人縁」(二九四〜二九七頁)、『三宝絵詞　上』中巻四「肥後国ししむら尼」（一八三〜一八七頁）。

（11）それぞれの歌を次に示す。

①　堀川の中宮うせさせたまひて、中宮のないしのすけ、せんじなど尼になりたるもとに　　仲文

かまへつつさてもありつるよをそむくうしろでどもぞ思ひやらるる

返し

そむきぬるうしろでよりも極楽にむかはむ君が顔をこそおもへ

又返し　　仲文

あが仏顔比べせよ極楽のおもておこしをわれのみぞせむ　（仲文集・二四・二五・二六）

②　石山へなんまうづるとて女のもとに

石山の高き思ひもなすなればわが仏にはあはざらめやは　（輔尹集・二六）

（12）重松、注（1）四四〇頁。

（13）筆者の調査による「仏」関連用語は〈表1〉のようである。用例の調査にあたっては『源氏物語大成』を参考にしつつ、鈴木裕子・石井公成の共同研究成果の一部である『源氏物語』仏教関連表現データベース（β版）を用いた。

（14）文脈によって「仏」の意は、大きく次の〈表2〉のように分けられる。これは〈表1〉の一一二例の「仏」をより細かく分類したものである。

〈表1〉

諸仏用例	数
仏	112
仏神	13
神仏	7
観音	7
阿弥陀	10
薬師	2
普賢	2
弥勒	2
常仏経菩薩	3
菩薩	4
本尊	2
持仏	3
釈迦	2
大日如来	1
摩訶毘盧遮那	1
不動	2
降魔	1
合計	174

〈表2〉

「仏」の意味分類			数
仏			50
仏像			41
念仏			9
名辞的表現	仏の（御）国	2	12
	仏の道	4	
	仏の御こと	1	
	仏の御教へ	3	
	仏の御弟子	2	
合計			112

(15)　重松、注（1）四六頁。
(16)　先行する例としては『落窪物語』に賀茂祭の物見のために設けた桟敷を、落窪の女房たちが「一仏浄土に生まれたるにやあらむ」（一九六頁）と思う場面、また落窪の下女たちが三条の屋敷を「浄土の心地するわが殿を」（三二八頁）と浄土にたとえる例が見られる。『うつほ物語』にも「仏」の言葉は用いないが、吹上の浜に構えた種松の豪壮な屋敷を「植ゑたる草木、ただの姿せず、咲き出づる花の色、木の葉、この世の香に似ず。栴檀、優曇、交じらぬばかりなり。孔雀、鸚鵡の鳥、遊ばぬばかりなり」（吹上上　三七八頁）と、西方仏国浄土のように形容した描写がある。
(17)　玉上琢弥編『紫明抄・河海抄』角川書店、一九六八年、四二頁。
(18)　渕江文也「第一部論註　若紫」『源氏物語の美質』桜楓社、一九八一年、一四四頁。
(19)　シクロフスキイ、ヴィクトル「手法としての芸術」（新谷敬三郎・磯谷孝編訳『ロシア・フォルマリズム論集』現代思潮社、一九七一年、一三三頁）。
(20)　森一郎「「藤壺物語」の主題と方法」『源氏物語の主題と方法』桜楓社、一九七九年、八〇頁。
(21)　島内景二「源氏物語における病とその機能」『むらさき』一八、一九八一年、二五頁。
(22)　『法華経中』（坂本幸男ほか訳注、岩波書店、一九六四年）に、「衆生は常に苦悩し、盲冥にして導師なく、苦の尽きる道を識らず、解脱を求むることも知らずして、長夜に悪趣を増し、諸の天衆を減損し、冥きより冥きに入りて、永く仏の名を聞かざりしなり」（二〇頁）とある。
(23)　柏木由夫「暗きに入る」『源氏物語の鑑賞と基礎知識5　若紫』至文堂、一九九九年、七七頁。
(24)　中野幸一編『岷江入楚』源氏物語古注釈叢刊6、武蔵野書院、一九八六年、三〇二頁。
(25)　斎藤暁子「光源氏の道心の原点」『国語と国文学』六一（三）、一九八四年、一九頁。
(26)　阿部、注（5）七三頁。
(27)　原岡文子「若紫の巻をめぐって」『源氏物語の両義の糸』有精堂、一九九一年、六八頁。
(28)　三谷邦明「藤壺事件の表現構造」『物語・日記文学とその周辺』桜楓社、一九八〇年、二九四頁。
(29)　阿部秋生「藤壺の宮と光源氏（二）」『文学』五七（八）、一九八九年、一七頁。
(30)　必ず一致するわけではないが、ダーウィンの進化論に基づき無神を検証するリチャード・ドーキンスの『神は妄想である』（垂水雄二訳、早川書房、二〇〇七年、四六八～五〇六頁）には、聖書の世界に小さいころからふれてきた人にとって、聖書のえがく地獄の業火が、「その他の点では理性的な人間にさえ」、「比喩」としてではなく、いかにリアルな現実として、恐怖をもたらしているのかが実例としてあげられており、宗教観が人間の意識に及ぶ影響力を理解する際に参考になる。

(31) 秋山虔「源氏物語の自然と人間」『王朝女流文学の世界』東京大学出版会、一九七二年、六八頁。

(32) 「往生要集などに描かれるような地獄のさまなどについて話す」(一六一頁)とされる。

(33) 笹川博司「仏教思想」『源氏物語とその時代』講座源氏物語研究第二巻、おうふう、二〇〇六年、一四五頁。

(34) 石上善応『往生要集　地獄のすがた・念仏の系譜』日本放送出版協会、一九九八年、五二頁。

(35) 秋山、注(31)六八頁。

(36) 中野幸一編『花鳥余情・源氏和秘抄・源氏物語之内不審条々・源氏秘訣・口伝抄』源氏物語古注釈叢刊2、武蔵野書院、一九七八年、四七頁。表記は読みやすく改めた。

(37) 『源氏物語の鑑賞と基礎知識5　若紫』(至文堂、一九九九年)も、源氏は「「仏の御しるべは、暗きに入りても……」と言い、ここでも「仏は……」というが、尼君を前にして、気後れのためか言いよどむ」(八三頁)というように関連を示唆している。

(38) 重松、注(1)五五頁。

(39) 若紫巻に「仏」は全部で四例ある。源氏が垣間見る場面で尼君の西面の部屋に置かれた「(持)仏」、僧都が若紫を望む源氏の願いをさけ「阿弥陀仏」の安置されている御堂に上がるところと、ここまであげてきた二例である。

(40) 渕江文也「源氏物語の観音寺院の在りよう」『源氏物語の思想と表現研究と資料　古代文学論叢第十一輯』武蔵野書院、一九八九年、二〇七頁。

(41) 松井健児「心浅き人のためにぞ、寺の験もあらはれける――玉鬘の結婚を伝える語り」『国文学』四五(九)、二〇〇〇年、一三〇～一三五頁。

(42) 「心浅き人」については、①『河海抄』などの鬚黒説、②『弄花抄』などの玉鬘説、③『岷江入楚』「箋」などの弁のおもと説、④『玉の小櫛』などの鬚黒説に分かれ様々な議論がなされてきた。現代注釈はほとんど本居宣長説を受け、④の鬚黒説(または弁のおもと説と併記)を支持しているが、前掲の松井健児のように、本居説を廃棄しきれないとしつつも、「心浅し」の用例に注目し弁のおもと説をとる見方もある。仁平道明(「「真木柱」巻冒頭の方法」『源氏物語の鑑賞と基礎知識37　真木柱』至文堂、二〇〇四年、二四～二五頁)は、①④説とは違う観点から「心浅き人」を鬚黒としている。

(43) 陣野英則「玉鬘と弁のおもと――求婚譚における「心浅き」女房の重要性」『端役で光る源氏物語』世界思想社、二〇〇九年、一二六〜一二七頁。

(44) 渕江、注(40)。

(45) 鬚黒が「心浅き人」弁のおもとの協力によって、玉鬘と縁を結ぶことができたように、この後、柏木も「もの深からぬ若人」小侍従によって女三の宮に近づくことができる。

(46) 横川の僧都は「竜の中より仏生まれたまはずはこそはべらめ」(手習　三四六頁)と、浮舟を「仏」にたとえたが、僧都のいう「仏」は女の身をもって「仏」になった『法華経』「提婆達多品」の竜女成仏に基づいている。五障をもつ女の身で等正覚を遂げるはずがないと疑う智積菩薩と舎利弗の前で、竜女は身を男にかえ等正覚に入る姿を見せた。僧都は、身分のひくい、田舎娘にしては意外な器量のよさ、罪かろき浮舟をほめるため、これを用いている。

(47) 薫と匂宮の板挟みになり自殺をはかり失踪した浮舟は、その後、救い出され横川の僧都の妹尼君に託される。老女ばかり住む小野の庵に浮舟の美しさは際立ち「目もあやに、いみじき天人の天降れるを見たらむ」(手習　二九九頁)と、「天人」にたとえられている。

(48) ちなみに、明石の君を「変化のもの」(若菜上　一一五頁)、末摘花の鼻を「普賢菩薩の乗物」(末摘花　二九二頁)、浮舟の女房の顔を「降魔の相」(東屋　六六頁)にたとえたところもあるが、明石の君の場合は住吉神とのかかわりが大きいことから、また末摘花は鼻に、浮舟の女房は顔に限定されているところから、本章ではこれらを除いた。

(49) 蔵人少将の場合も、引用⑬の前の段で姫君の弾く琵琶と箏の琴をひそかに聞いていた姿を、玉鬘邸を訪れた薫によってとらえられた際、薫から「苦しげや、人のゆるさぬこと思ひはじめむは罪深かるべきわざかな」(竹河　七一頁)と批判的に見られていた。

第八章
玉鬘十帖の笑い
——端役から主要人物への拡がり

はじめに

ここで取りあげる笑いは、物語中の人物同士において発生する笑いは勿論のこと、作中の世界を受けとる読者側からの笑い——たとえ作中では笑われる行為ではなくても、読者に笑いを起こしうるような事態であればそれまで含むものとする。作中において生じる笑われる事態は、それを読む我々にも連続するものであろう。これらをあえて分断しないで融和・連続的にとらえることにしたい。[1]この場合の読者についても特定の時代の読者に限定せず、時間・空間的に拡がっているものとして考える。

本書において、ここまでの章でも見てきたように、『源氏物語』の笑いは様々な形で巻々に散りばめられている。『源氏物語』の主な笑いといえば、源氏と姫君・女房たちの間で行われる戯れやからかい、末摘花・源典侍・大夫監・近江の君など烏滸者、もしくは喜劇的な人物から発せられる典型的な笑い、さらには喜劇的な人物とのかかわりのなかで源氏と内大臣が作り出す滑稽や冷笑などがあげられるだろう。また物語の場面場面にさりげなく入り込み、失笑を買ったりする端役たちによる笑いも、その存在が女君の運命を左右することもあるだけに見逃せない。このような笑いは物語の内外に快活さと生き生きとした生命感をあたえる。むろん、それらとはまったく違う方向に働く笑いもある。すでに、第三章〜第五章で扱った「人笑へ（人笑はれ）」の語がそれで、当事者の心中に強く認識される場合、制度や秩序からの逸脱として避けるべきものになるのである。

『源氏物語』の五四帖にわたって形成されている笑いは、このように多種多彩であるが、玉鬘十帖でひときわ目立つように思われる。それは人間関係の変化、政治状況の変動などに起因するだろうが、たとえば、大夫監と末摘花、近江の君など烏滸たる人物をめぐる笑い、源氏と女（房）との戯れ、内大臣家をめぐる笑い、それに冷泉帝が玉鬘に懸想して生の感情を見せる場面、鬚黒と北の方をめぐる笑いなど多様な笑いのパターンが存在している。これは「笑い」関係の単語の用例数からも確認できる。合計三五七例の中、玉鬘十帖よりも前の物語で一一五箇所、梅枝巻以後は一五八箇所[2]であるのに対して、玉鬘十帖だけで八四箇所[3]に及んでいる。六条院物語の笑いに注目した小山清文は、源氏の笑いについて「六条院物語以前においてはほとんど「笑み」（ほほ笑む・うち笑む）であったのに対し、六条院物語では「笑み」よりも「笑ひ」のほうが多く見られる」とし、それは「笑いが控えめで慎ましやかな性格を弱め、あけすけなものに変貌していく、或いは笑いがより外面に押し出されてきている」ことを意味する[4]と指摘している。

登場人物が笑う場面に注目した論もある。たとえば、陣野英則は、接頭辞のつく言葉の基礎研究の必要性から、夕霧に垣間見られる紫の上の「うち笑ひたまへる」（野分　二六五頁）の例をとりあげ、その内実を「ひと癖あるような笑い」「何かひっかかりを感じつつも、それを紛らわそうとするような笑いである」[5]とあきらかにしている。

ほかにも、玉鬘十帖だけに限るわけではないが、用例別の意味を追究した、片岡照子と松尾聡の論文がある。両氏の論は解釈に共通性がありながらも、「ゑむ（うちゑむ）」と「ほほゑむ（うちほほゑむ）」の説明には違いが見られる。

片岡照子によると、「ほほゑむ」は、「心の奥行きと深さが感じ」られる言葉で、「成人した貴族の複雑な笑いの表現法としてのみ用いられた感がある」が、「ゑむ」は、中古においては、「あまり上品なことばではなかった」[6]と論じられている。一方、松尾聡は、上代の文献から「ほほゑむ」の用例は見られないが、「ゑむ」は「にこにこ」、「ほほゑむ」は「にやにや」であったのではないかと想定し、それが中古を通じてほぼ確実になったと述べている。[7]

このような先行研究を踏まえながらも本章では、これまであまり注目されなかった端役の人々が生み出す笑いを、玉鬘十帖を中心に積極的に読みとりたい。主に玉鬘巻ではじめて登場する「豊後介」と女房「三条」のコミカルな行動に焦点をあて、そこから派生した笑いが、玉鬘とどういうふうにつながり、また連動・拡大するのか検討していく。

一 大夫監と玉鬘付きの人々の鄙性

まずは、玉鬘一行が筑紫の脱出に成功した後、長谷寺に行く途中の椿市で右近と出会う場面に注目してみよう。右近の目にうつる玉鬘一行のようすはいかにも田舎びている。

①この豊後介、隣の軟障のもとに寄り来て、参りものなるべし、折敷手づから取りて、「これは御前にまゐらせたまへ。御台などうちあはで、いとかたはらいたしや」と言ふを聞くに、わが列(なみ)の人にはあらじと思ひて、もののはさまよりのぞけば、この男の顔見し心地す。誰とはえおぼえず。いと若かりしほどを見しに、(a)ふとり黒みてやつれたれば、多くの年隔てたる目には、ふとしも見分かぬなりけり。「三条、ここに召す」と、呼び寄する女を見れば、また見し人なり。……思ひわびて、この女に問はむ、兵藤太といひし人もこれにこそあらめ、姫君のおはするにや、と思ひ寄るに、いと心もとなくて、(b)この中隔てなる三条を呼ばすれど、食物に心入れ

て、とみにも来ぬ、いと憎しとおぼゆるもうちつけなりや。からうじて、「おぼえずこそはべれ、筑紫国に二十年ばかり経にける下衆の身を知らせたまふべき京人よ。人違へにやはべらむ」とて寄り来たり。（c）田舎びたる掻練に衣など着て、いといたうふとりにけり。

（玉鬘　一〇六～一〇七頁）

玉鬘に食べ物をたてまつるのを隙間から覗く右近の目にとまるのは、（a）の豊後介の「ふとり黒みてやつれた」身体である。ここまで語られることのなかった身体に焦点をあてることによって、豊後介は筑紫の大夫監と同様に喜劇的な人物（笑われる人物）に変わる。

大夫監といえば肥後国では強大な勢力を持つ実力者であり、それを後ろ盾に玉鬘に結婚を要求してきた脅威の存在であった。が、彼の無風流な行動は都意識をもっているつもりの乳母らに退けられる。大夫監は「社会的、文化的な規範や常識を身につけていない、いわば異文化に身を置く人物が、そうした規矩から外れた行動・言動をすることで笑いを提供する」[8]、まさに烏滸者として扱われていたのである。そこに身体の描写は欠かせない。

②（d）大夫監とて、肥後国に族ひろくて、かしこにつけてはおぼえあり、勢ひいかめしき兵ありけり。（e）むくつけき心の中に、いささかすきたる心まじりて、容貌ある女を集めて見むと思ひける。この姫君を聞きつけて「いみじきかたはありとも、我は見隠して持たらむ」といとねむごろに言ひかかるを、いとむくつけく思ひて「いかで。かかることを聞かで、尼になりなむとす」と言はせたりければ、いよいよあやふがりて、おしてこの国に越え来ぬ。……（f）三十ばかりなる男の丈高くものものしくふとりて、きたなげなけれど、思ひなし疎ましく、荒らかなるふるまひなど見るもゆゆしくおぼゆ。（g）色あひ心地よげに、声いたう枯れてさへづりゐたり。懸想人は夜に隠れたるをこそよばひとは言ひけれ、さま変へたる春の夕暮れなり。秋ならねども、あやしかりけりと見ゆ。

（玉鬘　九三～九六頁）

引用（d）から、大夫監が肥後国でいかに強大な勢力を持っているかが知られるが、秋澤亙によると、大夫監は

「大君の遠の朝廷」、大宰府の事実上の最高実力者であり、九州全体を睥睨する「鄙の王者」であるとする[9]。それは「これに悪しくせられては、この近き世界にはめぐらひなむや」（玉鬘　九四頁）とその求婚を受け入れるよう、乳母を説得する、ほかの二人の息子の懐柔によっても裏づけられている。

しかし、田舎に埋もれるにはもったいなく、「品高くうつくしげ」に成長した玉鬘を、大夫監に縁づかせることなど考えられない乳母にとって、彼は「むくつけき」気性（e）の、「すいたる田舎人ども」（玉鬘　九二頁）の一人に過ぎない。長年都の優雅な貴族の生活に慣れていた乳母の目に、大夫監は「丈高くものものしくふとり」、その「荒かなるふるまい」は忌まわしく感じられ（f）、夜でもない春の夕暮れに血色よく枯れた声で田舎言葉をしゃべるようす（g）は、恋の情趣にほど遠い人としてしか映らないのである。都人の視線から、田舎びたふるまいと身体性が強調され、その権威は見下されるのだが、その滑稽な描写の背後に、田舎者に対する乳母らの軽蔑があるのはいうまでもない。益田勝実の指摘のごとく、「玉鬘が頭中将という上層貴族の落胤であるという以外に、彼を退ける理由はない」にもかかわらず、結局「大夫の監は一応立派な豪族でありながら、貴族でない」ゆえに乳母らに憎まれる[10]のである。

その大夫監に脅迫され、危機を感じた乳母らは脱出を決行する。その先頭に立つのが乳母の長男豊後介である。以後つらい生活の中でも、一行の大黒柱としての豊後介の存在感が薄くなることはない。が、引用①の右近との出会いから状況は一変する。日に焼け黒くやつれた豊後介の姿が右近に見られることで、緊迫した脱出劇に味方として参加し、彼の苦労に同情しながら付き添ってきた読者は、一瞬このあたりで卑俗感に近い違和感を覚えるだろう。大夫監のときと同じく距離感をおいて観察するのである。ベルクソンがいったように、問題になるのが「精神的なもの」であるにもかかわらず、「人物の肉体的なものに我々の注意を呼ぶ」ことによって「滑稽」に変わってしまう[11]のである。

さらに失笑を買うべき三条の行動に至ると、読者との距離はますます大きくなるばかりである。引用①の（b）には、右近が「三条を呼ばすれど、食物に心入れて、とみにも来ぬ」とある。人が呼ぶのも耳に入れず、食べものに夢中になっている、下品でいやらしい姿に思わず読者も失笑するだろうが、食べおわってようやく右近の前に現れた三条の容貌は、（c）「田舎びたる掻練りに衣など着て、いといたうふとりにけり」とあり、（b）と見事に照応する身体である。

大夫監と乳母らとの対峙によって、都人乳母に見くびられ低俗にえがかれた、大夫監の鄙性の一面が三条や豊後介に受けつがれ、読者は大夫監から派生したイメージをここで確認することになろう。さらに大夫監の地方の権力者としての強い（盲目的ともいえる）信念は三条の愚直な態度にも現れている。該当箇所を比べてみよう。

③〔三条が右近と出会い、長谷寺で玉鬘の将来を一緒に祈願する時〕国々より、田舎人多く詣でたりけり。この国守の北の方も詣でたりけり。いかめしく勢ひたるをうらやみて、（h）この三条が言ふやう、「大悲者には、他事も申さじ。あが姫君、大弐の北の方ならずは、当国の受領の北の方になしたてまつらむ。三条らも、随分にさかえて返申しは仕うまつらむ」と、額に手をあてて念じ入りてをり。右近、いとゆゆしくも言ふかなと聞きて「いと、いたくこそ田舎びにけれな。中将殿は、昔の御おぼえだにいかがおはしましし。まして、今は天の下を御心にかけたまへる大臣にて、いかばかりいつかしき御仲に、御方しも、受領の妻にて品定まりておはしまさむよ」と言へば、「（i）あなかま、たまへ。大臣たちもしばし待て。大弐の御館の上の、清水の御寺観世音寺に参りたまひし勢ひは、帝の行幸にやは劣れる。あなむくつけ」とて、なほさらに手をひき放たず拝み入りてをり。

（玉鬘　一一一～一一二頁）

④むすめどもも泣きまどひて「母君のかひなくてさすらへたまひて、行く方をだに知らぬかはりに、人並々にて見たてまつらむとこそ思ふに、さるものの中にまじりたまひなむこと」と思ひ嘆くをも知らで、（j）我はいとおぼえ高き身と思ひて文など書きておこす。手などきたなげなう書きて、唐の色紙かうばしき香に入れしめつつ、

をかしく書きたりと思ひたる、言葉ぞいとたみたりける。……

「……このおはしますらむ女君、筋ことにうけたまはれば、いとかたじけなし。ただなにがしらが、私の君と思ひ申して、頂になむ捧げたてまつるべき。……(k)わが君をば、后の位におとしたてまつらじものをや」など、いとよげに言ひつづく。……「さらにな思し憚りそ。(l)天下に目つぶれ、足折れたまへりとも、なにがしは仕うまつりやめてむ。国の中の仏神は、おのれになむなびきたまへる」など誇りゐたり。……

下りて行く際に、歌詠ままほしかりければ、ややひさしう思ひめぐらして、

君にもし心たがはば松浦なる鏡の神をかけて誓はむ

(m)この和歌は、仕うまつりたりとなむ思ひたまふると、うち笑みたるも、世づかずうひうひしや。……(乳母の返歌を聞いた後)……「をかしき御口つきかな。なにがしら田舎びたりといふ名こそはべれ、(n)口惜しき民にはははべらず。都の人とても何ばかりかあらむ。みな知りてはべり。な思し侮りそ」とて、また詠まむと思へれども、たへずやありけむ、往ぬめり。

(玉鬘 九五~九八頁)

それぞれの引用に現れている三条と大夫監の態度は自信に満ちている。引用④で大夫監は、乳母やその娘たちに軽蔑されているのも知らず、自分は「いとおぼえ高き身」とうぬぼれ、その思いあがりから玉鬘を「后の位」にも劣らぬよう大切に扱う(k)といったり、(l)ではいくら不具であっても自分に従う国中の神仏に祈り直らせるとまで自慢する。その大夫監の自負は、和歌にも及び(j)と(m)では、自分の書いた文を「をかし」と思ったり、詠んだ歌を上出来だと評価するが、その言葉づかいはひどくなまりをおびており、読み聞く人に対しては、色恋の道に不慣れでうぶな感じしか与えない未熟さである。(n)では「都の人」と同じように、自分は和歌の詠み方を会得していると誇るが、人々の関係のなかで自分の考えとやりかた、実力を相対化し批評することのない、あるいはその機会のなかった大夫監の、自分をわきまえない滑稽さが染み出ている。大夫監の堂々としたいい振りには唖然とするしか

ないだろうが、一方では逆らいがたい「鄙の王者」としての権力さえ感じられる。いわゆる、権力を持った無知の脅威である。

三条の自信も尋常のものではない。右近が長谷寺の観音に、玉鬘が源氏に引き取られ幸せになるよう祈願する際、引用③で、国守の北の方の盛大さをうらやむ三条は、（h）のように玉鬘について「大弐の北の方ならずは、当国の受領の北の方になしたてまつらむ」と額に手を当て一心に祈る。それを聞いた右近が皮肉り玉鬘の現状を教えると、すっかり田舎者になった三条に、その言葉は耳に入らない。自分の目で見た「大弐の御館の上」の威勢は大臣のどころか帝の御幸にも劣らない最高のものだったのであり、それゆえ（i）で右近の言葉を「あなかま、たまへ。大臣たちもしばし待て」と簡単に否定できるのである。自分の属した世界、見たこと以上のことは考えられない、柔軟性に欠けた点では大夫監と似通っているといえよう。高橋和夫は、語り手が三条の「望みの限度をこの辺とした」のは、「一つは都人の立場に立っての、三条などのこうした低い願望などは嘲笑されてしかるべきものという、この対話者右近自身の考え方、もう一面は、三条をしてかくいわしめねばならなかった現実社会の強さが強制した、三条自身の考え方の正当性である」[12]と、その二重の面を指摘している。そのとおりであろうが、手を額から離そうともせず思うままいいたいことをいい、拝みつづける三条の愚直な態度からは、大夫監の時と同じく逆らいがたい力も感じられる。権力の有無の差はあるものの、頑固な無知という面で、その笑いの源泉は共通するといえるだろう。実情を知らないあるいは実情を知らされても柔軟に考えられない田舎者の純真さ、または硬さが生み出す笑いは、大夫監から三条に受けつがれていることが窺えるのである。

ここまで大夫監の派生イメージ、田舎イメージとして豊後介と三条の身体、それに三条の、柔軟性に欠けた無知・頑固さを考察してきたが、ところで乳母はどうだろうか。筑紫での都らしさを担う人物であったためか、豊後介や三条のような目立つ語りは見られないが、「めのと」「おとど」から「老人」といったその呼称に微妙な変化が見られる。

外山敦子は、「対右近との関係においてのみ「老人」と語り手から呼ばれている」が、それは「すべての立場役割を喪失し、ただの「老人」としてしか存在できなく」なったことを意味するもので、それにより、乳母は「玉鬘の筑紫流離の保証者」、つまり「語り手」になるのだと述べている。[13]また、「老人」の位相を詳しく検討した永井和子は、「老齢者は必然的に過去と現在の伝達者であるが、現在の状況とはずれを生じる」ことから、「結果的に語り手に批判されることがしばしばあり、また、烏滸めいた場面も多い」[14]と説明している。

事実、「老い」そのものが持つ老耄やボケ、時代遅れの判断による笑いは『源氏物語』のなかにいくらでもある。空蝉と末摘花つきの老女房らや横川の僧都の母尼君、明石の尼君・源典侍・女五の宮・大宮など身分の程度に関係なく、老いるにつれ醜い行動を示し、周囲の人々を笑わせる「老人」の属性は物語中のそこここに散在しているのである。これらの延長線上で考えるとき、「老人」になった乳母の状況から笑いの要素を見出すことはできないだろうか。むろん、先に例としてあげた人物に比べると乳母から積極的に「老い」による笑いを汲みとることはむずかしいが、乳母に出会った右近が、玉鬘の資性をほめながら「うち笑みて見たてまつれば、老人もうれしと思ふ」（玉鬘　一一四頁）という場面に、「乳母」ではなく「老人」を用いることによって、耄碌と無邪気さをおびた、滑稽味を持つ「老い」の属性が浮かびあがるといえなくもない。外山敦子の指摘のように、以後、物語は乳母から右近の方に比重が置かれるようになり、右近の思惑通り玉鬘は六条院に引き取られる。その後、乳母らが想起されるのは玉鬘巻の末尾であり、硬くて盲目的でもあった三条の心にも変化が現れる。

（o）心の限り尽くしたりし御住まひなりしかど、あさましう田舎びたりしも、たとしへなくぞ思ひくらべらるるや。御しつらひよりはじめ、今めかしう気高くて、親兄弟と睦びきこえたまふ御さま容貌よりはじめ、目もあやにおぼゆるに、（p）今ぞ三条も大弐を侮らはしく思ひける。まして、監が息ざしけはひ、思ひ出づるもゆゆしきこと限りなし。（玉鬘　一三一〜一三三頁）

乳母らは、六条院のすばらしさに圧倒され、趣向を凝らしたつもりの筑紫での住まいが、いかに田舎じみていたかを実感し（o）、（p）では三条も大弐や大夫監のことをこのうえなく「ゆゆし」く思うのである。現実を目の当たりにしてやっと愚直な考えを覆すことができたのである。この後、乳母も三条も物語の世界からは姿を消す。秋山虔のいうごとく、女房は「彼女らが従属するその主人公の性格や行動や、そこに織り出される事件と内面的にかかわ」っていながらも「大切な役割を果たしてしまうと、それきり物語の世界から消えうせてしまう」のである。「実に彼女らなくしては、場面の展開はおしすすめることができないにもかかわらず、同時にそうしたある場面や筋立のためにのみ、必要な限りで登場せしめられている」[15]。乳母と女房三条も例外ではない。筑紫で玉鬘の世話と教育を担当し、大夫監の手から玉鬘を逃した彼らの役割は源氏に引き取られた時点でおわり、玉鬘には、田舎じみたところをふき取り洗練された都の教養を教えこむ、新しい女房が必要になってくるわけである。今になっては「消えうせ」るしかないのである。小品のように語られた豊後介と三条の鄙性、そしてその滑稽さの意義もこの辺にもとめることもできるだろうが、もう一つ物語における彼らの効果という面から考える時、それは何なのかといった疑問も出てくる。

二　玉鬘の鄙性

豊後介、そして三条がもたらす笑いの効果というのは、田舎で二〇年近く住んでいたにもかかわらず、右近をはじめ源氏・蛍宮・鬚黒・帝など都の人々に賞賛される玉鬘の美しさとすばらしさを浮き彫りにしながら、その後ろに潜む鄙性をも象徴するものではなかろうか。女房と姫君との緊密さから察するに、一日中側につき一緒に生活する女房があれほど田舎びているのに、玉鬘の品格・行動が都の姫君ほど保たれているとは考えにくい。実際、玉鬘の鄙性は周囲の人物により、また彼女の行動により喚起されることになる。次に関連箇所をあげておこう。

まず、右近の視線から、初瀬でやつれた玉鬘の美しさに感嘆する部分と、帰京し紫の上を見て玉鬘を思うところを比較してみる。

⑤姫君の、いたくやつれたまへる恥づかしげに思したるさま、いとめでたく見ゆ。「おぼえぬ高きまじらひをして多くの人をなむ見あつむれど、殿の上の御容貌に似る人おはせじとなむ年ごろ見たてまつるを、また生ひ出でたまふ姫君の御さま、いとことわりにめでたくおはします。かしづきたてまつりたまふさまも、並びなかめるに、かうやつれたまへるさまの、劣りたまふまじく見えたまふは、ありがたうなむ。……上の御容貌は、なほ誰か並びたまはむとなむ見えたまふ。……いづくか劣りたまはむ。ものは限りあるものなれば、すぐれたまへりとて、頂を放れたる光やはおはする。ただこれを、すぐれたりとは聞こゆべきなめりかし」とうち笑みて見たてまつれば、老人もうれしと思ふ。（玉鬘　一一三～一一四頁）

⑥大殿油などまゐりて、うちとけ並びおはします御ありさまども、いと見るかひ多かり。女君は二十七八にはなりたまひぬらんかし、盛りにきよらにねびまさりたまへり。すこしほど経て見たてまつるは、またこのほどにこそにほひ加はりたまひにけれと見えたまふ。かの人をいとめでたし、劣らじと見たてまつりしかど、思ひなしにや、なほこよなきに、幸ひのなきとあるとは隔てあるべきわざかなと見あはせらる。（玉鬘　一一九頁）

引用⑤で右近は、玉鬘の容姿が紫の上と明石の姫君に引けを取らないほど「すぐれ」ていると、乳母に対し口をきわめてほめているが、引用⑥はこれとは対照的である。帰京して紫の上のもとに参上した右近は、その美質に感動し玉鬘より優ると認めざるをえないのである。なお、その違いを「幸ひのなきとあると」にもとめており、二人の処された境遇にその原因があるとする。事実上、玉鬘とはじめて顔合わせする引用⑤は、考えてみれば、豊後介と三条と対面した直後であり、彼らの田舎じみたようすにあきれた右近に、品位を保ち美しく成長した玉鬘の容貌は、実際以上に際立たせる効果をもたらしたのではなかろうか。それが、紫の上の美しさに接した時には、都の最高の環境のなかで暮らしてきた紫の上と、落ちぶれて田舎で育った人との「隔て」を実感したのであろう。

源氏と蛍宮が玉鬘の筆跡を物足りないと批評するところもある。

⑦かの末摘花の言ふかひなかりしを思し出づれば、さやうに沈みて生ひ出でたらむ人のありさまうしろめたくて、まづ文のけしきゆかしく思さるるなりけり。……〔源氏への返事を催促され〕いとこよなく田舎びたらむものをと恥づかしく思いたり。……手は、はかなだちて、よろぼはしけれどあてはかにて口惜しからねば、御心おちゐにけり。（玉鬘　一二三～一二五頁）

⑧手をいますこしゆゑづけたらばと、宮は好ましき御心に、いささか飽かぬことと見たまひけむかし。（蛍　二〇四～二〇五頁）

末摘花との交際によって、落ちぶれた境遇で育った人の異様さに失望した源氏は、その不安から引用⑦で、玉鬘の手紙の書きぶりからその教養や品性などを探ろうとする。玉鬘は「田舎びたらむものを」と案じながら返事を書き送るが、その筆跡は「しっかりしたところがなくてたどたどしい」と感じるものの、気品があって源氏を安心させる。源氏が玉鬘を六条院に引き取った後、求婚者の一人蛍宮から寄せられた歌に返歌したときも、引用⑧のようにその筆跡を宮は「もう少し風情があったら」と物足りなく感じる。筆跡が人を推し量る一つの定規であることから、ここは適切な教育の足りなさからくる玉鬘の鄙性とともに、その資性からくる負性ともかかわっていると思われる。

玉鬘の田舎育ちという条件は都の貴族生活圏内に生きようとするとき、かなり不利な条件であることは、第五章でもふれたように、源氏が明石の姫君を紫の上に引き取らせたのも、身分の低い明石の君の娘であること、それに田舎育ちの「瑕」をつけさせないためであったことからも探知できる。源氏も六条院での玉鬘の居場所を決める際、玉鬘の素性の不利さを次のように思案する。

⑨住みたまふべき御方御覧ずるに、南の町にはいたづらなる対どもなどもなし……中宮のおはします町は、かやうの人も住みぬべくのどやかなれど、さてさぶらふ人の列にや聞きなされむと思して、すこし埋れたれど、丑寅の町の西の対、文殿にてあるを他方へ移してと思す。……〔源氏が花散里に玉鬘の教育を頼みながら〕「……（q）山がつめきて生ひ出でたれば、鄙びたること多からむ。さるべく事にふれて教へたまへ」といとこまやかに聞こえたまふ。

（玉鬘　一二五～一二八頁）

⑩かかりとも田舎びたることなどやと、山がつの方に侮り推しはかりきこえたまひて調じたるも、奉りたまふ……（r）曇りなく赤きに、山吹の花の細長は、かの西の対にたてまつれたまふを上は見ぬやうにて思しあはす。（s）内大臣のはなやかにあなきよげとは見えながら、なまめかしう見えたる方のまじらぬに似たるなめりと、げに推しはからるるを、色には出だしたまはねど、殿見やりたまへるに、ただならず。

（玉鬘　一三四～一三六頁）

引用⑨で源氏は、中宮の住む町に玉鬘を住ませたら、そこに仕えている女房たちと間違えるだろうと、彼女の鄙性と低い身分を考慮し花散里のいる町に決める。花散里には、（q）で「山がつめき」「鄙びたる」ところを消すようその教育を頼む。引用⑩の、正月の衣配りのときは、いくら立派であっても、田舎育ちだから垢ぬけぬところもあろうと、見くびる源氏側から装飾を準備しており、源氏のほうからもその鄙性は常に意識されている。

源氏が憂慮するのと同様に、玉鬘にも、都びた教育をいくら受けても、どこか鄙びて劣る亜流のようなものにしかなれないといった自覚があり、六条院に入ってはじめて見る物語絵や源氏の和琴の音色を聞いては、それを吸収しようと次のように熱心になる。

⑪長雨例の年よりもいたくして、晴るる方なくつれづれなれば、御方々絵、物語などのすさびにて明かし暮らしたまふ。……西の対には、ましてめづらしくおぼえたまふことの筋なれば、明け暮れ書き読みいとなみおは

す。……〔住吉の姫君は〕今の世のおぼえもなほ心ことなめるに、主計頭がほとほとしかりけむなどぞ、かの監がゆゆしさをおぼしなずらへたまふ。……〔熱中する玉鬘に源氏は〕「……かかるすずろごとに心を移し、はかられたまひて、（t）暑かはしき五月雨の、髪の乱るるも知らで書きたまふよ」とて**笑ひたまふ**ものから……〔物語を「そらごと」「いつはり」という源氏の物語論に玉鬘は反発し〕硯を押しやりたまへば、「骨なくも聞こえおとしてけるかな。神代より世にあることを記しおきけるななり。日本紀などはただかたそばぞかし。これらにこそ道々しくくはしきことはあらめ」とて、**笑ひたまふ**。

（蛍　二一〇～二一二頁）

⑫をかしげなる和琴のある、引き寄せたまひて、掻き鳴らしたまへば、律にいとよく調べられたり。音もいとよく鳴れば、すこし弾きたまひて、「（u）かやうのことは御心に入らぬ筋にやと、月ごろ思ひおとしきこえけるかな。……」……「いで弾きたまへ。才は人になむ恥ぢぬ。……」と切に聞こえたまへど、さる田舎の隈にて、ほのかに京人と名のりける古大君女の教へきこえければ、ひが事にもやとつつましく手触れたまはず。（v）しばしも弾きたまはなむ、聞きとることもや、と心もとなきに、この御ことによりぞ、近くゐざり寄りて、「いかなる風の吹き添ひて、かくは響きはべるぞとよ」とて、うち傾きたまへるさま、火影にいとうつくしげなり。**笑ひたまひて**、「耳固からぬ人のためには、身にしむ風も吹き添ふかし」とて押しやりたまふ。

（常夏　二二九～二三二頁）

引用⑪は、長雨のつれづれに人々が絵や物語などに気を紛らわすとき、それを珍しく思う玉鬘は明け暮れ夢中になって、書いたり読んだりする。住吉物語の姫君の話を現実のように思い、主計頭と大夫監を思い比べたり、（t）で源氏が「髪の乱れることも知らず書き写しているのか」とからかい笑いながら物語を否定的に述べたとき、それに向き直り硯を押しやったりするところからは、そういった絵や物語などにあまりふれなかった事情が窺われる。

また、引用⑫で、源氏が玉鬘の部屋にある和琴を弾き、律の調べがよく整えられていることに気づき、（u）で

「このようなことは興味がないかと見下していた」というところからは、田舎育ちという先入観が源氏のなかに働いており、ひいては都の貴族たちに玉鬘がどう思われるか、引用⑨⑩と連なって端的にわかる箇所である。源氏に弾奏を促される玉鬘は、むしろ田舎の「京人と名のりける古大君女」に習った自分の奏法を正す機会として、（v）のように、源氏の和琴の演奏への興味から普段は避けていた源氏に近寄るのである。その美しく響く音色に感動し不思議そうに耳を傾ける玉鬘に源氏は思わず笑ってしまう。引用⑪と⑫の点線部に描かれた玉鬘の身動きは、『源氏物語』のなかで他の姫君の場合はめったに見られないものであり、都の文化に対する玉鬘の好奇心、すなおな面とともに源氏をよく「笑」わせるという事態が繰り返し語られるが、玉鬘のこのような特異性は、人を近づかせるある種の親密さを与えると思われる。

三　玉鬘から拡がる笑い

人を近づかせる玉鬘の人なつっこさは、筑紫での境遇、鄙性とかかわりながら、彼女の資性と関連しているのはいうまでもなく、六条院の人々を含め求婚者たちをひきつける。

⑬西の対の御方は、かの踏歌のをりの御対面の後は、こなたにも聞こえかはしたまふ。（w）深き御心用ゐや、浅くもいかにもあらむ、気色いと労あり、なつかしき心ばへと見えて、人の心隔つべくもものしたまはぬ人のさまなれば、いづ方にもみな心寄せきこえたまへり。聞こえたまふ人、いとあまたものしたまふ。（胡蝶　一七四頁）

右の語りから、深い心配りという点では難点もあろうが、筑紫育ちで「苦労を経験し人生の表裏をみ」[16]るという「労」があって、それが人の心の隔てをとりはらう力になっていることが察せられる。このような玉鬘の人柄・美質の長短は源氏と戯れる場でも語られ、夕霧の視線にも映る。

⑭近くゐたまひて、例の、風につけても同じ筋にむつかしう聞こえたはぶれたまへば、たへずうたてと思ひて、「かう心憂ければこそ、今宵の風にもあくがれなまほしくはべりつれ」と、むつかりたまへば、いとよく**うち笑ひたまひて**、「風につきてあくがれたまはむや、軽々しからむ。さりともとまる方ありなむかし。やうやうかかる御心むけこそ添ひにけれ。ことわりや」とのたまへば、（x）げに、うち思ひのままに聞こえてけるかなと思して、みづからも**うち笑み**たまへる、いとをかしき色あひつらつきなり。酸漿（ほほづき）などいふめるやうにふくらかにて、髪のかかれる隙々（ひまひま）うつくしうおぼゆ。（y）まみのあまり**わららかなる**ぞ、いとしも品高く見えざりける。その外は、つゆ難つくべうもあらず。

中将、いとこまやかに聞こえたまふを、いかでこの御容貌見てしがなと思ひわたる心にて、隅の間の御簾の、几帳は添ひながらしどけなきを、やをら引き上げて見るに、紛るる物どもも取りやりたれば、いとよく見ゆ。……（z）昨日見し御けはひには、け劣りたれど、見るに笑まるるさまは、立ちも並びぬべく見ゆる。八重山吹の咲き乱れたる盛りに露かかれる夕映えぞ、ふと思ひ出でらるる。をりにあはぬよそへどもなれど、なほうちおぼゆるやうよ。花は限りこそあれ、そそけたる蘂（しべ）などもまじるかし、人の御容貌のよきは、たとへむ方なきものなりけり。

（野分　二七八〜二八〇頁）

野分の翌朝、風の見舞いに訪れた源氏の「たはぶれごと」に応じる場面である。（x）で玉鬘は「あまりにも思ったままを言ってしまった」と自ら照れくさく笑うが、その姿は（y）で目もとの「わららかなる」ところがあまり上品に見えないと語られ、そのほかは「難」はないと批評されている。また、夕霧に垣間見られた際には、（z）で「紫の上には及ばないが見る側が笑みをさそわれるような感じは肩を並べられそうだ」と評価される。

上述のような語りを通じて、玉鬘の人物造形においては、鄙性とともに、本文（w）と（y）（z）に見える負性も重要なかかわりをもたされていると思われるが、それは、次の引用文に語られるような、夕顔からうけつがれた負性ともつながっている。

⑮あやしきまで、今朝のほど昼間の隔てもおぼつかなくなど思ひわづらはれたまへば、かつは、いともの狂ほしく、さまで心とどむべき事のさまにもあらずといみじく思ひさましたまふに、人のけはひ、いとあさましくやはらかにおほどきて、もの深く重き方はおくれて、ひたぶるに若びたるものから世をまだ知らぬにもあらず、いとやむごとなきにはあるまじ、いづこにいとかうしもとまる心ぞとかへすがへす思す。（夕顔　一五二～一五三頁）

冷静になろうとしても思わず夕顔に惹かれてしまう自分を不思議に感じる源氏は、夕顔のどこに心を奪われているのか、その性格や素性に思い巡らす。夕顔と玉鬘の美質については、右近が「母君は、ただいと若やかにおほどかにて、やはやはとぞたをやぎたまへりし、これは気高く、もてなしなど恥づかしげに、よしめきたまへり」（玉鬘　一一七頁）ととらえたところで母君を超えていることはわかったが、その一方紫の上には及ばない資性だということも引用（z）で夕霧の目を通じて確認された。夕顔を超える美しくすばらしい玉鬘でありながらも、源氏が夕顔から感じた「もの深く重き方はおくれて」いる点、また「をかしき筋などは後れ」たる点（玉鬘　一二六頁）は、玉鬘に受け継がれて、引用⑬のようなえがき方になったろう。

人を魅了させる美質とともに、玉鬘の鄙性と負性とは一体化し、人々に物足りなさを感じさせたり、笑いを誘ったりしながら人を近づけるものになったが、人をひきつける玉鬘のもう一つの特徴がある。引用⑬で彼女の笑う姿に用いられた「わららか」であるが、この語が「にこやかに人なつっこい」玉鬘の性格として説明されるのである。

⑯人ざまの**わららか**にけ近くものしたまへば、いたくまめだち、心したまへど、なほをかしく愛敬づきたるけはひのみ見えたまへり。（蛍　一九六頁）

⑰女は、**わららか**ににぎはしくもてなしたまふ本性ももて隠して、いといたう思ひ結ぼほれ、心もてあらぬさま

はしるきことなれど、大臣の思すらむこと、宮の御心ざまの心深う情々しうおはせしなどを思ひ出でたまふに、恥づかしう口惜しうのみ思ほすに、もの心づきなき御気色絶えず。（真木柱　三五三頁）

⑱あやしう、男女につけつつ、人にものを思はする尚侍の君にぞおはしける。（真木柱　三九七頁）

引用⑯と⑰に語られる玉鬘の「わららか」な性格、それにこれまで述べた諸要素は玉鬘十帖を華やかに彩り、特に源氏との関係のなかで笑いを生み出す力になっていた。小山清文はその笑いを、同じ異分子である大夫監や近江の君と違って、「異物を積極的に取り入れ定着させていく、戯れが生む「笑ひ」」[17]だと性格づける。彼女のもつ属性は、引用⑱のように、「男女につけつつ、人にものを思は」せ、源氏をはじめ、蛍宮・柏木・夕霧・鬚黒、ついには天皇まで近づかせる。

人為的に飾り付けることなく自分を見せる彼女の行動は、貴族たちの心底に潜む俗物性、それにある種の明るさを引き出すような機能を果たしていたと思われるが、冷泉帝からも「うち笑み」を誘う。『源氏物語』のなかで帝が笑うのは全部で七件で、桐壺院三件（一件は源典侍の発言の中）・冷泉帝四件である。冷泉帝の場合、子供のとき二件（紅葉賀　三二九頁、賢木　一一六頁）と橋姫巻で阿闍梨から八の宮の娘たちの消息を聞き「ほほ笑む」場面一件、そして次の尚侍になった玉鬘とのやり取りがある。

⑲いとほしう面赤みて、聞こえん方なく思ひゐたまへるに、上渡らせたまふ。……いとなつかしげに、思ひしことの違ひにたる恨みをのたまはするに、面おかん方なくぞおぼえたまふや。顔をもて隠して御答へも聞こえたまはねば、「あやしうおぼつかなきわざかな。よろこびなども、思ひ知りたまはんと思ふことあるを、聞き入れたまはぬさまにのみあるは、かかる御癖なりけり」とのたまはせて、

「などてかくはひあひがたき紫を心に深く思ひそめけむ

濃くなりはつまじきにや」と仰せらるるさま、いと若くきよらに恥づかしきを、（ア）違ひたまへるところやあ

ると思ひ慰めて聞こえたまふ。（イ）宮仕の臈もなくて、今年加階したまへる心にや。

「いかならん色とも知らぬ紫を心してこそ人はそめけれ

今よりなむ思ひたまへ知るべき」と聞こえたまへば、**うち笑みて**、「その今よりそめたまはんこそ、かひなかべいことなれ。愁ふべき人あらば、ことわり聞かまほしくなむ」と、いたう恨みさせたまふ（ウ）御気色のまめやかにわづらはしければ、いとうたてもあるかなとおぼえて、をかしきさまをも見えたてまつらじ、むつかしき世の癖なりけりと思ふに、まめだちてさぶらひたまへば、え思すさまなる乱れ言もうち出でさせたまはで、やうやうこそは目なれめと思しけり。

（真木柱　三八四〜三八六頁）

期待に反して鬚黒と結婚したことを、冷泉帝が恨むと、玉鬘は返事もせず顔を隠している。すると、帝は自分の志により三位に叙せられたのに、返礼もないのかと不満がるような和歌を詠む。玉鬘は、（ア）「源氏の大臣と何が違うだろう」と思い返歌をする。その冗談めいた歌に触発された冷泉帝は「うち笑む」が、歌の直前に語り手が「宮仕の臈もなくて、今年加階したまへる心にや」といった、とぼけた語り方をする点に注目したい。玉鬘が冷泉帝を「源氏と違うところはない」と思うところで、源氏との戯れる場面を覚えている読者なら源氏をよく笑わせたように愛想のよい対応をするだろうと期待するだろうが、語り手のとぼけたいい方が加わると、その期待感はより一層高まる。帝の「まめやか」な反応に玉鬘は（ウ）で「いとうたてもあるかな」と、わずらわしい男女の仲になるまいと思い、「をかしきさま」、愛想のいい態度は見せまいとする。さらに興味深いのはこれの少し後の一節である。

⑳内裏にも、ほのかに御覧ぜし御容貌ありさまを心にかけたまひて、「（エ）赤裳垂れ引きいにし姿を」と、憎げなる古言なれど、御言ぐさになりてなむ、ながめさせたまひける。御文は忍び忍びにありけり。

（真木柱　三九三頁）

玉鬘に魅入られた帝の心理が、口癖に口ずさんだ「品のよくない俗っぽい」[18]、「耳なれぬ野暮な古歌」[19]によく現れている。帝が吟じた「赤裳垂れ引きいにし姿を」は、『古今和歌六帖』の三三三三番歌に拠る表現で、それはもともと次の『万葉集』の歌である。

立ちて思ひ居てもそ思ふ紅の赤裳裾引き去にし姿を　（巻一一・二五五〇）

この歌が、『古今和歌六帖』の「裳」の歌群にあることから、その次に置かれている「山吹のにほへる妹がはねず色の赤裳の姿夢に見えつつ」（古今和歌六帖・第五・裳・三三三四）[20]が、同時に「重ねて提出されているのではないかと推測」[21]する意見もある。並ぶ三三三四番の「歌のイメージも、同時に物語に導入させようと意図されている」との指摘であり、肯かれるが、ここでは「赤裳」が詠まれた歌の場面性に注目し、参考のため、「赤裳」に関する『万葉集』のほかの歌を一緒にあげる。

ますらをはみ狩に立たし娘子らは赤裳裾引く清き浜辺を　（巻六・一〇〇一・赤人）

黒牛潟潮干の浦を紅の玉裳裾引き行くは誰が妻　（巻九・一六七二）

しなでる　片足羽川の　さ丹塗りの　大橋の上ゆ　紅の　赤裳裾引き　山藍もち　摺れる衣着て　ただひとり
い渡らす児は　若草の　夫かあるらむ　橿の実の　ひとりか寝らむ　問はまくの　欲しき我妹が　家の知らなく
（巻九・一七四二）

先の二首とともに、赤裳の裾を長く引いて歩く女性の姿に、心を奪われている男性の心情が詠まれており、自然の景物のなかに現れている「赤」色の強い印象が読み手の心に刻印されていることが窺える。それは人を近づかせる牽引力を象徴していると思われるが、一六七二番の歌に現れている「誰の妻だろう」と知りたいと思う気持があっても、一七四二番のように「夫はあるのか、一人で寝ているのか、問い訪ねてみたいがあのこの家も分からない」といったところでは、ただ見ることしかできないもどかしさが感じられ、引用⑳の帝の心理とも似通っている。

この「赤」が玉鬘と深くかかわっていることは、引用⑩の玉鬘巻でも言及されている。正月の衣配りのとき、源氏が人々の性格・人柄に合わせて準備した玉鬘の装束には「曇りなく赤き」（r）ものがある。古歌「赤裳垂れ引き……」は、赤い衣を着た玉鬘の姿を見て冷泉帝が吟じたわけではないが、偶然にも現れた同じ赤色は、万葉の歌に見られる人々をひきつける赤の力と手に入れがたい女、玉鬘を連想させる一つの比喩として印象づけられるだろう。もちろん、（s）「内大臣のはなやかにあなきよげとは見えながら、なまめかしう見えたる方のまじらぬに似たるなめり」というような紫の上の批評も同時に響きあうだろう。玉鬘への恋情をこらえきれず、その「憎げなる古言」を口癖に口ずさむ帝の姿にはおかしさも感じられる。それは手の届かない帝の存在が、より近く感じられる一瞬のおかしみのようなものであり、身分の絶対的な差をも越えるような機能を有しているといえよう。

都の人々をひきつける玉鬘の力は、ついには帝にまで及んでゆき、玉鬘十帖を華やかに彩ったが、その魅力は生まれつきの美しさと人なつっこい性格、鄙性にかかわる筑紫での境遇、夕顔から受けついだ負性ともどもが一体化してなした美質であることは繰り返しいうまでもないだろう。

おわりに

以上、玉鬘十帖の前半部に登場する豊後介と三条、そして乳母らが持つ笑いの要素が、どんな意味合いを持っているのかを玉鬘と関連づけて検討してみた。大夫監から豊後介と三条へと拡がった鄙性を伴った笑いは、玉鬘周辺の者たちのものだが、当の主人である玉鬘とも無縁ではなく、むしろ彼女の負性と「わららか」な性格とが合致して、色々な人々をめぐり、ついに帝まで拡がったことを、用例や人物造形などにふれながら考察した。

玉鬘にかかわる笑いの拡がりに注目したため、源氏と蛍宮・柏木・夕霧との間で生じる笑い、また玉鬘が最後にいきつく鬚黒などとの関係からくる笑いについては簡略にしかふれられなかったが、今後はこれをより詳しく考察しながら、玉鬘とは違う方向で笑いを生み出す末摘花・近江の君と内大臣家、その女房五節などを含めた形で玉鬘十帖全体の笑いを俯瞰し、その本質をとらえることを課題としたい。

注

（1）本章は一番早い時期に書かれた論であり、文学研究における笑いの理解はまだ初歩的なレベルにとどまっている。しかしながら、「読者の享受」と「テクストの方法」という第一章と第二章で展開した「文学における笑い」論を深化するにあたって、その起点となったことがわかるだろう。

（2）用例検索には角川古典大観CD-ROMを用いた。

（3）次に「笑い」に関連する用例としてカウントした単語のすべてと、それぞれの用例数をあげる。括弧内の数字は玉鬘十帖の用例数である。

・全用例数　三五七（八四）
・（うち）笑ふ　一四九（四一）
・（うち）笑む　七〇（一〇）
・（うち）ほほえむ　七二（二〇）
・人笑へ・人笑はれ　五九（九）
・笑まし　二（〇）
・わららか　五（四）

（4）小山清文「六条院における笑いと世評」『源氏物語と平安文学』一、早稲田大学大学院中古文学研究会、一九八八年、三七頁。

（5）陣野英則「『源氏物語』の「うち笑ふ」人たち」『勉誠通信』七、二〇〇九年、六頁。

（6）片岡照子「源氏物語の笑いについて」『国文白百合』五、一九七四年、二六頁。

（7）松尾聡「わらふ・ゑむ・ほほゑむ」『国語展望』五二、一九七九年、一五〜二八頁。「続「ほほゑむ」考」『国語展望』五三、一九七九年、一七〜三一頁。「「ゑむ」の語義吟味」『国語展望』五四、一九八〇年、七〜二一頁。
（8）津島昭宏「おこもの」『源氏物語事典』大和書房、二〇〇二年、九八頁。
（9）秋澤亙「大夫監の世界――『源氏物語』端役論序説」『平安文学の想像力』論集平安文学五、勉誠出版、二〇〇〇年、一一一頁。
（10）益田勝実「源氏物語の端役たち」『文学』二二、岩波書店、一九五四年、一三一頁。
（11）林達夫訳『笑い』岩波文庫、岩波書店、一九八〇年、五四頁。初版は一九三八年。
（12）高橋和夫「源氏物語玉鬘巻と北九州」『源氏物語の主題と構想』桜楓社、一九六六年、三二七〜三二八頁。
（13）外山敦子「西の京の乳母――語り手としての「老人」」『源氏物語の老女房』新典社、二〇〇五年、五八頁、六三頁。
（14）永井和子「源氏物語の「おいびと（老人）」――ことばの意味するもの」『源氏物語と老い』笠間書院、一九九五年、一〇九頁。
（15）秋山虔「女房たち」『源氏物語』日本古典鑑賞講座4、角川書店、一九五七年、四一五〜四一六頁、四二一頁。
（16）『新全集』の注　一七四頁。
（17）小山、注（4）四六〜四七頁。
（18）『新全集』の注　三九三頁。
（19）『新大系』の注　一四二頁。
（20）これも『万葉集』の歌（巻一一・二七八六）である。
（21）藪葉子「真木柱巻における叙述と『古今和歌六帖』との関わりをめぐって――玉鬘にまつわる表現において」『武庫川国文』五五、二〇〇〇年、一三頁。

第九章

男女関係に用いられる「たはぶれ」の一考察
——平安前期の作品における解釈の問題をめぐって

はじめに

一つの言葉が文脈によって異なる複数の意味を持ちうるということは、辞書類の項目に二つ以上の意味内容が示されているものが多いことからも、ごく普通の現象であることが察せられる。言葉の意味あるいは価値というのは、前後する文の脈絡においてこそ正確につかまえることができるのである。日本の古典文芸に表れる和語の「たはぶれ」も隣接する部分との対応によって、（一）遊び興じること、（二）冗談、（三）本気でない男女の交わり、といったおおむね三つの意味の振幅を示す。(1) この語は古くから漢文訓読体にも見え、日本人の生活のなかから出た言葉であり、早くからその概念は形成されていたと思われる。その関連語・派生語なども豊富で、「たはぶれにくし」「たはぶれがたき」「たはぶれごころ」「たはぶれびと」など複合化した語彙もいくつかある。「たはぶれ」ならびにこれらの関連語・派生語を解するにあたっては、上述した三つのうちの一つを取ることになる。

本章で注目するのは、この「たはぶれ」をめぐる解釈の問題である。といっても、すべての文脈において検討するのではなく、一つは男女間に使われ、かつ（三）の意に解されうるもの、またもう一つはそういった可能性を持っているものの、（一）か（二）[2]に解釈されがちな諸例に限る。こういった解釈の傾向は辞書類での扱われ方と連動していると思われる。おおむね現代の辞書類では、男女の色恋にかかわり、かつ（三）の意に解されうる「たはぶれ」の初出の例を、動詞形の「たはぶる」に関しては一〇世紀半ば以降の作品から認めておきながら、名詞形の「たはぶれ」に関しては基本的に一七世紀以降のものから認めている。しかし、名詞形の場合でも、一七世紀よりもはるか以前の古典作品から単なる「冗談」を表しているとはいえないような、つまり（三）の意味に近い諸例が見出される。よって、平安時代以降中世までの用例については、これまで充分にその意味が把握されてこなかった可能性が窺え、「たはぶれ」の意味合いに関する再検討が必要であると思われる。

そこで本章では、まず、もともと「遊び」「冗談」の意味あいしかなかっただろうと思われる「たはぶれ」に、（三）の意味内容が加わるようになった経緯を、上代の漢和辞書や漢文中心の書物を手がかりにして探ることとする。その一方で、平安前期（一〇世紀まで）の文学テクストを中心に「たはぶれ」が生成する意味の特質を、諸注釈書の解釈をたしかめながら文脈にそって綿密にとらえてみる。それにより「遊び」「冗談」といった意に解釈されがちな、諸注釈の認識態度および現代辞書類の扱い方の問題点もおのずとおさえていくことになろう。

一　現代辞書類と八～九世紀の書物における「たはぶれ」

平安前期に編纂されたもっとも古い漢和辞書『新撰字鏡』（八九八～九〇一）には、「譃」の字に対して次のように

「たはぶる」の和訓が付されている。

　太波夫留（たはぶる）　謔　戯也　亦喜楽也　又……告也　太波夫留[3]

古文『玉篇』には「説文、謔即チ戯ナリ」とあり、「謔」＝「戯」であることがわかるが、「たはぶる」の語意にある「戯」や「喜楽」の字により、その遊戯性と冗談の要素が察せられる。多くの漢籍や仏典につけられた「訓」を集大成した、平安末期の漢和辞書『類聚名義抄』[4]には「たはぶ（ふ）る」「たはぶ（ふ）れ」に「戯」「謔」を含め、「媱」「嗤」「姪」「嘲」「遨」「寄」「嬲」「弄」「婸」など二〇種類以上の漢字語が用いられており、この時期までには『新撰字鏡』に示された意味のほかに、男女の色恋にかかわる意までその幅が拡がったことがわかる。

　このような傾向について、我妻多賀子は、『新撰字鏡』で「漢字の「謔」にタハフル、「媱」にタハル」と訓を区別していること、また、『名義抄』では、「漢字「謔」や「戯」はタハブルとしか訓んでいないが、「媱」「姪」「嬉」にはタハル・タハフルの両訓が付いている」[5]点から、「元来は言葉でふざける、つまり冗談をいう」という意味から、「異性に対して不倫なことをする」「みだらな行為をする」という意味までその範囲が広がったものと解している。また、西村亨は、『新撰字鏡』『類聚名義抄』ともに「姪」に「たはる」と訓されていることから、もともとは不倫の性行為が原義であったが、「単に好色な行為をする、多淫であるというくらいの意味」[6]へ傾いたものと推定し、「その意義をより明瞭に示しているのが、その再活用した形のたはぶるである」とした[7]。

　現代の辞書類は、我妻多賀子の述べるような流れを汲む項目配置になっている。小学館の『日本国語大辞典（第二版）』（以下『日国』）と『古語大辞典』（以下『古語』）、それに『角川古語大辞典』（以下『角川』）の「たはぶれ」と「たはぶる」の項目を比較してみる。

　まず、動詞形の「たはぶる」の場合、

（一）遊び興じる。（『日国』『古語』『角川』）

（二）ふざけたことをいう。冗談をいう。（『日国』『古語』『角川』）

（三）異性にふざけかかったり、みだらな言動をする。（『日国』『古語』『角川』[8]）

というように、若干説明の仕方の違いはあるものの、おおむね三つの意味合いが共通する順序で出されている。また、（二）のところに「謔 太波夫留」（『新撰字鏡』）、（三）に「姪（婬）タハル タハフル」（『名義抄』）の訓読を紹介しているのも同じである。これら三つの語意に加え、『日国』は（一）と（二）の意味を混ぜあわせたような、

（四）本気でなく、事をする。遊び半分のふるまいをする。また、相手を軽くみて、ふざけかかる。

といった意味もつけ加えている。

一方、名詞「たはぶれ」においては、右にあげた（一）（二）の名詞形の語意説明が三種の辞書に共通して見え、（三）の意味、つまり「男女がいちゃつくこと。本気でない男女の交わり。みだらなこと」などという点に関しては、『日国』と『角川』だけに認められている。『古語』は代わりに、「かりそめのこと。その場限りのこと」の語意を示している。また、『角川』では、（一）と（二）を拡張したような、「遊び気分でことをなすこと。ふざけ半分でことをなすこと」という四つ目の意味も追加している。同じ語意を持つ言葉でありながら、名詞形においては（三）の意味を認めている辞書とそうでないものがある。

それでは（三）の語意の初出の例を『日国』[9]はどのように掲出しているだろうか。まず「たはぶる」という動詞形については『蜻蛉日記』（九七五年前後成立）[10]を、「たはぶれ」という名詞形については近世の浮世草子『好色一代女』[11]（一六八六年）を、それぞれ初出の用例として掲出している。品詞の違いだけで、これほど長い時間を隔てて同じ意味に近づくという現象は考えにくいと思うが、用例に基づき品詞別に意味を分類することによるひずみが出ているのであろうか。また、本章の「はじめに」のところで提起したように、平安時代以降の用例について充分にその意味が把握されてこなかった可能性をも露呈していると思われる。

上述した『名義抄』の、「媱」「姪」「嬉」などにタハル・タハフルの両訓が付されているということは、異性とみだらな行為をするということを非難すべき文脈に置いたり、あるいは、男女の遊戯的な関係を現す場面に置いたりしていた事情を示しているとも考えられるが、我妻多賀子のいう、タハブルとタハル両語の意味合いの錯綜は、意外と早い段階からあったのではないか。参考に『新撰字鏡』の「たはる」の項目を次にあげる。[12]

多波留（たはる）　姪　過也　放逸也（遊）　戯也　私逸也　宇加礼女又布介留又多波留

「過」や「放逸」「私逸」「うかれめ」などの語意から、色恋に溺れたようす、みだらな行為をするという意味が察せられるが、同時に「たはぶる」と同じく「戯」の義も持たされており、「たはる」行為の持つ遊戯性も示唆されている。[13]それに、漢字を使って日本語の概念を表象し理解しようとした漢文訓読の歴史を考えると、男女のみだらな行為を示す「たはる」が、記紀などの漢文中心のテクストの記述の例で見るように、[14]不正な関係を示す時は「姪」を用い、社会的に認められる水準での遊び、かつ慰みに近い意味なら、「戯」の字をもって伝えることもありえたことを語っているとも思われる。さらに、『新撰字鏡』の成立以前に、すでに「戯」には「たはぶれ」の和訓が付され、固定した関係にあることが『万葉集』（七五九年以降成立）から察せられるので、もし遊戯性のある「たはる」を「戯」の字をもって示すことになったとすれば、それを「たはぶれ」と訓読みする可能性は高く、両語の意味合いの混合は充分に考えられる。

というのは、『古事記』や『日本書紀』『風土記』『日本霊異記』など漢文中心の書物に、用例の数は多くないものの、「たはぶれ（る）」と訓されている「戯」[15]の字を見るかぎり、現代辞書類が示す（一）（二）の意味のほか、（三）の義に近い事例が確認できるからである。（三）に解される二例を『古事記』[16]と『日本書紀』[17]から紹介する。ちなみに、『新全集』の凡例によると、次に引用する『古事記』の訓読文に関しては「当時の常識的な読み方を追究」（一二頁）したと述べられている。また、『日本書紀』の方の場合は、「平安時代以来訓まれてきた、いわゆる「古訓」に必ずしもよらず、上代語による訓みに努めた」（一一二頁）とことわっている。

i　天皇者、比日婚八田若郎女而、昼夜**戯遊**。若大后不聞看此事乎、静遊幸行。

天皇は、比日八田若郎女に婚ひて、昼夜戯れ遊ぶ。若し大后は此の事を聞こし看さぬか、静かに遊び幸行すといひき。

（『古事記』仁徳天皇　二九二～二九三頁）

ii　日本武尊解髪作童女姿、以密伺川上梟帥之宴時　仍佩剣裀裏、入於川上梟帥之宴室、居女人之中。川上梟帥感其童女之容姿、則携手同席、挙坏令飲而**戯弄**。

日本武尊、髪を解き童女の姿に作りて、密に川上梟帥が宴の時を伺ひたまふ。仍りて剣を裀の裏に佩きたまひ、川上梟帥が宴の室に入り、女人の中に居します。川上梟帥、其の童女の容姿を感でて、則ち手を携へて席を同にし、坏を挙げてさけのましめて戯弄す。

（『日本書紀』景行天皇　三六六～三六七頁）

引用iは、仁徳天皇がほかの女性と愛しあっていることを嫉妬深い皇后側にいいつける場面である。遊戯の「戯」の字に「たはぶれ」[18]が当てられ、文の内容から、逢ったばかりの男女が恋に落ち昼夜を忘れ互いに耽溺するようすが伝えられる。濃厚な性交渉の意味が含まれていると思われるが、その状況からの判断によったものか、ほかの注釈書と違って『丸山注』と『ちくま文庫』は「戯遊」の二文字に「たはれ」とあてている。引用iiの『日本書紀』の例は、熊襲の首長川上梟帥を殺そうと童女の姿に成りすました日本武尊を「戯弄」するところだが、『新全集』は引用本文からわかるようにこれを音読し、「なぶる。もてあそぶ」と注をつけ、『旧大系』は「戯れ弄る」としている。一方、『全書』はその性的なニュアンスからか、「戯れ弄る」と表記している。

二例とも男女の濃密な性交渉、あるいは、「いちゃつく」「ちょっかいを出す」ようすを書き表す語であることは否めないだろう。その関係というのも、引用iは、皇后に対して妾のような存在であり、引用iiは、宴の場を盛りあげ主催者である首長の機嫌を慰め喜ばせる存在としての「童女」であることから、男女の、特に男の立場から見た遊びをともなう性的な行動としてとらえることができる。

上述の「戯」の字が文脈において「たはぶれ」あるいは「たはれ」と訓読みできる可能性が注釈書からも察せられたが、いずれにせよ「戯」の字の持つ性的な言動のようすが文脈から伝えられることは認められるだろう。

それでは和文中心の書物はどうだろうか。

和語としての「たはぶれ」の一番古い例は、『万葉集』[19]に漢字交じりの万葉仮名で表記されている「戯礼」がある。幼子の死を悼みその子の元気だったとき、一緒に遊んだようすを「たはぶれ」（巻五・九〇四）と書き記している。[20]一方、男女間にかかわる「戯れ」においては、引用iとiiのような、性交渉あるいはちょっかいを出すような直接的な意味合いを持つ「戯」はないが、次のように性的なニュアンスを含んだ女性から男性へのからかい、あるいは恋の情趣にかかわるものはある。

みやびをと　我は聞けるを　やど貸さず　我を帰せり　おそのみやびを

大伴田主……容姿佳艶、風流秀絶、見る人聞く者、嘆息せずといふことなし。時に、石川女郎といふひとあり。自り双栖の感をなし、恒に独守の難きことを悲しぶ。意に書を寄せむと欲へど、良信に逢はず。……〔そこで田主との同衾をねらい、一計を案ずる。みすぼらしい老婆になりすまし、田主の寝所に行き火種を請うが、男は女の計略を知らず火を取らせ、そのまま、帰らせてしまう。〕……明けて後に、女郎、既に自媒の愧づべきことを恥ぢ、復心契の果らざることを恨む。因りて、この歌を作りて謔戯を贈る。

大伴宿禰田主の報へ贈る歌一首

みやびをに　我はありけり　やど貸さず　帰しし我そ　みやびをにはある　（巻二・相聞　一二六・一二七）

一二六番の歌は、「容姿佳艶、風流秀絶」の人物田主に恋心を抱いた石川郎女が、田主と共寝をしようと企てるが失敗し、仲人なしに自ら押しかけた「自媒」の恥ずかしさからの、願いを果たせなかった恨みの思いを贈った「謔戯」である。一二七番はそれに対する男の答歌である。「みやび」たる男だと聞いていたのに、女の気持ちも察せず泊めもせず、女を帰した間抜けの「みやびを」だという非難めいた女のからかいに対し、男はそのような私こそ真の「みやびを」だと応酬している。

ここの「みやびを」には「遊士」と「風流士(21)」の漢字が当てられているが、女と男の「風流」の解釈には落差がある。『新大系』の注記のように、女の歌は、「漢語「風流」と和語「みやびを」とを重ねて「色好みの男」の意」とし、男の答歌では「節操高潔の人の意を「みやびを」に重ね用い」（一〇五～一〇六頁）ているのである。女の歌に付された左注の「譎戯(22)」は歌を特徴づける語であり、女の立場から、自分の情欲を直接ぶつけることがかなえられなかった、恥と恨みを晴らす方法を指し示していよう。要するに、自分の取った行動を隠すより相手に知らせ、自分の気持に答えなかった男のやり方に戯れ挑む、性的な「からかい」の一種類としての「譎戯」であると思われる。

もう一つの例も見ておこう。

安部朝臣虫麻呂の歌一首

むかひ居て　見れども飽かぬ　我妹子に　立ち離れ行かむ　たづき知らずも

大伴坂上郎女の歌二首

相ひ見ぬは　幾久さにも　あらなくに　ここだく我は　恋ひつつもあるか

恋ひ恋ひて　逢ひたるものを　月しあれば　夜は隠るらむ　しましはあり待て

右、大伴坂上郎女の母石川内命婦と安部朝臣虫麻呂の母安曇外命婦とは、同居の姉妹、同気の親なり。これによりて郎女と虫麻呂とは、相見ること疎からず、相語らふこと既に密かなり。聊かに戯歌を作りて問答をなせり。

（巻四・相聞　六六五～六六七）

虫麻呂と坂上郎女の歌がならび、相思相愛の関係で歌を贈答する形に配置されている。歌の内容もそうだが、傍線部の注記にある「相見る」「相語らふ」から二人がとても親密な関係にあった事情が読みとれる。諸注は、「戯歌」という語から導かれた解釈だろうか、きょうだいのような、親しいいとこ同士に解し、[23]わざと恋歌めかした、ふざけたところに「戯れ」性をもとめている。二人の関係が恋人同然に親密になり、そこで「戯歌」を作って問答したという解釈だと思われるが、この「戯歌」は、男を引きとめようとする坂上郎女の歌に漂う媚態、あるいは性的なニュアンスを表す語に見えなくもない。ちなみに、「戯歌」については、『新・旧全集』『集成』は音読を、『新・旧大系』は「たはむ(ぶ)れのうた」と訓読しているが、『万葉集総索引　単語篇』[24]においては「タハレウタ」の項目を立て、この歌の持つ性的なニュアンスを積極的にとっている。

以上、それぞれ特徴のある漢字によるテクスト、すなわち『古事記』『日本書紀』『万葉集』などをはじめとする上代の諸文献における「たはぶれ」、あるいは「たはぶれ」と訓読される傾向のある「戯」の字を調べてみた。和語の「たはぶれ」は『新撰字鏡』の義解のごとく、元来「冗談」「あそび」の意味合いしかなかったかもしれない。が、「たはぶれ」が「たはる」と「戯」の義を共有すること、また、中国から大量に輸入された漢籍の訳・訓読の歴史が重なることが影響して、「冗談」「遊び」以外の語義が「たはぶれ」に加わったのではないだろうか。すなわち、度を過ぎたさまへの非難めいたニュアンスをもつ「たはる」の、色恋に溺れるという意のうち、その一部、いわゆる慰み・遊びという程度で社会的に受け入れられる範囲の色恋の義が「たはぶれ」に吸収されたのではないかと思われるのである。というのは、後の物語のなかの、いくつかの「たはぶれ」の語からそういった要素が垣間見られるからである。次節では、本格的な和文の発達をなす平安期における「たはぶれ」について、特に『源氏物語』以前までの、一〇世紀の作品群を中心に検討してみる。

二　一〇世紀の和文における「たはぶれ」

和文における「たはぶれ」は、今日の諸注釈などにおいて、前節でとりあげた現代の辞書類にあがっている（一）（二）の意味で解釈されることが基本的には多い。しかし、男女間に使われる「たはぶれ」のうち、（三）の意味に重なってくる事例があるのも否定できないようである。

（一）一〇世紀前半

一〇世紀前半の和文における用例は歌集にしか見られない。勅撰集の『古今集』二例、『後撰集』五例がそれである。[25]すべて男女の間における事柄に用いられているので、参考までに全例を確認してみる。『古今集』[26]から見てみよう。

安積山（あさかやま）の言葉は、采女（うねめ）の**たはぶれ**よりよみて、

葛城王（かづらきのおほきみ）をみちの奥へ遣はしたりけるに、国の司、事おろそかなりとて、まうけなどしたりけれど、すさまじかりければ、采女なりける女の、土器（かはらけ）とりてよめるなり。これにぞ王（おほきみ）の心とけにける。

安積山かげさへ見ゆる山の井の浅くは人を思ふものかは

この二歌は歌の父母（ちちはは）のやうにてぞ、手習ふ人のはじめにもしける。（仮名序　一九頁）

引用は、和歌の起源を語る仮名序の一部であり、采女が「たはぶれ」ながら詠んだ「安積山……」と「難波津に咲くやこの花」の歌は「歌の父母」のように扱われ、手習いの初めともする事情が書かれている。また、左注により、この歌が誠意に欠けた陸奥国の国司の饗宴に不愉快になった葛城王の機嫌を直すために詠まれたという動機もわかる。

これについては『古今集』が依拠している次の『万葉集』の歌の左注に詳しい情報が書いてあり、「たはぶれ」を理解する糸口になる。

安積山影さへ見ゆる山の井の浅き心を我が思はなくに

右の歌、伝へて云く、葛城王、陸奥国に遣はされける時に、国司の祗承、緩怠なること異甚だし。ここに王の意悦びずして、怒りの色面に顕れぬ。飲饌を設けたれど、肯へて宴楽せず。ここに前の采女あり、風流びたる娘子なり。左手に觴を捧げ右手に水を持ち、王の膝を撃ちてこの歌を詠む。すなはち王の意解け悦びて、楽飲すること終日なりといふ。（巻一六・三八〇七）

左注の「風流びたる娘子」の句は、采女が洗練された行動を取って、王の機嫌を取りなおすだろうという前触れであろうが、ここの「風流びたる」は『古今集』の「たはぶれ」となんらかのつながりをもっているように思われる。左注の傍線部にあるように、采女は、左手に觴を捧げ饗宴を楽しむように進める一方、右手に水を持ち、歌に出てくる「山の井」から汲んできたようにして誠意の心を示し、また、王の膝をたたいてなだめる。これを受けて『古今集』は「たはぶれ」というので、王の機嫌を直すために取ったすべての行動、すなわち肉体的な接触をも含めた気のきいた行為を指していると思われる。王に仕える采女の夜伽が想像されなくもない状況を考えると、この「たはぶれ」は、前述した万葉の一二六番の歌でふれた「官能的な退廃性を帯びたなまめかし」い「風流」な行動を指し示した語として見ることも無理ではないだろう。

『古今集』におけるもう一例は次の歌に見える。

ありぬやとこころみがてらあひ見ねばたはぶれにくきまでぞ恋しき（巻一九・雑体・一〇二五）

ここの「たはぶれ」については、諸注ほぼ「冗談」という解釈で一致している。ちなみに、この歌は『古今集』のなかで誹諧歌に分類されているが、何を誹諧歌の根拠にするかについては注釈ごとに違う見解が示されている。たとえば、『片桐注』は「こころみがてら」「たはぶれにくき」の口語的な用語を用いる点を、『角川鑑賞』の窪田章一郎は恋愛の真実を伝えながらも笑いを誘うところを、『新大系』は恋の歌は心からのつらさを詠むのが本意であって「たはぶれ」の要素は排除されるべきであるというところを、また『新全集』は観察が細かすぎて情がなくなっている面を、『講談社文庫』は真剣であるべき恋を試してみようという点を、それぞれ誹諧歌たるゆえんとしている。[27]

解釈において大半の注釈書は、上の句の「逢わない」状態と「たはぶれ」を結びつけ、「そのような冗談もできないほど」と解しているところで一致している。ただ、『竹岡評釈』は、これらを同一のことと解するのを否定し、「たはぶれにくき」はやるせない恋しさのために、人と冗談をいったり遊び興じたりする心のゆとりもない心情であると論じる。これらと違って、一節でも言及した西村亨は、ここの「たはぶれ」を、「単に好色な行為をする、多婬であるというくらいの意味へ傾いていった」「たはる」の意義を代表的に示す再活用形であり、この時代の恋の遊戯性を表現する語であると理解している。[28]ただ、氏のように不倫の性行為を表す「たはる」の原義自体が変わって「たはぶれ」になったという見解は、『新撰字鏡』の該当項目に二つの言葉がそれぞれ違う意味として認識されている点、また平安時代以前に編まれた『万葉集』を含め、以降の和文においても「たはる」と「たはぶれ」の意味の使い分けがなされているところからも納得しがたい面がある。むしろ前述したように「たはる」の一部の意味が「たはぶれ」に含まれるようになったと見るほうがより妥当ではないだろうか。

次は『後撰集』の詞書に現れる五例の「たはぶれ」に移る。

三条右大臣、少将に侍りける時、しのびにかよふ所侍りけるを、上のをのこども五六人ばかり、五月の長雨すこしやみて、月おぼろなりけるに、酒たうべむとて、押し入りて侍り

けるを、少将はかれがたにて侍らざりければ、立ちやすらひて「あるじ出せ」など、たはぶれ侍りければ、　　あるじの女

さみだれにながめくらせる月なればさやにも見えず雲がくれつゝ　(巻四・夏・一八二)

あひ知りて侍りける人のもとより、ひさしくとはずして、「いかにぞ、まだ生きたりや」とたはぶれて侍りければ、

つらくともあらんとぞ思ふよそにても人や消ぬると聞かまほしさに　(巻十・恋二・六二七)

志賀の辛崎にて、祓へしける人の下仕へに、みるといふ侍りけり。大伴黒主そこにまで来て、かのみるに心をつけて言ひたはぶれけり。祓へ果てて、車より黒主に物かづけける。その裳の腰に書きつけて、みるに贈り侍りける。　　くろぬし

何せむにへたのみるめを思ひけん沖つ玉藻をかづく身にして　(巻一五・雑一・一〇九九)

「定めたる妻も侍らず、独臥しをのみす」と女友達のもとより、たはぶれて侍りければ、　　よみ人しらず

いづこにも身をば離れぬ影しあれば臥す床ごとに一人やは寝る　(巻一七・雑三・一二二八)

人々あまた知りて侍りける女のもとに、友達のもとより、「この頃は思ひ定めたるなめり。

たのもしき事也」とたはぶれおこせて侍りければ

玉江漕ぐ葦刈り小舟さし分けて誰を誰とか我は定めん

（巻一八・雑四・一二五一）

一八二番の歌は、藤原定方が一時通っていた女のもとに、定方の夜離れを知らず立ち寄った殿上人たちが「あるじを出せ」と「たはぶれ」、あるじの女が定方の不在を詠んだものである。六二七番は一時恋愛関係にあったが疎遠になった男から「まだ生きているのか」と「たはぶれ」かけられ、そのひやかしを戯れ返した歌であり、一〇九九番は「みる」という下仕えの女に心をつけた大伴黒主が「言ひたはぶれ」、賜禄の裳の腰につけた歌である。一二二八番の歌は、妻もなく独り寝をすることについて女友達より「たはぶれ」の言葉を送られ、詠んだものであり、一二五一番の歌は、多くの男と交わる女が、友達からの「たはぶれ」に応酬した歌である。いずれも男女の色恋が背後に横たわっているからかい、冗談である。

ただ、一〇九九番の詞書における「言ひたはぶれ」は、女を自分のものにしようと言い寄って「たはぶれ」ているから、単なる言葉だけの冗談やからかいというより、性的ニュアンスを含み持ち、言い寄っていちゃつくといった場面がさほど無理なく想像されるのではないか。

以上をまとめると、一〇世紀前半の七例の「たはぶれ」のうち、『古今集』の仮名序、『後撰集』の一〇九九番の歌の例は、「冗談」「遊び」の意味にのみ限定しかねる、男女の色めいた行為を示唆していることが認められるだろう。

次は一〇世紀後半に移る。

(二) 一〇世紀後半

一〇世紀後半の作品では、『平中物語』二例、『蜻蛉日記』一〇例、『うつほ物語』二四例、『落窪物語』二例が散見される。以下においては、それらのうち、男女間に用いられていて、かつ(三)の意に解されうるもの、あるいは冗談を意味しながらも色めいたことが二重にかけられていると思われるものに限定して考察する。

まず、『平中物語』の二例は女と男の間の「たはぶれごと」であり、冗談に解せられるものの、男女における「たはぶれ」を理解する上で、また当時の恋愛事情を知るうえでよきヒントになる。

女ども集りて簾のうちにて「あやしう音に聞きつるが、うつつによそにてもものをいふこと」と男も女もいひかはして、をかしき物語して女も心つけてものいふありけり。集りてものいふなかに、男もあやしくうれしくていひつきぬることなど思ひてをりけるほどに〔下人の一人が馬が綱を切って走り出したことを知らせると、女たちは妻の嫌がらせだと邪推して〕……「いな、これは夜ふくるまで来ねば妻のつくりごとしたるなめり」、「あな、むくつけ。はかなきたはぶれごとさへ、いふ妻持たらむものはなににかすべき」と、心憂がり、ささめきて、みな隠れぬ。 (二二段 四八九~四九〇頁)

この段は、男が言い寄る好機をねらっていた、ある女の女房たちと話し合うチャンスを得て、月の明るい夜、簾越しに「をかしき物語」をする場面である。女にものをいうてもない男にとって、このようなやりとりは主の女との接点をもつ絶好の機会であり、まず女房の心をつかまえるのが重要である。男のねらいは成功し、好意をよせる「女」もいるちょうどいい時に、男の下人が来て馬が走り出したことを告げる。すると、女房らは男の妻の狂言だと邪推して「たはぶれごと」程度でもやきもちをする妻を持っている人は話にならない、とみな簾の中に入ってしまう。

結局目当ての女に近づくこともできず失敗におわってしまうが、女房のいう「たはぶれごと」を文脈にそって見るかぎり、最初の傍線部とかかわっていると思われる。互いに機知に富んだ話をいいかわし相手の好感をあげ親密度を高める、打ち解けた会話のような「たはぶれごと」であろう。このような女房との「たはぶれごと」が成功すれば、男はその女房が仕える女とやりとりのできる段階に進むのである。

もう一つの次の例からも、それと似た「たはぶれごと」のようすが窺える。

また、この男、仏に花奉らむとて、山寺にまうでけり。すむ隣に、をかしきたはぶれごといひかはす人、かれもこれも、門よりいであひて、男がり、女、「いづちぞ」といひおこせたりければ、「紅葉濃き山へなむ」とて、

散るをまたこきや散らさむ袖ひろげひろひやとめむ山の紅葉を

「いかがはせむ。のたまはむにしたがはむ」といへば、女、

わが袖と継ぐべきものと一つ手に山の紅葉よあまりこそせめ

となむ、返しまさりなりける。(三〇段 五一二頁)

ここの「をかしきたはぶれごと」は、「山寺」に行くといわず「紅葉濃き山」へと、「色好みらしく、とっさの機転で」答え、「女を誘う歌を詠みかける」(『新全集』の注 五一二頁)男の洗練されたやり取りから、場と折にふさわしい恋の歌や手紙などを指す語だと考えられる。男の歌に女は自分と一緒になろうとするその心を見透し、ともに同行すると同意する旨を男の歌に切り返す形で示しており、二人の親密な関係が想像される。

二二段・三〇段ともに、男と女の、互いの隔てをとりはらう会話あるいは恋文のような「たはぶれごと」であり、前者は恋への展開を期待しての、その仲介役をする女房たちの心をつかむためのものであり、後者はすでに付き合っている女との関係を継続させるべき場と時にふさわしい恋文などのやりとり、あるいは情話であることが窺える。両段とも、男と女房との間、また妻のような正規の関係を結んでいるようには見えない間柄での色恋にかかわる「たは

ぶれごと」であるということはいえるだろう。

そういった特徴を示す例は『うつほ物語』(29)にもかなり見られる。二四例のうち、一〇例近くが男の好色行為にかかわっており、男のまめ心と対応する形で現れている。あて宮への執心に近い思いから妻と別居し、あて宮に求婚する実忠の例から見てみる。

（イ）あて宮の御乳母子、かたちも清げに心ばへある人、兵衛の君とてさぶらふに語らひつきたまひて、「実忠、殿にさぶらふとは、中のおとどに知らせたまへりや」などて、思すことをのたまへば、「ことたはぶれごとはのたまふとも、かかる口遊びは、さらに承はらじ」と聞こゆれば、「人のうひごとは咎めぬものぞ」などて、「思ひあまりてこそ、ここらの人の御中に、君にしも聞こゆれ」とのたまへば、兵衛「さらばまめやかなる御心ざしにてのたまはするか。栄してはかかることはのたまふまじとこそ覚ゆれ」など聞こえつつあるに……

（藤原の君　一三六〜一三七頁）

（ロ）〔実忠の歌にあて宮に代わって兵衛の君が〕書きて、「かくいひたらば」など聞こゆれば、「たぞ、君をかくいふらむは」などのたまふ。兵衛、持て出でて「御覧ぜさせつれば、兵衛がもとにたまへるなりと聞こえつれば、のたまひまぎらはして、笑ひたまへれば、御前にて、これかれが聞こえつるなり」と聞こゆれば、「さればよ。君の御手にこそあめれ」。「めづらしからぬも、『降る雪』とも聞こえつべしや」と聞こゆ。兵衛、「まめやかには、かくけしからぬことうけたまはらじ。（a）たはぶれにても、人の御あだごとなど聞こえたまふべくなむあらぬ」など聞こゆ。

（藤原の君　一四二〜一四三頁）

（ハ）〔あて宮からの返事をもとめ焦がれる思いを歌に詠み、兵衛の君のところに送ると〕例のあて宮に御覧ぜさすれば、「をかしげなるものにこそあめれ」とのたまへば、兵衛、「いかが、これをばのたまはむ。ときどきはのたまはせよかし」。あて宮、「いでやものいふらむわざも知らず。今習ひて」とのたまふ。宰相の君、「例のおぼつかなさの癖は、まだやめたまはざりけりな」といへば、「（b）御覧ぜよ、とたはぶれにいひなして、笑ひたまひにしかば、またも聞こえず」と聞こゆれば、宰相、をかしげなる蒔絵の箱に、絹、綾などし入れて取らせたまひてかかることをのたまふ。

（藤原の君　一四三〜一四四頁）

引用（イ）は、あて宮付きの女房兵衛の君に対して、実忠が、あて宮に邸を出入りしている自分の存在を知らせたのかと聞く場面である。それに対して兵衛の君は、ほかの「たはぶれごと」はいいが、あて宮にかかわる口遊びは受け入れないといっている。『新全集』は「たはぶれごと」「口あそび」両方を「冗談」とし、『全書』『室城注』は「口遊び」を「冗談」に解している。これに対して『角川文庫』は「心にない遊びごと。気まぐれのたわむれごと」と、また『旧大系』は「あて宮に関するあだ言」と解している。ここの「口遊び」は文脈から「たはぶれごと」と同格とも、その一種類とも見えるが、どちらにせよあて宮への実忠の懸想を指し示す語であり、真剣な交渉を前提にしないような男女関係を目当てにした、まごころの欠ける色ごとに読みとれると思われる。そう解釈するほうが、実忠が「たはぶれごと」「口遊び」と受け止められている自分の「うひごと」のまじめさを証明するため、軽い気持からではなく「思ひあまりて」胸の内を打ち明けるのだという主張とスムーズにつながるのではないか。兵衛の君もそれに説得され、「まめやかなる御心ざし」として受け入れようとし、その後、実忠の手紙と自分が宮の代わりに書いた返事を添えてあて宮に見せるまで発展するのである。

引用（ロ）は、あて宮からの直接の返事ではないことを実忠が見極めると、兵衛の君は（a）のごとく、「たはぶれ」にもあて宮は「人の御あだごと」には返事しないと弁明する。ここの「たはぶれ」と「御あだごと」を『新全集』はそれぞれ「冗談」と「誠意のない手紙。冗談ごと」に、『全書』は「冗談」と「懸想文」に、『旧大系』は「御あだごと」を「真実でないお文など」と解釈している。たしかにここの「たはぶれ」は、「冗談でも」のほうが文脈上適切であると思われるが、一方、実忠の手紙が恋文であることを考えると、評判の女に言い寄る男の色めいた行為、社会的に容認される範囲での色恋にかかわる行為としての「たはぶれ」と理解できなくもない。

引用（ハ）は、実忠の思い焦がれる歌を読んだあて宮が「をかしげなるもの」と評しながらも返事をせず、兵衛の君に「御覧ぜよ、とたはぶれにいひなし」たと、実忠に兵衛の君が伝えるところである。『新全集』は「そなたがご覧なさいと、あえて冗談にして」とし、『全書』は「私はいやだ、そなた御覧とあて宮が冗談にして」と、いずれもあて宮を主語にするが、『角川文庫』は兵衛の君があて宮に「御覧ぜよとたわむれごとのようにして言いましたが」と解釈している。ただ、あて宮は以前にも引用（ロ）の点線部のように、実忠の歌を兵衛の君に来たものと見て、いい紛らわし笑うところがあり、（b）の主語はあて宮にするほうが自然だと思う。ここの「たはぶれ」も諸注のごとく「冗談」にしても無理はなかろうが、「御覧ず」に異性と交わることの意味合いもあることを考えると、兵衛の君に実忠との関係をすすめる色めいた行為を指す語と見ることも可能になる。目当ての女にあうための手立てとしての女房との「たはぶれ」が非難されるべき行為でないことについては、次の本文（ニ）からも確認できるからである。
（ニ）は、あて宮の東宮入内ののち、衝撃のあまり失神し小野に隠棲した実忠のことを、あて宮の女房たちが評する段である。東宮から退出したあて宮の前で、かつての求婚者のうち、実忠ほどの真心を持った人はいないと、兵衛の君によってほめたたえられる場面である。
（ニ）御前に、孫王の君、兵衛、木工候ひて、御粥参り、御賄ひなんどす。……「あはれ、この頃こそむかし思ひ出でらるれ。宰相の君の思ひ惑ひたまひしこともこそ、つれづれと思ひ出でらるれ」。……兵衛「宰相の君よ、人したまはざりしは。一ところおはせし御曹司に、召ししに常に参りしかど、と聞こえよ、かう聞こえよ、とのみこそ。いささかなる**わたくしたはぶれ**をこそしたまはざりしか。（c）若き人はさやはある」などて「いでや、かく聖になりたまひける」。少将「何かは私ごともいはぬ。されど、人こそ耳に聞き入れね」。兵衛、「いさや、まろが恐ろしければにやありけむ、聞かでこそやみにしか」。孫王の君「いでや、（d）**まめ人**もなきものぞや」。

木工は「さはかし。君のみこそは」といふ。（国譲上　八六〜八七頁）

あて宮への伝言を頼むためいつも自分の部屋に呼んだが、すこしも「わたくしたはぶれ」をしたことはない、いまの若者にはめったにないことであると、そのまじめさをほめている。これが色めいた行為であることは自明であり、『新全集』も「あて宮に求婚する一方で、兵衛の君に対して好色なふるまいをすること。召し人扱いすること」と注を施し、『旧大系』は「私事の戯談（兵衛に言い寄るというような）」、『室城注』は「けしからぬ振る舞い」と解釈している。さらに（c）で「たはぶれ」が若者の当たり前の行為であり、実忠は「たはぶれ」ただろうが、兵衛の君が応じなかったのではと疑問をかける女房の言葉からは、男の「たはぶれ」に柔軟に応じるのも女房の当たり前のつきあい方の一つとしてもとめられていた事情が窺える。（d）で、実忠のような「まめ人」[30]はいないとする孫王の君の発言や、「たはぶれ」に応じなかった兵衛の君を軽く冷やかす木工の言葉からもそれは汲み取れる。

もう一つの例、朱雀帝が仁寿殿の女御に弟の兵部卿の宮をほめるところでも、「少し情けあらむ女の、心とどめてかの親王のいひたはぶれむには、いかがはいとまめにしもあらむ」（内侍のかみ　一六一頁）とあり、なさけある女なら、すばらしい男の「いひたはぶれ」に心を動かさずにはいられないだろうとしている。ここの「いひたはぶれ」は女を口説く男の色恋沙汰であり、『後撰集』の一〇九九番の詞書でもあったように、女の心を打ち解けるようにしむけ、男になびかせるという意を表しているだろう。

さらに、帝からの信望も厚く前途有望な四人の若者に、「たはぶれ」にかかわる語が付きまとうのも注目される。

（ホ）池水に玉藻沈むは鳰鳥の思ひあまれる涙なりけり

とは御覧ずやと聞こえたまへば、あやしう思していらへきこえたまはず。（e）この侍従〔仲澄〕も、あやしき**たはぶれ人**にて、よろづの人の、婿になりたまへと、をささ聞こえたまへども、さもものしたまはず、この同じ腹にものしたまふあて宮に聞こえつかむと思せど、あるまじきことなれば、ただ御琴を習はしたてまつりたま

ふついでに、遊びなんどしたまひて、こなたにのみなむ、常にものしたまひける。〔藤原の君　一五〇～一五一頁〕

（へ）〔良岑行政は〕（f）いとかしこき**時の人**にて、夜昼、内裏、東宮にさぶらひて、定めたる妻もなし。思ひかくまじき人にもの聞こえなどして、このあて宮の名高くて聞こえたまふを、いかでと思ひて、（g）**いひたはぶる る人**にものもいはず、よき人の娘賜へど得で、大将殿の兵衛佐の君、同じつかさにものしたまふを、うるはしく語らひきこえてあるを……

〔藤原の君　一七八～一七九頁〕

（ト）〔源仲頼は〕すべて千種（ちぐさ）のわざ世の常に似ず、かたちもいとこともなし。世の中の**色好み**になむありける。よろづの琴、笛、この人の手かけぬはいとわろし。帝、東宮にも、いとになく思す御笛の師なれば、常にさぶらふ。（h）いとかしこく時めきて、ただ今の殿上人の中に、仲頼、行政、仲忠、仲澄にまさる人はなし。この四人が願ひ申さむ官は、年に五度六度も賜はむとなむ思ほしける。

〔嵯峨の院　三五四～三五五頁〕

（チ）なほその中に、（i）藤侍従仲忠、いみじき**時の人**なりければ、よろづの人、住まずとは知りながら、婿取りたまへど、夜を重ねたまひて訪ふなし、あやしき**たはぶれ人**にてありける中に、（j）仲頼は、天下の一院三宮婿取りたまへど取られず、白銀、黄金、綾、錦をものとも思へらず、あやしくたぐひなき**すき者**にて、天女下りたまふらむ世にや、わが妻の出で来む。天の下にはわが妻にすべき人なしとなむ思へりける。……〔在原忠保の娘の評判を聞き〕この仲頼の少将、切によばふ。そのかみ父ぬし、「（k）かかる**たはぶれ人**と名はふるとも、わが娘につきて世を尽くさむとも知らず。宿世をも見む。たとへ住まずといふとも、われのみかかる恥を見ばこそあらめ。一院三宮、大臣公卿の御子、娘も、さこそ捨てらるめれ。さるを見つつここらの人の婿に取りたまふもやうあらむ……」

〔嵯峨の院　三五五～三五六頁〕

引用（ホ）ではあて宮に恋心をほのめかす同母兄の仲澄が「あやしきたはぶれ人」[31]とされ、（へ）では行政があて宮を妻にと思って「いひたはぶるる人」[32]があっても、なにもいわないことが語られている。また、（ト）と（チ）では仲頼を「色好み」「すき者[33]」、そして二度にわたって「たはぶれ人[34]」と評している。同じく仲忠も（チ）で「たはぶれ人」と呼ばれている。

（ト）の（h）でわかるように、この四人は才能に恵まれ帝の寵愛も厚い、時代の寵児である。彼らが「たはぶれ人」と呼ばれる理由は、（e）（f）（g）（i）（j）でわかるように、まず定まった妻がいないこと、多くの高貴な家門から婿取りを願っても応ぜず、複数の女性と関係をもちつつ、蝶のごとくあちらこちらに飛びまわるふた心の持ち主であることからである。『角川文庫』のいう「たはれを」「色好み」の意にもっとも近いと思うが、「たはぶれ人」という評判は、ある意味、あて宮を妻にと願望する彼らの理想の高さをも示している。そこに非難めいた視線はなく、（k）のように将来性のある婿取りをしたい父親の心配は当然あるものの、「時の人」の特権とも見える。

もちろん、夫の愛情を失った女側の恨みめいた表現にもなっている。次の例を見てみよう。

かかるに、大将、東の一、二の対、南のおとどの前より、丹後掾に御文持たせて、宮の御方に参りたまふほどに、方々立ち並みて見つつ、人々のいふやう、「わが君をわびさせたてまつる盗人の輩は、**あだのたはぶれにたはぶれて**、妬娼（とばう）の誦経文（ずきやうぶみ）捧げ持ちて、惑ひ来るぞ」と集まりて、あるは手を擦りて立ち居拝む。あるは、よろづのまがまがしきことといはぬなし。　（蔵開中　五〇三～五〇四頁）

一時は兼雅の妻として知られたが、夫に見捨てられ一条邸でわびしく過ごす女三の宮を、三条殿に迎えようと兼雅の手紙を持って仲忠が訪問するところである。仲忠の母俊陰の娘に兼雅を奪い取られたと思う女房たちは、傍線部のように、「盗人の輩」だの、「あだのたはぶれにたはぶれて」だのと、仲忠を誹謗する。ここの「たはぶれ」は、二度繰り返し強調するところから、また下の文とのつながりから度を越した色めいた行為と解すべきであろう。諸注も似た解釈をしているが、たとえば『新全集』は「好色に遊び興じすぎて」、『全書』は「たはけごとをして」、『角川文庫』は「うわ気の限りをつくして」、『室城注』は「自分は好色三昧の振る舞いをしているくせに」とする。ただ、

『旧大系』は「(あた) 戯談にも程がある、という怒りの表現」に、『野口注』は「気取りに気取り、めかしこんで」と注をつけている。

以上、『うつほ物語』の諸例のうち、「冗談」に解されても問題ないと思われるが、好色行為としても解釈できる可能性を持った例と、たしかにそのように解すべき例を探ってみた。それらにおいては、まじめな恋心と対応する形で「たはぶれ」が使われており、たとえば男女の(性)交渉の前触れのような恋の情趣を語る恋文として、あるいは言い寄る行為として、また目あての女との接点を持つ女房との交わりとして、さらに、交際の開始後には相手に拘束されずに、「無心」[35]にも見える遊戯的な恋の行為を示す語として用いられていた。その関係というものは、『古事記』や『日本書紀』の例にも似た、あまり拘束力のない女房との間、あるいは、妻とはいえない女との複数の恋愛沙汰を示していたのである。

一〇世紀末の『落窪物語』[36]にも、これらと連関する例、特に『うつほ物語』の実忠のまじめさと対応する形で用いられた「たはぶれ」と同じ性質をもったものが見られる。

数ならぬ影政らだに、女は見まほし、知らまほしくなむあるを、この殿は、すべてこの北の方よりほかに女はなしと、内裏に参りたまひても、后の宮の女房たち清げなるに、**たはぶれ**に目見いれたまはず、夜中にも暁にも、かきたどりてぞまかでたまふ。女の男に思はれたまふ例には、この北の方をしたてまつるべし……

(巻之四　三〇八頁)

落窪の姫君に対する少将のまめ心を賞賛する場面であるが、ここで影政は身分の低い自分でさえ女と交わりたいと思うのに、少将は宮中の美しい女房に対して「たはぶれ」にも目もつけず、一途に落窪の君一人だけに愛情を注ぎ、珍しいことであると語っている。ここの「たはぶれ」を諸注のごとく「冗談」[37]ととらえることも可能だろうが、『うつほ物語』の引用(二)の女房たちの会話から察せられたように、男の罪にならない、女房を口説く色めいた行為を指す語と見るのも可能である。

もう一つの例は、身分低い男女の性的行為を表すと思われるところに見える。

「知らぬけしきをだに見たまはずやある。腹立ち恨みたまふな」と腹立たせもあへず、たはぶれしたり。

（巻一　四〇〜四一頁）

自分に知らせず少将を落窪の君に忍び込ませたと恨み責めるあこぎに、帯刀が腹を立てる余裕も与えず「たはぶれ」する場面である。諸注は『中村注』に従い「閨に入る」とか「愛撫する」という肉体的接触にとっているが、『集成』はこれに反対して「根拠のないごまかし」と注記している。この段には、少将と落窪の姫君とのはじめの逢瀬を計らい、帯刀が姫君のところからあこぎを「しひて率て行きて臥し」「物も言はで、寝いりたるさまをつくりて臥せ」（三八頁）、また少将も姫君を抱き「物も言はで臥い」（三九頁）、「語らせたてまつりて、臥したまへれば」（四一頁）などというように、男女の契る場面が前後に何度も語られている。性的描写をはばからないこの物語の特色から見て、諸注のごとく、口うるさくいうあこぎの口をふさぎ、ほかに注意をそらすための行動、女にざれかかる性的な行為を示す語として解したほうが自然であろう。

こういった、男が女の関心をそらすための「たはぶれ」は、『蜻蛉日記』[38]にも一例が見つかる。

「ここち悪しきほどにて、え聞こえず」とものして、思ひ絶えぬるに、つれなく見えたり。あさましと思ふに、うらもなくたはぶるれば、いとねたさに、ここらの月ごろ念じつることを言ふに、いかなるものと、絶えていらへもなくて、寝たるさましたり。聞き聞きて、寝たるがうちおどろくさまにて、「いづら、はや寝たまへる」と言ひ笑ひて、人わろげなるまでもあれど、岩木のごとして明かしつれば、つとめて、ものも言はで帰りぬ。

（中巻　二一七〜二一八頁）

本文は、近江との関係が進み作者の門前を何度も素通りした兼家が、すねている作者の機嫌を直すため「たはぶる」ところであり、夫婦間の性的なニュアンスを含んだ行為として解されうると思われる。ここを『集成』『新大系』『柿本注』『旧全集』『角川文庫』は「ふざける」、『旧大系』は「いけしゃあしゃあと」、『講談社文庫』は「いちゃつく」と訳している。ちなみに、一節で確認したように、ここの本文は『日国』が（また『古語』も）（三）の意に解すべき「たはぶる」の初出の例として出したところである。

以上のように、一〇世紀を通してみた和文における「たはぶれ」には、現代の辞書類が示す初出の例よりもずっとはやい時期からすでに「たはる」[39]の要素が含みこまれていたことが、文脈から察せられただろう。

おわりに

ここまで男女間に用いられる「たはぶれ」の解釈をめぐる問題について、『日国』における初出の例と諸注釈書の認識態度と絡ませて考察してみた。

文脈によっておおむね三つの意味に解される「たはぶれ」は男女間に用いられる時、単なる「冗談」「遊び」とはいえない用例があるにもかかわらず、諸注釈書では（一）か（二）の義に解することが多く、たしかな例ではないかぎり（三）の意にまで拡張して理解されることはすくなかった。それは現代の辞書類の認識態度ともかかわる。つまり動詞形においては（三）の意の用例を一〇世紀半ば以降の『蜻蛉日記』から認めながら、名詞形においては一七世紀の作品に（三）の意の初出例をもとめるという扱い方からも察せられたように、これまでは平安時代以降中世までの用例について、充分にその意味が把握されてこなかった可能性を露呈していたのである。

そこで上代の諸文献における「たはぶれ」、そして「たはぶれ」と訓読される傾向のある「戯」の字を調べた結果、

「たはぶれ」が「たはる」と「戯」の義を共有することによって、また一方では漢籍の訳・訓読の歴史が重なるにつれ「たはる」の色恋に溺れる意の一部、つまりその否定的な面が排除されて[40]、慰み・遊びのほうの、社会的に受け入れられる範囲の色恋の義が「たはぶれ」に吸収されたのではないかと推し量ってみた。その根拠は平安前期の文学作品に現れる「たはぶれ」の一特性からも裏付けられただろうが、一〇世紀前半においては、『古今集』の仮名序における用例がまず注目された。王の機嫌を直すために采女が取った行為としての「たはぶれ」に、官能的で洗練されたなまめかしさが看取されたのである。また、『後撰集』の一〇九九番の詞書には、女を落とそうと言い寄る「言ひたはぶれ」があり、単に言葉だけの冗談やからかいにとどまらない、男女の色恋にかかわる例が見られた。一〇世紀後半においては、何よりも物語作品のなかで、目あての女に近よるためにその女房の心を得ようとする様々な段階の「たはぶれ」、また真剣な恋に対する男の色めいた遊戯的な行為あるいは身分の低い男女の性的な関係をにおわす「たはぶれ」など、色恋の意味を含み持つ例がいくつか散見された。それらのなかには、(三)の意だけにはおさまらない、恋の情趣を語る恋文(歌)や情話らしき例もあり、辞書類における語義の項目を見直すべき点も示唆された。

それぞれの例は、まじめな恋の思いからの執心や思い焦れる心情とは異なった、明朗で快活さに満ちた男女の色めいた言行を示す語であり、その関係というのも男君と女房、あるいは妾のような、社会的に拘束力のない男女関係で交わされることが多かった。男女の色恋にかかわるこういった例は、『源氏物語』の時代により顕著になりその範囲も拡がるが、それに関する考察は次章に譲りたい。

注

(1) 辞書における説明の詳細は次の一節を参照されたい。

（2）傾向としては（二）の意に解されることが多い。

（3）京都大学国語学国文学研究室編『新撰字鏡国語索引』臨川書店、一九七四年、一二九頁。

（4）内容を参照するにあたっては五本の『類聚名義抄』の和訓をすべて抜き出した、草川昇編『五本対照類聚名義抄和訓集成（二）』（汲古書院、二〇〇〇年、五七六～五八〇頁）を用いたが、そのうち、完本の「観智院本」（一二四一年）を特に参考にした。

（5）我妻多賀子「たはぶる」大野晋編『古典基礎語辞典』角川学芸出版、二〇一一年、七三六～七三七頁。ちなみに、「たはぶる」「たはる」と語根を同じくする形容詞「たはし」にも「婬」や「姪」とともに「媱」「妷」があてられている。

（6）西村亨「たはく――不倫の男女関係」『新考王朝恋詞の研究』おうふう、一九八一年、八〇頁。

（7）ただし、この見解に関しては納得しがたい点があり、それについては二節を参照されたい。

（8）ちなみに、『角川』では「いひたはぶる」をも同じ範疇に入れている。なお、辞書類に「いひたはぶ（れ）る」という項目は立てられていない。

（9）周知のごとく、『日国』は日本語の国語辞典として唯一の大辞典であり、言葉の意味だけでなくいつの時代からその語が使われだしたかを示すために、初出の例が載っている。それゆえ歴史的な意味の変化や派生を知ることができる。

（10）『古語』も同じ用例を引用し、『角川』は『源氏物語』の野分巻から引いている。

（11）『角川』も同じであり、『古語』は上述したように（三）の意味を認めていない。

（12）注（3）一二九頁。

（13）同じく「たは」を語根とする「たはく」と「たはし」の、『新撰字鏡』の項目（一二九頁）も参考として次にあげる。「たはし」にも「戯」あるいは「遊」「楽」が見え、その遊戯性を同時に含み持っていることが窺える。

太波(久)　奸（姦）……　乱也　犯婬也　誰也　比須加和佐又太波不(久)

太波志　妷　……　楽虚也　婬也　耽也　太波志　又宇良也牟

太多志　媱　……　戯也　遊也　南方宿名　不介留　太多志

（14）八～九世紀の漢文体の記述には不吉で社会的・倫理的に不正な男女の交わりは、たとえば「其のいろ妹、軽大郎女を姦して（姦其伊呂妹、軽大郎女）」（『古事記』三一九頁）、「王母と相婬けて、多に無礼き行す（与王母相婬、多行無礼）」（『日本書紀1』四九一頁）、あるいは「爰に経師、婬れの心熾に発り（爰経師、婬心熾発）」（『日本霊異記』二九二〜二九三頁）などのように、「姦」「婬」などの漢字が用いられ、「をかして」「たはけて」「たはれ」と訓されている。

(15)「戯」を「たはぶれ」に訓した例は、『古事記』一例（一）、『日本書紀』二例（七）、『風土記』一例（二）、『日本霊異記』〇例（七）である。括弧内は「戯」の総用例の数。なお、用例の検索にあたってはジャパンナレッジのデータベース（新編日本古典文学全集）を用いた。

(16) 引用文は『新全集』によるが、その他の参考にした注釈書として、以下のものを用いた。以下、注釈書の配列は刊行順。

・倉野憲司ほか校注『古事記　祝詞』日本古典文学大系、岩波書店、一九五八年。以下、『旧大系』。
・神田秀夫ほか校注『古事記　下』日本古典全書、朝日新聞社、一九六三年。以下、『全書』。
・丸山二郎『標柱訓読古事記』吉川弘文館、一九六五年。以下、『丸山注』。
・荻原浅男校注・訳『古事記　上代歌謡』日本古典文学全集、小学館、一九七三年。以下、『旧全集』。
・武田祐吉訳注『古事記』角川文庫、角川書店、一九七七年。以下、『角川文庫』。
・上田正昭ほか編『古事記』鑑賞日本古典文学、角川書店、一九七八年。以下、『角川鑑賞』。
・西宮一民校注『古事記』新潮日本古典集成、新潮社、一九七九年。以下、『集成』。
・次田真幸全注釈『古事記（下）』講談社学術文庫、講談社、一九八四年。以下、『講談社文庫』。
・西郷信綱『古事記注釈　第七巻』ちくま学芸文庫、筑摩書房、二〇〇六年。以下、『ちくま文庫』。

(17) 引用文は『新全集』によるが、その他の参考にした注釈書として、以下のものを用いた。

・武田祐吉校注『日本書紀 一〜六』日本古典全書、朝日新聞社、一九四八〜一九五七年。以下、『全書』。
・坂本太郎ほか校注『日本書紀 上・下』日本古典文学大系、岩波書店、一九六五〜一九六七年。以下、『旧大系』。

(18)『旧大系』『全書』『旧全集』『角川鑑賞』『集成』『講談社文庫』も同じであり、『角川文庫』は「戯遊」二文字を「たはむれ」にしている。

(19) 引用文は『新全集』によるが、その他の参考にした注釈書として、以下のものを用いた。

・高木市之助ほか校注『万葉集一〜四』日本古典文学大系、岩波書店、一九五七〜一九六二年。以下、『旧大系』。
・小島憲之ほか校注・訳『万葉集一〜四』日本古典文学全集、小学館、一九七一〜一九七五年。以下、『旧全集』。
・青木生子ほか校注『万葉集一〜五』新潮日本古典集成、新潮社、一九七八〜一九八四年。以下、『集成』。
・佐竹昭広ほか校注『万葉集一〜四』新日本古典文学大系、岩波書店、一九九九〜二〇〇三年。以下、『新大系』。

(20) ちなみに、詞書および左注の漢文体に織り込まれた「戯」の字は八例（「戯奴（やけ）」は除く）あり、注釈書によって音・訓読両方が施されている。たとえば、大伴宿禰池主という人が家持から思いもよらぬものをもらった厚意を謝する方法として詠まれた「戯歌」（巻一八・四一二八）を、『新全集』や『新・旧大系』は「戯れの歌」と訓読しているが、『集成』は「戯歌（ぎか）」と音読している。いずれにせよ、信頼・友情の関係からもたらされた軽快な冗談の手紙文や歌が続いており、遊戯性を持った冗談の「戯」である。

(21) 『新全集』によると、「中国における「風流」の意味は時代によって変遷があり、晋代以降、①個人の道徳的風格、②放縦不羈、③官能的な退廃性を帯びたなまめかしさ、などと推移した」ようである。この歌においても、男は「伝統的な風流①の解釈をとっている」のに対し、女は「風流③の延長というべき、『遊仙窟』など唐代小説類に多い好色的な意味に解釈している」（九七頁）とする。『新大系』も漢語「風流」は、「超俗脱俗を中心的な意味として、高潔・洒脱・放逸・好色の意まで含む」（一〇五頁）と同じ旨を述べる。

(22) 読み方については『新・旧全集』『集成』は「きゃくき」、『新大系』は「ぎやくぎ」と音読し、『旧大系』は「たはぶれ」と訓読を施しており、「戯れごと」あるいは「冗談」に解釈している。

(23) ただ、いとこきょうだいの愛が珍しくなかったはずの当時のことを思うと、きょうだい愛以上は認めない諸注の解釈には疑問が残る。なぜならば、ほかのところでも二人の恋心を詠んだ六七二・六七三・六七四番の歌がならんで配置され、二人の恋愛関係を匂わせるような、何らかの編者の意図が感じられるからである。

(24) 正宗敦夫編『万葉集総索引 単語篇』平凡社、一九七八年、五六三頁。

(25) 検索にあたっては『新編国歌大観』のCD-ROMを用いた。

(26) 引用文は『新全集』によるが、その他の参考にした注釈書として、以下のものを用いた。
・窪田章一郎ほか編『古今和歌集・後撰和歌集・拾遺和歌集』鑑賞日本古典文学、角川書店、一九七五年。以下、『角川鑑賞』。
・竹岡正夫『古今和歌集全評釈補訂版』右文書院、一九八一年。以下、『竹岡評釈』。
・久曾神昇全注釈『古今和歌集1～4』講談社学術文庫、講談社、一九七九～一九八三年。以下、『講談社文庫』。
・小島憲之・新井栄蔵校注『古今和歌集』新日本古典文学大系、岩波書店、一九八九年。以下、『新大系』。
・片桐洋一注『古今和歌集』笠間書院、二〇〇五年。以下、『片桐注』。

(27) 『竹岡評釈』も同じ旨を述べている。

(28) 西村、注(6)八〇頁。
(29) 引用文は『新全集』によるが、その他の参考にした注釈書として、以下のものを用いた。
・宮田和一郎校注『宇津保物語一~五』日本古典全書、朝日新聞社、一九四八~一九五七年。以下、『全書』。
・河野多麻校注『宇津保物語一~三』日本古典文学大系、岩波書店、一九五九~一九六二年。以下、『旧大系』。
・原田芳起校注『宇津保物語(全三巻)』角川文庫、角川書店、一九六九~一九七〇年。以下、『角川文庫』。
・室城秀之校注『うつほ物語』おうふう、一九九五年。以下、『室城注』。
・野口元大校注『うつほ物語(1)~(5)』校注古典叢書、明治書院、二〇〇二年。以下、『野口注』。
(30) 『角川文庫』は「まめ人」を「兵衛の君」にする。
(31) 『新全集』は「いっぷう変わった風流好みの人」と訳し、『角川文庫』は「「たはれを」に同じ。色好み」と注記している。
(32) 『新全集』『旧大系』は、主語を行政にし「戯れにいい寄る人があっても」というふうに解釈しているが、『角川文庫』は「女方から懸想して歌詠みかけたりするのにも物も言わないで」と女にしている。
(33) 『新全集』は「色好み」を「女性にとって魅力のある男、色男」に、「すき者」を「物好き、風流人」と注記している。『旧大系』は「好く」は、「物でも、人でも、対象に自分の心が満足を覚える、気に入る。相手が異性の場合は、情熱がこもって、恋に移り易い」と解説する。
(34) (k)の「たはぶれ人」を、『旧大系』は「浮気もの」に、『全書』は「道楽者」と注記している。
(35) 久富木原玲は「戯れは無心にも通ずる」(「戯れ」久保田淳ほか編『歌ことば歌枕大辞典』角川書店、一九九九年、五二四~五二五頁)とする。
(36) 引用文は『新全集』によるが、その他の参考にした注釈書として、以下のものを用いた。
・中村秋香『落窪物語大成』成蹊学園出版部、一九〇一年。以下、『中村注』。
・所弘ほか校注『堤中納言物語　落窪物語』日本古典全書、朝日新聞社、一九五一年。以下、『全書』。
・松尾聡ほか校注『落窪物語　堤中納言物語』日本古典文学大系、岩波書店、一九五七年。以下、『旧大系』。
・三谷栄一ほか校注・訳『落窪物語　堤中納言物語』日本古典文学全集、小学館、一九七二年。以下、『旧全集』。
・稲賀敬二校注『落窪物語』新潮日本古典集成、新潮社、一九七七年。以下、『集成』。
・藤井貞和ほか校注『落窪物語　住吉物語』新日本古典文学大系、岩波書店、一九八九年。以下、『新大系』。
・柿本奨『落窪物語注釈』笠間注釈叢刊、笠間書院、一九九一年。以下、『柿本注』。

(37)『新大系』は「冗談」に訳しつつ、「「たはぶれ」はかりそめ」のことだと注記する。『旧大系』『集成』は「たわむれ」に、『旧全集』『新全集』は「冗談」に、『柿本注』は「じょうだん」に訳し「一時のたわむれ心の軽い気持にも」と注に補っている。

(38) 全体で一〇例が見られるが、そのほとんどは茶化す、とりとめない「冗談」と解すべきものである。ただし、兼家が女房など手づるを介して女との交際をすすめる当時の風習をかまわず、作者の親に直接その意を「たはぶれにもまめやかにもほのめかし」た（上巻　九〇頁）ところは、「冗談」に解したほうが適切に見えるが、これまで検討した「たはぶれ」の色めいた性質をも同時に含みもっている個所とも考えられる。

なお、引用文は『新全集』によるが、その他の参考にした注釈書として、以下のものを用いた。

・川口久雄ほか校注『土左日記・かげろふ日記・和泉式部日記・更級日記』日本古典文学大系、岩波書店、一九五七年。以下、『旧大系』。

・柿本奨『蜻蛉日記全注釈上・下』角川書店、一九六六年。以下、『柿本注』。

・木村正中ほか校注・訳『土佐日記　蜻蛉日記』日本古典文学全集、小学館、一九七六年。以下、『旧全集』。

・上村悦子全訳注『蜻蛉日記上・中・下』講談社学術文庫、講談社、一九七八年。以下、『講談社文庫』。

・犬養廉校注『蜻蛉日記』新潮日本古典集成、新潮社、一九八二年。以下、『集成』。

・今西祐一郎ほか校注『土佐日記　蜻蛉日記　紫式部日記　更級日記』新日本古典文学大系、岩波書店、一九八九年。以下、『新大系』。

・川村裕子訳注『蜻蛉日記Ⅰ・Ⅱ』角川文庫、角川書店、二〇〇三年。以下、『角川文庫』。

(39) 参考までに一〇世紀までの和文における「たはる」の例を見ると、万葉の一七三八番の歌に「人皆乃(ひとみなの)　如是迷有者(かくまとへれば)　容艶縁而曾妹者(うちしなひよりてぞいもは)　多波礼弖有家留(たはれてありける)」と、美しい女に惹かれた男たちとみだらな行為をする意味の一例があり、『古今和歌集』には「秋くれば野辺にたはるる女郎花いづれの人か摘までみるべき」（巻一九・読み人知らず・一〇一七）、「ももくさの花の紐とく秋の野に思ひたはれむ人なとがめそ」（巻四・読み人知らず・二四六）と咲き乱れた花に心惹かれるようすを詠んだ二例がある。また、『伊勢物語』に「名にしおはばあだにぞあるべきたはれ島浪のぬれぎぬ着るといふなり」（六一段）と「あだ」とかかわる一例、同じく『枕草子』の「島は八十島、浮島。たはれ島……」と一例がある。『うつほ物語』にもあて宮に懸想する真菅の色恋を「心たはれたけりて、御妻もなし」（藤原の君　一九七頁）と皮肉る場面、兼雅の露骨な女陰描写と性的な行為に接せられ、その北の方俊陰の娘が「うたて、たはれたまへる」（蔵開

中　五一五頁）といやがる場面に一例ずつある。

「たはぶれ」に比べて「たはる」の頻出度はかなり落ちるが、文脈から見ると、人の行為にこの語が使われたとき、否定的な意味合いが含まれていることがわかる。これ以外でも同根の「たはし」が『落窪物語』に「典薬助にて身まづしきが、六十ばかりなる、さすがにたはしきに」（巻之一　九八頁）というように、年老いた典薬助の色好みを否定的にとらえる場面が一例ある。

（40）　諸例でたしかめたように、すくなくとも一〇世紀までの「たはぶれ」には、「たはる」が示す「不倫」な行為という否定的な意味は含まれていないと思われる。

第一〇章　『源氏物語』時代の「たはぶれ（る）」攷
――物語における色恋の生成

はじめに

ある語がもつ意味の外延は、それを使う人々の言語習慣によって決められる、ということはよく知られている。語源を保ちつつも、もとの語源から離れ、別の意味を生じさせてその外延を拡げたり減縮させたりする動因は、それを用いる人々の側にあるのである。第九章につづき、本章でひきつづきとりあげる和語「たはぶれ（る）」も、もともと（一）遊び興じること、（二）冗談といった二つの意味合いしかなかったようだが、ある時点から（三）本気でない男女の交わりといった三つ目の意味が加わり、その幅を拡げた典型的な例である。

第九章で確認したように、『日本国語大辞典（第二版）』（小学館、以下『日国』）によれば、（三）の意に解されうる「たはぶれ」の初出の例については、動詞形の「たはぶる」は一〇世紀半ば以降に成立した『蜻蛉日記』からとされているのに対し、名詞形の「たはぶれ」の方は一七世紀以降の『好色一代女』からとされている。そのためであろうか、古典文芸における「たはぶれ」を解釈する際、それが男女間に用いられる場合、単なる「遊び」「冗談」とは言い難い例があるにもかかわらず、諸注釈書および現代日本語訳では（一）か（二）、なかでも（二）冗談の意に解釈しがちな傾向が見られている。

前章では、「平安時代以降の用例について充分にその意味が把握されてこなかった可能性」を想定し、上代の漢文中心の文献を含め、一〇世紀までの和文における「たはぶれ」が、どこまで読みとれるか、その解釈の可能性を詳細に検討した。その検討によって、一〇世紀までの男女間に使われる「たはぶれ」のなかには、単なる「遊び」「冗談」とは解釈しえない、男女の色めいた言行を示す語があることを明らかにした。またその男女の関係については、男君と女房、あるいは妾のような、社会的に拘束力のない男女関係で交わされるという特徴を導き出したのである。

本章はそれをふまえ、もっとも多くの用例が頻出する『源氏物語』を中心に、平安中期の和文における「たはぶれ」、とりわけ男女の色恋にかかわる諸例の注釈および現代日本語訳を再検討しつつ、文脈においてそれが生成する意味を明確にとらえようとする。というのは、『源氏物語』においてそれが内包する意味の外延はいっそう拡がっており、すくなくとも『源氏物語』時代までの用例を細密に検討することは、その意味を的確につかむためにも一つの手続きとして必要だと判断されるからである。

一　『枕草子』と日記文学の例

一〇世紀を通して見た「たはぶれ」は、特に物語において色恋の意味を持ちうる例が散見されたが、一〇世紀末から一一世紀はじめにかけての平安中期にもこの傾向は認められそうである。ただ、『枕草子』（四例）や『和泉式部日記』(三例)、『紫式部日記』(七例)[1]など、個人の体験を主に扱う作品群においては用例がそもそもすくなく、男女の色恋にかかわる例になるとさらに減る。ほとんど「冗談」や「いたずら」「遊び」、また酒を飲み「ふざける」ようすなどを表出する語であり、性的なニュアンス、あるいは色恋の意を含んだものとして解しうるのは、各作品にわずか一例くらいしかないのである。

『枕草子』[2]から見ると、

〔中宮の兄伊周が〕女房と物言ひ、たはぶれ事などしたまふ。御いらへをいささかはづかしとも思ひたらず、聞え返し、そら言などのたまふは、あらがひ論じなど聞ゆるは、目もあやにあさましきまで、あいなう面ぞ赤むや。(三一〇頁)

この段は、宮仕えをはじめたばかりの作者が、華やかな宮中生活に胸をときめかせながら、中宮と伊周のようすに感嘆する内容である。ここの「たはぶれ事」は、次の「御いらへ」との関係から「冗談を言う」[3]と解するのが通説のようだが、『新全集』は「冗談」に訳しながらも、「たはぶれ事」を「ふざけた動作」であると注記し、下の「御いらへ」はそれに対する適当なあしらいの言葉であってもよいだろうと解説を加えている。前後の叙述から見て、『新全集』の注記のように、女房と男君のすこし乱れた行為を示す語として読みとることもできる文脈だと思われる。というのは男君と女房との「たはぶれ」が社会的に容認される行為であることは、第九章ですでに確認したとおり、一〇世紀の『平中物語』(二二段 四八九〜四九〇頁)と『うつほ物語』(国譲上 八六〜八七頁)、また後にふれる『源氏物語』からも確認されるからである。

次に、『和泉式部日記』[4]の例に移るが、前後の文脈から色恋にかかわることがよりはっきりとわかる。

i かくて過ぐすも明けぬ夜の心地のみすれば、(a)はかなき**たはぶれごと**も言ふ人あまたありしかば、あやしきさまにぞ言ふべかめる。さりとて、ことざまの頼もしき方もなし。(五六頁)

恋人関係にある敦道親王から宮邸入りを勧められ、去就に思案しながら自分に興味を示す男たちを「たはぶれごとも言ふ人」だとする。『新全集』『講談社文庫』は「つまらない冗談」、『旧大系』は「浮気っぽい、冗談」と解し、『集成』は「はかなき」のところに「誘惑めいた」という注を施している。また、『講談社文庫』は「冗談」にしながらも「すきごと」と対比して、「すきごと」はまだ美的評価もあるが、「はかなきたはぶれ」はもっと軽く、言い寄った男たちの心を女が誠意あるものとは受け止めず、あまり高く評価していないことを示すと付けくわえている。[5]

「たはぶれごと」を「言ふ」と続いているので、「浮気っぽい冗談」に解しても無理はなかろうが、この時代の男女関係が恋心をこめた和歌のやり取りからはじまること、またこのような男たちの行動が世間において女が「あやしきさま」と噂される原因になっているところから、なれそめのきっかけを作ろうと言い寄る男の色めいた言行と理解するほうが意味の拡がりを考えるうえでより適切ではなかろうか。というのは、次にあげるように、（a）と同じような文脈のなかで、「すきごと」が用いられ、「たはぶれ」と「すき」との意味の近似性が察せられるからである。

ii　雨うち降りていとつれづれなる日ごろ、女は雲間なきながめに、世の中をいかになりぬるならむとつきせずながめて、「（b）**すきごと**する人々はあまたあれど、ただ今はともかくも思はぬを。（c）世の人はさまざまに言ふめれど、身のあればこそ」と思ひて過ぐす。（二八頁）

iii　かくいふほどに、七月になりぬ。七日、（d）**すきごと**どもする人のもとより、織女、彦星といふことどもあまたあれど、目も立たず。（四一頁）

iv　「あいなし。参らむぼどまでだに、便なきこといかで聞こしめされじ。近くてはさりとも御覧じてむ」と思ひて、（e）**すきごと**せし人々の文をも、「なし」など言はせて、さらに返りごともせず。（六九頁）

引用iiには、五月雨の続く日に、物思いにふける女の心中がえがかれている。この段は、宮が女の男関係を疑い、また人々から「かろがろしう」と思われることを恐れ、しばらく女を訪れない動静が書かれた直後である。言外に、宮が訪れなくなった理由が、（b）の「すきごとする人々」、つまり女に「恋文を贈ったり、恋心を打ちあけに訪ねて来たりする」[6]男たちと、それを噂する（c）の「世の人」の側にあると、自分の潔白を匂わせていることが窺える。[7]続く引用ⅲでも、宮に惹かれる気持から、女には無意味に思われる「すきごと」する人々の行為（d）が、宮の疑いを買うような噂の種になり、せっかくの宮邸入りの決心を台無しにするのではないかと危惧し、引用ⅳでは一切の交際を絶とう（e）とする。

これらの引用に見られる「すきごとする人」は、ニュアンスの差はあろうとも、「たはぶれごとも言ふ人」と本質的に同じではないだろうか。つまり、女に交際をもとめて言い寄ってくる人を指す類似表現として機能していると思われるのである。

次は『紫式部日記』[8]の例を見てみる。そこには年寄りの乱れたようすを「たはぶれごと」とする非難めいた語が見られる。

（f）右の大臣よりて、御几帳のほころび引きたちみだれたまふ。さだすぎたりとつきしろふも知らず、（g）扇をとり、**たはぶれごと**のはしたなきも多かり。（一六四頁）

若宮誕生の五十日目のにぎやかなお祝いが行われるなか、女房の集まっているところに、年老いた右大臣が醜態を演ずる一場面である。文脈から見て（g）は、（f）の右大臣の「みだれたまふ」ようすを具体的に述べたものであると思われる。人々がつつきあうのも知らず、女房の扇を取って一人興に乗って浮わつくようすが「たはぶれごと」と表されている。諸注は「みっともない冗談」「聞きづらい冗談」に解するが、女房の気を引こうとする、醜態にしか見えない年寄りの色めいてふざけた言行を表現する語として見るのもさほど無理ではなかろう。

『枕草子』の例が作者の夢を見るような心情から、伊周を理想化する文脈のなかで「たはぶれ」を用いその軽快さばかりが強調されていたとすれば、『紫式部日記』の方では自分をわきまえない年寄りの一方的な「たはぶれごと」

がいかに醜いか、その否定的な面がとらえられている。両方の「たはぶれごと」が諸注のごとく「冗談」であることも否定しがたいが、また文脈にただよう性的なニュアンスから「色めいた言動」である可能性も排除しきれない二重性を含み持っていると思われる。これらに比べると『和泉式部日記』の「たはぶれごと」は、女と恋の関係を結ぼうとする男たちの言い寄る行為であることが「すき」との関連からより明瞭に示されていたのではないか。

二 『源氏物語』の諸例

『枕草子』と日記文学における「たはぶれごと」は女房と男の間に限られていたが、同時代の『源氏物語』では男君と女房（格の女）、あるいは夫婦・愛人との間で交わされ、より多様化する。合計七七例のうち、半数以上が色恋にかかわっており、それぞれの例は場面・文脈によって意味は変動するが、諸注釈書ではやはり「遊び興じる」「冗談をいう」といった内容にとる傾向が強い。それで意味が通じないわけではないが、男女間で行われる多くの「たはぶれ」が、「遊び興じる」「冗談をいう」場面においてさえ、実は男女の性的なニュアンス、あるいは性的な交渉をにおわす可能性があると思われ、物語の行間から感じさせる、色めいた「たはぶれ」の語意が充分とらえられていないように思われる。

そこで、従来「冗談」「遊び」などと解釈されてきた「たはぶれ」のうち、男女の性的な交渉、もしくはそういったふるまいのニュアンスを含むと思われる例、および確実に男女のみだらな行為、男女の色恋にかかわると考えられる例を、男と女の関係に応じて三つに分類して検討してみたい。

(一)まめ心の対蹠点に配置される「たはぶれ」

まず、まじめな恋に対する軽い色恋と思われるものをとりあげてみる。それらは、不似合いな関係、つまり身分上釣り合わない女との関係、あるいは真剣ではない男女関係を強調する文脈に表れている。

①「……(ア)たはぶれにても、もののはじめにこの御事よ。宮聞こしめしつけば、さぶらふ人々のおろかなるにぞさいなまむ。あなかしこ。もののついでに、いはけなくうち出できこえさせたまふな」など言ふも、それをば何とも思したらぬぞあさましきや。少納言は、惟光にあはれなる物語どもして「……ただなるよりは、(イ)かかる**御すき事**も思ひ出でられはべりつる」など言ひて、この人も事あり顔にや思はむなど、あいなければ、いたう嘆かしげにも言ひなさず。

(若紫 二四九~二五一頁)

引用は源氏と若紫が一夜を過ごした次の日のことであり、傍線部(ア)は、源氏にとって「まことの懸想」(若紫 二四六頁)とはいえないにしても、自分の代わりに惟光を送ったその不誠実な行為を、女房少納言が不満がるところである。ここの「たはぶれ」は前後にある少納言の発言とあわせて考えるとき、より明瞭になるだろう。つまり、若紫への源氏の関心を一時の懸想としてしか見ていず、また源氏の相手としてもふさわしくないと思った[10]直前の発言(若紫 二四一頁)と連動させると、いくら「たはぶれ」、すなわち、真剣とは思えない軽い色恋であるとしても、関係が生じたばかりのときにこのような扱い方はおろそかだと、不平をこぼしていると思われる。それに(イ)の「かかる御すき事」は、実事はなかったにせよ、まだ子供の若紫と一夜を過ごし、次の日に来ない源氏の行為を示した発言であり、(ア)のところと緊密につながっている。ちなみに『玉上評釈』は(ア)の「たはぶれ」を「冗談」と解するが、『湖月抄』『萩原評釈』は『玉の小櫛』を引き「かりそめにてもといはんがごとし」、『新全集』も「本当の結婚ではなく、かりそめのものとしても」、また『新大系』も「正式の結婚でないにしろご縁組の最初からして」と、似た解釈をしている。『玉上評釈』以外は「たはぶれ」の色恋的な要素を見出そうとしているのである。

（ア）と似た「たはぶれ」は源氏と明石の君にかかわる文脈にも登場している。

②母、「あなかたはや。京の人の語るを聞けば、やむごとなき御妻どもいと多く持ちたまひて、そのあまり、忍び忍び帝の御妻をさへ過ちたまひて、かくも騒がれたまふなる人は、まさにかくあやしき山がつを心とどめたまひてむや」と言ふ。……母君、「などか、めでたくとも、もののはじめに、罪に当たりて流されておはしたらむ人をしも思ひかけむ。（ウ）さても、心をとどめたまふべくはこそあらめ、**たはぶれ**にてもあるまじきことなり」と言ふを、いといたくつぶやく。　（須磨　二一〇～二一一頁）

③二条の君の、風の伝てにも漏り聞きたまはむことは、（エ）**たはぶれ**にても心の隔てありけると思ひ疎まれたてまつらんは、心苦しう恥づかしう思さるるも、（オ）あながちなる御心ざしのほどなりかし。　（明石　二五九頁）

引用②は、源氏の須磨への謹慎を明石の君の「宿世」のゆえだと信じこみ、娘を源氏に縁づかせようとする入道を、母尼が断念するよう説得する場面である。いかに立派であっても、「もののはじめ」に罪をこうむった人に望みかけることの不適切さ、また、「やむごとなき御妻」を多く持つ源氏のような人が「山がつ」（明石の君）に心をとめるはずがなく、「たはぶれ」にもありえない（ウ）と説くのである。ここの「たはぶれ」を諸注は「冗談」と解する。文脈上それで問題はないにしても、むしろ、引用①の（ア）と同様で、まじめな交際に対する、男の浮気めいた色恋に解釈してもよい二重性を持っているとも考えられる。というのは、この後、源氏は「心細きひとり寝の慰め」に、また「旅衣」の「うらがなしさ」（明石　二四七頁）を紛らすために、という理由で入道の願望を受け入れるのであり、（ウ）の「たはぶれ」と連動してくるのである。語り手の意図がどこにあるにせよ、このように言葉と言葉との間に生じるテクストの力によって生成される意味も看過できないはずである。

引用③でも源氏と明石の君の関係を表す語として「たはぶれ」が用いられている。入道の導きにより明石の君との文通がはじまるが、身分の高い者よりも気高くふるまう女の態度に懲りたということもあろうか、ついに契りを結んだ次の日に源氏は紫の上に対する深い「御心ざし」のゆえ（オ）、（エ）のように自分の「たはぶれ」を心苦しく思う。ここの「たはぶれ」は、まじめに思う妻紫の上との関係に対する、旅寝の寂しさを慰めるような行為をさし示していると思われるが、『玉上評釈』『新大系』は「冗談にもせよ」、『新全集』は「一時の遊びごとであるにせよ」と訳している。源氏の「心の隔て」、いわば隠し立てが明石の君との関係を指すのは自明であり、それを「たはぶれ」といっているので、『新全集』のような解釈が妥当であろう。

類似した例が、朝顔への源氏の気持が「まめやか」なものではないかと疑う、紫の上の心中にも現れている。

④うちつけに目とどめきこえたまふに、御気色なども例ならずあくがれたるも心憂く、（カ）**まめまめしく**思しなるらむことを、つれなく**たはぶれ**に言ひなしたまひけんよと、同じ筋にはものしたまへど、〔朝顔と自分との比べものにならない境遇を思い、源氏の気持があちらに移ってしまうのではと不安がる〕……さまざまに思ひ乱れたまふに、よろしきことこそ、うち怨じなど憎からずきこえたまへ、まめやかにつらしと思せば、色にも出だしたまはず。

（朝顔　四七八〜四七九頁）

⑤「……昔よりこよなうけ遠き御心ばへなるを、（キ）さうざうしきをりをり、ただならで聞こえなやますに、かしこもつれづれにものしたまふところなれば、たまさかの答へなどしたまへど、**まめまめしきさま**にもあらぬを、かくなむあるとしも愁へきこゆべきことにやは。……」

（朝顔　四八九〜四九〇頁）

朝顔に執心する源氏の噂を聞いた紫の上は、（カ）のように、源氏の真剣さ、つまり「まめまめし」さに気づくが、源氏は隠し立てをして「たはぶれ」にいいなす。朝顔への気持を示す「まめまめしく」と対応する形で「たはぶれ」が配置されているが、ここの「たはぶれ」を『湖月抄』は師説を引き「たはむれ事」に、諸注は「冗談」に解する。

朝顔との関係を否定する文脈であり、それはそれで納得できるが、まったく同じ理由から引用③と同様の解釈ができる。不安がる紫の上を安心させるため、大した色恋ではないと主張する語としても解されうるのである。このようなことは、引用⑤の（キ）でこれを裏づけるような源氏の言い訳からも推測できる。

朝顔に執心する中年源氏の「御あだけ」が世に知られ、実を結ばずおわったらもの笑いになろうと思う源氏は、拒み続ける朝顔に対してよりいっそう意地になる。それにつれて重なる源氏の夜離れに紫の上は自分の境遇を思い不安がる。彼女をいいなだめるために、源氏は（キ）のように弁明するが、そこに、朝顔との関係はふさわしい折々に恋文めかした手紙を交わす程度の、本気でない（「まめまめしきさまにもあらぬ」）ものだと言い訳しており、（カ）の「たはぶれ」と連動しているのである。

それに、紫の上の死後、彼女を嘆かせた自分の恋愛沙汰を思う、次のところでも「たはぶれ」は「まめやか」な恋と対応されている。

⑥年ごろ、（ク）まめやかに御心とどめてなどはあらざりしかど、時々は見放たぬやうに思したりつる人々も、なかなか、かかるさびしき御ひとり寝になりては、いとおほぞうにもてなしたまひて、夜の御宿直などにも、これかれとあまたを、御座（おまし）のあたりひき避けつつ、さぶらはせたまふ。

……なごりなき御聖心の深くなりゆくにつけても、さしもありはつまじかりけることにつけつつ、中ごろもの恨めしう思したる気色の時々見えたまひしなどを思し出づるに、などて、（ケ）たはぶれにても、またまめやかに心苦しきことにつけても、さやうなる心を見えたてまつりけむ……

（幻　五二一～五二三頁）

この文には紫の上を失った後、時には目をかけていた女房たち（ク）も遠ざけ、ひとり寝をする源氏の喪失感がよく現れている。仏道に専念しながら、自分の色恋ごとを恨めしく思った紫の上を思い出し、（ケ）のように「たはぶれ」であれ「まめやか」であれ、その心を見せたことを悲しく思うのである。両語の明白な対比から、ここの「たはぶれ」を『湖月抄』は「大かたの風流」と解し、『玉上評釈』は「朧月夜とのことなどであろう」と見て、「一時の戯れ」と解する。また『新大系』は「一時の紛れ」、『新全集』は「一時の気まぐれ」と訳しており、おおむね諸注は一致している。そのとおりであろうが、より明確にニュアンスを示すならば、軽い気持からの色恋というような意味ではないか。

こういった「たはぶれ」は、雲居雁を思う夕霧の心中にも「たはぶれにても外ざまの心を思ひかかるは、あはれに人やりならずおぼえたまふ」（梅枝　四二五頁）と現れ、そのまじめさが示されている。諸注は「冗談にせよ」にするが、ほかの女性との関係を暗示する「外ざまの心を思ひかかるは」とあり、引用③や引用⑥の「たはぶれ」に通じる、「本気でない色恋であっても」という意に取るほうがより妥当だと思われる。

男のまじめな恋に対比する形で現れた上述の諸例は、旅寝あるいはひとり寝の寂しさを慰める女との関係、場面によっては時折恋文めかした手紙を交わす程度の、本気でない関係を示す、軽い色恋沙汰と理解できる語でもあった。いずれも軽く流動的であって世間で非難の的にならない程度の、男の遊び的なすき心につながる「たはぶれ」であると考えられる。

（二）男君と女房（格）との多層的な「たはぶれ（ごと）」

こういった「たはぶれ」の性質は、その対象になった女には頼りがたいものであっただろうが、男と女房（格）との「たはぶれ」は社会的に認められていたようであり、多様なレベルで交わされている。性的な冗談をはじめ、男女のむつまじい触れあい、濃厚な性交渉をにおわす「たはぶれ」まで多種多様である。

まず、色めいた性的ニュアンスを感じさせる、男君と女房との「たはぶれごと」から確認してみる。

⑦おほかたの気色、人のけはひも、けざやかに気高く、乱れたるところまじらず、なほこれこそは、かの人々の棄てがたくとり出でしまめ人には頼まれぬべけれと思すものから、あまりうるはしき御ありさまの、とけがたく恥づかしげに思ひしづまりたまへるを、さうざうしくて、中納言の君、中務などやうのおしなべたらぬ若人どもに、たはぶれごとなどのたまひつつ、暑さに乱れたまへる御ありさまを、見るかひありと思ひきこえたり。

（帚木　九一頁）

男性貴族たちによる「雨夜の品定め」の女性論に付き合った翌朝、源氏は久しぶりに左大臣の邸を訪れる。引用は、妻葵の上を頼もしき「まめ人」と思いながらも打ち解けにくく、女房中納言の君、中務などと「たはぶれごと」をいいながらくつろいでいるようすである。「気高く」「うるはしき」妻に感じる気づまりを解きほぐすための女房との「たはぶれごと」であり、その書き方には「将来源氏と交渉するいわゆる召人になる可能性[11]」が示されている。源氏のしどけなく着くずした姿から、ただの「冗談」というより、男女の親密で打ち解ける情話のような「たはぶれごと」であったと想像される。

男の「たはぶれ」にうまく応じるのも「おしなべたらぬ若人」（女房）の資質として要請されたことだろうが、女房と男君のこういった「たはぶれごと」が、単なる「冗談」に留まらず相手の好色心をあおりたてる意図で、女房から男君に、また男君から女房にかけられる場面が物語にはある。

⑧はかなきことをも言ひふれたまふには、もてはなることもありがたきに、目馴るるにやあらむ、（コ）げにぞあやしうすいたまはざめると、こころみにたはぶれごとを聞こえかかりなどするをりあれど、情なからぬほどにうち答へて、まことには乱れたまはぬを、まめやかにさうざうしと思ひきこゆる人もあり。

年いたう老いたる典侍、人もやむごとなく心ばせありて、あてにおぼえ高くはありながら、いみじうあだめいたる心ざまにて、そなたには重からぬあるを、かうさだ過ぐるまで、などさしも乱るらむといぶかしくおぼえたまひければ、(サ)たはぶれごといひふれてこころみたまふに、似げなくも思はざりける。
(紅葉賀　三三五〜三三六頁)

⑨うち過ぎなまほしけれど、あまりはしたなくやと思ひかへして、人に従へば、(シ)すこしはやりかなるたはぶれごとなど言ひかはして、これもめづらしき心地ぞしたまふ。頭中将は、この君の、いたうまめだち過ぐして、常にもどきたまふがねたきを、つれなくてうちうち忍びたまふ方々多かめるを、いかで見あらはさむとのみ思ひわたるに、これを見つけたる心地いとうれし。
(紅葉賀　三四〇〜三四一頁)

引用⑧は、教養の高い宮仕え人が多い宮中で、不思議に色めいたことをしない源氏の「すき心」(紅葉賀　三三八頁)をそそのかそうと、女房が試みに「たはぶれごと」をする場面である。源氏は薄情にならぬ程度で受け流すが、その「まめやか」なところを物足りなく感じる人もいる。『萩原評釈』『新全集』は「戯(れ)言」、『玉上評釈』は「冗談ごと」にするが、源氏のまじめぶりをやぶって好色な心を引き出すための、女房たちの試みがてらの遊びであり、ただの冗談でないのは充分察知できるだろう。ちなみに『湖月抄』は「たはれごと(戯事)」に解しており、より色めいた性質を引き出している。

(コ)に続く(サ)にも同じ目的の「たはぶれごと」が、今度は源氏から老女源典侍を相手に行われる。年を重ねるまで「あだめいたる」源典侍に興味をそそられ、試みに「たはぶれごと」をしかけるのである。『新全集』『玉上評釈』は「冗談(ごと)」にするが、『湖月抄』は「戯事」と表記しており、引用⑧と同じく男女の色めいたようすを積極的に読みとろうとしている。(コ)とともに、好色な性分を試す、色めいたものであっただろう。

引用⑨でも、積極的に源氏を誘引し自ら和歌を詠みかける源典侍の色好みぶりに、源氏はあきれそのまま去ろうとするが、哀れに思ったか、(シ)のように「たはぶれごと」を言い交わす。ここを『新全集』『玉上評釈』は「冗談事」と解し、『湖月抄』は「戯言」と表記している。この後、物語は単に「これもめづらしき心地ぞしたまふ」としか書いていないが、源氏の「まめだち過ぐす」振る舞いを見破ろうとする頭中将のいたずらによって二人の逢瀬場面がついに発覚する。「たはぶれごと」を媒介にそういった実事まですすんだわけであり、ここは共寝を誘う互いの「たはぶれごと」、すなわち色めいた言葉と理解しても無理はなかろう。

かなわぬ源氏への思いから嘆く源典侍の「思ひ乱れたるけはひ」（紅葉賀 三四〇頁）からも察せられるだろうが、男君から女房にしかけるこのような「たはぶれごと」が、時によってはいかに女心を動かし恋しくさせるものであっただろうか。亡き大君への癒されない追慕の情から召人と交情をかわす薫の例からそれは見てとれる。

⑩例の、寝ざめがちなるつれづれなれば、按察の君とて、人よりはすこし思ひましたまへるが局におはして、その夜は明かしたまひつ。人の咎むべきにもあらぬに、苦しげに急ぎ起きたまふを、ただならず思ふべかめり。

うちわたし世にゆるしなき関川をみなれそめけん名こそ惜しけれ

いとほしければ、

深からずうへは見ゆれど関川のしたのかよひはたゆるものかは

深しとのたまはんにてだに頼もしげなきを、この上の浅さは、いとど心やましくおぼゆらむかし。……ことにをかしき言の数を尽くさねど、さまのなまめかしき見なしにやあらむ、情なくなどは人に思はれたまはず。かりそめの**たはぶれごと**をも言ひそめたまへる人の、け近くて見たてまつらばやとのみ思ひきこゆるにや、あながちに、世を背きたまへる宮の御方に、縁を尋ねつつ参り集まりてさぶらふも、あはれなることほどほどにつけつつ多かるべし。（宿木　四一八～四一九頁）

女房との情交が深い心からではない「つれづれ」の慰みのようなものであり[12]、「人の咎むべきにもあらぬ」関係であることが語られている。二人の贈答歌からもそれは推知できる。こういった薫の情けをもとめてのことだろうが、かりそめに「たはぶれごと」を言い寄られた女たちが、薫に惹かれ、無理をして女三の宮のところに仕えることも多いとする。ここの「たはぶれごと」は、女をくどく親密な言葉、打ち解け話のようなものであると思われるが、『玉上評釈』は「冗談ごと」とし、『新全集』は「冗談言として言い寄られた女たちが、本心から薫にひかれてしまう」と説く。一方、『新大系』は「一時の戯れに言葉をおかけになった女」としており、より適切に思われる。

上記の薫の例から、女房に言いかける「たはぶれ（ごと）」が、女房を男側になびかせる役割をすることも推測できるだろうが、そういった「たはぶれ」の働きはすでに以前の巻々にもはっきりと示されている。

⑪大輔命婦とて、内裏にさぶらふ、わかむどほりの兵部大輔なるむすめなりけり。いといたう色好める若人にてありけるを、君も召し使ひなどしたまふ。（末摘花　二六六頁）

⑫年も暮れぬ。内裏の宿直所におはしますに、大輔命婦参れり。（ス）御梳櫛などには、懸想だつ筋なく心やすきものの、さすがにのたまひ**たはぶれ**などして、使ひ馴らしたまへれば、召しなき時も、聞こゆべきことあるをりは参上り（まうのぼ）けり。（末摘花　二九八頁）

大輔命婦は宮中で帝に仕えながら、末摘花の住まい故常陸宮邸にも出入りする者である。源氏が末摘花に会う前の、期待を抱く段階では「色好める若人」として紹介され、源氏も召し使っているという事情が引用⑪に書かれている。しかし、末摘花との逢瀬をとげ、その醜貌や不器用さにあきれた後には、その気持を暗示するかのように、引用⑫の（ス）では、大輔命婦のことが、「懸想だつ筋なく心やすき」人、つまり色恋めいたことを思う人ではないけれども、それでもやはり「のたまひたはぶれ」などして仕えさせるという、より具体的な源氏の態度が語られている。『新大系』『新全集』は「色めかしい冗談」とし、『玉上評釈』は直前の「さすがに」が「懸想だつ筋なく心やすきものの」を受けていることから、「やや色めかしい内容を含んだものであろう」とする。「懸想だつ筋なく」という文言を受けて、大半の諸注が二人の間柄を言葉上の関係に限定しているようだが、実事はないとしても、色めかしい言動として了解しても差し支えのない文脈であろう。

女房を自分に従わせ、忠実に仕えさせるための、より濃密な「たはぶれ」はほかのところにもある。

⑬もののついでに、いみじう忍び紛れておはしまいたり。……人のさま若やかにをかしければ、御覧じ放たれず。とかく**たはぶれ**たまひて、「取り返しつべき心地こそすれ。いかに」とのたまふにつけても、げに同じうは御身近うも仕うまつり馴ればうき身も慰みなましと見たてまつる。（澪標　二八七～二八八頁）

宣旨の娘を明石の姫君の乳母に選んだ源氏は、女が下向する前にその住まいに忍びて立ちより、若々しく美しい女の姿に魅了され目も離せず「とかくたはぶれ」る。ここの文を「たはぶれのたまひて」とする『湖月抄』は『細流抄』を引き「情の詞」と解き、『新全集』は「冗談」と訳しつつ「懸想の言葉遣いに転」じたと注記する。『新大系』は「たはぶれたまひて」としながら「冗談」と解する。ただ、『玉上評釈』は、本文を「たはぶれのたまひて」とし「冗談」とする説を否定する。「そのほうがおだやかだが、河内本も底本と同じだから、おだやかでない事もある」と推測し、源氏の性的な言行をほのめかしているのである。性的行為のまじる女房（格）との「たはぶれ」が、世間的に問題とはされないことが上述の諸引用から明確に示されており、ここは性的行為にかかわる語として見るほうがより自然な解釈だと思われる。

性的行為を伴う女房との「たはぶれ」が社会的に認められていた事情は、源氏と紫の上の関係を認めようとしない、葵の上つきの女房たちが二人の関係をけなす際に用いた次の例からも確認できる。

⑭「誰ならむ。いとめざましきことにもあるかな。今までその人とも聞こえず、（セ）さやうにまつはし、**たはぶれ**などすらんは、あてやかに心にくき人にはあらじ。内裏わたりなどにてはかなく見たまひけむ人をものめかしたまひて、人や咎めむと隠したまふななり。心なげにいはけて聞こゆるは」など、さぶらふ人々も聞こえあへり。（紅葉賀　三三二四頁）

二条院に引き取った若紫のいじらしさに、外出を引きとめられることが多くなるにつれ、左大臣家にその存在が知られる。まだ名も知られていない紫の君について、女房たちは、源氏のそばにまとわりついて「たはぶれ」ているような女は、どうせ身分の高い教養のある人ではないはずであり、宮中でちょっとした情けをかけた人であろうと邪推する。左大臣側が不愉快に思うのは、なによりも女房（格）のような人を「ものめかし」扱い、その女にご執心らしいところにあると思われる。ここに見られる女房たちのさわぎは、第四章で検討した、『和泉式部日記』における、宮（敦道）の北の方の女房たちが、和泉式部を邸に迎え入れた時の非難と似通う側面があり、男君と北の方、それに連なる男君と女房との関係がどうあるべきか、そのありようをも察知させられる。（セ）の「まつはしたはぶれ」を、『湖月抄』は「したしくふるまふ」、『玉上評釈』は「お傍らにくっついて甘えたりする」と訳している。『新全集』も同様に「まとわりついて戯れている」とし、『新大系』は「まといついて、ふざけたりしている」とする。諸注のごとく、みだらな行為を指し示す語であろう。

より濃密な性交渉をほのめかす「たはぶれ」は、匂宮と浮舟の密事に用いられている。

⑮人目も絶えて、心やすく語らひ暮らしたまふ。……侍従、色めかし若人の心地に、いとをかしと思ひて、この大夫とぞ物語して暮らしける。……御物忌二日とたばかりたまへれば、心のどかなるままに、かたみにあはれとのみ深く思しまさる。……〔匂宮は侍従のあざやかな〕その裳をとりたまひて、君に着せたまひて、御手水まゐらせたまふ。姫宮にこれを奉りたらば、いみじきものにしたまひてむかし、いとやむごとなき際の人多かれど、かばかりのさましたるは難くやと見たまふ。かたはなるまで遊び**たはぶれ**つつ暮らしたまふ。

（浮舟　一五二～一五五頁）

匂宮と浮舟が隠れ家で耽溺の二日間を過ごす場面であり、浮舟つきの女房侍従までもが匂宮の従者時方と恋のひとときを楽しむほど、男女の情愛にあふれている。浮舟に侍従の裳を着させ洗面の世話をさせる匂宮は、姉女一の宮に浮舟を仕えさせたらと思っており、召人としての取り扱いが想像される。その浮舟とともにはた目に見苦しいほど

「遊びたはぶれ」つつ過ごし、恋に溺れた男女のようすが彩られている。『玉上評釈』は「遊びたわむれながら」と訳し、『新全集』は「この日も終日、情痴を尽くした」と註記している。諸注のごとく「たはぶれ」のもつ性的要素を積極的にとるべきであろう。ちなみに、『古事記』にも会ったばかりの男女が昼夜を忘れ、耽溺するようすを「昼夜戯れ遊ぶ」（二九三頁）と著していることは、前章でふれたとおりである。

以上、男君と女房（格）との間に行われる「たはぶれ（ごと）」に焦点をあててみた。紙幅の関係上、ここでは省いたが、諸注がしばしば注釈するごとく露骨な性的「冗談」といえる例[13]もあれば、「冗談」というよりも男女間の親密な打ち解け話のような例、互いの好色心をそそのかす意図で行われる色めいたもの、女房を自分側になびかせ忠実に仕えさせるための言行、さらには気にいった女房とのみだらな行為、あるいは濃密な性交渉をほのめかす例など、一様ではなかった。男君にとってそれは恋愛の擬似体験にもなっただろうが、いくら拘束力のない関係であっても、ある女房においてははかなくやるせない思いをさせられたことも察せられた。

(三) 夫婦・愛人との「たはぶれ（ごと）」

夫婦のむつまじさ・親密さがにじみ出る「たはぶれ」もある。それらには「冗談」に解釈されるべき例も当然あるが、共寝を誘うような例、前節で見た打ち解けるような情話らしきもの、愛人（に準ずる女）への言い寄りを意味するような例も見られる。

引用⑨で、源氏と源典侍の「たはぶれごと」が共寝にかかわる、色めいた言葉ではないかと推測したが、源氏と花散里の贈答場面でも共寝を誘うような「たはぶれごと」が見られる。

⑯今日めづらしかりつることばかりをぞ、この町のおぼえきらきらしと思したる。

その駒もすさめぬ草と名にたてる汀のあやめ今日やひきつる

とおほどかに聞こえたまふ。何ばかりのことにもあらねど、あはれと思したり。

にほどりに影をならぶる若駒はいつかあやめにひきわかるべき

あいだちなき御言どもなりや。（ソ）「朝夕の隔てあるやうなれど、かくて見たてまつるは心やすくこそあれ」と**たはぶれごと**なれど、のどやかにおはする人ざまなれば、静まりて聞こえなしたまふ。床をば譲りきこえたまひて、御几帳ひき隔てて大殿籠る。（タ）け近くなどあらむ筋をば、いと似げなかるべき筋に思ひ離れはてきこえたまへれば、あながちにもきこえたまはず。

（蛍　二〇八～二〇九頁）

六条院での馬場の競射があった日、源氏は花散里のところに泊まる。自分の町で催した行事の晴れがましさに、花散里は男に顧みられぬ自分を「駒もすさめぬ草」「あやめ」にたとえ歌を詠みかける。源氏は、自分は「あやめ」から離れない「若駒」であると返歌する。露骨なやり取りから語り手は遠慮のない歌だと論評するが、源氏はさっそく別々にて寝る花散里を誘う、（ソ）の「たはぶれごと」をする。『湖月抄』は「たはぶれ事などのたまへども」、『玉上評釈』は「冗談」、『新大系』は「共寝を誘うような語気の冗談か」とし、『新全集』も「冗談の形で暗に共寝を求め」ていると、似た見解を述べる。源氏の誘いを「夫婦のかたらひ」（『湖月抄』の注）などは不似合いとあきらめる花散里の（タ）のような態度から、傍線部（ソ）の呼びかけは、『新大系』『新全集』の注記のとおり共寝を誘うような語りかけであったと思われる。

夫婦の親密さを象徴する「たはぶれ」もある。たとえば長谷寺で玉鬘一行と出くわした女房右近は、源氏と紫の上の「たはぶれきこえたまふ」「ありさま」（玉鬘　一一四頁）を夫婦の理想像として語ったが、その具体的なようすが夕霧によって垣間見られる。

⑰大臣うち笑ひたまひて、「（チ）いにしへだに知らせたてまつらずなりにし暁の別れよ。今ならひたまはむに、心

苦しからむ」とて、とばかり語らひきこえたまふけはひども、いとをかし。女の御答へは聞こえねど、ほのぼの、（ツ）かやうに聞こえたはぶれたまふ言の葉のおもむきに、ゆるびなき御仲らひかなと聞きゐたまへり。

（野分　二七一～二七二頁）

野分に偶然垣間見た紫の上の美しさに魅了された夕霧は、風の見舞いに源氏と紫の上との「飽かぬことなき御さまども」（野分　二六六頁）を見かける。引用⑰はその翌朝六条院を訪れた夕霧が、源氏と紫の上が睦言するようすを二度目に垣間見、水も漏らさぬ夫婦の親密さを感じるところである。二人の男女間を強調するかのように「女」という語が選ばれ、男女間で醸し出される独特の親密感がただよっており、「聞こえたはぶれたまふ言の葉」は、「冗談」というより「睦言」に近かったものであると想像される。ちなみに、『新全集』は「戯れ言」、『新大系』は「冗談」にしている。

愛人（に準ずる女）との「たはぶれ」もあり、男の浮気心とかかわる分、性的なニュアンスはより顕著になる。源氏と玉鬘の「たはぶれ」を見てみよう。

⑱「貫河の瀬々のやはらた」と、いとなつかしくうたひたまふ。（テ）「親避くるつま」は、すこしうち笑ひつつ、わざともなく掻きなしたまひたるすが掻きのほど、いひ知らずおもしろく聞こゆ。……しばしも弾きたまはなむ、聞きとることもやと心もとなきに、この御ことによりぞ、近くゐざり寄りて、「いかなる風の吹き添ひて、かくは響きはべるぞとよ」とてうち傾きたまへるさま、灯影にいとうつくしげなり。笑ひたまひて、「（ト）耳固からぬ人のためには、身にしむ風も吹き添ふかし」とて押しやりたまふ。いと心やまし。

（ナ）人々近くさぶらへば、例のたはぶれごともえ聞こえたまはで、「撫子を飽かでもこの人々の立ち去りぬるかな。……」〔源氏と玉鬘の和歌の贈答〕……はかなげに聞こえないたまへるさま、げにいとなつかしく若やかなり。「来ざらましかば」とうち誦じたまひて、いとどしき御心は、苦しきまで、なほえ忍びはつまじく思さる。

（常夏　二三二〜二三三頁）

源氏が催馬楽を歌い和琴を弾くと、その音色に感動した玉鬘はそばに寄り添い不思議そうに耳を傾ける。そのしぐさに源氏は笑い、（ト）のように、琴の音色は聞き分けるのに自分の言い寄ったときの言葉は聞こえないふりをするのかと、からかい半分の恨み言をいう。これまで源氏は、玉鬘との親密な親子関係に遠慮して女房たちが遠ざかるのをいい機会に、自分の心を打ち明けてきた。が、この日は女房も近くに控えており「例のたはぶれごと」もできず（ナ）、玉鬘の親兄弟のことを話題にするだけである。（ナ）の「たはぶれごと」を『玉上評釈』『新全集』は「冗談」とするが、『新大系』は「色めいた冗談」と注記している。ただし、「例のたはぶれごと」は、胡蝶巻と蛍巻を通じて顕著になる、源氏の口説く行為を指し示しての語であり、単に「冗談」と解してしまうのは言葉のあやを吟味するうえで物足りなく感じられる。

玉鬘を養女に迎えた源氏の表向きの意図は、六条院に出入りするすき者どもの心惑わしにあったが、次第に玉鬘に恋心を抱き「気色ある言葉は時々まぜ」（胡蝶　一八二頁）、「御手をとらへ」「思ふこと聞こえ知らせ」（胡蝶　一八六頁）たり、女房たちが二人の「こまやかなる御物語にかしこまりおきて、け近くもさぶらは」ない好機には、衣を脱ぎ「近やかに臥し」（胡蝶　一八七頁）、「ただならず気色ばみきこえ」（蛍　一九六頁）、その気持を告白してきた。親らしくふるまいながら人が見たら、「疑ひ負ひぬべき御もてなしなどはうちまじるわざ」（蛍　二〇三頁）をし、「寄りゐ」（蛍　二一三頁）て口説き、玉鬘を惑わす場面が何回もあったのである。源氏が（テ）で催馬楽・貫河の一句「親避くるつま」を歌いながら笑いを浮かべたのは、まさに親心をよそおい言い寄る「自分を避ける玉鬘」（『新大系』の注）が重ねられたからであり、（ナ）の「例のたはぶれごと」は、玉鬘を訪れるたびに言い寄り口説いてきた源氏の言動を受けての語であることに異論の余地はなかろう。

玉鬘を相手に「たはぶれ」る源氏の姿が、息子夕霧によって露見する場面からもそれは推測できる。

⑲（二）近くゐたまひて、例の、風につけても同じ筋にむつかしう聞こえ**たはぶれ**たまへば、……中将、いとこまやかにきこえたまふを、いかでこの御容貌見てしがなと思ひわたる心にて、隅の間の御簾の、几帳は添ひながらしどけなきを、やをら引き上げて見るに、紛るる物どももも取りやりたれば、いとよく見ゆ。（ヌ）かく**たはぶれ**たまふけしきのしるきを、あやしのわざや、親子と聞こえながら、かく懐離れず、もの近かべきほどかはと目とまりぬ。……こととなれなれしきにこそあめれ、いであなうたて……かかる御思ひ添ひたまへるなめり、むべなりけりや、あな疎ましと思ふ心も恥づかし。……御前に人も出で来ず、いとこまやかにうちささめき語らひきこえたまふに、いかがあらむ、まめだちてぞ立ちたまふ。

（野分　二七八～二八〇頁）

引用⑰でも取り扱ったが、激しい野分の見舞いをきっかけに夕霧は源氏に伴って六条院の方々を垣間見ることになる。引用⑲は玉鬘を訪ねた際のことである。直前の明石の君の所で「端の方についゐたまひて」いた態度とは対照的に、源氏は玉鬘の「近く」にすわり、風の見舞いにかこつけて「例の」「同じ筋に」恋情を訴え「たはぶれ」る。（ヌ）のところで、夕霧に見られる源氏と玉鬘の「たはぶれ」るけしきは、親子の間柄とはいえ、懐に抱かれるほど近くなれなれしいのである。娘にまでも手をつける源氏の色めいた心を夕霧は恥ずかしく思うが、引用（二）と（ヌ）の「たはぶれ」は、引用⑱の「たはぶれごと」と性質上同じであり、懸想めいた言行であると思われる。[14]

この後、源氏は思いもよらず鬚黒に玉鬘を引き取られる。その面影をしのぶ次のところでは、「たはぶれごと」の意味も変化している。

⑳すべて御心にかからぬをりなく、恋しう思ひ出でられたまふ。……大将の、をかしやかにわららかなる気もなき人に添ひゐたらむに、はかなき**たはぶれごと**もつつましうあいなく思されて、念じたまふを、雨いたう降りていとのどやかなるころ、かやうのつれづれも紛らはし所に渡りたまひて、語らひたまひしさまなどの、いみじう恋しければ、御文奉りたまふ。

（真木柱　三九〇～三九一頁）

源氏は鬚黒のような無風流な人に連れ添っている玉鬘に、「たはぶれごと」をするのも気がひけ、そぐわないと思う。しかし、降りつづく春雨のつれづれに、玉鬘への恋しさをこらえきれず「御文」を送る。ここの「たはぶれごと」はつづく源氏と玉鬘のやりとりの歌を見るかぎり、恋の情趣を語る恋文の類と思われるが、『玉上評釈』『新全集』『新大系』は「冗談」と解している。[15]これと違って『湖月抄』は「たはぶれごとの文」、『岷江入楚』は「たはふれがましき文」としており、より妥当に思われる。

玉鬘を相手にした源氏の「たはぶれ」は、肉体的距離を置かず、親密に手をにぎったり衣を脱ぎ一緒に臥したりしながら、絶えず自分の色恋の相手としてなびかせようと口説く露骨なことであった。が、鬚黒の妻になった後の「たはぶれごと」は、もう自分には似合わしくもない恋の相手〔「似げなき恋のつま」（真木柱　三九二頁）〕であると知りつつも、ただ玉鬘だけが察せられるように無難な内容に隠して送らなければならない恋文の類であったと思われる。

以上、夫婦・愛人関係にある男女の「たはぶれ（ごと）」を検討したが、ほかの二つの関係と同じく色々なバリエーションを示していた。ある時は共寝を誘うような語りかけであり、源氏と紫の上との「たはぶれ」では仲のいい夫婦の親密な睦言のように映し出され、玉鬘との関係においては女を自分になびかせ愛人扱いをしようとする源氏の色めいた言動、さらには肉体的な接触を伴って言い寄る行為を含めての意味合いをも表出していた。また、予想外にその玉鬘が人妻になった後は、恋文の類のような「たはぶれごと」であって、男女の関係や状況に応じてその意味合いの幅は変わっていたのである。

おわりに

男女間に用いられる和語「たはぶれ(る)」の解釈にかかわる問題を、現代辞書類の認識態度と結びつけて検討した第九章につづき、本章では和文の洗練を極める平安中期の「たはぶれ」に焦点をあて、どこまで読みとれるか、その解釈の可能性を文脈の実態に即して探ってみた。

まず、わずかな用例しかない『枕草子』と日記文学においては、諸注のごとく「冗談」にしても意味は通じるが、その文脈にただよう性的なニュアンスから「色めいた言行」である可能性をも排除しきれないこと、また「すき」との関連から女と関係を結ぼうとする男たちの言い寄る行為であろうという見解を述べた。

次いで色恋にかかわる様々な「たはぶれ」が豊かに散りばめられている『源氏物語』を集中的に検討した。便宜上男女関係に応じて三つに分類したが、それにより意味の外延の拡がりやバリエーションはたしかめられたと思われる。

一つ目には妻を大切に思う心情の対蹠点に置かれ、軽く流動的な男の色恋を示していると思われる例に注目した。それは世間に非難されないほどの、男の旅寝あるいはひとり寝の寂しさを慰める女との関係であったり、時と場に応じて恋の情趣を交わす程度の遊戯性のほうに傾いた、本気でない軽い色恋であったりして、男の遊び、またすき心につながる「たはぶれ」として理解できる語であった。

二つ目には男君と女房(格)との間に行われる「たはぶれ(ごと)」を検討した。親密な打ち解け話のような例もあれば、互いの好色心をそそのかす意図で交わされる例もあった。時によっては女房の忠誠心を高めるための色めいた言動であったり、みだらな行動を含め濃密な性交渉をほのめかしたりする例まであり、一様ではなかった。

三つ目には夫婦・愛人関係にある男女の「たはぶれ(ごと)」を考察した。ときにそれは共寝を誘うような語りかけであったが、源氏と紫の上の「たはぶれ」姿においては仲のいい夫婦の親密な睦言のように映し出され、玉鬘との関係においては女を自分になびかせ愛人扱いをしようとする源氏の色めいた言行、ひいては肉体的な接触を伴って言い寄る行為までを引っくるめた語であった。また予想外にその玉鬘が人妻になった後は、恋文の類のような「たはぶれごと」であって、その関係や状況に応じてその意味合いのバリエーションは種々であった。

一一世紀の文学テクストを通してみた「たはぶれ」、特に男女に用いられ単なる「冗談」「遊び」として解釈されかねない諸例の検討によって、男女関係や状況は変わってもその色めいた言行の性格は共通して含み持っていたということがいえるのではないか。(16) 一〇世紀までの諸例に比べ、いっそう多様な文化的・生活史的な含蓄を覗かせており、現代辞書類が示す項目より多彩な振幅を表出していた。それは当然「たはぶれ」のことば自体が含み持つ性質でもあろうが、諸例から察せられたように、ことばとことばとの間に生じる力、すなわち文体によって自ずから作り出されるテクストそのものの力によるところも大きいだろう。

注

(1) 用例の検索にあたっては、第九章と同じくジャパンナレッジのデータベース（新編日本古典文学全集）を用いた。

(2) 引用文は『新全集』によるが、その他の参考にした注釈書として、以下のものを用いた。以下、注釈書の配列は刊行順。

・池田亀鑑ほか校注『枕草子　紫式部日記』日本古典文学大系、岩波書店、一九五八年。以下、『旧大系』。

・萩谷朴校注『枕草子上・下』新潮日本古典集成、新潮社、一九七七年。以下、『集成』。

・渡辺実校注『枕草子』新日本古典文学大系、岩波書店、一九九一年。以下、『新大系』。

・上坂信男ほか全訳注『枕草子上・中・下』講談社学術文庫、講談社、一九九九〜二〇〇三年。以下、『講談社文庫』。

(3) 『講談社文庫』『旧大系』があげられる。

（4）引用文は『新全集』によるが、その他の参考にした注釈書として、以下のものを用いた。
・遠藤嘉基ほか校注『土左日記・かげろふ日記・和泉式部日記・更級日記』日本古典文学大系、岩波書店、一九五七年。以下、『旧大系』。
・小松登美全訳注『和泉式部日記上・中・下』講談社学術文庫、講談社、一九八〇～一九八五年。以下、『講談社文庫』。
・野村精一校注『和泉式部日記　和泉式部集』新潮日本古典集成、新潮社、一九八一年。以下、『集成』。
（5）両語の対比は「たはぶれ」の属性を考えるうえで注目すべき点だが、「すきごと」が「たはぶれごと」に比べ価値として優位にある語なのかは疑問が残る。たとえば、『平中物語』に美的な価値をもつ洗練された行為を示すような「たはぶれごと」（三〇段　五一二頁）があり、また『うつほ物語』では時代の寵児である仲頼を「すき者」「たはぶれ人」（嵯峨の院　三五五頁）と呼び、両語がほぼ等価の価値をもって使われており、一概に判断しにくい側面があるからである。それに次にあげる引用ⅱ・ⅲ・ⅳに出る「すきごとする人」と「たはぶれごとも言ふ人」との差はさほど感じられないのである。
（6）『講談社文庫』『新全集』も同様に「歌など女に贈って言い寄ること」と注記する。引用ⅲ・ⅳからも恋愛をもとめて恋文を送って言い寄る人々を「すきごと」する人と認識していることがわかる。
（7）同じ書き方が引用ⅰでもなされていた。「たはぶれごとも言ふ人」のせいで世間から噂されていることが語られており、それが具体的には男関係の多い浮気な女だという噂であろうということが宮の疑い（「濡れ衣」（五七頁））を晴らそうと思う女の心中から察せられるのである。
（8）引用文は『新全集』によるが、その他の参考にした注釈書として、以下のものを用いた。
・池田亀鑑ほか校注『枕草子　紫式部日記』日本古典文学大系、岩波書店、一九五八年。以下、『旧大系』。
・山本利達校注『紫式部日記　紫式部集』新潮日本古典集成、新潮社、一九八〇年。以下、『集成』。
・伊藤博ほか校注『土佐日記　蜻蛉日記　紫式部日記　更級日記』新日本古典文学大系、岩波書店、一九八九年。以下、『新大系』。
（9）引用文は『新全集』によるが、その他の参考にした注釈書として、以下のものを用いた。
・萩原広道著・室松岩雄編『源氏物語評釈』櫻園書院、一八七九年。以下、『萩原評釈』。
・玉上琢弥『源氏物語評釈一～十二』角川書店、一九六四～一九六八年。以下、『玉上評釈』。
・石田穣二ほか校注『源氏物語一～八』新潮日本古典集成、新潮社、一九七六～一九八五年。以下、『集成』。

・有川武彦校訂『源氏物語湖月抄増注上・中・下』講談社、一九八二年。以下、『湖月抄』。
・中野幸一編『岷江入楚』武蔵野書院、一九八五～二〇〇〇年。以下、『岷江入楚』。
・柳井滋ほか校注『源氏物語一～五』新日本古典文学大系、岩波書店、一九九三～一九九七年。以下、『新大系』。

(10) 若紫の身分からにしろ、年齢からにしても源氏とは釣り合わないと思っただろう。

(11) 『新大系』の注　一六二頁。

(12) 引用⑥の（ク）からも、源氏にとって女房がどんな存在であったか、同様の趣旨が読みとれる。

(13) たとえば、中年の源氏が古女房右近に性的な交渉を冗談めかしていう「たはぶれごと」（玉鬘　一一八～一二〇頁）があげられる。

(14) ちなみに、前者（ニ）のところを『玉上評釈』は「やっかいな冗談」に、『新全集』は「同じ懸想の戯れ言」、『新大系』は「同じ色めいた方面でうっとうしく冗談を」とする。後者（ヌ）のところは、『玉上評釈』は「ふざけて」、『新全集』は「戯れて」と解釈している。

(15) その贈答歌を次に示す。

〔源氏〕かきたれてのどけきころの春雨にふるさと人をいかにしのぶや（真木柱　三九一頁）

〔玉鬘〕ながめする軒のしづくに袖ぬれてうたかた人をしのばざらめや（真木柱　三九二頁）

(16) 注釈書によって男女の色恋として「たはぶれ」を解釈しようとする姿勢が、部分的に現れていたことも見逃せない。

結論

文学に現れる笑いを読み解くことは、ある時代の価値やその社会を生きる個を理解する方法でもある点で重要である、ということは序論で述べたとおりであるが、その笑いをキーワードにして平安時代前期から中期までの文学テクスト、主に日記文学と物語などの散文作品群を中心に見てきた。

第一篇の第一章では笑いを理解するための基礎的研究の立場から、古代から論じられてきた「笑い」論の重要な論点を時間軸にそっておさえ、ホッブズによる「優越理論」をはじめ、不一致あるいは矛盾に焦点をあてた「不調和理論」、感情的エネルギーの発散や笑いのカタルシスの面に重点をおいた「解放理論」、それに共同体における笑いの矯正的機能に注目したベルクソンの論などへと発展したようすをとらえてみた。

それぞれの論は、今も笑いを論じるうえで有効であり、笑いの普遍性をとらえる際にも利用価値がある。しかし、歴史と文化、社会的背景に基づいて理解すべき個別的な特異性までは汲み取れないという限界も露呈していた。そこで、あらゆる観点を包括する一つの概念としての笑いを定義することは無理であるということをふまえ、「文学における笑い」、すなわちテクストと相互作用する「読者の体験」と「個々のテクストを動かす内的原理」という二つの側面から、笑いの意味内容の提示を試みた。それを確認したうえで、テクストのなかで、何が笑いの対象になるのかという問題について、笑いの内実と志向性によって「滑稽」「諧謔」「機知」「諷刺」「反語（アイロニー）」「パロディー」などに見定めてみた。

第一章のこのような検討をさらに深め、『土佐日記』に適用しようとしたのが第二章である。「文学における笑い」を見定めるために取り入れた、「読者の享受」と「テクストの方法」という二つの観点に、さらに「日本語における笑いにかかわる概念語」（巻末付録の〈表〉）の検討を加え、「文学における笑い」の意味内容と適用範囲をより深めようとした。そのうえで、日本文学史の初期の段階において和文で試みた『土佐日記』の笑いの方法について、テクストの特徴に基づき、（一）「機知的言葉遊び」、（二）「揶揄・諷刺」、（三）「滑稽・諧謔」に分けて考察した。

（一）「機知的言葉遊び」においては、言葉の連想や概念の矛盾の喚起・対比からなる洒落をはじめ、和歌の縁語・掛詞的発想を生かした同音異義語の言語遊戯、文脈に筋の通った虚偽の論理性を付与しつつ言葉の響きを生かすなど、様々な遊びが見られた。それらは対比による矛盾の笑いを引き起こす「不調和理論」や「解放理論」とも通いあう普遍性を持ちつつも、性器露出の文化的意義を前提にしなければ引き出すことのできないパロディーの笑いも含み持っていた。（二）「揶揄・諷刺」においては、知的・道徳的に優越する立場から相手を格下げしようとする方法が共通になされていた。都の教養・文化を共通基盤として持たない「楫取」と「田舎歌人」を嘲弄する方法からは、「都」対「鄙」意識の対比のなかで排他的揶揄・軽蔑の視線が看取され、一方、同じ都人を非難する叙述からは作者の道徳性に基づいた諷刺の方法が見られたのである。その面では「優越理論」、場合によっては「解放理論」やベルクソンのいう「社会的矯正論」にも通じる内容を持っていたが、諷刺においては、人としての礼儀・道理にかなった、作者のやり方を示すことにより、言外に道徳的優越性をより強く印象づけていた。（三）「滑稽・諧謔」においては、笑いの軽快性と明朗性が醸しだされていたが、滑稽が人や場面におかしみを与えたり恐怖や退屈を振り払う機能を果たしたりしていたとすれば、書き手側の人をえがく際の諧謔からは人の弱点やしくじりを否定的にえがきながらも、人間的な共感を呼び起こす包容性が察せられた。

このように『土佐日記』の笑いには、表現のおもしろみを開拓する機知的言葉遊びを基調として、書き手との関係性に応じて人々を揶揄・諷刺したり、また、おかしさを点描したりする滑稽や諧謔が形成されていたのである。決して洗練されているとは言い難いが、その種類は西欧古典以来の「笑い」論に照らしてみても、非常に多様であり、その幅は広かった。

『土佐日記』の基調をなしていた言葉遊びは、現存最古の物語『竹取物語』においても同じく笑いの基調音をなしている。『竹取物語』の笑いといえば、五人の貴公子の求婚譚に集約されているといって過言ではないだろうが、**第二篇**では『竹取物語』をはじめ、平安中期までの和文に現れる、笑いの社会矯正的な側面に注目してみた。現代日本文化論の観点を導入し、前近代と近代をつなぐ倫理感覚としての集団を意識した「恥（意識）」と、それに連なるものとしての「人笑へ」を、社会文化的なディスクールとして論じたのである。

まず**第三章**では、平安時代の前期に上代の感受性とは異なり、むしろ現代につながる恥の意識と集団主義のはじまりというべき様相を、『竹取物語』における笑い（五人の求婚失敗譚）の文脈から導きだした。平安時代を境にして、以前の奈良時代の人々よりも、現代人の心理構造と類似・連続した人間（性）の変化が見られるのではないかと仮定し、奈良時代と平安時代のテクストを比較し考察したのである。

奈良時代の記紀と万葉の世界に現れていた恥は、一対一の関係のなかで起こり、その場でそれに相応する羞恥心を相手に与えるか、報復することで恥をぬぐい取るといったような、即興性を帯びていた。本能的満足感を優先する上代人のこういった姿勢に対して、平安前期の『竹取物語』においては異なる側面が見られる。笑いの文脈のなかで展開される五人の求婚失敗譚を分析した結果、五つそれぞれの失敗譚の末尾の語りにおいては、（一）他人の視線を自分の行動に照らして恥じること、(二)「世の人」の作る噂とその働き、(三)内面に浸透する他者(集団)の視線と恥意識といったように、五つの物語を連鎖的につなぐ、「恥」の言説というべき言説行為がなされていたのである。現代日本社会の一特性としてよくいわれてきた「恥(意識)」と、それに伴う「集団主義」の出発点を、『竹取物語』の「恥」の言説から導き出したつもりだが、集団化された他者の目を意識するこのような心理構造は、奈良時代の文芸作品からは見出しにくいのであった。

一対一の関係のなかでその場で解決されていた古代における「恥」の不快感は、平安期に入っては将来を案じる不安感を伴っており、共同体における集団の目を意識する新しい人間(性)の出現が予測されていた。すなわち、感情をコントロールし、自分の行動が起こすべき結果をあらかじめ予測して「恥」じるべき状況を事前に防ぐ、慎重な人間像が浮き彫りになったのである。それは個々の直接的な人間関係から発展し、共同体(集団)のなかを生きる個に対する自覚が生じての心理構造の変化であろう。

こういった、集団認識に基づいた恥(意識)は、すくなくとも平安中期まで強化されていく。それを検証するのが**第四章**と**第五章**である。**第三章**で試みた『竹取物語』の「恥」の言説は、平安社会の特殊性を物語る「人笑へ」言説により鮮明になっていくのである。

第四章では平安貴族社会をじかに体験し、それを写実的に写し出した、女房格の作者による日記文学と『枕草子』における「人笑へ」を検討した。その用例数はかなり限られているが、そこには彼女らの境遇と立場までもがその背景に含まれていると思われ、「人笑へ」の意義の層位を考えるうえで、とても示唆的であった。身分的には受領階級の出身であり、平安貴族に仕えた彼女らが「人笑へ」を意識するとき、そこには世評に対する恐れとそれに連動する恥意識は見えるものの、「人笑へ」が作者の行為の動因とまではなっていないことが窺われた。特に『蜻蛉日記』と『和泉式部日記』における「人笑へ」は、交渉する夫あるいは男との間柄の進展がより重要であり、その過程のなかで認識される「人笑へ」は必ずしも彼女たちの行動を導く重要な契機になるほどではなかったのである。「人笑へ」が深刻な危機意識を伴い、人々の行動を方向づける強い動因になるのは『源氏物語』であり、それを考察したのが**第五章**である。

第五章では『竹取物語』以降『源氏物語』までの間に書かれた物語と歌に現れる「人笑へ」を調べ、『源氏物語』においてその価値が強化される軌跡をたどった。『源氏物語』の「人笑へ」は、常に自分を対象化する、集団化された他者の視線として、また自らを評価する基準として働き、外部世界の暗黙的な期待に応じようとする強い内在律になっていることがわかった。人々の交わす噂・世評により形成される集団の目であり、共同体の一員としての個人の行動を方向づける倫理・道徳感情として働いていたと思われる。それは特に身分が高く世間の信望も格別な一流貴族の心内をよくふまえている語であり、彼らの行動・生活様式は一つの社会の模範となるだけに、常に他人の視線を自分の内部に向けて、言葉や行動に気をつけ慎重にふるまわざるをえない行動律になったであろう。

そういった『源氏物語』の「人笑へ」の特徴をもって、『竹取物語』の求婚譚を逆照射する、すなわち系譜学的に見ることをしたとき、個別に働いているように見えた五つの求婚失敗譚の最後の語りは、一貫した「恥の言説」としてより鮮明に浮かび上がり、共同体における個人のありようがいかなる方向に展開してきたのかということが、二つのテクストの連続性のうえで理解できたのではないか。その意味で『竹取物語』の五人の求婚譚の末尾の語りにおいては、「人笑へ」の語が生成・定着する前に、その原点、あるいはそれに相当する中身が物語化されていたといえよう。さらに一つの文学作品が先行テクストをいかに採用・吸収して、変形・転位をなすのかという、テクスト相互関連性（intertextuality）ということが文学を吟味するうえでの重要な方法として浮かんできたわけだが、その面において『源氏物語』の「人笑へ」は、『竹取物語』の五人の求婚譚を貫く思考を一つの価値として認め、その深層に入り込み、血肉化させたともいえるだろう。

『源氏物語』における「人笑へ」は、それを受ける（と思われる）側の心理的不安・苦悩として物語の全編に現れ、暗くて陰鬱な情緒をもたらす側面もあったが、またそれとは異なる快活で愉快な笑いも巻々に散りばめられている。たとえば、源氏と姫君・女房たちの間で行われる戯れやからかい、末摘花・源典侍・大夫監・近江の君などの「をこ」もの、または喜劇的な人物から発せられる典型的な笑い、さらには喜劇的な人物とのかかわりのなかで源氏と内大臣が作り出す恋愛失敗譚による滑稽や冷笑などがあろう。それらの笑いのなかには、登場人物たちが笑いながら発するセリフに秘められた構想上の企み、さらに人物像の形成にかかわる問題などが察せられるところもある。

第三篇の**第六章**から**第一〇章**までにおいては、『源氏物語』のそういった笑いに、様々な角度から注目してみた。

第六章で扱った「雨夜の品定め」の女性論には、明るい笑いのなかで源氏と頭中将の観点・志向性などの違いが示されていた。巻がすすむにつれ、その違いは二人の関係において有効に働き、その寓意性はすくなくとも第一部の長編的展開を読み解くうえでの重要な視座を提供していた。「雨夜の品定め」に語られた、完全なものをもとめる源氏の理想主義と、世俗的な繁栄と公的な承認を重視する頭中将の現実主義といったその思想の差は、のちの「絵合」で「物語絵」をもって具体的に検証し競い合わせることで、個人的あるいは私的な価値というべきものを、物質的な力、政治的な力へと変換させ主導権をめぐる問題へと大きく置き換えたのである。二人を親友としてえがきながらも、根本的な違いを女性論の行間にひそかに胚胎させ、物語の進行とともに膨らませ、絵合巻の政治的な物語のなかで前面に浮上させたわけである。

そのような理解によって、頭中将の人物像についても、従来のように澪標巻以降（特に絵合巻）において必然的に変貌しているととらえるのではなく、「雨夜の品定め」での頭中将のありように照応していると解しうることが確認できた。源氏の場合も、頭中将としばしば対照される形で、その卓越性はより顕著なものとなっていたが、「雨夜の品定め」以降におけるある種の一貫性を認めることができただろう。

『源氏物語』を支える一つの重要な思想である仏教と笑いの関係も欠かせない。『源氏物語』が書かれた平安時代中期に、仏教は自らの行動および思考を方向づけるほどの強度をそなえていた中心的な観念であったと考えられる。源信のような、当時の知識人は仏教的な真実を証明しようとして、極楽浄土と地獄の様相を、経典を引用しながらあざやかに実在（具体）化し、また宿世を認めさせるために知的な努力を尽くした。こういった時代に生まれた『源氏物語』において、仏教が一つの思想の根幹をなしているのは当然だろうが、しかしながら、そこには仏教思想をいわば脱臼させるかのように笑いへと転化する場面もある。

第七章はその一例を扱ったものであり、物語が仏教的世界観を底流させながらも、その思想・信仰のありようが問われるような文脈で「仏」という語を用いた場面、特にそれを喩として「女」に重ねる場面に注目してみた。平安時代に書かれた説話や物語などで、「仏」が人に重ねられるのは「男」の例が多く、その尊さ、すばらしさ、理想性などを強調する文脈のなかで用いられるのが普通である。『源氏物語』もその面では同じであるが、一方では、男君が「女」を「仏」に重ねるという、同時代のほかの作品にはないめずらしい現象が見られ、それらの各場面からは共通して女君に対する男の強い執着心がにじみ出ていた。抑えがたいものの、認められない欲望を、両立しがたい女と仏という二つの事柄を巧妙に変形させせつつ共鳴させたと考えられるが、周りからの反応としては、二人の関係は不釣り合いだといった倫理意識も現れていた。ただし、それらの文脈から深刻さは感じられず、むしろ誇張および意外性による諧謔性さえ漂い、男を戯画化する方向に働いた。それに、仏の教えどころか、地獄の苦しみからも、また倫理意識からも離れ、無意識的・無批判的に踏襲されてきた「仏」の観念は覆され、その権威は無化される効果をもなしていたのである。ある意味、仏教に対する硬直したとらえ方へのアイロニーの方法であったといえよう。

「仏」を用いた男君の矛盾した発言は、物語の場面の展開に重要なかかわりをもっていたが、一方で、物語のある場面にしか登場しないものの、失笑を買ったりする端役たちによる笑いも、その存在が女君の運命を左右することもあるだけに見逃せない。
第八章はそういった端役に目をむけ、軽快な笑いに満ちた玉鬘十帖を扱った。玉鬘十帖の前半部に登場する玉鬘付き女房三条と乳母、乳母の子豊後介にそなわっている笑いの要素を考察し、その意味合いを玉鬘と関連づけて考えてみたのである。
大夫監から豊後介と三条へと拡がった鄙性を伴った笑いは、玉鬘周辺の者たちのものだったが、当の主人である玉鬘とも無縁ではなく、むしろ彼女の負性と「わらゝか」な性格とが合致して色々な人々をめぐり、ついに帝にまで拡がったことを、用例や人物造形などにふれながら考察したのである。
三条など端役における笑いは、幕間劇のように物語の内外にある種の快活さと生き生きとした生動感を与えていると思うが、**第九章**と**第一〇章**で検討した、条件に縛られない男女の「たはぶれ」も物語に特殊な明るさと華やかさをもたらす。
第九章と**第一〇章**では、真剣な、というよりも遊びのような色恋の行為を指し示すと思われる「たはぶれ」の語を注釈の問題とからめて、『源氏物語』以前と『源氏物語』時代に章を分けて、それぞれどこまで読みとれるか、その解釈の可能性を文脈の実態に即して探ってみた。多様な用例を持つ「たはぶれ」は、文脈によって、おおむね（一）遊び興じること、（二）冗談、（三）本気でない男女の交わりといった、三つの意味に解されるが、この語が男女間に用いられるとき、単なる「遊び」「冗談」とは解せない用例がかなり多い。しかし、諸注釈書にあっては（一）か（二）の義に解することが多く、（三）の意味合いに理解されている例はかなりすくないことが確認された。
そこで**第九章**では、古い歴史書や説話集・歌集に現れる「たはぶれ」、それに「たはぶれ」と訓ませる傾向のある「戯」の字を調べ、元来「冗談」「あそび」の意味合いしかなかった「たはぶれ」が、「たはる」と「戯」の義を共有することによって、また、中国から大量に輸入された漢籍の訳・訓読の歴史が重なるにつれ、「冗談」「遊び」以外の語義を持つことになった過程を探った。すなわち、度を過ぎてすこし非難めいたニュアンスをもつ「たはる」という語の、色恋に溺れる意の一部、つまり慰み・遊びのほうの、社会的に受け入れられる範囲の色恋の義が「たはぶれ」に吸収されたのではないかと推測してみた。というのは、後の散文作品群、特に物語に現れるいくつかの「たはぶれ」にそういった要素が察せられるからである。

たとえば、平安前期の『古今集』仮名序の采女の「たはぶれ」、『後撰集』の一〇九九番の詞書に見える「言ひたはぶれ」からは、単に言葉だけの冗談やからかいとは解釈しかねる、男女の色恋に関わる特徴が見られた。また一〇世紀後半においては、何よりも物語から、真剣な恋に対する男の色めいた遊戯的な行為としての「たはぶれ」、さらに夫婦の性的な関係をにおわす例など、色恋の意味を生成する例が散見されたのである。

物語におけるこのような傾向は、『源氏物語』においてより顕著になり、『源氏物語』の半数以上の例が色恋にかかわる多彩な「たはぶれ」を豊かに使い分けていた。

第一〇章は和文の洗練を極める『源氏物語』の例を集中的に検討した。便宜上男女関係に応じて、(一)男の「まじめな恋」に対応する、本気でない、遊戯的な色めいた言行を示す例、(二)男君と女房(格)との間に行われる例、(三)夫婦・愛人関係における「たはぶれ(ごと)」といった三つに分類して考察したが、それにより意味の外延の拡がりやバリエーションはたしかめられたと思われる。一〇世紀までの諸例に比べ、いっそう多様な文化的・生活史的な含蓄を窺わせており、現代辞書類が示す語義の項目よりも多彩な振幅を表出していた。それは当然「たはぶれ」のことば自体が含み持つ性質でもあろうが、諸例から察せられるように、ことばとことばとの間に生じる力、すなわち文体によって自ずから作り出されるテクストそのものの力によるのも大きかっただろう。

「たはぶれ」の諸例の検討によって、男女の関係や状況に応じてその意味合いの振幅は変化するものの、男女の色めいた言行の性格を共通して含み持っていることは認められよう。まじめな恋の、思い焦がれる心情とは違った、深刻さのない、軽く流動的であって、よく洗練された性格が「たはぶれ」にはみとめられる。実際「たはぶれ」が行われる場は肯定的で明るさに満ちていたであろう。

以上のように、本書では、全体を三篇一〇章立てとして、平安前期から平安中期までの散文作品群について、笑いを鍵語に色々な側面から焦点をあててみた。同時期に書かれた『うつほ物語』や『落窪物語』、『蜻蛉日記』『枕草子』などの諸作品も視野に入れて調べたものの、なお笑いの一面を覗いただけという面は残る。同じ平安時代に書かれたといっても、形成される笑いの様相は各作品において相当に異なっており、それら全体を俯瞰することで平安文学の笑いをいっそう多角的に見ることができるだろう。

初出一覧

各章の初出は以下のとおりである。本書収録にあたり旧稿のほとんどに加筆訂正をほどこしているが、論旨は変えていない。

序　論　書き下ろし

第一篇

第一章　『古代中世文学論考』二八、新典社、二〇一三年三月

第二章　『日本研究』二八、高麗大学校グローバル日本研究院、二〇一七年八月

第二篇

第三章　原題「日本文化論との接点から見る古典における「恥」の言説――『竹取物語』を前後にして」（『日本文化研究』六一、東アジア日本学会、二〇一七年一月）

第四章　『日本學報』一一五、韓国日本学会、二〇一八年五月

第五章　『日本言語文化』四二、韓国日本言語文化学会、二〇一八年四月

第三篇

第六章　『国文学研究』一六一、早稲田大学国文学会、二〇一〇年六月

第七章　原題「『源氏物語』における「女」と「仏」――若紫巻の喩としての「仏」を中心に」（『早稲田大学大学院文学研究科紀要（第三分冊）』五五、二〇〇九年二月）

第八章　『平安朝文学研究』復刊一五、二〇〇七年三月

第九章　『日語日文学』六六、大韓日語日文学会、二〇一五年五月

第一〇章　原題「『源氏物語』時代の「たはぶれ（る）」攷――その解釈をめぐって」（『日語日文学研究』九五（二）、韓国日語日文学会、二〇一五年一一月）

結　論　書き下ろし

〈表〉「笑い」にかかわる概念語

1	あいきょうわらい(愛敬笑)	34	かしょう(譁笑)	67	けらけらわらい(—笑)
2	あいそうわらい(愛想笑)	35	かすわらい(糟笑)	68	げらげらわらい(—笑)
3	あいそわらい(愛想笑)	36	かたえまい(片笑)	69	けらわらい(—笑)
4	あざわらい(嘲笑)	37	かたえみ(片笑)	70	ごうけつわらい(豪傑笑)
5	あだわらい(徒笑)	38	かたくちわらい(片口笑)	71	こうしょう(巧笑・巧咲)
6	いしょう(遺笑)	39	かたほえみ(片頬笑)	72	こうしょう(好笑・好咲)
7	いじわるわらい(意地悪笑)	40	かたほおえみ(片頬笑)	73	こうしょう(哄笑)
8	いちだいしょう(一大笑)	41	からからわらい(—笑)	74	こうしょう(高笑)
9	いっしょう(一笑・一咲)	42	かんしょう(感笑)	75	こうしょう(閧笑)
10	いやしみわらい(賤笑)	43	かんしょう(歓笑)	76	ごうしょう(傲笑)
11	うすらわらい(薄笑)	44	きしょう(嬉笑・嘻笑)	77	こけいさんしょう(虎渓三笑)
12	うすわらい(薄笑)	45	きしょう(譏笑・毀笑)	78	こけいの三笑
13	うっそりわらい(—笑)	46	ぎしょう(偽笑・偽咲)	79	こけわらい(虚仮笑)
14	うれしわらい(嬉笑)	47	ぎしょう(戯笑・戯咲)	80	こじきの空笑い
15	えせものの空笑い	48	きちがいわらい(気違笑)	81	こびわらい(媚笑)
16	えせわらい(似非笑)	49	きのどくわらい(気毒笑)	82	ごまかしわらい(—笑)
17	えなわらい(胞衣笑)	50	きゃらきゃらわらい(—笑)	83	さそいだしわらい(誘出笑)
18	えへへわらい(—笑)	51	きょうけんてんしょう(脅肩諂笑)	84	さるの尻笑い
19	えへらわらい(—笑)	52	きょうしょう(強笑)	85	さるの面笑い
20	えまい(笑・咲)	53	きょうしょう(嬌笑)	86	さんしょう(三笑)
21	えみ(笑・咲)	54	きょくりわらい(曲笑)	87	ししょう(指笑)
22	えわらい(笑笑)	55	くししょう(齲歯笑・齲歯咲)	88	ししょう(嗤笑)
23	えんしょう(艶笑)	56	くしょう(苦笑)	89	じしょう(自笑)
24	おおわらい(大笑)	57	くすくすわらい(—笑)	90	したえみ(下笑・下咲)
25	おおわらわれ(大笑)	58	くすぶりわらい(燻笑)	91	しっしょう(失笑)
26	おせじわらい(御世辞笑)	59	くせものの空笑い	92	しのびわらい(忍笑)
27	おとこわらい(男笑)	60	けいあんものの空笑い	93	しめわらい(締笑)
28	おにわらい(鬼笑)	61	けいしょう(軽笑)	94	じゃれわらい(戯笑)
29	おもいいでわらい(思出笑)	62	けいはくわらい(軽薄笑)	95	じょうだんわらい(冗談笑)
30	おもいだしわらい(思出笑)	63	けいわんものの空笑い	96	しらわらい(—笑)
31	おわらい(御笑)	64	げしょう(戯笑)	97	しれわらい(痴笑)
32	おんべわらい(御幣笑)	65	けたけたわらい(—笑)	98	じんしょう(忍笑)
33	かかたいしょう(呵呵大笑)	66	げたげたわらい(—笑)	99	せじわらい(世辞笑)

100	せっしょう（窃笑・竊笑）	133	にがわらい（苦笑）	166	ふくしょう（伏笑）
101	ぜっしょう（絶笑）	134	にこにこわらい（―笑）	167	ふくみわらい（含笑）
102	せせわらい（―笑）	135	にたにたわらい（―笑）	168	ふんしょう（噴笑）
103	せせらわらい（―笑）	136	にやにやわらい（―笑）	169	へへらわらい（―笑）
104	せらわらい（―笑）	137	ぬすみわらい（盗笑）	170	へらへらわらい（―笑）
105	せんしょう（浅笑）	138	ねんげみしょう（拈華微笑）	171	ほうしょう（放笑）
106	そぞろえみ（漫笑）	139	ばいしょう（陪笑）	172	ぼうしょう（謗笑）
107	そばわらい（側笑）	140	ばかわらい（馬鹿笑）	173	ほおえみ（微笑）
108	そらわらい（空笑）	141	はがんいっしょう（破顔一笑）	174	ほくそえみ（―笑）
109	たいしょう（大笑）	142	はがんみしょう（破顔微笑）	175	ほくそうわらい（北叟笑）
110	たかえ（高笑・噱）	143	ばくしょう（爆笑）	176	ほくそわらい（北叟笑）
111	たかえみ（高笑）	144	はずかしわらい（恥笑）	177	ほほえみ（微笑・頬笑）
112	たかわらい（高笑）	145	はつかの糞笑	178	みしょう（微笑）
113	だしょう（唾笑・唾咲）	146	はつわらい（初笑）	179	むだわらい（無駄笑）
114	だみわらい（濁笑）	147	はなえみ（花笑）	180	むなわらい（空笑）
115	ちばわらい（千葉笑）	148	はなさきわらい（鼻先笑）	181	むりわらい（無理笑）
116	ちょうしょう（嘲笑・調笑）	149	はにかみわらい（―笑）	182	めいわくわらい（迷惑笑）
117	ついしょうわらい（追従笑）	150	ひきわらい（引笑）	183	めんしょう（面笑・面咲）
118	ついしょわらい（追従笑）	151	びくしょう（微苦笑）	184	もくしょう（目笑）
119	つくりわらい（作笑）	152	ひしょう（非笑・誹笑）	185	ものわらい（物笑）
120	つけわらい（付笑）	153	びしょう（媚笑）	186	もらいわらい（貰笑）
121	つつみわらい（包笑）	154	びしょう（微笑）	187	ゆすりわらい（揺笑）
122	てれわらい（照笑）	155	ひとりえみ（独笑）	188	ようすわらい（様子笑）
123	てんぐわらい（天狗笑）	156	ひとりわらい（独笑）	189	よろこびわらい（喜笑）
124	てんしょう（諂笑）	157	ひとわらい（人笑）	190	らかんわらい（羅漢笑）
125	どうけわらい（道化笑）	158	ひとわらえ（人笑）	191	れいしょう（冷笑）
126	どかわらい（―笑）	159	ひとわらわえ（人笑）	192	れんしょう（憐笑）
127	どっとわらい（―笑）	160	ひとわらわせ（人笑）	193	ろうしょう（陋笑）
128	どくしょう（毒笑）	161	ひとわらわれ（人笑）	194	ろうしょう（朗笑）
129	どくしょう（独笑）	162	ひゃくねんいしょう（百年遺笑）	195	わらい（笑・咲）
130	とんしょう（頓笑）	163	ひやわらい（冷笑）	196	わるわらい（悪笑）
131	なきわらい（泣笑）	164	ひんしょう（顰笑）		
132	にがりわらい（苦笑）	165	びんしょう（憫笑・愍笑）		

あとがき

もう十年以上前の、ある日のことである。大学の博士後期課程に在籍していた私は、韓国の出版社の仕事もしていたため、池袋のジュンク堂書店に毎週のように通っていた。日本の出版市場の動向や新刊の情報などを会社に報告するための立ち寄りであったが、その日は大江健三郎の新刊が出たばかりらしく、書店も積極的に宣伝に取り組み、来客の目にとまりやすい平台とディスプレイ棚に老作家の本を何冊も並べていた。あまりにも有名な作家の新刊だったので、『読む人間』というその本をとりあえず買っておいた。が、「読む楽しみ」は先送りした。しばらく経ったある日、何もすることのない暇な日、大学の図書館にこもり『読む人間』を読みはじめた。ページをめくるにつれ、読む分量が減っていくのを惜しまずにはいられないくらい、いつしか夢中になっていた。最後のページを閉じ、図書館を出たとき、私の中で何かが変わった、と思った。その感覚が今でも鮮やかに残っている。

似たような感覚を文学研究の道でも味わった。「笑い」のテーマを見つけ、ようやく研究に取り組むまで、どれほどばかばかしく下手な発表をしたのか、どれだけでたらめなことを言い人々に突っ込まれたのかわからない。いいテーマを見つけたと思いきや、明晰で説得力の増す先学の研究に出合い、がっかりしたことも幾度もある。それでも前に進む気になったのは、あるテクストの持つ特殊性や意図などが鮮明に浮き彫りにされた瞬間の、そのさわやかな感覚、そしてその感覚が私の内部にもたらす変化の機微、それをもう一度感じたいという願望があったからである。

博士二年生のとき、そういう感覚をはじめて味わった。それまで私の研究に対する態度といえば、まともなところがなく適当であった。が、国際日本文学研究集会（国文学研究資料館主催）で「源氏物語の仏教的な表現」について発表する機会を得、その準備をするうちに少しずつ変わっていった。『源氏物語』をはじめ、平安前期の文学テクストを何か月もかけて調べ、なんとかして自分なりの主張がいえるようになったとき、体を吹き抜けるような爽快感は今も忘れることができない。それをきっかけに論文化（本書における第七章）まで進み、研究の道に本格的に足を踏み入れることになったのである。

思えばそういった大学院時代の変わり目にはいつも恩師の陣野英則先生がいた。「笑い」というテーマに注目することになった契機も、文学作品や先行研究を扱う際に求められる厳密さと公正さ、自分の研究に対する謙虚な態度と倫理的な姿勢さえも、陣野先生からさりげなく教わってきたのである。一つの論を考え出し発表・論文化するまで、段階ごとに全過程を常に丁寧かつ誠意をもって付き合ってくださった先生のおかげで、未熟な考えを発展させ、少しでも跳躍できるような論にまとめることができたのである。本書も先生の励ましと最後の最後までのご指導がなかったならば、完成を見ることはできなかったはずである。今は教える立場になっている自分に、教育者として、また研究者としての先生の姿勢は、一つの指南になっている。陣野先生から受けたご恩ははかりしれず、ここに記したことはその一端に過ぎない。

幸いなことに私にはもう一人の恩師がいる。コロンビア大学教授のハルオ・シラネ先生である。博士三年を終えた二〇一〇年、早稲田大学とコロンビア大学との間にできたDDP（Double Degree Program）により、シラネ先生のもとでアメリカにおける日本文学研究の最前線にふれる機会を得た。現代文学と文化理論の主なパラダイムや、古典学にかかわる興味深い論争（読者、注釈史、カノン化など）、東アジアの文学と文化を批判的に分析・理解するための多様な角度からのアプローチを学んだのである。こういった経験は、自分自身の古典研究における視野を拡張するばかりでなく、より大きな枠のなかで文学研究の下絵を描く指標にもなったと思う。シラネ先生の「Go Ahead」に励まされ、コロンビア大学に提出した修士論文はより大きな枠のなかでの文学研究を目指したものである。幸いなことに、シラネ先生からは特に修論の第二章について「Really Excellent」という身に余るお言葉をいただいた。それが一歩前進できる大きな激励となったことはいうまでもない。本書における第一章から第三章までの内容は、その修論を土台として深化・展開した論である。シラネ先生から多くのことを教わり成長できたことは、感謝の念に堪えない。

めったにない二人の先生との良縁にめぐまれ、博士学位請求論文「平安時代中期までの和文における笑い——『源氏物語』を中心に——」を完成させることができた。学位審査には、早稲田大学文学学術院教授の陣野英則先生が主任審査委員を務め、同教授の兼築信行先生、そして同大学教育・総合科学学術院教授の福家俊幸先生が審査委員に加わってくださった。おかげさまで、二〇一四年二月、無事博士（文学）の学位をいただくことができた。懇切丁寧にご指導くださった先生方には、心より感謝の意を申し上げたい。

本書はその後の自分の新たな知見を踏まえ、加筆・改稿したものである。特に日本（語）における笑いの特性と現代日本文化論の視座を取りいれ、現代との連続性のうえで平安文学と文学における笑いの議論を展開しようと試みた。平安文学に焦点をあてているものの、普遍的に通用するような姿勢を保とうとしたのである。たとえば、本書で示している笑いの概念自体、完全性を追究するわけではなく、開かれた概念として試みただけに、「文学における笑い」の学際的な議論を起こす起点にもなりうるだろう。また従来の「笑い」の研究、たとえば「笑い」にかかわる状況や人物・用語の検討などにとどまらず、より拡がりのある議論を可能にする転回点を見つけることができるのではないか。むろんいろいろ足りないところも多く、斯界からご叱正を請いたいと思うが、どの国のどの時代の作品であっても、笑いをキーワードにして文学作品を論じようとするとき、本書からすこしでも応用できるような、つまり発展の基になるような論点を見出すことができればと思うのである。それによって本書の意義も少しは増すだろう。

本書は早稲田大学の学術研究書出版事業（二〇一八年採択）により刊行されるものである。査読にかかわった三人の匿名の審査委員からは「これまでにない」「ユニークな観点」と「学術的価値」を積極的に認められ、恐れおおくも「日本古典文学の研究者にとどまらず、多くの読書人にアピールする魅力を有している」という胸の熱くなるコメントまでいただいた。一方、いくつかの改善すべき点も指摘され書き直すことになったが、それは本書の完成度を上げたばかりでなく、文学研究に対するこれまでの自分の曖昧な態度―いわゆる「歴史的真実」と「芸術的真実」との関係をどう見るべきかという（第五章の注1を参照）見方を考え直す大事な契機にもなった。三人の方々には深い感謝の気持ちをお伝えしたい。

本書が出来あがるまで、この道でめぐり会った多くの人々にお世話になったわけだが、陣野研の授業発表で鋭い指摘と質問で私の目を覚ましてくれた先輩と学友、そしてコロンビア大学で出会った人々との愉快な交流も、彩り豊かな人生となるよう自分を支える力になっている。特に早稲田大学大学院の授業で知りあい、コロンビア大学への留学とアメリカの研究方法に興味を持つよう励ましてくれたナイトウ・サトコ、本書の第一章における英文の日本語化に積極的に手を貸してくれたCharles Woolley（彼は向こうの大学でも私の下手な英文をいつも快く見てくれた）、その日本語訳をきめ細かくチェックしてくれた常田槙子さん、「笑い」と「滑稽」の混用についてのドイツの辞書を丁寧に説明してくれたDaniel Poch、本書の英文要旨をわかりやすく作ってくれたPau Pitarch Fernández、またTom Gaubatz、そして早稲田大学文化推進部文化企画課によってネイティブチェックされた英文要旨を再度見てくださった緑川真知子先生とMichael Watson先生など、すべての方々にこの場を借りて深い感謝の意を表したい。また本書の刊行にあたって、早稲田大学出版部の武田文彦氏には出版に際しアドバイスをいただき、今井智子氏には編集・校正において大変なご面倒をかけた。心よりお礼を申し上げたい。

考えてみれば、浅学非才で何事についても気づきが遅く鈍い私にとって、本書をまとめる過程は、一人の人間として成長する道程でもあったような気がする。文学作品と向きあい研究していくうちに、老作家の『読む人間』がもたらした「文章の力」と同様の、「文学（研究）の力」が私に働きかけ成長させたような気がするのである。洞察力に満ちた先学たちの鋭い思惟の一端に触れ、闇をつんざくように自分の無知を自覚させられた瞬間の数々も忘れられない。今後もそういう力に導かれ、次の研究への歩みを進めていきたい。

金　小英

二〇一九年一〇月三〇日

Laughter and Japanese Culture in the Heian Period:

Tosa nikki, *Taketori monogatari*, and *Genji monogatari*

KIM Soyeong

This monograph examines the concept of "laughter" in the Japanese prose of the Heian period. Laughter is a universal human phenomenon that can express vitality, criticism, or empathy, creating a sense of inclusion or exclusion, depending on the way it is used in the web of human relations that comprise a society. The different meanings of laughter are closely related to specific places, occasions, and the complex psychological motivations of the people who react to it. Verbs such as chuckle, giggle, smile, sneer, and snicker indicate the range of possible meanings of laughter.

The concept of laughter in literary texts is profoundly related to the usages stated above. Studying it from this perspective is not only helpful when appreciating literary characters, it also provides important hints for understanding the positions of these characters in their communities and the values and norms enforced by their communities. This book, structured in three parts and ten chapters, examines the concept of "laughter" in Japanese prose up to the mid-Heian period.

Part I, titled "The many sides of laughter in early Heian Japanese prose," first establishes the way laughter has been discussed from Ancient Greece to the present. This basic framework is then applied to an analysis of laughter in literary works that addresses three main questions regarding the textual form it takes, its interpretation and appreciation by readers, and the ways that it is manifested in the rich vocabulary for laughter that the Japanese have developed. This analytical model is particularly applied to the early Heian prose work titled *Tosa nikki*, and used to analyze laughter's universal and particular functions.

Part II, titled "The discourse of *hito-warae* up to the mid-Heian period," introduces relevant modern theoretical approaches to Japanese culture by considering *hito-warae* as a type of socio-cultural discourse from pre-modern to modern times that is linked to the idea of shame based on an understanding of the social group as a body of shared ethics. This framework makes it possible to explore the historical development of the positions of individuals within their communities.

"Humor and laughter in *Genji monogatari*" (Part III) discusses the concepts of

"laughter" and "the laughable" throughout *Genji monogatari*. Specific topics are discussed, such as the development of Genji and Tō no Chūjō as characters and their structural relationship found in their laughter-filled dialogue. In addition, there is in-depth discussion of topics such as the characterization of men in scenes where Buddhist motifs are metaphorically used in connection with female characters, the role of humor created by secondary characters in the Tamakazura sequence, and interpretations of the word "*tawabure*" (often present in the comical scenes).

An analysis of the meaning of "laughter" as a phenomenon and a motif in other Heian-period prose works (narratives and diaries) follows the detailed structural analysis.

Keywords: Heian Literature, *haji*, *hito-warae*, Embarrassment, Theories of Japanese Culture, Groupism, Humor, Caricature, *tawabure*

索　引

あ 行

か 行

さ 行

た　行

な　行

は　行

ま　行

や 行

ら 行

わ 行

著者紹介

金　小英（きむ　そよん）

韓国釜山大学校日語日文学科卒業。2013年，早稲田大学大学院文学研究科博士後期課程満期退学。博士（文学）。2012年，同博士後期課程に在学中，アメリカのコロンビア大学と早稲田大学とのDDP（Double Degree Program）により修士学位を取得。以後，釜山大学校日本研究所専任研究員，全南大学校人文大学学術研究教授を経て，現在，釜山大学校非常勤講師。

主な論文：

「平安貴族の道徳感情，「人笑へ」言説」『日本學報』115, 2018。

「日本文化論との接点から見る古典における「恥」の言説」『日本文化研究』61, 2017。

「「笑い」論の展開と文学における笑いの領域」『古代中世文学論考』28, 2013。

「頭中将と光源氏―『源氏物語』「雨夜の品定め」の寓意性―」『国文学研究』161, 2010。

主な翻訳（日本語→韓国語）：

『도요토미 히데요시』（山路愛山『豊臣秀吉　上下』岩波書店），2012。

『종교개혁이야기』（佐藤優『宗教改革の物語―近代，民族，国家の起源―』角川書店），2016。

『청빈의 사상』（中野孝次『清貧の思想』文芸春秋），2019。

早稲田大学エウプラクシス叢書 19

平安時代の笑いと日本文化

『土佐日記』『竹取物語』『源氏物語』を中心に

2019年11月25日　初版第１刷発行

著　者…………………金　小英

発行者…………………須賀晃一

発行所…………………株式会社 早稲田大学出版部

〒169-0051　東京都新宿区西早稲田1-9-12

TEL03-3203-1551　http://www.waseda-up.co.jp

編集協力………………株式会社ライズ

装　丁…………………笠井亞子

印刷・製本……………精文堂印刷株式会社

ISBN978-4-657-19804-4

刊行のことば

一九一三（大正二）年、早稲田大学創立三〇周年記念祝典において、大隈重信は早稲田大学教旨を宣言し、そのなかで、「早稲田大学は学問の独立を本旨と為すを以て　之が自由討究を主とし　常に独創の研鑽に力め以て　世界の学問に裨補せん事を期す」と謳っています。

古代ギリシアにおいて、自然や社会に対する人間の働きかけを「実践（プラクシス）」と称し、抽象的な思弁としての「理論（テオリア）」と対比させていました。本学の気鋭の研究者が創造する新しい研究成果については、「よい実践（エウプラクシス）」につながり、世界の学問に貢献するものであってほしいと願わずにはいられません。

出版とは、人間の叡智と情操の結実を世界に広め、また後世に残す事業であります。大学は、研究活動とその教授を通して社会に寄与することを使命としてきました。したがって、大学の行う出版事業とは大学の存在意義の表出であるといっても過言ではありません。これまでの「早稲田大学モノグラフ」、「早稲田大学学術叢書」の二種類の学術研究書シリーズを「早稲田大学エウプラクシス叢書」、「早稲田大学学術叢書」の二種類として再編成し、研究の成果を広く世に問うことを期しています。

このうち、「早稲田大学エウプラクシス叢書」は、本学において博士学位を取得した新進の研究者に広く出版の機会を提供することを目的として刊行するものです。彼らの旺盛な探究心に裏づけられた研究成果を世に問うことが、他の多くの研究者と学問的刺激を与え合い、また広く社会的評価を受けることで、研究者としての覚悟にさらに磨きがかかることでしょう。

創立百五〇周年に向け、世界的水準の研究・教育環境を整え、独創的研究の創出を推進している本学において、こうした研鑽の結果が学問の発展につながるとすれば、これにすぐる幸いはありません。

二〇一六年一一月

早稲田大学